ときめきの宝石箱

キャンディス・キャンプ

細郷妙子　訳

MIRA

MIRA文庫

Impetuous

by Candace Camp

Published by Harlequin K.K., Tokyo, 2004

ときめきの宝石箱

キャンディス・キャンプ

細郷妙子　訳

MIRA

プロローグ

部屋の扉は静かに開いた。男はそっと中へ入る。手に持った蝋燭《ろうそく》のぼんやりした光では暗い室内がよく見えない。ベッドのありかだけはかろうじてわかった。男はすすっとベッドのほうへ進む。

ベッドの女はこちらに背を向けて寝ていた。上掛けをかけているので、女体の曲線はあらわではない。男は一瞬の迷いをおぼえ、足をとめた。彼女が目を覚ますものと思っていたのだ。夕方の温室でそうだったように、熱っぽく自分を迎えるだろうと思いこんでいた。蝋燭をベッドに近づけてみる。枕《まくら》や上掛けに流れるように広がっているふさふさした髪が金色に輝いている。今日の午後、美貌《びぼう》よりも目を奪われたのがこの淡い色合いの金髪だった。

男は蝋燭をおき、火を消した。靴をぬいで、ベッドにすべりこむ。女は黙っている。本当に眠っているのか、それとも寝たふりをしているのか、どちらだろう？　深夜のあいびきの約束をしておきながら眠ってしまうのは変な気もした。あどけなさを印象づけるためか、あるいは、男心をそそるために眠りをよそおっているのか。たしかに、無防備で眠っている女のしなやかで温かい体のかたわらに横たわるのは刺激的だった。たちまち欲望が身をつらぬく。ほのかな薔薇《ばら》の芳香が鼻孔をくすぐった。今日の午後はもっと濃厚な匂《にお》いを発散していたはずだが、このほうがかえって惹《ひ》きつけられる。男は淡い金色の髪を持ちあげ、女のうなじにそっと唇をあてた。

女が小さなため息をもらした。男はほほえみ、温かい口づけをうなじからあごへとすべらせる。さらに耳をさぐりあて、ゆるやかな渦を巻く耳殻を舌の先でなぞり、上下の唇で耳たぶをはさんだ。女の肩までかかっていた上掛けを手でずりさげると、地味な白い木綿の寝間着姿があらわになった。飾りけのなさに驚きながらも、挑発的な寝間着よりも逆に激しくそそられた。笑いがこぼれそうになる。この娘がこれほどつぼを心得ているとは。思ったよりもずっと楽しめそうだ。考え直したあげくジョアンナの誘いに乗ることにしてよかった。

男は唇で耳をもてあそぶかたわら、女の体に両手をはわせる。布地を通して胸のふくらみや、なだらかな腰の隆起をさすった。太ももや腹部を指の腹でなでる。耳から滑らかな首すじに口づけを移していくと、寝間着の襟ではばまれた。じれったそうに男はボタンを上からいくつかはずし、布地を引きさげて肩をむきだしにしてしまう。乳白色の肌にいっとき見とれているうちに、下腹が硬くなってうずきだすのを感じた。おののく指を柔らかい肌にすべらせる。薔薇のはなびらにさわっているような感触だった。うつむいて肩の先に接吻《せっぷん》した。

鎖骨からのどへとたどっていくにつれ、男の息遣いは速くなる。背中からふくよかな臀部《でんぶ》にいたるまで、すきまなくぴたりと脈打つ全身を女に添わせた。女の腹部に手をまわして自分の体に押しつけ、その手を脚のあいだにすべりこませる。女は低くうめいて、両脚を少しひらいた。なまめいた声音に男は思わず息をのむ。しるしといったらこのうめき声しかないが、目を覚ましているに違いない。無言でいながら女の息遣いがひとりでに荒くなっていくのが、なんともいえず色っぽかった。言葉やしぐさを超えた根源的な欲求のあらわれのように思われた。布地越しに男は規則的に指を動かして押したりはずしたり、肉のひだの上を行ったり来たりさせる。ふたたび女の口から、体の奥からわきでてくるようなうめき声がもれた。

男は目をとじて口づけを繰り返しつつ、はなびらに似た柔肌を堪能《たんのう》していた。歓《よろこ》びのつぶやきとともに女は無意識に向きを変え、二人の唇が重なった。ふっくらした唇は男の舌を受けいれる。濃厚な接吻に応《こた》え、女は両腕をあげて男の首に巻きつけた。欲望が男の全身をつらぬく。

女の寝間着のすそをまくりあげ、じかに太ももに手を触れた。きめの細かい肌に指をはわせ、みずみずしい潤いの源にたどりつく。しずくで指を濡《ぬ》らしながら、男はぞくっとする快感にふけった。このうえもなく秘めやかな部分に触れられると、女はびくっと体をふるわせた。けれどもすぐ腰を動かして、男の愛撫《あいぶ》に身をまかせる。

欲情はいっそうつのり、女のいたるところに触れ、隅から隅まで味わいたくなった。両脚を押し分けて奥深く突入し、相手ともども忘我の頂に達したい。だがそれよりも望ましいのは、この瞬間をできるだけ引きのばしてあらゆる歓喜をひとつ残らずむさぼり尽くすことだった。モールトン家の娘の誘いに乗ることにしたときは、それほど期待はしていなかった。ずうずうしい小娘という印象で、最初は彼女の寝室に忍んでくるつもりさえなかった。だが寝つかれぬまま部屋を抜けだして、廊下伝いにジョアンナの寝室に来てみたのだった。ところがなんと……。

こうして彼女の甘い匂いをかぎ、柔らかい肌に触れ、唇を合わせてみると、自分が思っていたような軽い性的な戯れという雰囲気はまるでない。腕の中の女体は燃えるように火照り、接吻や愛撫に対する応え方も巧《たく》まざる吐息もすべて、初々しさと激しさが渾然《こんぜん》としている。慣れた人の計算ずくの手際よりもはるかに官能をそそられた。女性を抱いてこれほどたちまち強烈な興奮をおぼえたのは、未《いま》だかつて経験したことがない。

男の巧みな指遣いに応じて、女は体をくねらせる。このぶんではいくところまでいってしまうのではないかと、男は思った。口づけは女の唇を離れ、のどを経てほの白い胸に移る。男の唇が触れると、さらにせがむかのように女は心もち体を弓なりにした。すぐさま男は乳首を口にふくみ、舌も使って吸った。

女はもだえ、腰を激しく動かしている。やがて突然、ぴくっと体をふるわせ、声をあげて目をぱちりと開けた。自らの手で女を頂点までみちびいたことに、男は大いに満足した。やおら顔をあげ、女を見おろしてほほえみかけた。大きく見ひらかれた女の目には、困惑の色が浮かんでいる。それがしだいに恐怖に変わったとき、自分の体の下に横たわる女がジョアンナ・モールトンではないことに気がついた。崖《がけ》から虚空に飛びこんだような心地がした。

1

カサンドラは歓《よろこ》びにひたっていた。夢にしろ、うつつにしろ、こういう経験は生まれて初めてだ。眠りに落ちたとたんに、華やかで甘美な夢を見た。夢であることはなぜかわかっていながら、目が覚めなかった。家の中を歩いている夢だった。家といっても、住居としてはともかく〝居心地のよい我が家〟とはとうてい呼べない伯母の屋敷ではなくて、チェジルワースの古い館《やかた》だった。温かくて、幸せそのもの。父がまだ生きていて、一階の書斎でくつろいでいた。温かみのある黄色の壁に陽光がふりそそぎ、寝室のベッドには宝石のような色合いの深紅のベルベットの上掛けがかけてある。寝室では、蝋燭《ろうそく》の明かりが手招きしているように揺れていた。中へ入ろうとしたのに、どういうわけか、光きらめく野外の涼やかで緑あふれるあずまやにいた。生け垣の葉っぱは濃い緑色で、すべすべしている。そよ風がうなじをくすぐり、髪にたわむれる。カサンドラは嬉《うれ》しさにふるえた。肩に日光を浴びて柔らかい風に吹かれ、目をつむって快い感覚を楽しんだ。

微風が頬や首すじをかすめるにまかせていると、なんともいえない歓喜がこみあげてくる。衣服を身につけていないにもかかわらず、なんとも思わないのがふしぎだった。太陽や外気を肌でじかに感じられるのが心地よくてたまらない。男の人が一緒らしかった。それも気にならなかった。顔を見ることも名前を呼ぶこともできないけれど、知っている人であることはわかっている。その人に触れられて、下腹がとろけるように熱くなった。接《せっ》吻《ぷん》を繰り返されているうちに、体から力が抜けていく。唇がかぶさり、舌がさしこまれる。思いもかけなかった激しい愉悦に、カサンドラはぶるっとふるえた。もものあいだがしっとりと濡《ぬ》れてうずき、じっとしていられなくて両脚をしっかりとじあわせる。

初めて味わう口づけのすばらしさに、我を忘れて男にしがみついた。肌をすべる男の指がもの合わせ目をさぐりあてる。えもいわれぬ歓びのうねりに身をわななかせ、さらなるものを求めてカサンドラは本能的に腰を男の手に押しつけた。なにを求めているのか定かではないまま。そして突然、かつて経験したことのない強烈な快感が体の奥から突きあげた。

カサンドラはぴくっとけいれんして、目を覚ました。見慣れない男がおおいかぶさるように自分を見おろしている。

驚きのあまり、なすすべもなく男を見返していた。相手も見るからに仰天している。もうろうとした頭がようやくはっきりしだすにつれ、恐怖が襲ってきた。カサンドラは悲鳴をあげようとした。それを見てとった男は、すかさずカサンドラの口に手をかぶせる。ますますおびえたカサンドラは男の腕をつかんで、口から手を引き離そうとした。同時に、起きあがろうともがく。男はカサンドラを押さえつけた。カサンドラは手を振りあげて、男の耳を強く打った。ひるみながらも、男はカサンドラの手首をつかむ。もう一方の手と足をばたばたさせて、カサンドラはベッドを抜けだそうとした。抵抗を押さえるために男が全身の重みをかけると、がっしりした骨格や筋肉のたくましさをカサンドラは意識せずにはいられなかった。

男に力でかなうはずはない。だが、それであきらめるようなカサンドラではなかった。悲鳴をあげさせないためにカサンドラの口から片方の手を離せないのは、男にとって不利な点だった。そこを利用して、カサンドラは男の頭や肩、背中にこぶしの雨をふらせる。同時に、両足を振りだして蹴《け》りを入れようとした。かなりの時間をかけて男は自分の両脚でカサンドラの脚をしっかりはさみ、頭の上にかかげた両の手首を片手でどうにか握りしめた。組み敷かれたカサンドラの体はマットレスに食いこみ、いやでも侵入者が屈強な男であることを意識せずにはいられない。そのきわどい体位に恐れおののきながらも、全身を駆けめぐった火照りが腹部にずしりとたまるふしぎな感覚にうろたえをおぼえていた。

私の頭はどうしてこんなにぼうっとしているのだろう？　思考力がどこかへ行ってしまったようだ。知らない男だと思っていたけれど、この人はサー・フィリップ・ネビルではないか。富も地位もある紳士ともあろう人が、なぜ田舎の邸宅のパーティで若い女の寝室に忍びこんできたりするのか？

男の息遣いは荒い。シャツのボタンをはずしたところから見えているのどのくぼみに、汗のしずくが光っている。心臓が鼓動するたびに脈打っている日焼けしたのどもとから、カサンドラは強いて視線をそらした。

「声をあげないでくれたまえ！」顔を近づけて男がささやいた。「危害を加えるつもりはないんだ。悲鳴をあげないと約束してくれれば、すぐ手を離すから」

目を大きくひらいて男を見つめたあげくに、カサンドラはこっくりした。男はしばらくのあいだ迷っていたが、わずかでも叫びそうな気配が見えたらすぐもどす構えで、カサンドラの口から少しずつ手を離した。カサンドラは無言のまま、じっと男に目をあてている。

男はいくらか緊張をゆるめた。「悪いことは絶対にしない。危害など加えずに、この部屋を出ていくと誓う。いいか？　わかったね？」

「もちろん、わかりましたとも！　ばかじゃないですから」カサンドラも小声で言い返した。

「やれやれ！　なんという面倒なことになったものだ。人違いだったのか」男はつぶやき、カサンドラから離れた。

「人違いに決まってますでしょう」カサンドラはぷりぷりして起きあがった。「ああ、頭ががんがんする！　まるで頭の中で金槌《かなづち》を打たれてるみたい」どうして、こんなにふらふらしているのだろう？　それになぜ、体の奥が変に熱くうずいているのかしら？

横であぐらをかいている男に、カサンドラは目をやった。こんな状況ではおびえるのが当たり前なのに、当初の驚きと恐怖が去って侵入者がサー・フィリップ・ネビルだとわかってからは怖くなくなった。いったいどういうことかと、ただ当惑していた。

加えて、夢の余韻が去りやらず心が落ちつかない。カサンドラは皮肉でそれをまぎらした。「どちらのお嬢さまの寝室に押し入るおつもりだったのか、お聞かせ願いたいものですわ」

「押し入るつもりだったわけではない。招きに応じただけで」

「なるほど、お訊《き》きするまでもないことでしたわね」カサンドラはにこりともせずに眉をつりあげた。「サー・フィリップ・ネビルには女性の寝室へのお招きが山ほど来るのでしょう」

フィリップはカサンドラを見すえていた。「あなたは、たいへん変わったお嬢さんだ」

「よくそう言われます」ほめられていると思うほど、カサンドラはうぬぼれてはいなかった。

「こんな場合、若い娘さんはたいてい……取り乱しがちだと思うが」

「私も取り乱したほうがよろしいとお思いですこと？　でも泣きわめいたりしたところで、なんの役にも立たないのではありませんか？」

「役に立つか立たないかではなく、そのほうがむしろ……普通かと思うんだが」

「でしたら、私は女として普通じゃないのでしょう。伯母やいとこにも言われてます。私が結婚できないのはそのせいだと。でも私はそれよりも、うちの財政が嘆かわしい状態におちいっているからではないかと思っているんです。だって私よりもっと変わっている女性でも、お父さまがお金持ちである限り、ちゃんとしただんなさまをつかまえているんですもの。そうお思いになりません？」

「おそらくあなたの言うとおりだと思う」フィリップは感嘆のまなこをカサンドラに向けた。この娘ほど歯に衣着《きぬ》せず核心を突いた言い方をする女には会ったことがない。それだけではなく、自分に対していきなり色目を使おうとしない女は実に珍しかった。十万ポンドの年収が女たちを夢中にさせるようだ。

カサンドラはてきぱきと話を続けた。「当面の問題にもどりましょう。どうしてあなたは招待なさった女性ではなくて、私の部屋にいらしたんですか？」

フィリップは顔をしかめる。「どこかで間違えたに違いない。なぜかはわからないが」枕元《まくらもと》のテーブルにおいた蝋燭に火をつけ、ポケットからメモを取りだして読み直した。「しかし、ここにはっきり書いてあるのに――階段から五番目の右側の扉と。この部屋は五番目でしょう？」

「ええ」好奇心からカサンドラはひざを突いてのびあがり、フィリップの肩越しにメモをのぞいた。インクのにじんだ締まりのない筆跡も、紙の下のほうに記された丸っこい署名も、誰のものかはっきりしている。「あら、それはジョアンナの字だわ」

フィリップは振り向いてカサンドラをにらみ、紙片をくしゃくしゃに丸めた。「失礼、お嬢さん。これは私信ですよ」

「でも、もはや私的な事柄とはいえないのではないでしょうか。だってあなたは、私のベッドにすわってそれを読んでおられるのですもの」

「しかしこれが表沙汰《おもてざた》になったら、彼女の評判は丸つぶれになる」

「ここは私の寝室ですよ。それを考えれば、目下は私の評判こそ心配してくださってもよろしいのではありませんこと?」

「お嬢さん、お見受けしたところ、あなたは分別のある方のようだから、寝室に男を迎えいれたなどと言いふらしたりはなさらないでしょう。もとよりぼくも口外するつもりはありませんから、あなたの評判には傷がつきません」

フィリップがジョアンナの評判ばかり気にしているのは面白くない。カサンドラは言い返した。「おっしゃるまでもなく、私は人にしゃべったりはしません。ですけど、お気をつけになったほうがいいのはジョアンナですのよ。なにしろ間違った部屋をあなたに教えるほど軽はずみな人ですから」カサンドラは手をのばして、フィリップのこぶしから丸めた紙片を取った。指でしわをのばし、蝋燭のほのかな明かりでメモを読んだ。「ああ、やっぱり。五番目《FIFTH》の扉じゃなくて、これは四番目《FOURTH》と書いてあるんです。ほら、ごらんになって。悪筆なのと、Uという字が抜けてるからよ。ジョアンナは綴《つづ》りが得意じゃないんです。あなたが五番目と間違えても仕方ないわ――それに、とりわけ気がせいていらしたでしょうから、早合点なさるのももっともよ。ジョアンナの字には私のほうが慣れてるんです」

「それじゃ、まずあなたに読んでもらうべきだった。しかし、通訳が必要だとは思いもしなかったからね」フィリップはむかっ腹を立てている。

「そんなにいらいらなさらないで。それにあなたのお相手の評判については、どうぞご心配なく。ジョアンナが寝室で殿方と密会していると誰かに話したりして、私自身の家の名誉に泥を塗るわけにはいきませんもの。なにしろジョアンナは私のいとこですから」

「あなたのいとこだって？」フィリップは蝋燭の明かりでカサンドラの顔をしげしげと見た。「おかしいなあ。ジョアンナとあなたが一緒にいるところを見たことがないが」

「よくあることですわ」カサンドラはさらりとかわした。なんといっても、男にべたべたする美人のいとこのせいで影が薄くなるのには慣れている。おおかたの男性は、金貨のような色合いのジョアンナの髪や大きな青い目に魅了されるのが常だった。

二十七歳という年増《としま》の部類に入るカサンドラは、自分が婚期を過ぎた女であることを自覚している。実際、異性にもてたことは未《いま》だかつてない。初めてロンドン社交界に出たときも、ひとりの男性をもつかまえることができなかった。しかもカサンドラの父親の経済力では、社交界に登場したのはそのとき一度きりだった。けれどもたとえロンドンの社交シーズンを何回経験したとしても、自分は結婚にはたどりつけないだろうとカサンドラは思っている。ひとつには、男に媚《こ》びるのが苦手であること。それだけではなく、その気もまったくないのだ。もうひとつは、カサンドラの顔だちが必ずしも不器量ではないにもかかわらず、非の打ちどころのない美貌《びぼう》ともいえない点だ。頬骨は高すぎるし、あごの引きしまり方も並はずれている。口も大きすぎて、人気のある薔薇《ばら》のつぼみのようなかわいらしい面だちとはほど遠い。自分では瞳がいちばんいいと思っているのだが、それとても落ちついた灰色で、感傷的な茶色や光り輝く青ではなかった。しかもカサンドラはまなざしを効果的に使おうとはせず、醒《さ》めた目で世界を直視しようとする。男がいざなわれるような目つきではなかった。

そういうわけで、カサンドラはたった一年で社交界をしりぞいた。といって、良縁を得て結婚しなかったことを取りたてて不快に思ったわけではない。もともと家族に対する義務感から社交シーズンを勧めあげたのだった。一家は相変わらず困窮していて、もしも適当な男性から結婚を申しこまれたら歯を食いしばってでも承諾していただろう。けれども初めてロンドン社交界に出た年は、そこで会った男性に退屈しただけで終わった。正直なところ、婚約もせず今後もその見込みがないまま、チェジルワースの愛する家族のもとへ帰るのは嬉しかった。嬉々《きき》としてカサンドラは着古した服をまとい、いつものようなひっつめ髪にして、自分の留守のあいだに惨憺《さんたん》たるありさまになっていた家事の切り盛りにもどった。妹や弟たちの面倒をみたり、持ち前の聡明《そうめい》さで父の話し相手を務めることに満足していた。慢性的な金欠病を除けば自分の生活に欠けたものがあるとは感じなかったし、少なくともそういうことをくよくよ考えようとはしなかった。社交的な集まりでは、野心満々の若い女性の仲間入りをするよりは、若者の羽目をはずしたふるまいを見張る年配の婦人たちと同じ席についていた。若い娘たちはくすくす笑ってばかりいて、話をしてもちっとも面白くない。この二、三年、カサンドラはオールドミスのしるしである小さな縁なし帽をかぶるようにさえなった。それに、男性の視線が自分を飛び越してしまうほうがかえって都合がよいと思う。内容のない会話を儀礼的にしなければならなくてもすむなら、それに越したことはない。

とはいえ、フィリップに言われたことに傷つかずにはいられなかった。なぜならアーディス伯母やジョアンナと話をしていたフィリップからほんの一メートル足らずのところに立っていたのに、私の存在が目にも入らなかったとは。

「ほかのことに気を取られていらしたのでしょう」とげがなくもない言い方をカサンドラはした。

「そうかな」フィリップ・ネビルは改めてカサンドラに視線をそそいだ。ぱっちりした瞳に豊かな髪がきらきらしていて、顔の造りがこれほど魅力的な女性に気がつかなかったのはおかしい。上半身に目を移すと、ボタンがはずれたままの寝間着がはだけて、片方の肩や腕ばかりでなく、白く盛りあがった胸と濃い桃色の乳首まであらわになっている。日中らしく身なりも髪型もきちんと整っていたとしても、この人が自分の目にとまらないわけはないのに。

相手の視線を追って目を下に転じたカサンドラは愕然《がくぜん》とした。なんと胸がむきだしではないか。うつむいたまま真っ赤になって、寝間着の襟を元にもどしボタンをはめた。こんな最悪の事態におちいったのは生まれて初めて！　二度とサー・フィリップと顔を合わせられない。イブニング・ドレスの襟ぐりからのぞいた部分以外の素肌を男の人に見せたことなど、今までいっぺんもなかった。それなのに、見知らぬ他人も同然のこの男性に、夫のように馴《な》れ馴《な》れしく私の胸まで見られてしまった。いえ、もっと悪いことに——寝間着のボタンを半分もはずして私はいったいなにをしていたのかしら？　あの奔放な夢と燃えるような感覚はなんだったのだろう？　夢の中の恋人ではなくて、目の前にいる生身の男性に触れられていたのではないか？　この人が、熟睡を覚ますほどのあの素朴かつ強烈な官能の歓びをもたらしたのだろうか？

カサンドラはようやく顔をあげた。頬の赤みは消えていない。いくらきまりが悪くても、真実から目をそらすわけにはいかなかった。「今夜のことですけど、なにがあったの？　私……とてもふしぎな感じがして。夢を見ていたんです。なんだか変わった夢で、私は……あれは本当だったのかしら？　なにをあなたは……いえ、私はなにをしたのでしょうか？」

フィリップはひと息おいて身を乗りだし、カサンドラの手を優しく握った。「あなたはなにもしていない。本当ですよ。別の女性と間違えて、ぼくはあなたの部屋に入ってきた。あなたはなにか熱に浮かされたような夢を見ているふうだった。何度も寝返りを打っていたから。ジョアンナだと思いこんでいたぼくは、あなたの腕にさわって目を覚まさせようとした。だけどあなたはぐっすり眠っていて起きなかった。それでぼくは……あなたにキスをした。そうしたら、あなたは目が覚めた。そのとき初めて、ぼくはあなたがミス・モールトンではないことに気がついたんだ」

「それだけ？」

フィリップは眉をつりあげた。「もちろん、それだけ。ほかになにがあり得ると思う？」

「いえ、なにも」カサンドラはひそかに安堵《あんど》のため息をもらした。「ただ、普通ではない感じだったので――完全に眠っているのでもなく、そのくせどうしても眠りから覚めないというような」

「今日は、あなたにとってきっときつい一日だったんでしょう」

「ええ、まあ」体力的にきつかったわけではないが、よその邸宅での泊まりがけのパーティというのは気が疲れるものだ。それにしても……。「あなたはもう、ここを出ていかれたほうがよろしいわ」

「ああ、たしかに」フィリップ・ネビルはベッドをおりて、扉のほうへ歩いていった。カサンドラもあとに続く。フィリップは立ちどまって、振り向いた。「ありがとう」

「どういたしまして」反射的に返してから、カサンドラは訊いた。「なぜお礼をおっしゃるの？」

「あなたがたいへん冷静で思慮分別のあるお嬢さんであることに。あなたのような対応をする若い女性はめったにいないでしょう」

カサンドラは淡々として言った。「私は感受性が鈍いのかもしれません」

扉を開けようとしたフィリップをカサンドラが制した。

「待って。廊下に誰かいるといけないから、私が先に確かめてみます」

「なるほど」フィリップ・ネビルはうなずき、一歩さがった。

カサンドラが扉をほんの少し開けて、すきまに目を近づけた。とたんに息をのみ、急いで扉を閉める。目をむいて、フィリップに向き直った。

「どうしたの？」フィリップは扉に近づこうとする。

カサンドラは手をあげた。「開けないで！　廊下にうちの伯母がいるの！」

とっさにカサンドラは扉の錠をおろした。アーディス伯母がずかずかとこの部屋に入ってくるのだけは避けたい。

「伯母さんが？　なんで今頃《いまごろ》？」

「わからないわ。あなたが私の部屋に入ってくるところを、まさか伯母に見られたんじゃないでしょうね。もしもノックされたら、あなたは隠れなきゃだめだわ」カサンドラは窓のほうに視線を走らせた。「窓から逃げたらどうかしら」

「ここは二階だよ」

「足がかりになる垣根や木があるかもしれないわ」

「あなたはこんな窮地に慣れているようだ」フィリップがからかった。

「変なことおっしゃらないで」扉をどんどんたたく音が聞こえ、カサンドラはぎょっとした。けれども隣の部屋の扉なので、心底ほっとする。「ああ、よかった、ジョアンナの部屋で」

「ジョアンナ！」アーディス伯母が叫んでいる。壁越しにはっきり聞こえるほどの大音声だ。「開けてちょうだい！　お母さんですよ！　今すぐドアを開けなさい！」

「あなたの伯母上は真夜中にみんなを起こすくせがあるのかな？」

カサンドラはかぶりを振った。「いいえ。なぜこんな非常識なことをするのか、見当もつかないわ。十時にはいつも床に入っているのに」

「ジョアンナ！」

カサンドラはそっと錠をはずして扉を細く開け、伯母の様子をのぞいた。大柄なアーディス伯母の胸は、コルセットをしているときはまるで船のへさきみたいにぐっと突きだしている。赤いベルベットのガウンに寝室用のスリッパというでたちにもかかわらず、胸の張りだし方は同じだった。髪もいつものように編んで束ねていて、寝るときするように背中に垂らしてはいない。こんな夜遅く、伯母はどうしてあんな格好をしているのだろう？ カサンドラはいぶかしく思った。

「ジョアンナ！ 開けなさいと言っているでしょう。中にいるのは誰？ 声が聞こえたわよ」

「声が聞こえた！」カサンドラは小声で繰り返し、フィリップのほうに振り返った。「たいへん。私たちの声が聞こえたのかしら？」

「フィリップは首を横に振った。眉根をよせてなにか考えこんでいる。カサンドラもそれはあり得ないとは思う。伯母はジョアンナの寝室をはさんで反対側の部屋に泊まっていた。

そのとき隣室の扉が開いて、ジョアンナがよく通る声で言った。「静かにして！ 早すぎるじゃない！ まだ彼は来ていないわ！」

アーディス伯母はあんぐり口を開け、娘を呆然《ぼうぜん》と見つめた。廊下に面したあちこちの扉が開き、いくつかの顔がのぞいた。眠そうだったり、いらだたしげだったり、好奇心むきだしだったり、表情はさまざまだ。

ジョアンナの部屋の向かい側に泊まっているリビングトン大佐が大声で訊いた。「いったいどうしたんですか？　なんの騒ぎですかね？」

「あの、その……」陸《おか》にあがった魚みたいにアーディス伯母は口をぱくぱくさせている。ジョアンナが大佐に愛想笑いをした。「ほんとにごめんなさい。母がお騒がせして申し訳ありません。ただちょっと……」

「そうそう、心配だったからなんです！」アーディス伯母の声がもどってきた。「娘が悲鳴をあげたものですから、心配になりまして。きっと悪い夢でも見たんですわ」

ジョアンナもあわてて調子を合わせた。「そう、夢にうなされたんです。怖い夢だったの」

カサンドラは扉を閉めた。「変だわ。なぜ伯母たちは……」フィリップの険しい面もちに気づいて急に口をつぐむ。「どうなさったの？」

「これでのみこめた」フィリップは苦々しげに言った。「今日の午後、ミス・モールトンに体当たりで迫られたのにはびっくりさせられました。それまでは、恥ずかしそうにして男の気を引こうとする普通の娘のようにふるまっていたんでね。それが突然、世間ずれした厚かましい女に変身したものだから」温室でさも偶然のように三度もジョアンナに触られたり、色目を使われたりしたのには驚いた。おまけに椰子《やし》の木陰で長々と意味ありげなキスをされ、メモを手に握らされたのだ。

「なんのことだか、私にはわかりませんけど」

「あなたのいとこの計略です。伯母さんとぐるなんですよ。ジョアンナのメモには、真夜中に寝室に来てくださいと書いてあった。しかも、自分から不名誉な行為を誘うそぶりをあからさまにしていた。で、ぼくが彼女の寝室にいるあいだに母親がやってきて、みんなに聞こえるように話をすることに手はずが決まっていたんですよ」

「ええっ？　つまり、ジョアンナがあなたを部屋におびきよせて、伯母に現場を押さえさせようとしたということ？　でも、なぜ？　どうして自分の評判に傷がつくようなことをわざわざするの？」

フィリップの顔を微笑がよぎった。伯母母娘《おやこ》のたくらみが納得できないのは、カサンドラ自身の正直な性格を物語っている。「お嬢さん、ジョアンナは自分の名誉がずたずたになっても、富と古い家名が手に入りさえすれば気にしないでしょう。いずれにしても、ぼくとただちに婚約すれば無傷ですむわけだから」

カサンドラは仰天した。「まさか……あなたがジョアンナと結婚しなければならないように仕組んだというのじゃないでしょうね？　だって、信じられないわ！　いくらなんでもそんなこと！」

けれども、ちょっと考えれば納得できないことではない。伯母がわざわざ大きな音をたてて扉をたたいたり、どならんばかりにジョアンナを呼びだしたのは、物見高い観客を必要としていたからなのだ。さもなければ、早寝の伯母が深夜になってもまだコルセットをつけ、髪も結いあげたまま起きているはずがない。人に見られるのを予想していたからこそ、身づくろいをしていたのだ。

「だから私はあんなにふらふらだったのね……」カサンドラはつぶやく。「寝る前にアーディス伯母さまが、私の飲み物に睡眠薬みたいなものを入れたに違いないわ。よく眠れるからといって温かいミルクをわざわざ持ってきてくれたとき、なにか魂胆があるのではないかと勘づくべきだったんです。私の寝つきが悪くて、眠りが浅いのを伯母は知ってるから。あなたがこっそりジョアンナの部屋に忍んでくる音などを私が聞きとがめたりしないように、ぐっすり眠らせたかったのね」

「あなたの推理は当たっていると思う。たまたまミス・モールトンの字が読みにくいのが、ぼくにとっては幸運だったわけだ。さもないと、あなたもいやおうなくぼくの義理のいとこにさせられてしまうところだったんですよ」

屈辱感やら怒りやらで真っ赤に上気した頬に、カサンドラは両手をあてた。どうしてアーディス伯母やジョアンナはこんな卑劣なたくらみを実行できるのだろう？　利己的な動機でこの男性の一生を拘束しようとしたやり口を思うと、いとこの横っ面をひっぱたいてやりたかった。「自分の身内ながら、なんとも恥ずかしい限りです。サー・フィリップ、許してください。どうしてあんなことができるのか、私には想像もできません」

「金の魅力というものは、人間をしばしば奇矯な行動に走らせるもののようですよ」

「だから節操をなくしていいという理由にはなりませんわ。本当に申し訳なくて、なんとお詫《わ》びしていいかわかりません」カサンドラの目には悔し涙がにじんでいた。「ひどい一族だとお思いでしょう」

フィリップ・ネビルはほほえみを浮かべてカサンドラの手を取り、丁重に押しいただいて甲に軽く唇をつけた。「お嬢さん、ぼくはあなたのことをひどいなどとはまったく思っていません。実際のところ、あなたのおかげで人の情けに対する信頼を取りもどせたくらいです」

手の甲に触れられただけで、カサンドラはどきっとした。夢から覚めたときの、あのただならぬ感覚の高まりを思いださずにはいられなかった。腹部の奥には、まだふしぎな火照りの余韻が残っている。

カサンドラはどぎまぎして顔をそむけた。「あのう、皆さんお部屋にもどったか、廊下をのぞいてみます」扉のすきまからうかがうと、人の気配はないようだった。念のため顔を突きだして、廊下の端から端まで人の姿がないことを確かめる。

頭をひっこめてフィリップのほうを向き、小声で告げた。「もう誰もいません」

「だったら、もうおいとましましょう」フィリップはにこっとして、もう一度丁寧に頭をさげた。「たいへん楽しい夜でした。ありがとう、ミス・モールトン」

「あ、私は……」カサンドラは口まで出かかった言葉をのみこんだ。自分の名字がモールトンではないことはあとで説明すればいい。「いとこと伯母がしたことをお詫びしたかっただけです」

「ぼくもあなたに許していただかなくてはならない……およそ紳士的ならざるふるまいをしたことで」

また頬が赤らむのを感じてカサンドラは向きを変え、ふたたび外をのぞいてから後ろへさがった。フィリップが部屋を出たあとも、しばらく耳を澄まして廊下の様子をうかがった。人の声がしたら、フィリップが見とがめられたことを意味する。なにも聞こえない。もう一度のぞくと、廊下は無人だった。フィリップは無事に去っていったのだ。

カサンドラは閉めた扉によりかかり、ほっとため息をついた。やれやれ！　どうしてこんなことになったのだろう？　よりによって今夜、しかも、人もあろうにサー・フィリップ・ネビルとは。

ベッドにもどって、ぐったりと腰をおろした。このお屋敷のパーティにフィリップも来ると聞いて、カサンドラは自分も連れていってもらえるように伯母に粘り強く働きかけたのだった。田舎の邸宅での大がかりなパーティでは、野外でさまざまな遊びをして楽しむことが多い。まめな性格とはいえないアーディス伯母には向いていない娯楽だから、活発なジョアンナの付き添い役をするのはかなり面倒なのではないか。そういった趣旨のことを、言い方に細心の注意を払ってそれとなく伯母に伝えた。もとより、その種の社交的な集まりに自分も参加したいという気持はおくびにも出さなかった。巧みな誘導が成功して、いつしか伯母はカサンドラに娘の付き添いをさせれば、重荷でしかない野外の遊びが楽になるという気になった。説得されてやむなくというふうに、カサンドラはパーティに行くことに同意した。

曲がったことの嫌いな性格のカサンドラが策略をめぐらすのはひと苦労だったが、我ながら絶妙な演技だったと思う。それなのに、せっかくの努力も水の泡になってしまった。ジョアンナがこんなにひどいことをしたあとでは、二度とサー・フィリップと顔を合わせられはしない。おまけに人違いとはいえ、ベッドで肌まで触れられているのだ。

夢の中での濃厚な口づけや熱っぽい愛撫《あいぶ》を思い起こすだけで身うちがぽっと火照りだす。あれは、うつつに起きたことなのだろうか？　頭がもうろうとしていたので、夢と現実を混同してしまったのではないか。恥ずかしさのあまり、カサンドラは手で顔をおおった。もしも実際にサー・フィリップの腕に抱かれてうめいたり身もだえしたりしたとしたら、いつまで経《た》っても忘れることはできないだろう。サー・フィリップはなにもなかったと言っていたけれど、単なる心遣いというだけかもしれない。

カサンドラはベッドに横になった。無意識に手を体にすべらせる。あのとき、夢を見ながら熱くうずいていた快感がしだいに高まって……はじけるような歓びに身をふるわせ眠りから完全に覚めたのだった。あれはなんだったのだろう？　体の奥底から衝撃が突きあげたあとは全身から力が抜け、ぐったりとおののいていた。あのような感覚を経験したのは生まれて初めてだ。

私はみだらな女なのだろうか？　いえ、あり得ないことだと思う。実のところ、男性とおつきあいしたことはほとんどなかった。だいいち、どんなふうに話をしたらいいのかわからない。父と話すときのように率直な物言いをすると、若い男性は早々に離れていってしまうようなのだ。若い娘は歴史や政治のような退屈な話題は口にしないものだし、ましてや過激な意見を言うなどもってのほかだと、アーディス伯母には言われた。伯母によれば、恥ずかしげにくすくす笑ったり、目から下は隠すようにして扇をひらひらさせ、まなざしに物言わせるのが若い貴婦人のすることだそうだ。なんというばかげた考えだと、カサンドラは思う。殿方とて、くすくす笑いや中身のない会話だけではその女性を愛せるかどうか決めがたいではないか。まして、生涯の伴侶《はんりょ》にする気になれるだろうか。

言うまでもなく、カサンドラには恋人に類する男性はひとりもいない。ところが、気のきいた言葉ひとつ言えないくせに色目ばかり使っているジョアンナのまわりには、どのパーティでも男たちがむらがっている。アーディス伯母の忠告が的を射ている証拠か。恋人や夫をつかまえるためにとんまな女を演じるほど、自分は恋愛や男性に強い興味を感じていないのかもしれない。もしも伯母の言うことが正しいとしたら、男の大半が生涯をともにするには愚かすぎるという結論になりそうだ。だったら、自立した独身女でいるほうがずっといい。このように夢想的ではなくて現実を直視するたちの自分だから、みだらなところがあるとは考えられなかった。仮にそんな要素があったとしたら、先ほどの夢が唯一のしるしということになる。

それにしても信じられない。カサンドラは起きあがった。サー・フィリップがなにもなかったと言うからには、実際そのとおりなのだろう。それ以外にはあり得ない。ジョアンナだと思いこんでベッドにあがってはきたものの、顔を見て人違いだとわかった。間違いに気がつく前に、数分にもわたって接吻や愛撫を繰り返したはずはない。

そこまで考えて、カサンドラは安堵のため息をついた。あれこれと想像をたくましくしすぎたせいに違いない。あのふしぎな感覚は、かつて見たこともない変わった夢の一部なのだ。アーディス伯母が飲み物になにか入れたのが原因だろう。その薬のせいで熟睡しただけではなく、奇妙な夢まで見させられてしまったのだ。

慎みのない女だと、サー・フィリップに思われはしないだろう。実際、正直なところをほめられたくらいだから。きまり悪くて顔を合わせられないと思いこむ理由はないのだ。ともかく、サー・フィリップに話をしなくてはならない。家族の将来がひとえに、サー・フィリップの協力が得られるか否かにかかっている。そのために無理してここにやってきたのではないか。ジョアンナの行いは穴があったら入りたいくらいだが、そこをなんとか乗り越えなくてはならない。双子の弟と妹のことを考えれば先祖の財産を手に入れることがなによりも重要で、それにはサー・フィリップの助けがどうしても必要だった。良心のとがめにこだわっていては、計画が実行できなくなる。明日、サー・フィリップに話をしよう。

誰かと議論でもしているように、カサンドラはきっぱりうなずいた。そして上掛けの下にすべりこみ、体をのばして蝋燭を吹き消した。ようやく本来の自分にもどれたような気がする。そう、明日は計画を実行に移そう。

2

サー・フィリップ・ネビルは薔薇園《ばら》を散歩していた。朝日を浴びてゆったりと揺れている薔薇の花々のあでやかな色合いも目にとまらず、あたりに漂う甘い芳香すらほとんど感じなかった。それというのも、ゆうべなんとも奇妙な出会い方をした若い女性のことで頭がいっぱいだったからだ。人目を忍んで自分の寝室にもどってからも、今朝起きてからも、彼女のことばかり考えていた。あの令嬢が腹黒いモールトン母娘《おやこ》の親類だとは！

真っ正直な面ざしのどこを探しても、ジョアンナと似たところはない。ジョアンナのほうがきれいだと人は言うだろう。実を言えば、以前なら自分も同じ感想をもらしていたかもしれない。ジョアンナのぱっちりした青い目やかわいらしいおちょぼ口のほうが、いとこの理知的な灰色の瞳やぼってりした唇よりもはるかに美しいと世間では思われている。だが彼女の乳色の肌と頬からあごへかけての引きしまった線を目に浮かべると、ジョアンナの顔のゆるやかな輪郭はかすんでしまう。そして、あの目もあやな淡い金色の豊かな髪。あれほどの髪の持ち主に昨日はどうして気がつかなかったのだろうか？

この疑問にフィリップはさっきから頭を悩まされている。ほかのものはいっさい目に入らぬほど、ジョアンナの美貌《びぼう》に眩惑《げんわく》されていた？　そんなことはあり得ない。小娘のくせにジョアンナがこれ見よがしの大胆なしぐさや微笑で挑発するのでついそそられはしたものの、それくらいのことで我を忘れるはずもなかった。寝室へのあからさまな誘いがあったにしても、最初は行くつもりはなかったのだ。また退屈なおしゃべりを聞かされると思うと、気が進まなかった。その点はジョアンナばかりではなく、たいていの女たち――とりわけ、妻の座を狙《ねら》って集まってくる上流階級の令嬢連も同様だ。ジョアンナの肉体からつかのまの快楽が得られたにしても、そのために無理して甘い言葉をささやいてやったり、髪型だの着るものだのについてのくだらない話につきあわされるのはまっぴらだった。

とはいえ、ジョアンナの部屋に行ってよかったと思う。もし行かなかったら、もうひとりのミス・モールトンに会えなかったわけだから。実際、結婚結婚と目の色変えているジョアンナよりもゆうべ会ったいとこのほうにずっと興味をそそられる。フィリップは、前の日にアラベック夫人からモールトン母娘を紹介されたときのことを思いだそうと努めた。そういえば部屋には、ジョアンナと母親から少し離れたところに別の女性が立っていたような気がする。ジョアンナよりは年かさのその女性は、たしか、窓の外に視線を向けていた。まさかあの人がジョアンナのいとこであるはずがない。

しかし、なぜ若い女ではないと思いこんでしまったのだろうか？　着ているものが黒っぽい色合いで地味だったし、年配の独身女性がかぶるような縁なしの帽子を頭にのせていたと思う。そう、そのせいだ。あの人が彼女だったとしても、ほっそりした長身を流行遅れの冴《さ》えない服に包み、あのまばゆいばかりの金髪は縁なし帽の中に押しこまれていたから気がつかなかったのだ。どうして彼女は、あんなに美しい髪を隠してしまうのだろう？　もしもうちの妹があの艶《つや》やかな淡い金色の髪の持ち主だったら、得意になって見せびらかすだろうに。

絹のようなジョアンナのいとこの髪の感触を指が覚えている。思わず知らず、フィリップの腹部はうずいた。彼女の唇がどんな味がしたかも思いだした。さらには、きめの滑らかな肌の手ざわりや、愛撫《あいぶ》されたときの彼女のごく自然な歓《よろこ》びの表情まで目に浮かんできた。フィリップはほほえむ。あれは演技でもなんでもなかった。

たしかにほかの女性たちもこちらの接吻《せっぷん》や抱擁に反応して、官能的なうめき声をもらしたり身もだえしたりはする。けれどもそれが嘘《うそ》偽りのない快感の表現なのか、それとも歓心を買うためのつくりものにすぎないのかは定かではない。

フィリップは若くして、母方の祖父から相当な額の遺産を相続した。数年前の父親の他界によってネビル家の資産も継ぎ、ますます富裕になった。爵位としては最も下の准男爵ではあるものの、歴史の古い名門であるネビル家一族には公爵や伯爵、子爵などがあまたいる。富も身分も申し分なしのフィリップは、年少の頃《ころ》からさまざまな女性たちに追いかけられてきた。娘の婿にと狙う貴族階級の母親たちはもとより、恋人志望の見目うるわしい女優やバレリーナ、娼婦《しょうふ》にいたるまでが、ネビル家の御曹司を独り占めにしようとするのだった。そんなこんなでフィリップは二十歳にもならないうちに、むらがってくる女性たちを皮肉な目で見るようになっていた。

たとえフィリップが斜視で吃音《きつおん》で愚かな男であっても、ネビル家の名声と財産を手に入れるためなら、社交界の令嬢たちは恥ずかしげなそぶりをしてみせながらも競って自分に色目を使うに違いない。それならむしろ、愛人稼業の女性との割りきった関係のほうが好ましいとフィリップは思っている。

男を喜ばせることをなりわいとしているその種の女性たちが愛の言葉を口にしたり官能的なうめき声をもらしたりしても、心からなるものであるかは疑わしい。

けれどもゆうべの若い娘には欺瞞《ぎまん》のかけらもなかった。こちらの愛撫にただちに反応し、混じりけのない歓びをあらわにしていた。あのようなまっすぐな情欲の表現は実に刺激的だ。現に今こうして思いだしているだけで、下腹が硬くなるのを感じる。

フィリップは足をとめて屋敷のほうを振り返り、それとなくミス・モールトンの姿を目で捜し求めた。実を言うと、朝からずっとそうしていた。あのお嬢さんとまた話をしたい。知りあいの娘たちにありがちな子どもっぽい気どりなどがまったくない、あの温かくて耳に快い声を聞きたい。昼の光の中で会って、あの乳白色の肌や知的なまなざしがゆうべの記憶のとおりなのか確かめたい。だが残念なことにミス・モールトンの姿はどこにもなく、何人かの若い女性につきまとわれては、かぐわしい庭園の散策を彼女たちのおしゃべりに邪魔されただけだった。

あの人は寝坊で、まだ起きていないのか？　それとも、屋敷内で捜したほうがいいのだろうか？　日なたには決して出ようとしない繊細な女性だとも考えられなくはないが。

庭園とその向こうのテラスに視線をさまよわせていると、背後から砂利道を踏む足音が聞こえた。「あら！　サー・フィリップ。またお目にかかりましたわね」

これこそ、ゆうべのお嬢さんの声。フィリップはぱっと振り向いた。背が高い人だ。男たちの多くを見おろすような背丈なのに、意識していないのか、あるいはそんなことを気にもかけていないのか、堂々としていた。ほっそりした長身で、形のよい胸が高く盛りあがっている。身にまとった茶色の地味な綾織《あやお》りの服は、貴族の令嬢というよりは家庭教師が着ていそうなたぐいのものだ。髪は麦わら帽子の下に隠れ、幅広のつばで顔も半ばおおわれている。

フィリップは一歩近づいた。いつもは無表情な顔に無意識に笑みを浮かべ、女の面ざしをのぞきこんだ。ふくよかで、しっかりした口もと。曲線を描いた眉と賢そうな灰色の大きな目。飾りけのない笑顔がまっすぐフィリップに向けられている。骨格がはっきりした顔の輪郭は、いわゆる正統派の美人とはいえまい。けれども、フィリップには好もしく思えた。忘れがたい顔だちだ。帽子などかぶっていなければいいのに。陽光のもとで輝く髪を見たかった。帽子をぬがせてしまいたくて、手がうずうずした。

「ミス・モールトン、思いもかけずお会いできてなんとも嬉《うれ》しい。朝の退屈な散歩があなたのおかげで見違えるほど楽しくなるでしょう。ご一緒に散歩などいかが……？」フィリップは語尾をぼかして、腕をさしだした。

カサンドラはその腕に、にこやかに手をあずける。頬がひとりでに赤らむのを感じ、胸のうちが顔に出るのを恐れた。実は少し前から庭園にフィリップの姿を見つけ、話しかける勇気が出るまであたりを歩きまわっていたのだった。ようやく意を決して近づき、フィリップが振り向いてほほえんだのを目にしたとたんにどきっとして、息がとまるかと思った。男性に声をかけただけで、こんな状態になったためしはない。まして今のように、わけもなく男に笑いかけるなどというばかげたふるまいをしたくなったことは一度もなかった。たぶん、フィリップに話をするにあたって緊張のあまり、奇妙な反応を示してしまったのだろう。

はやる動悸《どうき》を抑えようと努めながらカサンドラはフィリップとともに葡萄《ぶどう》園を通り抜け、庭の裏手のあまり整然としていない区域に足を踏みいれた。「私の名字はモールトンではありませんの」

「それは失礼いたしました。伯母上のお名前がモールトンなので、てっきり――」

「そうお考えになるのは当然ですわ。でも伯母は私の母の兄嫁なのでございます」

「なるほど。あなたはぼくを知っておられるようだが、ぼくはあなたのことを知らないというわけだ。お名前を教えてください」

ここにきて勇気がくじけてしまい、名前だけを告げた。「カサンドラ」

「カサンドラだって!」フィリップの目が笑っている。日の光のもとでは、瞳の色が茶というよりは金色に見えることにカサンドラは気がついた。「女の子の名前としてはなんとなく重苦しい感じもするが」

「さあ。両親はきっと、ギリシャ伝説の女性予言者のような力をそなえることを願って名づけてくれたのだと思います。父がその頃古代ギリシャに凝っていたので、ペルセポネーとかエレクトラなどという名前にされなかっただけましだったんじゃないかしら」

「うーむ、それはそのとおりだ」フィリップは感に堪えたようにうなずく。

「妹や弟たちは私をキャシーと呼んでいます。そんなに悪くないでしょう?」

「どちらも悪くなんかない。そんな意味で言ったわけではないんです。カサンドラはいい名前だと思う。ただ――」

「わかっております。赤ちゃんにとっては迷惑な名前ですよね」

「必ずしもそうとは限らないけれど」

「礼儀上そうおっしゃってくださるだけでしょう」

「で、お父上は妹さんや弟さんが生まれたときも、古代ギリシャに凝っておられたんですか？」

カサンドラは、いかにも楽しげにからからと笑った。その声音がフィリップの耳に心地よく響く。「つまり、アイアスとかアガメムノン、デーメーテールという名前じゃないかとおっしゃりたいのね？」

「そうそう」

「妹はオリビアといいます。ラテン語からきている名前でしょう？　古代という点ではあまり離れていないけれど、双子の弟が生まれたときには父の関心はよそに移ったようなの。弟たちの名前はクリスピンとハートです。ネッドとかトムではないにしても、少なくとも古くはないわ」

「うん、両方ともイギリス人らしい名前だ」

二人は迷路園の入り口に近づいていた。カサンドラは言った。「中に入ってみましょうか？　私は昨日試してみて、うまく出口を見つけました。中央にすてきな噴水がありますのよ」

カサンドラと二人きりで高い生け垣に囲まれた人影のないひっそりした迷路を歩く。そう思っただけでフィリップの体はうずいた。「いいですね」声がかすれている。咳払《せきばら》いして続けた。「面白そうだ」

「ええ……でも、ここはそんなに難しくないの。我が家にあったのはたいへん複雑にできていまして、私たちでも迷いそうになったものです。ハートとクリスピンがまだ小さかった頃、二人で入ったきり出られなくなったことがあったの。捜しだすのにずいぶん時間がかかりました。父は迷路園をつぶすと言いだしたのですけれど、私が頼みこんで弟たちが大きくなるまで入り口をふさぐだけにしてもらいました」

その迷路園もここ二、三年は荒れ放題になっているのだが、カサンドラはそれについては黙っていた。かつては整然と刈りこまれていた灌木《かんぼく》や芝が生い茂り、あたり一面雑草だらけになっている。庭師にきちんと手入れをさせるためのお金がないのだ。

「お宅はどちら？」

「コッツウォルズです。でも今は父が他界したので、アーディス伯母の家に身をよせております。うちから遠くはないのですけど、やはり我が家が懐かしくて」カサンドラはほほえみ、気を取り直したように口もとを引きしめた。「だけど状況が変わったら、うちに帰れると思いますわ」

フィリップとカサンドラは迷路園に入り、折れ曲がった通路を歩きだした。ときどき小鳥のさえずりが聞こえるだけで、園内は静まり返っていた。丈の高い緑の壁によって外と遮断されていると、別世界にいるような心地になってくる。静寂を壊す気になれず、二人ともしばし無言で歩を進めた。

けれども迷路の奥に入ったところで、カサンドラは深く息を吸いこみ、フィリップを見あげた。「私の名字をまだ申しあげておりませんでした」

「ええ」なぜ教えてくれないのかといぶかしく思っていたので、好奇心はつのった。

「先ほどもお話ししたとおり、モールトンは母の実家の名字です。私はヴェレアと申します」

フィリップははたと足をとめ、カサンドラをまじまじと見た。やや警戒のまなざしになり、低い声でつぶやく。「なるほど……信頼ならないヴェレア家の人か」

カサンドラは腰に手をあて、フィリップをにらみ返した。「そちらは、情け容赦もないネビル家の人」

しばらくのあいだ二人は立ちどまって、目を合わせていた。やがてフィリップは歩きだし、「ヴェレア家の人がネビル家の人間になんの用事があるんですかね？」と訊《き》いた。

カサンドラは頭の中で的確な言葉を探した。この瞬間を何カ月も待ち続けたのだ。こんな機会は二度とは来ないだろうから、しくじってはいけない。

「両家は長年にわたって、その……」

「敵同士だった？」

「敵とまで言わなくてもいいとは思いますが」カサンドラは口ごもる。「ヴェレア家とネビル家の人間が殺しあいをしようとしていた時代から、もう百年以上は経《た》っているのですから」

「うむ。かなりの進歩ではある」

かつて両家は絶えず反目しあってきた。ネビル家の一員がヴェレア家の誰かの批評をしようものなら、たちまち致命的な汚名を着せられたととっていきりたつ。反対の場合も同様だった。とはいえ年月が経つにつれて激しい憎しみはしだいに弱まり、社交上の競争意識に変形していった。パーティや馬車や競走馬について、互いに相手を負かそうと張りあうのだった。十九世紀に入ってからはその種の反感も影をひそめ、両家の人間を同じパーティに招待しても主催者は恨まれずにすむようになった。

強烈な敵意が消えていった大きな理由として、ネビル家が繁栄し続けたのに反してヴェレア家は没落の一途をたどったからではないかと、カサンドラは思っている。財産にしても社交的な催しにしても今やネビル家にかなうはずもなく、ヴェレア家に残っているのはチェジルワースという爵位しかなかった。カサンドラの祖父の代には、借金の返済のためにロンドンの邸宅を売らなければならなかった。ロンドンの社交シーズンが来ても借家や衣服にかかる費用をまかないきれず、父の生前にヴェレア家は社交界から引退した。いずれにしてもカサンドラの父は学究的な性格だったから、ロンドンの社交界からしりぞくことをむしろ喜んだ。限られたお金を本や美術品に使うほうが、父にとっては望ましかったのだ。

カサンドラはフィリップを見あげて、念を押した。「あなたは、私の名前がヴェレアだからといって反感を持たれるほど心の狭い方ではありませんよね？」

フィリップの口もとを冷笑の色がよぎった。「子どものとき、悪さをするとヴェレア家にさらわれるぞと脅かされたものだった。しかし、ぼくも負けてはいませんからね」

「私はあなたと争うつもりなどなく、助けていただきたいと思っているのです」

フィリップは両方の眉をつりあげた。「ぼくに助けてほしいだって？　ヴェレア家の人がネビル家の人間に助けを求めるとはなんとしたことか」

カサンドラは眉をひそめた。「あなたはいつまで、そんなつまらないことにこだわり続けるおつもりですか？　私がこのお屋敷のパーティにまいりましたのは、あなたとお話をするためだったのです。でも、あなたがけちな偏見にとらわれて聞く耳を持たないと言われるのでしたら、わざわざここまで来たのも時間の無駄だったようですわね」

皮肉たっぷりな言い方に、フィリップは思わず顔をほころばせた。「失礼いたしました、ミス・ヴェレア」真顔にもどって続ける。「ふざけて気を悪くされたようですので、まじめに話すことにします。ともかく、ヴェレア家の方がネビル家のぼくに助けを求めようと考えること自体ふしぎだと思ったものですから。まして、ぼくが喜んで助けになると信じてこられたとは」

「もちろん、あなたが喜んで助けになってくださるかどうかは、私としても知りようがありません。ただ、これは双方にとって有益なことだと、あなたにもわかっていただけるのではないかと思っただけです」

「話を始めもしないうちに、もうわからなくなった。なにが双方にとって有益なんですか？」

「これからお話ししますわ。ああ、ちょうど噴水のある迷路の中央にまいりました。静かでしょう？　ベンチに腰かけて、私の説明を聞いてくださいます？」

「喜んで」

フィリップ・ネビルは自分のハンカチでベンチの埃《ほこり》を払った。二人は腰をおろして、相手の表情をさぐりあった。カサンドラが口を切る。「私はスペインの持参金を探しております」

フィリップはぽかんとして訊き返した。「スペインのなんですって？」

「ご存じでしょうに。そもそも両家の不和の原因ですもの」

十七世紀末に、ネビル家とヴェレア家は結婚によって同盟関係を築こうとした。サー・エドリック・ネビルは、チェジルワース卿《きょう》リチャード・ヴェレアの令嬢マーガレットと婚約した。ところが結婚式の前夜、マーガレットはネビル邸からひそかに抜けだして愛する男とともに行方をくらました。一大スキャンダルになったうえ、マーガレットが持参金としてネビル家に持ってきた財宝も消えていたものだから、世間は騒然となった。この事件が、その後二百年にわたる両家の反目の原因だった。

「腹黒マギーの持参金?」

カサンドラはきっとなって、非難のまなこをフィリップに向けた。「マーガレット・ヴェレアのことでしたら、ええ、そのとおり彼女の持参金の話です。十六世紀末にコリン・ヴェレアが手に入れたスペインの財宝ですわ」

フィリップは鼻を鳴らす。「手に入れたんじゃなくて、盗んだんでしょう。コリン・ヴェレアは純然たる海賊だった」

「エリザベス女王の親書をたずさえて航海していたんですよ」カサンドラは憤然として言い返した。「コリン・ヴェレアは優秀な海軍軍人であると同時に、愛国者だったんです」

「公認された海賊行為ってわけですな。彼に殺されたスペインの船乗りたちにとっては、どっちも同じようなものだっただろうけど」

「でも、戦争だったんですもの。スペインは敵国だから、その経済に打撃を与えれば、イギリスと女王のためになったんです」

「それにしても、チェジルワース卿のいわゆる愛国心によって、ご自身の懐も大いに潤ったとは好都合でしたね」

カサンドラは腹の虫がおさまらない。「どうしてイギリスの殿方は、自分の国を侵略しようとした国に対してそんなに寛容でなければならないのでしょうか? 私には理解できません」

フィリップ・ネビルは肩をすくめた。「ミス・ヴェレア、ぼくは別にスペインに親愛の情を持っているわけではありませんよ。ただ、単なる欲張りを神だの女王だの国家だのというめっきでごまかすよりも、事実をありのままに言うほうが好みに合っているというだけです」

カサンドラは黙ってフィリップを見つめたあげくに言った。「サー・フィリップ、率直に申しあげますと、単に偏屈ぶりを楽しんでいらっしゃるだけなのではありません？」

フィリップの口から笑いがこぼれた。「かもしれない。まあ、どっちでもいいことですが。とにかく、持参金なんて存在しないんです。伝説にすぎないんだ」

「伝説にすぎないですって！ もちろん伝説なんかじゃないわ。スペインの持参金は本当に存在したんです。さもなければ、あなたのご先祖があれほど熱心に裁判やらなにやらで追及を続けたはずはないでしょう。だってもともとないものだとしたら、なぜ彼は持参金の所有権は自分に属すると主張し続けたの？」

「当時のチェジルワース卿が、スペインの船からお祖父《じい》さんが盗《と》ってきた宝飾品だのなんだのをいくらか持っていたのは事実だろう。しかしその量や価値は歳月を経るにつれ誇張されて伝えられ、実際の品物とはかけ離れていったのだと思う。それに、チェジルワースは本当に娘に持参金を持たせたのだろうか？ サー・エドリックをたぶらかすための巧妙な策略だった可能性もあるでしょう」

「そんなばかげたこと！」カサンドラは顔面を紅潮させて反論した。「ヴェレア家の古文書には、マーガレットの嫁入り道具の荷物にふくまれた財宝のトランクの中身がちゃんと記録されているんです。南アフリカ産のエメラルドやルビーなどの宝石類、金貨、金の宝飾品、エメラルドのイヤリング――そして、それらの品々の中で最も美しく貴重な宝物、両眼がエメラルドで、ルビーの首輪をはめた金無垢《きんむく》の豹《ひょう》の彫像」カサンドラは瞳をきらきらさせて説明をしめくくった。「その像は精巧な美術品で、たいへん高価なものなの。コリン・ヴェレアの収集品の中の白眉《はくび》といえるもののようです」

「しかしそれらの財宝が本当にマーガレット・ヴェレアの嫁入り道具と一緒にうちの屋敷、ヘイバリー・ハウスに到着したとしたら、腹黒マギーが駆け落ちするときに持って逃げたとしか考えられない。だって、サー・エドリックの手もとには残っていなかったからこそ、その行方を追及したんでしょう。一方チェジルワースのほうも、持参金として娘に持たせたと主張した。となると、チェジルワースが財宝を送りもしないのに送ったと嘘をついたか、あるいは腹黒マギーがアメリカで愛人と暮らすための資金として持っていったか、そのどちらかじゃないだろうか」

「その腹黒マギーというあだ名、やめてくださらない？　マーガレット・ヴェレアは盗人なんかじゃありません。家出をするときに、スペインの財宝はネビル家に残していったのよ」

フィリップはけげんそうに言った。「マーガレットは百五十年以上も前に死んでいるはずなのに、あなたはまるで彼女をよく知っているような話し方をするんだね」

「正確にいうと、百五十五年です。でもたしかに、よく知っている人のように感じるの。このところずっと、マーガレットの日記を読んでいるからだと思いますけど」

驚きのあまり、フィリップはしばらくのあいだものも言わずにカサンドラを見つめていた。

「話がだんだん奇想天外になってきたぞ。ミス・ヴェレア、本当にあなたの名前がそうだとしてだが、なんだかぼくは誰かの手のこんだ冗談で一杯食わされたんじゃないかという気がしてきた」

「言っておきますけどね、サー・フィリップ」いらだちをあらわにして、カサンドラはフィリップを見すえた。弟たちが悪さをしたときに叱《しか》るときの目つきだ。それだけで双子の弟は神妙になるのが普通だったが、どうやらサー・フィリップ・ネビルにはあまり効き目がないようだ。「あなたみたいに疑《うたぐ》り深い人には生まれてこのかた会ったことがないわ。私が運がよかっただけでしょうけれど。まず第一に、記録にちゃんと残っていて、あなた自身のご先祖が並々ならぬ熱意で探し続けていたスペインの財宝が、存在しなかったと言われる。そして、その持参金が実際にネビル家に送られたことも信じてはおられない。おまけに、私が氏名を詐称してるのではないかと疑っていらっしゃるらしい。私には理解できません。生まれつき疑い深いのか、それとも嘘つきだの詐欺師だののばかりに出くわして、お気の毒なことにすっかり悲観的になってしまわれたのかしら」

皮肉たっぷりの言い方に、フィリップは顔をしかめた。「お嬢さん、今あなたが言われたことは、ぼくにはとうてい信じられない話だとしか思えないんですよ。スペインの持参金についてはあまりに昔のことだし、いろいろ尾ひれがついて言い伝えられているので、なにが本当の話なのか確かめようがないと言っているだけなんだが」

「いいえ、確かめようがあるの。それを私はあなたにお話ししようとしているところなのに、聞いてくださらないから。私の手もとにはマーガレット・ヴェレアの日記があるんです」

「どうやってその日記を手に入れたんですか？」フィリップ・ネビルはひざの上で手を組み、それではお聞かせくださいと言わんばかりの姿勢になった。

「私の父が、ロンドンの古書商のミスター・ペリーマン・サイモンズから買ったのです。ご存じではないかと思いますが、亡き父はスペインの持参金の話に終始たいへんな関心を持っておりました」

「ぼくも聞いてはおりました……ずうっと熱中しておられたことは」

「わざと素知らぬお顔をしていらっしゃるところを見ると、父がその問題に異常なほど執着しているとお聞きになったのでしょう。俗な言い方をすれば、熱をあげているとか」カサンドラは肩をすくめた。「私が気を悪くするのではないかなどというお心遣いは無用ですのよ。そんなに神経過敏ではございません。それにその種の噂《うわさ》は、もっとひどいものもふくめてみんな聞いて知っております。人様になんと言われようと、私は父が学究的な知性の持ち主であると思っていますから。父は希望的観測ではなく、事実に基づいて推論していました。家の古い記録を調べたり、代々伝わってきた言い伝えも考えあわせた結果、マーガレット・ヴェレアは持参金を持ち逃げするような女性ではないという結論に達しました。信義を重んじることがヴェレア家の伝統なんです」

「だったら、サー・エドリックとの婚礼を目前にして結婚の誓いを破ったとき、マーガレットはその伝統を度忘れしたんでしょう」

カサンドラは憤然として言い返した。「マーガレットはほかの人を愛していたんです! 愛情も感じない相手との政略結婚ではなくて、好きな人との人生を選ぶのは当然でしょう。サー・エドリックがお金持ちで権力者だったとしても、どういう手段でそうなったのかは周知の事実です。無神経で情け容赦もない略奪行為がネビル家の歴史ですから、サー・エドリックも例外ではないに決まってるわ」

「初代チェジルワース卿がスペイン船から財宝を略奪したのとは段違いだけどね」フィリップは皮肉で答える。

カサンドラはすっくと背筋をのばし、ベンチの一方の端にすわっている男をにらみつけた。「おっしゃるとおり、コリン・ヴェレアは行動の人だったわ。でも彼はなによりも英国女王の臣下であり、女王の敵と戦ったのです。女王への忠誠と名誉という規範に従って行動しただけよ。ヴェレア家は少なくとも、権力欲や金銭欲に取りつかれたことなど一度もないんです。人を押しのけ踏みつぶしてでも土地やお金を手に入れるとか、他人の土地を横取りするために誰彼かまわず戦争をしかけて中世には大地主になったとか、そういうことはいっさいしていません。宮廷に入りびたり、ありとあらゆる手段を使って王に取り入ったりもしていないんです」

「ネビル家がそういうことをしてきたと言いたいのか？」フィリップはぱっと立った。怒りのまなこが金色の光を放っている。「他人を痛めつけたり、道ならぬ戦いを挑んだり、王に取り入ったりしてまで身代をつくっただと？　ネビル家の人間は代々やり手だった。しかし名誉を汚すような行為はしていないし、金を要求したのはむしろ王のほうであって、その反対の場合などはあり得ない。軍人として優秀だったのは、ぼくも誇りに思っている。だけど彼らは大義もなしに戦ったわけではない。上手な投資をして金を増やしはしたが、怪しげな美術品だの派手なパーティだの見栄《みえ》を張った家屋敷だのに浪費したりはしなかった」フィリップは当てつけがましい視線をカサンドラに向けた。「一方、ヴェレア家の人たちは夢想家で思慮に欠け、実務的な賢い判断ができないようだ」

「人生で大事なことといったら、それしかないみたいな言い方ね！　ええ、たしかにヴェレア家は夢想家ばかりでした。今でもそうです。でも、それのどこがいけないんですか？帝国を築くのも、傑作を創造するのも夢想家ではありませんか。ヴェレア家の人間は学者ですから、お茶やたばこの値段よりも美しいものに惹《ひ》かれるんです」

「なるほど。しかし、美しいものに金を使い続けたいと思ったら、お茶やたばこの値段を知っておくのは役に立つんだがな」

カサンドラの頬に血がのぼった。うちがお金に困っているのを、この人は知っているんだわ。すばらしい発明や冒険的な計画に父が不得手な投資をしたのも、世間の噂になっていたに違いない。「おっしゃるとおりですわ」こわばった声でカサンドラは言った。「でも、学問的な情熱と商才とは相容《あいい》れないようです」

怒りが消えているのを感じたフィリップはため息をついた。ついかっとなって、無礼な言葉を投げつけてしまった。もちろん、チェジルワース卿の非常識な事業の失敗については聞いている。だがふだんの自分だったら、本人の令嬢に当てこすりを言うような下品な真似《まね》はしないのに。

「失礼しました。ですが、そういう意味で――」

「いえ、そういう意味でおっしゃったのはわかっております」カサンドラはさえぎり、フィリップの目をまっすぐ見た。「お金のことは父は得意ではなかったのです。祖父もそうでした。ヴェレア家の歴史を振り返れば、それははっきりしています。あなたがおっしゃったとおりよ。美しいものを愛好したり学問をしたりしても、お金にはなりませんわ。にもかかわらず、私は父に別の生き方をしてほしいと思ったことは一度もありません。父は人間として上等だったと思いますし、そんな父をとても愛していました」

「あなたのようなお嬢さんを持って、父上は幸せな方でしたね」

カサンドラはかすかにほほえんだ。「父もそう思っていたなら嬉しいですけど」

「そう思っていらしたに決まってる。チェジルワース卿が家庭を大事にする方だったのは、みんな知っていますよ」

優しかった父を思って、カサンドラは涙ぐんだ。「ごめんなさい。父がいなくなったのがまだ悲しくてたまらないものですから」

忸怩《じくじ》たる面もちで、フィリップは口ごもった。「ぼくが悪かった――」

カサンドラはかぶりを振り、にっこりしてみせる。「いいえ、話がそれてしまって謝らなければならないのは、私のほうです。マーガレットの日記の話をしていたのに」

「そうそう、日記の話でしたね」どことなく冷笑的な表情ではあったものの、フィリップはふたたびベンチに腰をおろした。

「マーガレット・ヴェレアは、アメリカに渡ってからずうっと日記をつけておりました。全部で七冊あります。ミスター・サイモンズがその日記を父に売ったのです。父が亡くなる少し前のことでした」日記を手に入れるために多額のお金が必要だったので、一家はますます困窮した。けれどもカサンドラには、父の気持がよくわかっていた。「残念なことにまもなく父は病に倒れ、日記をあまり読むことができませんでした。前から肺が弱っていたようです。あとで……あとになってから、私が読みました」悲しみを振り払うようにカサンドラは肩をそびやかし、身を乗りだして話を続けた。「その日記に、持参金の財宝はネビル家に残してきたと、マーガレットは記しているのです。それだけではなく、財宝のありかについても書き残しています。サー・フィリップが協力してくだされば、一緒にスペインの財宝を見つけることができるんですよ」

3

カサンドラは得意げな笑みを浮かべ、身を起こして返事を待っている。

フィリップはカサンドラのきらきらした目に視線をあて、慎重な言葉遣いで言った。

「ミス・ヴェレア、あなたはこの話を……つまり、アメリカに暮らしていた女性が長年にわたってつけていた日記が今になってイギリスで見つかったという話、少々できすぎているとは思いませんか？」

カサンドラの口からため息がもれた。「ネビル家の人と共同でなにかすると、こんなことになるのではないかと懸念していたとおりだわ。あなたは冒険心というものを持ちあわせていないの？　何代にもわたって姿を隠していた財宝になんの興味も感じないんですか？」

「ぼくはおとぎ話には興味を感じないたちなんです。それにしても、ミス・ヴェレア……いくら冒険心旺盛《おうせい》なあなたでもなんとなくいんちきだと思うでしょう。その日記がずっとアメリカにとどまっていたにしても、百五十年以上も経《た》ってからイギリスにたまたま現れるとは。しかもうまい具合に、父上がお得意さんだった古書商のミスター・サイモンズの手に渡っていた。水をさすようで悪いが、こんな話を信じろと言われても無理というものですよ」

腹を立ててはいけないと、カサンドラはぐっとこらえた。ネビル家の人に自分の計画を説明して納得してもらうことの難しさは予想していたはずではないか。先代のサー・トマスは旧弊だというもっぱらの評判だったが、少なくともサー・フィリップは父親ほど頭が固くないのではないかと楽観していたのだった。カサンドラの父に言わせれば、サー・トマスは〝退屈なやつ〟とか、〝お高くとまった男〟だったらしい。でも深夜、人の寝室に忍びこんできたゆうべのサー・フィリップの行動からすると、〝退屈なやつ〟だとも思えない。むしろ冒険好きのほうではないかと期待していたのに。やはり典型的なネビル家の一員だったのか。

カサンドラは快活さをよそおって答えた。「私はこの話をちっとも変だとは思わないわ。ミスター・サイモンズの話によれば、マーガレット・ヴェレアの子孫であるアメリカ人が日記を持ちこんだのだそうです。そのアメリカ人は貿易商で、ときどきイギリスに船で渡ってこられるんですって。長年のあいだ家に残っていた日記を売ることにしたとき、マーガレットがイギリス人なのでアメリカよりもイギリスのほうが高く売れるだろうと考えたそうよ。アメリカ人は古いものに対してそれほど敬意を払わないのでしょうね」

「うむ。想像力に欠けているか、宝探しなんかにわくわくしたりしないのかもしれない」

「そのアメリカ人はミスター・サイモンズのほかにも数人の本屋さんを訪ねたらしいわ。でもサイモンズは、父がマーガレットの持参金に興味を持っているのを知っていたので日記を買ったんですって。必ず父が欲しがるのがわかっていたから」

「ミス・ヴェレア、おおかたそのサイモンズという男や仲間があなたの父上に売りつけるために日記をでっちあげたんじゃないかと、ぼくは思う」

「サー・フィリップ！　ペリーマン・サイモンズはロンドンで名の知れた古書商ですよ。父が昔からひいきにしていた人です。そんな偽物を父に売りつけるはずはないわ！　仮に日記を自分でつくったにしても、なぜ持参金についてあれこれ書かなくてはならないの？　なんの得にもならないでしょうに」

「そうかな？　姿を消した財宝の話が記されているとなれば、日記を高く売ることができるだろう。父上は相当な金額をふっかけられたのではないかな」

カサンドラはしぶしぶ認めざるを得なかった。「ええ、かなり高かったようだわ。でも、我が家の歴史にとって重要な古い記録ですもの。持参金についての記述がなかったとしても、父は日記を買いとっていたでしょう」

「サイモンズとやらも、その点は自信がなかったんでしょう。ミス・ヴェレア、言いにくいことだが、父上もあなたも手のこんだ詐欺に遭われたんですよ」

いらだちを抑えきれずに、カサンドラは口に出した。「あなたの人生にいったいなにがあって、そんなひねくれたものの見方をされるようになってしまったんでしょう」

「ゆうべの出来事を思いだしてみてください。あなたにも察しがつくんじゃないかな」

カサンドラは、サー・フィリップを陥れようとした伯母とジョアンナの卑劣な策略を思い起こした。「ああ」

「ミス・ヴェレア、あなたよりもぼくのほうが世間を知っているというだけのことですよ。あなたはたやすく人を信用しすぎる。たぶん父上もそうだったのではないかと思う。学者にはよくあることです。とりわけ、自分の興味の範囲に関することだと」

「父は、あなたみたいに重度の人間不信にはおちいっていませんでした。だけど、ミスター・サイモンズとは長いおつきあいでしたもの」

「サイモンズが日記を偽造したとしか考えられないと、言っているわけじゃありません。彼自身も知らずに詐欺の犠牲者になっていたことも考えられる。もしかしたら日記をサイモンズに売った男が真犯人かもしれない」

「ということは、その犯人の偽造の腕前がずば抜けていて、古書愛好家であった父も名だたる古書商であるミスター・サイモンズもまんまとだまされたというわけね。二人とも、日記の紙といい、インクや装丁といい、まぎれもなくその時代のものだと信じていたようですもの。それともあなたは、子孫がいつの日か私の父をだますために日記を百五十年以上前に偽造しておいたとおっしゃりたいのではないでしょうね？」

「いや、もちろんそんなことは言ってません」

「父は本には造詣《ぞうけい》が深かったのです。世間知らずではあったにしても、頭が悪かったわけではないわ。日記がこの数カ月のあいだに書かれたとしたら、見破っていたでしょう。紙が古いものではないとか、インクの色もあせてはいないことくらい気がつくはずです。誰が日記を偽造したにしても、本物らしく見せかけるためには並大抵ではなく骨を折らなければならなかったと思うの。父が払ったお金くらいでは割に合わない大仕事をそこまでする価値があったのか――日記の中身を考えて書くだけでもたいへんな時間がかかったでしょう。そういうことを考えると、やっぱり本物のマーガレット・ヴェレアの日記である可能性のほうが大きいと思うわ」

「そもそも日記に宝物の見つけ方の指示が書かれていること自体が疑わしいと思う。だって、日記というものは自分のために書くのが普通でしょう。マーガレット自身は宝のありかを知っていたわけだから」

「見つけ方の指示が書かれているわけではないんです。持参金についての記述はあちらこちらに出てくるのだけど、量は少なくて遠回しなものが多いの。アメリカに渡る船の中で書きはじめた最初の日記には、お父さまからなんの連絡もないことが心配だと繰り返し記されているのよ。手紙を送ったのに、受けとったという返事が来ない。ある箇所には、持参金についての秘密を書いたお父さまあての手紙にも触れているの」

「だったら、マーガレットのお父さんが手紙の指示に従って持参金を見つけたんでしょう。見つけたという返事を娘に出さなかったというだけのことじゃないかな。娘のせいで汚名を着せられたことにまだ腹を立てていたのかもしれない」

「サー・フィリップ、過去の事件についていつまでもそういう意地の悪い言い方をなさるなら、あなたと力を合わせてやっていくのは非常に難しいのではないかという気がいたします。昔ならいざ知らず今の男性は、女性にも好きな人と結婚する権利があると認めることができるはずですわ」

「その点について、異論はありません。ただ、やり方に問題がある。婚約しておいて婚礼の前夜に駆け落ちするのは、ぼくには適切なふるまいだとは思えないんです」

「ええ」カサンドラは皮肉で応じた。「夜中に若い娘の寝室に忍びこんで乱暴するよりも格段に悪いことですわね」

フィリップはむっとして、声を荒らげた。「きみに乱暴などしていない！　ゆうべのことが間違いだったのは、きみも承知しているくせに」

「でしたら、マーガレット・ヴェレアの間違いも大目に見てあげたらいいじゃありませんか。かわいそうに、マーガレットはお父さまやサー・エドリックをどんなに怖がっていたことか。あなたにはおわかりにならないでしょう。私はそののちのマーガレットの日記を読んでいますから、察しがつくんです。何カ月も経っているのに、サー・エドリックがアメリカの居場所を突きとめて連れもどしに来るのではないかと恐れていたようよ。お行儀がよくない娘だとお思いでしょうが、その当時マーガレットはまだ十七歳にしかなっていなくて、頼りにする人もいなかったし必死だったんでしょう。ああするしか仕方がなかったのだと思うわ」

はるか昔に死んだ女性に感情移入して熱弁をふるうカサンドラの表情に、フィリップは見入っていた。理屈っぽくて強情な娘らしいが、灰色の目をきらきらさせて話すときのカサンドラは美しいと思った。いや、単なる美人というのではなく、並はずれていて興味をそそられる娘だ。またしてもゆうべの口づけの感触を思いだし、欲情が突きあげてくるのをおぼえた。もう一度、あの感触を味わいたい。今度は、あたりに人のいないどこか静かな場所で、心ゆくまでこの人に接吻《せっぷん》できたらいいのだが。そういえば、ちょうどその理想的な場所にいるではないか。今こそ絶好の機会なのに。ただ、肝心の相手が消えた財宝の話に夢中になっていてそれどころではない。

「わかった」フィリップは欲望を抑えて言った。「あなたの言うとおり、腹――マーガレット・ヴェレアは悪い女性ではないのでしょう。それと、今のところは、彼女の日記が本物であると考えてもいい。だが、どうやってその持参金というのを見つければいいんですか？」

「日記に書かれていることをつなぎあわせてみると、マーガレットはそれをネビル家の地所のどこかに隠したらしいの。さらにその隠し場所を見つける方法を書いたものをお屋敷に隠し、自分のお父さまにも手紙で説明しています。お父さまからの返事がないので、マーガレットは同じ内容の手紙をまた送り、ずっとあとになってから三通目の手紙も出しているの。返事は一度も来なかったけれど、少なくとも三通のうちの一通はお父さまに届いたと思っていたようよ。お父さまは頑固な人なので手紙を開封せず、財宝もけっきょく見つけられなかったのではないかと、マーガレットは心配していたの」

「うちの先祖が見つけたんじゃないかな。サー・エドリックか、その子や孫とかが。あなたの話だと、ヘイバリー・ハウスにも隠し場所の説明を残したというから」

「あなたはご存じないの？　お宅の言い伝えにそういうお話があるのではないかと思っていたけれど」

フィリップは肩をすくめた。「そういう言い伝えはあったのかもしれないけれど、ぼくはサー・エドリックがどんな男だったのかは知らない。あるいはずるいやつで、財宝を見つけたとして、ヴェレア家に返すのがいやで口をつぐんでいたことも考えられる。宝石類はこっそり売り払って、金に換えてしまった可能性もあるし」

カサンドラはにべもなくフィリップの推測をしりぞけた。「ご自分の先祖のことだからあなたのほうがお詳しいでしょうけれど、宝物を見つけることができたとは考えられません。マーガレットがヘイバリー・ハウスに残したものだけでは、隠し場所にたどりつけないのです」

「しかし、さっきあなたは――」

「ええ、隠し場所の説明はお宅のどこかにあるとは言ったわ。でも、お父さまにも手紙で書き送っていたでしょう。つまり、どちらか一方だけでは見つけることができないということ。マーガレットとしては、両家が力を合わせて見つけてほしかったので財宝を隠したのね。自分がアメリカに逃げたことが原因でネビル家とヴェレア家が反目するようになったことをとても気に病んでいたんです。だから両家が協力しなければならないように仕向けて、仲直りのきっかけにしてもらいたかったわけ。ただ、それについてもマーガレットは心配していたみたい。仮にお父さまが手紙を読んだとしても、サー・エドリックと協力することなどいやがるのではないだろうかと」

「ほう。うちの屋敷に隠したなにかとお父さんに書き送ったものとの両方がないと、宝物は見つけられないというわけか」いんちき臭い話だと思いつつも、フィリップの好奇心はくすぐられた。

「ええ。たぶんそれは、一枚の地図の半分ずつとかではないかと思うの。たしかな根拠はないけど。とにかくその両方がそろわなければ、財宝が入った箱を見つけることはできないようです」

「なるほど」フィリップ・ネビルは人差し指を唇にあてて、考えこんでいる。得意の笑みがこぼれそうになるのを、カサンドラはこらえていた。「それで、うちの屋敷のどこに隠してあるのかな?」

「はっきりはわからないの」

フィリップは眉をつりあげた。「マーガレットの日記に書いてあるのかと思ったが」

「漠然としか書いてないんです。どうやら本の中に隠してあるらしいけれど」

「本に? それはまた漠然としすぎているなあ。書庫には何千冊もの本があるんだよ。長い年月のあいだに捨てられた恐れもあるし」

カサンドラ自身もそう思わないでもなかった。「でも、そう簡単に捨てられないような種類の大事な本なんでしょう」

「二百年も経っているのに?」

「だけどマーガレットは、そんなに月日が経たないうちに誰かが見つけると思ったんじゃないかしら」

「なにかの本に隠してあるということしか、あなたは知らないの?」

「本の題名は書いてないんです」カサンドラは用心深く答えた。実は、マーガレットの日記にはもっと具体的に書かれている。けれどもまだ、フィリップを信頼してなにもかも話す気持にはなっていない。なんといっても、ネビル家の人なのだ。詳しく教えたら、フィリップがひとりで財宝を探しに行かないとも限らなかった。

「ははーん」カサンドラの不信感を見てとったフィリップは腕を組んで言った。「なにかまだ伏せていることがあるようだな」

「助力を約束してくださってもいないうちから、なにもかもお話しするわけにはいかないじゃありませんか。日記が本物かどうかも疑っていらっしゃるくせに。でもご一緒に宝探しを始めることになったら、すべて打ち明けるわ。ずるい駆け引きなど嫌いですから」

あなたの伯母さんやいとこと違って、とフィリップが言い添えることはなかったが、二人とも前夜のジョアンナたちの悪巧みを思い起こしていた。フィリップは立ちあがり、カサンドラの無鉄砲な提案について考えをめぐらせながら行ったり来たりしはじめた。「ぼくが協力すると約束したら、あなたと一緒にうちの屋敷に行って、所在も題名もわからない本を探そうというわけですね？　で、奇跡でも起きて運よくその本に隠してあるものを見つけることができたら、今度はその指示に従ってうちの地所のどこかにあるという財宝を探すのを手伝い、それをあなたに渡す。そういうことでしょう？」

「持参金の半分よ。半分ずつ分けるべきだと思って」

「おやおや、ミス・ヴェレア、その持参金は全部ぼくのものじゃないかと思うんですけどね」フィリップの金色がかった目がいたずらっぽく光った。「だって、ぼくの家屋敷なんですよ。宝のありかを示すものが隠されているのも、宝そのものの隠し場所も。ということはすなわち、ネビル家のものだという結論に達する」

「なにおっしゃるの」カサンドラはぱっと立ち、顔を赤くして両わきに垂らした手を握りしめた。「サー・エドリックには持参金の所有権はないのよ。結婚が成立しなかったんですもの。財宝はチェジルワースのものなんです」フィリップの目が笑っているのに気づき、からかわれているのがわかった。だが、素知らぬ顔で続ける。「それにさっきも言いましたけれど、地図にしろなににしろあなたのお屋敷にあるものだけでは不十分なのよ。あとの半分を持っているのは、私なんです」

「え?」フィリップの顔色が変わった。「それじゃ、マーガレットがお父さんに送った手紙は見つかったんですか?」

「それは……まだですけど」

フィリップの顔から驚きの色が消えた。「あ、そう」

「でも、必ず見つけます。本当は手紙を探しだしてから、お話ししようと思っていたの。ところが幸運にもあなたにお目にかかれる機会がやってきたものですから、これを逃したらもうお会いできないのではないかと思ってここにまいりました。私は社交界とは縁のない生活をしているので。だけど、もう作業を始めているのよ。何週間もチェジルワースの屋根裏部屋に通って手紙を探しています。書類や衣服がぎっしり詰まった古いトランクがいっぱいあるの。私たち、十九世紀初頭の摂政の宮の時代あたりまで調べ終わっているので、そのうちに必ず出てくると思うわ」

「ふーん。で、その〝私たち〟というのは誰のこと？　この突飛な計画に参加している別の人物がいるんですか？」

「弟たちと妹が手伝ってくれているの。どうしても持参金を探しだしたいと思っているのは、実は弟や妹のためなんです。たとえ財宝の半分でも大金になるでしょう？　研磨していない大きな宝石類や金貨、それに、金の豹《ひょう》の彫像！　そのお金でチェジルワースの屋敷を修理すれば、伯母のお情けにすがって暮らさなくてもよくなるんですもの。クリスピンが家を継ぎ、ハートもなにか一生の仕事を身につけることができるかもしれないわ。オリビアには社交界に出られるようにしてやりたいし」

「宝物が見つかってもいないうちから盛りだくさんの計画があるんだね」

「ヴェレア家の人間がまた夢を見ていると、おっしゃりたいんでしょう？」

「ミス・ヴェレア、あなたはぼくのことをなんの夢も抱かない男だと思いこんでいるようだが、そうでもないんだ。ぼくはただ、夢がかなわなかったときにあなたががっかりするんじゃないかと心配しているだけなんですよ」

「もしも夢がかなわなかったとしたら、それはそれで仕方ありません。でもね、私はがっかりする結果に終わるとは思っていないの。手紙は絶対に見つけだすわ」

フィリップ・ネビルはため息をついて、カサンドラを見おろした。いつしか、ぜひとも助けてあげたいという気持になっていた。だが、あまりにも非現実的な話ではないか。

「ミス・ヴェレア、この話はなんだかメロドラマみたいだと思いませんか？　ロメオとジュリエットみたいな幸薄き恋人たち、反目しあう両家、埋もれた財宝の数々、長年にわたって隠されていた地図……」

「ええ、そのとおりよ」カサンドラは気にもかけないふうだった。むしろ目を輝かせて、つけ加えた。「すてきじゃない？」

「いや、そういうことじゃなく、現実とは思えないという意味です。誰かのでっちあげじゃないかな」

「でも、大半は事実じゃありません？　婚礼の前夜にマーガレットが恋人と逃げたこと。それ持っていった高価な財宝の行方がわからなくなって、未《いま》だに見つかっていないこと。それ以来、両家が長年にわたって不和になっていたことも。新しいことといえば、マーガレットの日記と財宝が見つかる可能性だけだわ」

「そこなんですよ、信じられないのは。ミス・ヴェレア、あなたがぼくのことをつまらん男だと思っているのは承知しています。しかし、多くの場合最も単純な答えが正解であるのは経験からわかっているつもりです。つまりマーガレット・ヴェレアは持参金である財宝を隠したり、そのありかを見つけるための地図かなにかを残したりはしなかった。二百年も経ってから偶然ヴェレア家の手に渡ったという日記を、マーガレットはそもそも書いてなどいなかった。それよりも、アメリカで新生活を始めるためにマーガレットが持参金を使ったと考えたほうが自然でしょう。スペインの財宝にまつわる最近の出来事は、この問題にこだわっていたことが知れわたっているあなたの父君に偽の日記を莫大《ばくだい》な値段で売りつけるための計略としか考えられない」またしても身も蓋《ふた》もない言い方をしてしまったのに気づき、フィリップは口をつぐんだ。

「では、私に力を貸してくださらないというわけですのね」カサンドラは顔色を曇らせ、後ろへさがった。望みをもっぱらフィリップにかけていたので、すっかり意気消沈してしまった。「貴重なお時間をさいていただいて申し訳ございません」

向きを変えて歩きだそうとしたカサンドラの腕を、フィリップはつかまえた。「いや、待ってください」

カサンドラは必死で涙をこらえた。協力を断られたことがどんなにこたえたかは悟られたくなかった。懸命に平静をよそおい、フィリップを見あげる。

「ミス・ヴェレア、ぼくがどうも納得できないのはその日記の信憑性《しんぴょう》なんです。偶然の一致にしても、今頃《いまごろ》になってお宅の手に渡ったということはできすぎてやしませんか？」

「偶然じゃないことはさっきご説明しましたでしょう――必然的な成り行きなんです。おわかりになりませんか？」ふたたび一縷《いちる》の望みがわいてくるのを感じ、カサンドラは気を取り直して答える。

「ぼくには、美しいお嬢さんが悪いやつにだまされているように見えるんです。父上を失った悲しみがいえないお嬢さんが、できることなら亡き父上の夢をかなえさせてあげたいと切望している。そこにつけこんだ――」

「まあ、失礼な！　私はそんなにたやすくだまされるようなばかな女じゃないわ。父も愚かな人ではありませんでした。日記は本物です。あなたのように無味乾燥な見方しかできない方にはわからないでしょうけれど」カサンドラはフィリップの手を振りほどこうとした。「空想的すぎるとか、あまりにロマンティックだとか、冷笑なさりたいんでしょうよ」

「ミス・ヴェレア、あなたのことをばかな女だなどとはまったく思っていません。それどころか、美しくてしかも非常に聡明《そうめい》な方だと思っております。心から敬服しているくらいです」フィリップはかすかにほほえみ、かがみこむようにしてカサンドラの目を見つめた。

「それから、ぼくもロマンティックでないというわけではありません。現に今、たいへんロマンティックなことを考えているところなんです」

カサンドラはごくりとつばをのみこんだ。自分を見つめる金色がかった茶色のまなざしから目をそらすことができない。のどがからからになって、不意に息が詰まりそうになる。口をきこうとしたが、声が出てこなかった。

フィリップは手をカサンドラの腕から背中にまわし、しっかり抱きよせた。「あなたはなんという魅力的な人なんだろう」

「サ、サー・フィリップ……」経験したことのない混乱に襲われ、カサンドラは口ごもるばかりだった。

フィリップの唇が近づき、軽く触れた。続いて強く押しつけられる。カサンドラの動悸《どうき》も息遣いも速くなった。ゆうべのみだらな夢の情景がよみがえり、下半身から力が抜けていくのを感じる。ぐったりとよりかかったカサンドラの体をフィリップはかかえあげるようにきつく抱きしめ、唇をむさぼった。

しばらくのあいだ、カサンドラはなにもかも忘れて歓《よろこ》びにひたっていた。炎が血管を駆けめぐるようなふしぎな快感だった。

「カサンドラ……」フィリップの口づけは唇からあごにそって移動した。

名前を呼ばれて、カサンドラはやっと我に返る。頭にかすみがかかったような陶然とした気分ながらも、自分が今どこにいて、いかにはしたないふるまいをしていたか思いだした。しかもこの人は、スペインの財宝の証拠を詐欺だと決めつけ、私のことを父を失った悲しみのあまり妄想に取りつかれた愚かな女だと見なしているというのに。

カサンドラはぐいと身を引き、フィリップの顔を平手打ちした。一瞬、フィリップの目を怒りの色がよぎった。けれどもすぐいつもの冷静な表情にもどり、怒気も欲望も影をひそめた。

「失礼いたしました――」

詫《わ》びの言葉を口にしはじめたフィリップにじりじりして、カサンドラはさえぎった。

「やっぱりこんなことだったんですね！　あまりにもあなたらしくて笑いだしたくなるわ。私がお話ししたことには、もともとなんの関心もなかったんでしょう。あなたの頭にあったのは、ひとけのない迷路で私の唇を奪うことだけ。だから私の話にさも乗り気なふりをして、それを口実に二人きりになろうとなさったのね。夜ごと若い娘の寝室に忍びこむようなお方は女をくどくことしか考えていないと思うべきだったんだわ。あなたのおっしゃるとおり、私はだまされやすい女です。ただし、マーガレット・ヴェレアの日記が本物だと信じているからではなくて、あなたの関心は肉欲にしかないことに気づかなかったからよ。ネビル家の人を説得するのは難しいとは覚悟していたけれど、まさか女たらしを相手にしなくてはならないとは夢にも思いませんでした！」

「ぼくは、あなたをくどこうとしたわけではない」フィリップ・ネビルは顔をしかめて反論した。カサンドラ・ヴェレアは魅力的であると同時に、手を焼かされる恐れがある。

「話をしたいと言ったのは、あなたなんですよ。忘れてはいないだろうが。人のいない静かな迷路園で話をしようと提案したのも、あなたなんだ」

「まあ、あなたって方は！　私のせいになさるのね。私はただ二人きりでお話をしたいと思っただけで、接吻してくださいとお誘いしたわけじゃありません！」

「いや、そうじゃないが、あなたの唇に誘われただけのことだ」

カサンドラは唖然《あぜん》とした。「なんという侮辱でしょう！」

「しかし事実だから。それに、あなたも進んで応《こた》えてくれたでしょう。少なくとも、未婚の女性なら憤然とすべきところだと気づくまでは」カサンドラに腹を立てているにもかかわらず、体のほうは勝手に欲している自分をフィリップは疎ましく思った。なんてことだ！　どうしてこの女に振りまわされなくてはならないのか。

カサンドラは歯ぎしりして悔しがり、およそ貴婦人らしからぬ悪態をもらした。「おたんこなす！」父がよく口にしていた軽い罵《のの》り語《し》だが、もっとひどい言葉を知っていたらよかったのにと思う。「そもそもネビル家の人に助けてもらおうと思った私が間違っていました。お話などしなければよかった。それよりも、あなたに会わなければどんなによかったことか！」

苦々しげに言い捨ててカサンドラは身をひるがえし、走り去っていった。

「待ってくれ！　ミス・ヴェレア……」フィリップは追いかけようとした。

だが迷路の道順をすでに知っていることもあり、カサンドラは早くも出口に近づいていた。途中で後ろから名前を一、二度呼ばれても、振り向こうともしなかった。広々とした芝生に出ると、庭園のほうから伯母といとこが歩いてくるのが目に入り、つと足をとめる。

二人はびっくりしてカサンドラを見た。たちまち伯母の眉が非難がましくつりあがる。カサンドラはスカートのしわをのばし、動揺が顔に出ていないことを祈りつつ、いつものきびきびした足どりで歩きだした。

アーディス伯母はさっそく小言を言った。「カサンドラ、どうしてそんなにせかせか歩くの？ いつもあなたはあわてふためいていて、品がないですよ」

「ごめんなさい」習慣的にカサンドラは答える。「伯母さま、ジョアンナ、おはようございます」

カサンドラが二人のそばを通り過ぎて屋敷のほうへ行きかけたとき、フィリップが迷路の入り口から飛びだしてきた。「ミス・ヴェレア！」

ジョアンナとアーディス伯母は、カサンドラの存在も忘れて同時にフィリップのほうを向いた。伯母の表情ががらりと変わり、不意に愛想のよい笑みを浮かべた。かたわらでは、ジョアンナがえくぼを見せてほほえみ、しなをつくって扇子を使いはじめる。

「まあ、サー・フィリップ！ ここでお目にかかれるとは思いもかけない幸運ですこと」アーディス伯母が声を張りあげた。

フィリップはにこりともせずに答えた。「別に思いもかけないことじゃないでしょう。お互いにここに泊まっているのですから」

途方もなくおかしいことでも聞いたように、ジョアンナはくすくす笑いだした。

フィリップはジョアンナを冷ややかに見た。「ミス・モールトン、ゆうべは悪い夢にうなされたそうですが、今朝はご機嫌よろしいようですね」

ジョアンナはぽかんと口を開け、フィリップから母親へ、そしてまたフィリップへと落ちつきなく視線を行ったり来たりさせている。アーディス伯母も度肝を抜かれたように黙っていた。

フィリップがカサンドラに目を向けた。カサンドラは腕を組み、冷たいまなざしでフィリップを見返した。フィリップは口をひらきかけ、思い直したふうに三人に挨拶《あいさつ》した。

「では、皆さん、失礼します」そして、足早に歩き去った。

ジョアンナとアーディス伯母は口もきけずにフィリップの後ろ姿を見送っていた。やがて、ジョアンナが声をあげる。「知ってたんだわ！　お母さん、サー・フィリップは知ってたのよ！」

「しっ、なにをばかな」アーディス伯母は娘をにらみ、カサンドラに意味ありげな目つきを送った。

「あ」

カサンドラは母娘《おやこ》に言った。「私に隠そうとなさる必要なんかありませんのよ。お二人がサー・フィリップをたぶらかす計略だったのはわかってますもの」ひと息おいて、念を押すようにつけ加えた。「サー・フィリップも気がついてらしたようね」

ジョアンナがいきりたった。「あなたがサー・フィリップに告げ口したんでしょう！」

「ジョアンナ！」伯母が険しい声を出した。

ジョアンナは口をとがらせる。「だって、どっちみちカサンドラは知ってるんでしょう。きっと鍵穴《かぎあな》越しに盗み聞きしてたのよ」

「別に盗み聞きするまでもないわ。ゆうべあなたのお母さまが寝室の扉をがんがんたたいて声を張りあげていたのを聞けば、なにをたくらんでいるかくらい誰にだって察しがつくでしょう。昨日の午後にはサー・フィリップにしなだれかかっていたし、どういう魂胆かは簡単に見当がつくわ」

さすがにアーディス伯母はきまり悪そうだった。けれどもジョアンナはカサンドラに詰め寄った。「あなた、やきもち焼いてるのね！」

アーディス伯母は娘の手首をつかんで引きもどした。「ジョアンナ！　よしなさい！　アラベック夫人のパーティでみっともない真似《まね》をするのは許しませんよ。ただでさえ恥ずかしい思いをしているのに――」ほかの客たちが集まってきて自分の悪口をささやきあってでもいるかのように、アーディス伯母はあたりの芝生を心配そうにうかがった。「みんなが本当に私たちのことを……ジョアンナが……」

伯母のうろたえた顔を見ているうちに、カサンドラはもう少しで同情しそうになった。といって、これ以上ここに残る気分にはなれなかった。伯母はほかの客たちの物笑いの種になる恐れさえなければ、できる限りこのお屋敷にとどまって娘のための次なる獲物を探そうとするだろう。あるいは、フィリップが依然としてジョアンナに気があると信じこもうとするかもしれない。たしかにカサンドラも認めないわけにはいかないほど、ジョアンナは並はずれてきれいな女ではある。伯母は、男という男がジョアンナの美貌《びぼう》に夢中になるものと思いこんでいた。ジョアンナの浅薄で身勝手な性格や愚鈍な会話にいやけがさす男性もいるとは想像もできないのだ。だからフィリップも美しいジョアンナと顔を合わせていさえすれば、たぶらかされかけたのも忘れて恋に落ちるのではないか。そんなふうに都合のよい理屈をつけて、伯母が気を取り直すのに時間はかからないだろう。そこまで考えたカサンドラは手厳しく言った。

「ゆうべ伯母さまがジョアンナの寝室の前で大きな声を出していらしたのを変だと思った人は、私だけではないと思います。そのうえジョアンナが扉を開けて、〝まだ彼は来ていないわ〟と言ったものだから、ますます怪しまれたようだわ」

「ほうら、言わないことじゃない」アーディス伯母は娘に食ってかかった。「みんなに聞こえてしまったのよ。よく考えもしないで、あんなこと言うから」

「サー・フィリップにも聞こえたのではないかと思います」カサンドラは心を鬼にして追い討ちをかける。「もしかしたらサー・フィリップは廊下を歩いてくる途中で、伯母さまとジョアンナのやりとりが耳に入ったのかもしれないわ。ジョアンナに誘われたことを知っているのはご自分だけだから、こういうことだったのかとすぐ悟られたのでしょうね」

「私は誘ってやしなかったけど」ジョアンナの声音は煮えきらない。

カサンドラは声に出さずに、〝嘘《うそ》おっしゃい〟というようにいとこを見やった。その視線だけで、ジョアンナは顔をしかめる。

「迷路のお散歩にサー・フィリップがつきあってくださったからといって、あなたに気があると勘違いしないで。あなたみたいな本の虫にあの方が関心があるはずないんだから」

ジョアンナは悔しそうにカサンドラに当たった。

「関心があるとか、お散歩につきあってくださったとかじゃなくて、偶然お会いしたのよ。出口がわからなくて迷ってらしたみたいなので、教えてあげただけ」

ジョアンナはわかったふうな口をきいた。「カサンドラ、あなたって男の人のことはなんにも知らないのね。女に教わるのを好む殿方なんていないのよ」

「それはお気の毒だこと。無知な男の人がいっぱいいるのに」

「あなた方、やめてちょうだい！」アーディス伯母は二人をさえぎって、自分の失敗という当面の大問題に話をもどした。「そんなことを言いあっていてもなんにもならないじゃない。これからどうするか、考えなくては。みんなにじろじろ見られて陰口をきかれるとしたら、ここに居続けるわけにはいかないし。つまり、あの方を私たちが……その、ジョアンナが……」

カサンドラが引きとって、にべもなく言った。「サー・フィリップ・ネビルをたらしこもうとしたことですか？」

「まったく、カサンドラったら露骨なんだから。かわいげのないお嬢さんだと思われますよ」

「ごめんなさい、アーディス伯母さま」悔いる様子もなく、カサンドラは機械的に謝った。

「伯母さまとしては、そうとう辛《つら》くなりますよね。いっそおいとましたほうがいいかもしれません」

アーディス伯母はびっくりした顔をしたものの、すぐ思い直したようにうなずいた。

「そうね、そのほうがいいかもしれないわ。ダンズレイの家にもどりましょう。そうすれば、みんなもまもなく忘れてくれるわ。でも、アラベック夫人にはなんと言えばいいかしら？　気を悪くされては困るし」

「私のせいにすればいいわ」カサンドラは伯母が喜びそうなことを心得ている。「私が具合が悪くなったことにしましょう。気分が悪いと言って、これから寝室にとじこもることにするわ。午後になってから、私が病気でうちに帰りたがっていると、奥さまにお話しなさってください。病弱な体質なので心配だとかなんとか説明すれば、気を悪くなさらないでしょう」

「あーら、カサンドラは馬みたいに頑丈なのに」ジョアンナが茶々を入れた。

「アラベック夫人はご存じないわ」

「だいいち、病弱には見えないじゃない。見るからに丈夫そうよ」

「精いっぱい虚弱そうなふりをするわ。もちろん、あなたが病人の役をやってくれるなら別だけど」

ジョアンナは想像をめぐらせた。青白い顔で弱々しげにいとこの肩によりかかり、今にも倒れそうな足どりで馬車までたどりつく自分の姿が目に浮かぶ。さもなければ、廊下で昨日見かけたハンサムな従僕にかかえられて馬車に運ばれるというのはどうだろう？　悪くないじゃない。ジョアンナはにっと笑った。「うん、それがいいわ。それに、娘の具合が悪いので心配だというほうが本当らしいし。じゃあ、カサンドラ、腕を貸して」

ジョアンナはさっそくカサンドラの腕につかまって、ぐったりよりかかった。芝居がかったいとこにいらいらしたものの、これもみんな憎らしいフィリップ・ネビルから離れるためだと、カサンドラは自分に言い聞かせる。そして、ジョアンナと一緒に屋敷のほうへのろのろと歩きだした。フィリップのせいで計画が台なしになったのは考えないことにする。これでおしまいというわけではないのだ。家に帰って、例の手紙を探す作業を続けよう。そのあとは……自力でスペインの財宝を見つける方法をなんとかして考えだそう。

4

ジョアンナはたいそう熱心に病人のふりを始めた。白粉《おしろい》を顔に塗り、暗くした部屋で息も絶え絶えといったふうなうめき声をもらしている。帰る支度はカサンドラがひとりで二人分をやらなければならなくなり、ものぐさないとこをひっぱたいてやりたかった。ジョアンナは最初からそういう魂胆で病人役を志願したのかもしれない。伯母に何度も無茶なことを言いつけられて邪魔されながらも、ようやく荷物をまとめて馬車に運びこませたときは午後も半ばになっていた。

毛布にくるまれたジョアンナを二階の寝室から馬車まで運んだのは、白髪になりかけた頑丈な従僕だった。カサンドラと伯母も馬車に乗りこんだところへ、アラベック夫人の令嬢が丁重な別れの挨拶《あいさつ》を言いに来た。やがて馬はきびきびした足どりで走りだし、鉄細工の門を通り抜けて屋敷の外へ出た。

「ふうっ!」ジョアンナは毛布をひざから押しのけた。「これ、どけて。汗びっしょりになっちゃった」

たしかに、白塗りにしたいとこの顔からは汗が筋になってしたたり落ちていた。カサンドラはなだめるように言った。「でも、あなたのお芝居、真に迫ってたわよ」

けれどもジョアンナは、ふくれっ面で文句を並べはじめる。「なんであんな仏頂面のおじさんに馬車まで運ばれなきゃならなかったの？　それに、誰も見送りに来てくれないなんて」

アーディス伯母が答えた。「パトリシアお嬢さまがいらしたじゃない。ご親切に見送ってくださったと思うけど」

「あの方、オールドミスじゃない」

「あなたも昨日みたいな失敗を繰り返したら、同じようになりますよ」

ジョアンナは母親に食ってかかる。「私が失敗ですって！　早く来すぎて扉をたたいたのは、お母さんじゃない。お母さんがせっかちなことするから、サー・フィリップは逃げてしまったんだわ！」

「私は約束した時間に行っただけですよ。あちらのほうが遅れたというだけじゃありませんか」

「それが私のせいだというの？」

「そうよ。あまり乗り気じゃなかったんでしょう。あなたの魅力が足りなかったからじゃない。でなければ、もっと早くいらしていたはずよ。だけど実際は、なかなかみえなかった」

「私だって、精いっぱいやったつもりよ。にこにこしてみせたり、色目使ったり、聞いたこともない作家とかの話をあの人がしゃべり続けていても面白がってるふりをしたり。胸がよく見えるように、ドレスのレース飾りまではずしていったのよ」

「それに、扇子を何度も落としては、かがんで拾ってたわね。私も気がついてたわ」カサンドラも言葉をはさんだ。

「ほら、カサンドラも私の努力を認めてるじゃない」いとこの口調が皮肉をおびているのに気づきもしないジョアンナだった。「あの人、鈍感なのよ。温室でキスまでしてあげて、やっとその気になったくらいだから」

「あなたのやり方がまずかったんです。怪しいと思われたのよ。それで、物陰で様子をうかがってたんでしょう」アーディス伯母は娘をやりこめた。

カサンドラは身勝手な母娘《おやこ》の口げんかにうんざりしてため息をつき、窓の外に視線を向けた。これからどうしようか？　さっきは虚勢を張ってはみたものの、フィリップに協力を断られた打撃は大きかった。ネビル家の人間だからひと筋縄ではいかないと覚悟はしていたけれど、お金になる計画だから最終的には同意してくれるものと思いこんでいた。それなのに、スペインの財宝がネビル家の地所のどこかに隠されているという事実自体を作り話だと片づけられた。おまけに、そんな話を信じている私をとんま呼ばわりすらした。

それぱかりではない。あの人にとっては宝探しよりも接吻《せっぷん》のほうが重要だとは、夢にも思わなかった！

フィリップの唇が重なったときのことを思うと、今でも頬が赤らむ。あのような口づけがあるとは想像だにできなかった。まして男性にああいう厚かましいことをされたのに、この私がうっとりとしてしまったとは。

なにをばかなことを考えているの。カサンドラは自分を叱《しか》りつけた。こうなったからには、フィリップ・ネビルの助力なしにスペインの持参金を見つける手段を考えなくてはならない。柄にもなく泣きたくなった。ふだんは沈着冷静で決断力がある性格だと、自分では思っている。けれども、ずっと昔にヴェレア家が失った財宝を取りもどす望みが絶たれそうなのは、さしものカサンドラにも過酷すぎた。マーガレット・ヴェレアの日記を読みはじめたときから、我が家の窮状を救うにはスペインの財宝を見つけだすしかないと思い詰めていたのだった。持参金さえあれば、弟たちや妹と一緒に伯母の家を出られるのに。

ヴェレア家の財政の苦しさについてはフィリップも知っているようだった。とはいっても、その全貌《ぜんぼう》まではわかっていないだろう。父が亡くなったときは、無一文にひとしかった。借金を返すために屋敷内の家具の大半を売らなくてはならなかった。家具ばかりではない。父が大切にしていた本の多くを断腸の思いで手放した。中でもいちばんこたえたのは、姉弟《きょうだい》四人で先祖伝来の家であるチェジルワース邸を出なければならないことだった。

かつては壮麗な貴族の館《やかた》だったが、長い歳月を経て建物の傷みがはなはだしい。手入れを怠ってきたのは、父、祖父、曾祖父《そうそふ》の代までさかのぼる。カサンドラが物心ついて以来、西翼の部分は閉鎖されたままだ。その部分を大規模に修繕する費用が払えないからだった。中央部と東翼の屋根にも、緊急に修理を要する箇所がいくつかあった。窓のまわりからはすきま風が入るし、床板は反ったり、がたがたしている。虫の食っていないカーテンはいくらいだった。あの家をこよなく愛するカサンドラの家族でなければ、住み続けることはとうていできなかっただろう。

けれども父の他界後は、大きな屋敷を維持するのに必要な最小限度の数の召使いにも給料を払えなくなった。やむなくカサンドラと妹、双子の弟は、ほんの数キロ離れたダンズレイに住む伯父夫妻の家に厄介になることになった。我が家をあとにするだけでも辛《つら》いのに、そのうえ伯母のお情けにすがって暮らすしかすべがないのはカサンドラにとっては耐えざる屈辱だった。母の兄であるバーロウ伯父は気だてのいい人なのだが、仲間と一緒にしょっちゅう郊外かロンドンに狩猟に出かけてめったに家にいない。伯父が家庭にいつかないのは、伯母の浅薄で打算的な性格ゆえではないかと、カサンドラは推測している。

がめついアーディス伯母は夫の貧しい姪《めい》や甥《おい》たちが居候しているのに腹を立て、半ば面白がって威張り散らしていた。もともと義妹のディーリアを好いてはいなかった。それというのも、華やかなディーリアのせいでいつも自分が影の薄い存在になっていたからだった。カサンドラたちには余分なお金と手間がかかるとしじゅう文句を言う一方で、伯母はなにかにつけ姉弟の生活に干渉する。アーディス伯母に言わせれば、カサンドラは不器量で冴《さ》えない文学少女、オリビアはでしゃばり、弟たちは躾《しつけ》の悪い腕白なのだ。そんな姪や甥たちをどれほどの犠牲を払って引きとったか。伯母は家の中でも外でも強調するのを忘れなかった。

ジョアンナは物静かで地味なカサンドラが自分の美しさをいちだんと引きたてると思いこんでいて、同居していることに取りたてて反感を持ってはいない。ただ十二歳の双子クリスピンやハートとなると、話は別だった。生意気にも年がずっと上のいとこである自分をからかうし、騒々しくて迷惑だ。だが、ジョアンナがとりわけ嫌いなのはオリビアだ。十四歳にしてすでにオリビアは美女になりつつあり、地元の狭い社交界で君臨しているつもりのジョアンナの地位を遠からずおびやかす存在だった。

このような伯母の家から一日も早く出てチェジルワースにもどるのが、カサンドラの悲願だった。まともな住まいと生活費さえ確保できれば、未成年のオリビアと弟たちの後見人になっている伯父も、カサンドラがひとりで妹弟《きょうだい》たちの面倒をみることに賛成してくれると思う。そのためには、どうしてもスペインの持参金が必要なのだ。それは四人姉弟にとって自由を意味している。その自由を手に入れる望みを、フィリップが意にも介さず踏みにじった。

「どっちみち大した相手じゃないわ」アーディス伯母の声で、カサンドラは憂鬱《ゆううつ》な物思いから覚めた。話題はふたたびサー・フィリップ・ネビルにもどったらしい。

「あら、どうして？　伯母さまは、イギリス中で最もすばらしい結婚相手のひとりだと言ってらしたじゃない」カサンドラはけげんそうに訊《き》いた。

いやに物覚えのいい娘だこと。アーディス伯母は顔をしかめた。「そりゃあ、サー・フィリップを射とめた娘さんは誰でも得意になるでしょう。だけど、あの人には爵位がないもの。その点では、ベンブローク卿《きょう》ですら優位だというわけ」

「ベンブローク卿は六十になるところで、しかも痛風をわずらっていらっしゃるのよ」

「そうよ、お母さん。ベンブローク卿なんかと結婚するのはいや」ジョアンナは口をとがらせている。

「ベンブローク卿と結婚しなさいなんて、誰も言ってません。あの方には爵位があるけど、サー・フィリップにはないというだけ。それに、もっとお金持ちな人はほかにもいるでしょう」

カサンドラは言ってみた。「リチャード・クレティガンは全国一のお金持ちだと聞きましたけど」

「リチャード・クレティガンですって！　あの人は……商人ですよ！」伯母が驚きの声をあげた。

「そのうえヨークシャーの出じゃない。ヨークシャー訛《なまり》を毎日毎日聞かされるなんて、ぞっとするわ」ジョアンナはさも不快げにかぶりを振っている。

カサンドラはさりげなく、母娘の疑わしげな視線をはね返した。「だけど少なくとも、ジョアンナにほかの選択の道もあると思えば気が楽になるでしょう」

それには答えず、アーディス伯母が言った。「サー・フィリップは、女たらしだという話よ」

「女たらし？ どなたからお聞きになったの？」カサンドラのみぞおちがきゅっと引きつった。

「ダフニ・ウェントワースから聞いたの。ダフニの話だと、ロンドン中に知れわたっているそうよ。あの顔色の悪いダフニの娘さん、トリーザがあからさまにサー・フィリップの気を引こうとしてるところだから、牽制《けんせい》の意味もあるかもしれないわ。でもダフニがその話をしていたとき、同席してらしたキャラザーズ夫人もサー・フィリップにはとかくの噂《うわさ》があるとおっしゃってたのよ」

「とかくの噂って？」カサンドラは訊かずにいられなかった。アーディス伯母の話がどうして気に障るのかは自分でもはっきりしなかったけれど、なぜか強く否定したくなるのだった。

伯母はわざとらしく声をひそめて言った。「誘惑してものにするとか」

「だって伯母さま、そんなことどうしてわかるの？」とは言うものの、カサンドラはフィリップの巧みな口づけに陶然とさせられたことを思い起こさずにはいられなかった。もしかしたらその道の達人なのかもしれない。現に、美人でもない私をくどこうとしたではないか。たまたま出くわしただけだというのに、女なら誰でもいいのかしら。なんともやりきれない思いで、つけ加えた。「噂だというだけでしょう」

「単なる噂じゃありません。いろいろ聞いてるから……」伯母は思わせぶりな言い方をした。

「いろいろって、どんなことですか？」

「あなたやジョアンナみたいなおぼこ娘の耳には入れられないようなこと」

「ああ、お母さんったら、いつもそんなこと言って」ジョアンナはうんざりした顔で座席にどさっとよりかかった。

フィリップを寝室におびきよせて抜きさしならない立場に陥れようとしたジョアンナがおぼこ娘ですって？　カサンドラは滑稽《こっけい》千万だと思ったけれど、口には出さなかった。サー・フィリップ・ネビルのよからぬ評判などというつまらないことで、アーディス伯母と言い争ったところで仕方ない。あの人はたぶん噂どおりの男なのだろう。私の望みを無残に打ちくだいた人の弁護をしてあげる必要などどこにもないではないか。

カサンドラは窓の外に視線をもどし、伯母たちも黙って馬車に揺られていた。

しばらくしてカサンドラはぱっと顔をあげ、目をぱちくりさせながらあたりを見まわした。居眠りをしてしまったらしい。向かいの座席の母娘も眠っている。カサンドラは窓のカーテンを押し開け、外をのぞいてみた。寝ているあいだに、すっかり日が暮れていた。おなかがぐうっと鳴ったこともあって、出発してからずいぶん長い時間が経《た》っているのに気がついた。

馬車がわき道に曲がった振動で、目を覚ましたのに違いない。ほの白い月の光に照らされた小道の前方には、アーディス伯母の屋敷がある。やっと帰ってこられた。カサンドラの胸がはずむ。弟たちや妹の顔を見れば、元気が出るだろう。

まもなく馬車はジョージ王朝時代様式の館の前にとまった。正面玄関の扉がひらき、一行を出迎えるために従僕が石段をおりてきた。

「おかえりなさいませ、奥さま」従僕はアーディス伯母に頭をさげ、馬車をおりる手助けをした。

伯母は従僕にごく軽くうなずいただけだった。続いてジョアンナがおり、最後にカサンドラが従僕の手につかまってほほえみかけた。「ただいま、ジョン」

ふだんは無表情な従僕の顔に、みるみる笑みが広がった。「お嬢さまがお帰りになられて嬉《うれ》しいです」

「ありがとう。妹さんはいかが？　赤ちゃんが生まれたの？」

「いえ、まだなんです。家族はみんなはらはらしています」モールトン家のほとんどの召使いたちと同じく、ジョン・ソマーズもヴェレア姉弟が来てからお屋敷が明るくなったと思っている。モールトン夫人や令嬢と違って、ヴェレア姉弟は召使い全員の名前を覚えているし、微笑や感謝の言葉を絶やさない。家の中で駆けずりまわっていた双子のひとりが花瓶を壊したときには内緒でさっと片づけてくれたり、いたずらをして叱られた子どもたちの部屋にそっと夜食を届けてくれたりするのも、召使いだった。

「キャシー！」亜麻色の髪の少年たちが玄関から飛びだし、階段を駆けおりてきた。その後ろから負けず劣らず勢いよく、金髪を三つ編みにした少女が走ってくる。

カサンドラは両腕を大きく広げて、妹弟たちを抱きとめた。「クリスピン！　ハート、その手はどうしたの？　オリビア、私が留守にしているあいだにもっときれいになったみたい」

お下げ髪にして子どもみたいな短いスカートをはいていても、オリビアの体つきや顔だちはまぎれもなく女っぽくなりつつある。オリビアはくすくす笑った。「やだ……キャシーったら、留守だったのはたった三日じゃない。どうしてこんなに早く帰ってきたの？」

「そうそう！」クリスピンも口をはさんだ。「馬車が帰ってきたとジョンが言ったときのバーロウ伯父さんの顔を見せてあげたかったよ。猟犬の声を聞いた兎《うさぎ》みたいだった」

ハートもくっくっと笑った。「どっかに逃げこむ穴がないかっていうように、まわりをきょろきょろ見まわしてた」

「アーディス伯母さまが出かけてからは伯父さまも毎晩うちにいて、とっても楽しかったわ。私たちと一緒にお食事をしてくださって、いろんなお話をしたのよ。パパと一緒だったのとは違うけど、みんなでうちにいた頃《ころ》のことを思いだしちゃった。ちょっとばかり……」オリビアの声がとぎれた。

カサンドラはつられて涙ぐんだ。「わかってるわよ、オリビア。お父さまがいなくなって寂しいのは私も同じ」

「最高だった！」ハートには、父親がよく口にしていた学問的な話題よりも伯父の猟犬の話のほうが面白かったようだ。「伯父さんが今度バッキンガムシャーに狐《きつね》狩りに行くときに、ぼくたちも連れていってくれるって。アーディス伯母さんがいいと言ったら」

「ふん！　ぼくたちが遊びに行くのを伯母さんがいいと言うはずないじゃないか」

「クリスピン、黙って。アーディス伯母さまは、あなたたちが出かけるのをかえって喜ぶかもしれないわよ。いたずらっ子二人がうちにいなければうるさくないし埃《ほこり》も立たないからと、私からも伯母さまに口添えしてみるわ」

「ほんと？」双子の顔はぱっと明るくなった。上のお姉さんは魔法使いみたいな人だもの。なんでもかなえてくれる。そんな面もちで二人はカサンドラを見あげた。実際、苦しい家計をやりくりしては弟たちを遠足に連れていったり、小馬に乗せたり、クリケットのバットが壊れたので新品を買ってやったりしたのは母親代わりのカサンドラだった。

「もちろん話はしてみる。でも、必ず伯母さまが許してくださると約束はできないわよ」

「わかってる」クリスピンはまじめくさってこっくりする。ハートよりも慎重な子なので、いくら聡明《そうめい》なカサンドラでも伯母の絶大な権力には対抗しきれないこともあるのは悟っていた。

「狐狩りなんてばかばかしい！　どうだっていいじゃない」オリビアがじれったそうに口をはさんだ。「それより、キャシー、アラベック夫人のパーティはどうだったの？」

「サー・フィリップに会えた？　助けてくれるって言ったの？」わきからハートもせっついた。

「ちょっと待って。あとで全部話してあげるわ。まずおうちに入りましょう。バーロウ伯父さまにただいまのご挨拶をしなくては」

玄関に入ると、弟たちが言ったとおり伯父が罠《わな》にかかった兎みたいなしおれた顔で伯母の小言を聞いていた。家中にともされた蝋燭《ろうそく》の数が多すぎると、伯母は文句を言っている。おかしいやら気の毒やらで、カサンドラは目を伏せた。

「子ども部屋がクリスマスみたいに明々としてるのが馬車からでも見えましたよ。そんな必要がどこにあるんです？　だいいち、子どもは寝る時間じゃありませんか」

バーロウ伯父は弁解しようとする。「特に明るいってほどでもないじゃないか。オリビアが蝋燭一本で本を読もうとしてたから、目を痛めちゃいかんと思ってね。あのかわいい目はオリビアの財産なんだよ」長年にわたってアーディス伯母と暮らしているにもかかわらず、実にまずい発言をしているのに本人は気づかない。

「くだらないことおっしゃらないでください！　だいたいあんなふまじめな本ばかり読んでるのが間違ってるんです」アーディス伯母は姪を見て眉をひそめた。「オリビア、スカートをきちんと直しなさい。髪もざんばらで、まるで男の子みたいじゃないの」

「はい、アーディス伯母さま」オリビアは口答えしたいのをぐっとこらえた。きかん気のオリビアはこれまでしばしば伯母と衝突してきた。けれどもそのことで姉が辛い思いをするのに気がついてからは、口を慎むようになった。

カサンドラは伯父を抱擁し、頬に軽いキスをしてから、妹と弟たちを連れて二階の寝室へ行った。双子はそれぞれ床にすわり、オリビアはベッドにのっかって脚を組んだ。

「じゃあ、キャシー、聞かせて。どうしてアーディス伯母さまはこんなに早く帰ってきたの？」

「そんなことどうだっていいじゃないか」クリスピンが下の姉をばかにして言った。「ぼくはサー・フィリップと宝物の話が聞きたい」

「アーディス伯母さまとジョアンナがちょっとした失敗をしたの」カサンドラはおかしそ

うに妹に告げた。まだ十四歳の妹には事実をあからさまには話せないから、多少の脚色をしなくてはと思う。「あとで教えてあげるわね」

オリビアは目を丸くしたものの、カサンドラが弟たちの知りたがっていることを話しだしたので黙って聞いていた。

「残念ながら、あんまりよい知らせじゃないのよ。サー・フィリップに断られてしまったの」

クリスピンはうめき、ハートはいきまいた。「ぼくはわかってた、ネビル家のやつなんか当てにできないのが。パパがいつも言ってたもん。キャシー、頼まなければよかったんだ」

「でも、頼まなかったら見つけられないじゃないか。地図だかなんだか知らないけど、片っ方がネビル家にあるんだろう」クリスピンが言った。

「そんなもの、いらないよ」ハートはカサンドラに同意を求めた。「ねえ、キャシー？ぼくたちだけで見つけられるよね？」

カサンドラは温かい笑顔をつくってみせる。「もちろん、見つけられるわよ。時間はもっとかかるでしょうけれど。私はあきらめるつもりはないわ」

「だけど、どうやって見つけるの？」オリビアがたずねた。双子の弟たちと同様に姉を大いに信頼はしているが、オリビアのほうが実際的な考え方をするたちなのだ。

「まず第一に、例の手紙を見つけだすこと。できるだけ何回もチェジルワースに行って、屋根裏部屋の荷物を探す作業を続けるつもり。手紙さえ出てくれれば、財宝が本当に隠されていて見つけることができることをサー・フィリップに証明できるでしょう。証拠を見せられたら、いくらサー・フィリップでも宝探しの手助けをしてくれると思うわ」内心では弱気にならないでもなかったが、カサンドラは今のところそれしか考えつかなかった。

ハートがびっくりして訊いた。「サー・フィリップは宝物があることすら信じなかったの？」

「ええ。日記をパパに買わせようとして、誰かが偽造したんじゃないかと言うの。サー・フィリップはこちこちの石頭なのよ。でも自分の目で証拠を見れば、信じざるを得なくなるでしょう」

「ぼくたちも手紙探しを手伝うよ」クリスピンが重々しく言った。十二歳の男の子らしく活発な半面、爵位を継いだチェジルワース卿としての責任を自覚している。弟のハートがスペインの持参金探しをわくわくするような冒険ぐらいにしか思っていないのに反して、クリスピンは家の将来がそれにかかっていることを知っていた。

「もちろん、私たちも手伝うわ。あのがみがみばばあのすきを見て、こっそり行っちゃえばいい」

「オリビア……お行儀が悪いわよ」口ではたしなめながらも、カサンドラは涙ぐんだ目を妹や弟たちに向けていた。「あなたたちが頼りだわ」

オリビアはベッドから飛びおりて姉にしがみつき、双子の弟たちもそれに従った。カサンドラは三人をしっかり抱きしめ、この子たちをがっかりさせてはならないと心に誓った。なんとかして手紙を見つけだし、フィリップを動かさなくてはならない。


アーディス伯母は、夫の姪や甥たちがチェジルワースの家に行くことを好まない。姉弟が同居するようになってから、それまで伯母がやっていた退屈な家事の多くをカサンドラが引き受けることになった。限られた予算の枠を超えさえしなければ、カサンドラが家計をやりくりして食事の内容や召使いの働きぶりを改善することを伯母は喜んだ。私だって時間と労力をかければそのくらいのことはできると内心うそぶきながらも、その実、アーディス伯母は身づくろいや噂話をして過ごすほうが好きなのだった。おしゃべりの相手は、身分がつりあうと伯母が考えている近所の二、三人の婦人たちだった。

そういうわけで、カサンドラが家事を休んでチェジルワースに行く日には伯母は不機嫌になる。「あんなところで一日中、いったいなにをすることがあるというの？　今にもぶっ倒れそうな家じゃありませんか」

チェジルワース邸に行く理由を伯母には決して悟られないように注意していた。財宝探しについて伯母がどう思うかは、見当がつかない。けれどもたぶん伯母はばかばかしいと一笑に付して、姪や甥たちがチェジルワースに行くことすら禁じてしまう恐れがある。だからカサンドラは無難な返事をするにとどめた。「家が倒れるのを少しでも防げればいいと思ってるの。雨漏りを調べたり、家の中のお掃除をしたりして――」

頭がおかしいのではないかとでも言いたげに、伯母は姪の顔をじろじろ見ている。「こっちにいたほうが時間の無駄ではないと、私は思うけどね。だって今は、ここがあなたのうちなんですよ」

カサンドラは両手を握りしめて自分を抑え、素直に答えた。「よくわかっておりますわ、アーディス伯母さま。でもチェジルワースはクリスピンが継いだ家ですから、将来のためになんとか残してやりたいんです。それに、弟たちが大きくなってからも四人で伯父さまと伯母さまにご厄介になっているのはあまりに心苦しいですから」

姪の言葉はアーディス伯母にとって思いも寄らないものであったらしい。「わ、私はなにも――いえ、あなたがそうしたいならそうなさい。ただ、毎日行くのはどういうことかと……」

「もちろん、伯母さまが私にご用がないときだけでいいんです」

こんなやりとりがあったあげくカサンドラは週に三日か四日は伯母の用事を片づけることにあて、そのほかの空いた時間に妹弟を引き連れて昔の家に行き、かび臭い屋根裏の捜索を続けた。

実際に作業をするのは、ほとんどカサンドラだった。弟たちは熱心ではあるものの、なにか変わった品物が出てくるとたちまちそちらに気を取られたり、彼らにとっての掘り出し物をめぐってけんかになったりするのだった。オリビアもすぐ飽きるし、のどが渇くしで、外で休むことが多い。とはいえ、捜索は少しずつ進んでいた。衣服や家具の年代がだんだん古くなっていくにつれ、カサンドラの期待もふくらんでいく。丈の長い凝ったかつらや、一七〇〇年代にスカートを広げるために使ったほぼ真っ平らで幅広の張り骨が出てきたときは、オリビアがきゃっきゃっ声をあげた。目標に近づいてきたしるしだと思い、カサンドラは精を出して作業にはげんだ。

ある朝、カサンドラが張りきってチェジルワース邸に行くつもりでいるところに、邪魔が入ってなかなか家を出られない。伯母があれやこれやと用事を言いつけ、それらを片づけたときには昼近くなっていた。ほっとしていると、今度は厨房《ちゅうぼう》で起きたひと騒動の始末に行かなくてはならなくなった。そしてようやく、屋根裏での作業にふさわしい着古した服に着がえるため寝室へ行こうとしているとき居間の扉が開き、執事が、お客さまですと告げた。

「奥さま、ミスター・デイビッド・ミラーとおっしゃる方がおみえになりました」冷ややかな口調から察するに、訪問者が気に入らないようだ。執事は、名刺をのせた小さな盆をアーディス伯母に渡した。

「どなたですって？」伯母はけげんな面もちで訊き返した。

「アメリカの方のようです。なんでも……チェジルワース卿のご親戚《しんせき》だとか」

「チェジルワース卿――クリスピンのこと？」

「はい、さようでございます」

アーディス伯母とジョアンナは同時にカサンドラの顔を見た。カサンドラも首をかしげる。「私もそういう方は存じあげないのですけど」

「そう……まあ、お目にかからないわけにもいかないでしょう。ソームズ、お通しして」

ソームズ執事が部屋を出るなり、伯母はカサンドラに言った。「詐欺師じゃないでしょうね。あなたの親戚だと称するアメリカ人なんて」

カサンドラは眉根をよせてつぶやいた。「ヴェレア家の誰かがアメリカに移住したのかもしれないわ」

「チェジルワースという爵位からして金持ちに違いないと思ったのよ。お金目当てかもしれないから、気をつけて」

「だとしたら、大いにがっかりするでしょう」カサンドラはおかしそうに伯母に答えた。

ほどなく、ソームズ執事が客を案内してきた。「ミスター・デイビッド・ミラーでございます」

若い男が居間に入ってきて、三人の女性が腰をおろしているあたりにほほえみかけた。

まだ二十代だろうか。目は空色で、もじゃもじゃの金髪。口ひげを生やしているのは童顔に貫禄《かんろく》をつけるためだろうかと、カサンドラは思った。流行の身なりはしているが、派手派手しくはない。ジョアンナの目つきが急に熱をおびたところからすると、かなりの美男子ではないかというカサンドラの印象は当たっているようだ。

デイビッド・ミラーと名乗った青年は女性たちに頭をさげた。「突然お邪魔して申し訳ありません。前もってお手紙をさしあげるべきだったのですが、ロンドンにまいりましてから時間が空きまして、イギリスのいとこの方々にぜひともお目にかかりたくなりました。無礼をお許しください」

カサンドラがまず自己紹介した。「どうぞおかけになって。わたくしはカサンドラ・ヴェレアと申します。チェジルワース卿は弟ですが、まだ子どもでございますのよ。こちらはわたくしの伯母ミセス・モールトンと、いとこのミス・ジョアンナ・モールトンです」

デイビッド・ミラーは婦人たちの手にうやうやしくキスをしてから、やおら腰をおろした。「私はヴェレア家の遠縁の者です。先祖にヴェレア家の女性がいまして、結婚した相手とともにボストンに住んでおりました。あ、二百年も前のことですが」

「えっ？」カサンドラは目を丸くした。「その女性の名前は……なんという名前でしょうか？」

「マーガレット・ヴェレアです。言い伝えによると、なんともロマンティックな話なんです。家族の怒りに逆らって平民の出の男とアメリカに駆け落ちしたとか」

「信じられないわ」

「いえいえ、本当の話ですよ」

「わかっております。マーガレット・ヴェレアの話を信じないという意味じゃないんですの。ただ、その……あまりにびっくりしただけで。というのは、このところマーガレットの日記を読んでいたものですから」

デイビッド・ミラーはにっこりした。「そうだったんですか。あの日記、面白いと思われたらいいんですが。あれをミスター・サイモンズに売ったのは私なんですよ。私はボストンの貿易商でして、最新の品物を仕入れにときどきロンドンに来るんです。マーガレット・ストーンの――ストーンというのが婚家の名字でした――日記をロンドンに持ってきて売ることにしたのは、昨年でした。買い手の古書商がミスター・サイモンズです。今年になって日記が売れたかどうか訊きに店に寄りましたら、サイモンズによるとチェジルワース卿が買ってくれたという話でした。マーガレットの血族の手に渡ったのなら、実によかったと思いました。それで遠いとはいえ親戚関係にあるわけですから、機会があったらヴェレア家の方とお近づきになれたら嬉しいと思ったわけです」

「わたくしも嬉しく存じます」

ハンサムな青年がボストンの貿易商にすぎないとわかったとたんに、ジョアンナはほとど興味を失ってしまった。ダンズレイにやってきた理由はともかく、本来ならば私の美貌にひと目惚《ぼ》れしていいはずなのに。古臭い日記だの先祖だの話ばかりして、どういう気なんだろう。落ちつきなくジョアンナは姿勢を変えた。

ミラーは満面に笑みを浮かべている。「厚かましいとお思いになるのではないかと案じておりましたが、思いきってお訪ねしてよかったです。アメリカ人はずうずうしいとイギリスの方に思われているようですから」

「いいえ、お目にかかれて嬉しゅうございました。わたくしも父も、マーガレットの話はすてきだと思っていました。ミスター・サイモンズから日記を買ったのは父だったのですが、残念ながら他界してしまいましたの。父が生きておりましたら、あなたにお会いして喜んだでしょうし、日記についていろいろ質問もしたことでしょう」

「カサンドラ、日記とかのお話ばかりしてなくてはいけないの？」ジョアンナがたまりかねて訴えた。

ミラーはすぐさま謝った。「これは失礼いたしました、ミス・モールトン。二人で親戚の話ばかりしては、退屈なさるのももっともです。どうやらあなたはマーガレットのご子孫ではないようですね」

「マーガレットとは誰なのか、さっぱりわかりませんわ」ジョアンナはくすくす笑ってみせる。この笑い方がかわいいとほめた男はひとりに限らないものだから、自信があるのだ。

カサンドラが説明した。「いとこと伯母はヴェレア家とのつながりはないんです。わたくしの母方の親戚なものですから」

「なるほど」

「それにしても、ミスター・ミラー、どうやってその日記を見つけられたのでしょうか？それと、なぜ売ることになさったのですか？」フィリップがこの場にいて、青年の話を聞いたらよかったのに。気の毒にもミスター・サイモンズは詐欺師と決めつけられてしまったが、デイビッド・ミラーの説明を聞けばフィリップにも得心がいくのではないか。

「マーガレットは私の母方の祖先なのですが、母は二年ほど前に亡くなりました。母の母、つまり私の祖母が一族の歴史にたいへん関心があって、家の古い記録や昔の聖書、出生、死亡、結婚などの証明書類も全部とってあったんです。ともかくそういうものがトランク数個分もあり、母はそれらをそのまま屋根裏にしまっておいたようです。母がこの世を去ってから遺品を整理しているときに、祖母のトランクを見つけました。トランクには昔のものがぎっしり詰まっていて、私としてはその大半を処分するしかなかったんです。で、その中にマーガレットの日記がありました」

飽き飽きして眠そうなジョアンナが、ミラーの長広舌のすきを見て口をはさんだ。「カサンドラ、ミスター・ミラーにお庭をご案内したらどうかしら？　アメリカの方はイギリス式庭園にご興味があるというじゃない」

「それがいいわね、ジョアンナ」カサンドラは珍しくいとこと意見が一致した。ジョアンナと一緒では、まじめな話ができない。しなをつくったり、嬌声《きょうせい》をあげて笑ったり、話題といえば自分のことばかり。「ミスター・ミラー、わたくし、喜んで庭をご案内いたしますわ。歩きながら、お話を伺ってもよろしいでしょうか?」

デイビッド・ミラーは二つ返事で承知した。さっそくカサンドラは、館の裏手にある幾何学式庭園に青年を連れていった。さまざまな品種の薔薇《ばら》や雛菊《ひなぎく》、ひえんそうなどの花々をミラーはねんごろにほめた。それから二人は葡萄《ぶどう》園のベンチに腰をおろした。

「先ほどのお話を続けてくださいませんか?」カサンドラはうながした。「あなたはマーガレットの日記をお読みになりましたの?　なぜ売ることになさったのですか?」

ミラーの空色の目が笑っている。「ミス・ヴェレア、あなたは私のことを無知なアメリカ人だとお思いでしょうね。正直言って、私は本にも家系図にもあまり関心がないんですよ。だけど、イギリスに遠い親戚の方がいるということを知ったときは好奇心をそそられました。といっても、一族の歴史を研究するという趣味も時間もないものですから」いくぶんきまり悪げな表情になった。

「ごもっともです。誰もがわたくしと同じ興味を持つべきだなどとは、まったく思っておりませんのよ。では、あなたは日記をお読みになっていない?」

アメリカの青年はかぶりを振った。「ほとんど読んでいません。もちろんぱらぱらめくってはみましたが。初めはあの日記をどうしようかと考えました。捨てるのはもったいないですし。ああいう古い記録は誰かにとっては非常に貴重なものではないかと思ったんです。迷っていると、友人のひとりが、次にイギリスに行ったときに売ったらどうかと勧めたんです。一般にイギリス人は歴史に興味があるし、マーガレットがイギリス生まれで親族もいるだろうからというのが、その友人の意見でした。それで私は彼の助言に従い、前回ロンドンに来たときに日記を持ってきて、ミスター・サイモンズに売ったというわけです」ミラーはにこっとして、つけ加える。「実際は何人かの古書商に当たったんですが、購入を希望したのはサイモンズだけでした」

「ミスター・サイモンズに売ってくださって、本当に嬉しく存じます」カサンドラは心からそう思った。いつしか、開けっぴろげで明朗なミラーが好きになっていた。こういう人はめったにいない。アメリカ人の気質なのか、この青年の性格なのかはわからなかったけれど、人なつっこい微笑にほほえみ返さずにはいられなかった。それに、顔だちの整っているところはサー・フィリップ・ネビルより優《まさ》っているくらいだ。

「マーガレット・ヴェレアの直筆が読めるというので、父はそれはそれは興奮しましたよ。マーガレットが駆け落ちしたいきさつや、そのあとのことをずっと追っておりましたから」

しばらくのあいだ、二人はその話を続けた。マーガレットの親族がその後どうなったのかという青年の問いに対して、カサンドラは生家がまだ残っていることを教えた。父が亡くなるまでは自分たち家族もそこに暮らしていたと告げると、デイビッド・ミラーは畏敬《いけい》の念に打たれたような面もちになり、その屋敷を見せてはいただけないかとたずねた。

カサンドラは快諾し、その日の午後、妹弟たちと一緒にミラーをチェジルワースに案内した。伯母の家から離れられるならば、どんな口実でもオリビアは喜んだ。双子の弟たちはミラーに、アメリカや乗ってきた船についての質問を次から次へと浴びせかけた。青年は辛抱強くどの質問にも丁寧に答えていた。

チェジルワース邸についたとき、ハートが声をはずませて訊いた。「ぼくたちと一緒に宝探しをするの？」

「えっ、なあに？」ミラーはびっくりしてハートを見おろし、その目をカサンドラに移した。

ハートはじれったそうに言った。「宝物。マーガレットの持参金の宝物だってば」

「弟は日記に出てくることを話しているんですの」カサンドラはハートに言った。「ミスター・ミラーは日記を読んでいらっしゃらないのよ」

「日記に宝物の話が出てくるんですか？」アメリカの青年は目を輝かせた。

「どうやって宝物を見つけるかが書いてあるんです」クリスピンがミラーに答え、少年たちは口々に二枚の地図について説明しだした。「一枚はうちにある手紙に入っているの。

それを今、探しているんです。もう一枚はサー・フィリップのうちにあるはずだけど、協力してくれないというので、どうやって見つけたらいいかをみんなで考えてるところ」

「宝探しだって！」デイビッド・ミラーは声をあげた。「面白そうだなあ。だけど残念ながらイギリスに長くはいられないので、手伝うことができないんだよ」

「ほんと、面白いのになあ」ハートもクリスピンも、会ったとたんにアメリカの遠い親戚の青年が気に入ってしまっていた。

「どうしてもっといられないの？」クリスピンが訊いた。「キャシー、どうして？」

「お仕事があるから無理なのでしょう。あなたたち、ミスター・ミラーを困らせないで」カサンドラは青年に向き直り、言葉を添えた。「でも、もし滞在をおのばしになれるのでしたら、わたくしたちも嬉しいですわ」

「ぜひそうしたいところなんですが、まだロンドンに用事が残っているものですから。それに、アメリカに帰る船が一週間後には出港するんです」ミラーはしばし考えたあげくに、肩をすくめて言った。「うむ、あとひと晩ならいられると思います」

チェジルワースの建物の年代と規模には心底打たれた様子で、デイビッド・ミラーは叫んだ。

「ひゃあ、これはお城だ！」

「まさか」カサンドラは笑った。「中世のヴェレア一族は大地主ではなかったんです。でもエリザベス朝になってからこれを建てた先祖は、できるだけお城に似せようとしたのでしょうね」

「こういう屋敷はアメリカにはありません。豪華絢爛《けんらん》と言ったらいいか。ここをあとになさったのはさぞ残念だったでしょうね？」

カサンドラは、ただうなずいた。けれども、チェジルワースが大切なのは豪華絢爛だからではない。先祖代々の人生がしみこんだ家に対する愛着と、家族のさまざまな思い出ゆえなのだ。姉弟はミラーに、荒れている西翼の部分もふくめて全館を見せてまわった。けっきょくデイビッド・ミラーは翌日の午後もやってきて、屋根裏での作業を手伝った。

ミラーが去ったのちは、モールトン邸の日常は元にもどった。カサンドラは家事のほとんどを取り仕切り、ひまを見つけてはチェジルワースに通った。弟たちや妹と一緒のときもあれば、ひとりで行くこともあった。

一週間ほど経った日の午後、ヴェレア姉弟は四人ともチェジルワース邸の屋根裏部屋にいた。ただし、働いているのはカサンドラだけだった。暑さやら退屈やらで双子の弟たちは手紙探しの作業をほうりだし、屋根裏の壁にかかっていた杖《つえ》でちゃんばらごっこをしていた。オリビアは開けたままの窓のそばに立ち、わずかばかりの風に涼を求めていた。

カサンドラは調べ終わったトランクの中身を元にもどし、あたり一面に埃を舞いあがらせながら蓋《ふた》を閉めた。埃で咳《せ》きこみ、額の汗をふきつつ、思わずため息をついていた。背中は痛むし、猛烈にのどが渇いている。もう一度咳《せき》をして、今日はこのへんでやめようかとも思った。

そのとき突然、屋根裏にあがる階段の下で物音がした。「カサンドラ！　ねえ、カサンドラ！」驚いたことに、ジョアンナの陽気な声が聞こえてきた。

ジョアンナ？　まさか。いったいなにがあって、こんなところまでやってきたのだろう？　ものぐさないとこがこの荒れ果てた家に来るとは信じられない。階段をのぼってくる足音が聞こえ、床に開いた上がり口から男の頭と肩が見えてきた。なぜジョアンナがわざわざチェジルワースにやってきたのか、ただちに納得する。カサンドラは床から立ちあがり、男性の姿が現れるのを呆然《ぼうぜん》と見すえていた。

「こんにちは、ミス・ヴェレア」上機嫌でサー・フィリップ・ネビルが声をかけてきた。

5

「サー・フィリップ！」

「ミス・ヴェレア、またお会いできて嬉《うれ》しいです」フィリップ・ネビルの茶色の目が笑っている。

およそ貴族の令嬢らしからぬ自分の風体をいやでもカサンドラは意識しないわけにはいかなかった。みすぼらしい古着を身につけ、汗だらけで埃《ほこり》まみれ。髪を振り乱しているのが鏡を見なくてもわかっていた。フィリップの背後に目をやると、ジョアンナが薄笑いを浮かべて立っている。首を絞めてやりたいと、カサンドラは思った。私がこんなありさまなのを見越して、わざわざフィリップをチェジルワースまで連れてきたのだ。

カサンドラは懸命に毅然《きぜん》とした態度をよそおい、手の埃をスカートで払おうとした。

「私……びっくりいたしました、サー・フィリップ。またお目にかかるとは思いもしませんでしたわ。しかも、こんなところで」

「アラベック夫人のお宅での逗留《とうりゅう》を終えて、家に帰る途中なんです。道すがらにちょっとダンズレイに寄るのも楽しいだろうと思いましてね」

「お帰りの途中にちょうど私どもの住まいがあるなんて、偶然ですのね」カサンドラは、アラベック夫人の屋敷と、ここダンズレイ、そしてネビル家の館《やかた》へイバリー・ハウスの位置関係を示す地図を思い描いてみた。正常な頭の持ち主だったら、アラベック邸からわざわざ回り道してダンズレイを通り、それからへイバリー・ハウスへ向かうという帰路を選ぶはずはない。

「でしょう?」フィリップ・ネビルは平然として答える。

スペインの財宝の件でやってきたに違いない。地理に疎いジョアンナはいざ知らず、帰り道に立ち寄ったという話は口実にすぎないことがカサンドラにはわかっている。とはいえ、フィリップが伯母やいとこにダンズレイ訪問の本当の理由を伏せておいてくれたのはありがたかった。

フィリップはたくさんの箱やトランクのあいだを縫うようにして近づき、丁重に小腰をかがめてカサンドラの汚れた手を取った。

「こんな格好で失礼いたします。屋根裏で働くと埃だらけになってしまうものですから」

カサンドラは口ごもった。

「とんでもない。いつもと変わらず、たいへん魅力的です」

頬が赤らむのを意識して、カサンドラは視線をそらした。「あ、あの、妹と弟をご紹介させていただきます」

弟たちは遊ぶのをやめてカサンドラのそばに立ち、興味しんしんといった顔でフィリップを見あげていた。

「チェジルワース卿《きょう》を継いだクリスピンと、双子の弟のハート、妹のオリビア・ヴェレアです。あなたたち、こちらはサー・フィリップ・ネビルよ」

フィリップは三人と挨拶《あいさつ》を交わし、優雅なしぐさでオリビアの手を取った。「なるほど、妹さんもまた美人でいらっしゃる」

大きく見張ったオリビアの目を見れば、いっぺんにフィリップになびいてしまったことがわかる。階段の上がり口に立っていたジョアンナがわざとらしくため息をつき、扇子を広げてぱたぱたあおぎはじめた。

「ここはものすごく暑いじゃない。カサンドラ、あなた、よく我慢できるわね。私だったら、気を失ってしまいそう」

「私は平気。でも、あなたは階下《した》に行ったほうがいいわ。ここよりは風が通るし」

「そりゃそうね」ジョアンナは甘ったるい微笑をフィリップに向けた。「サー・フィリップ、ここは暑いですから、もうもどりましょうよ。カサンドラたちはここの用事がすんだら帰ってきますから」

フィリップはちらとジョアンナに目をやり、そっけない返事をした。「ミス・モールトン、ご心配くださってありがとう。あなたの気分がすぐれないなら、先にお帰りください。ぼくはここに残ります。ミス・ヴェレアのお手伝いができそうなので」

ジョアンナは目を丸くしている。「屋根裏のお掃除をサー・フィリップがお手伝いなさるんですって?」

「ええ、掃除でもなんでもなんなりと」フィリップはさっさとカサンドラのほうに向き直った。

「でも、私……ひとりではうちに帰れませんわ」

「お宅の馬丁がいるでしょう」

「ええ、そりゃあ。だけど、紳士じゃないですもの」

「まさかお宅の下男が行儀の悪いふるまいをするというのではないでしょうね?」フィリップは眉をつりあげた。

「いえ、もちろんそんな意味では……つまり、その……」

真に受けたオリビアが言った。「ジェサップと一緒に帰るのが怖いなら、階下で待っててくれればいいじゃない。私たち、あと二、三時間ですむから。ねえ、キャシー?」

ジョアンナの険悪な顔を見て噴きだしそうになるのを、カサンドラは必死でこらえた。

「そうよ、ジョアンナ。待っててくだされればいいわ」

ジョアンナはカサンドラたちをにらみつけ、スカートのすそを持ちあげて足音も荒く近くのトランクまで歩いていった。それからこれ見よがしにハンカチでトランクの埃を払ったのに、フィリップは視線をカサンドラにもどしたあとだった。

「では、ミス・ヴェレア、なにから始めましょうか？」

「あ……」カサンドラは一瞬ためらった。「でしたら、今このトランクを終えて、その隣に移ろうとしていたところですので、そちらをお願いしてよろしいかしら」真鍮《しんちゅう》の金具がついたトランクを指さして言った。

「もちろん」フィリップがトランクを開けると、あたりに埃が舞い散った。

カサンドラもそばのトランクの蓋《ふた》を開け、フィリップを横目で見た。ここにこの人がいるなんて信じられない。ひどい身なりで恥ずかしかったのが、もはやどうでもよくなっていた。肝心なのは、フィリップがここにやってきたということなのだ。

「私を信じることになさったのですね？」小声で訊《き》いてみる。

「あなたを信じなかったことなどありません。だまされているのではないかと言っただけであって」

「だいぶ進歩なさったようだわ。この前は私のことを単なるばかだとしか思っていらっしゃらなかったんですから」

笑いだしそうな目つきでフィリップはカサンドラを見た。「決してそんなことはないです、お嬢さま」

「どうしてお気持が変わったの？」

フィリップは肩をすくめた。「本当に宝物があって、そのありかを示す地図が見つかると信じるようになったと言ってるわけではありません。さしあたって、判断を保留しようというところかな」

正直言って、埋もれた財宝だの秘密の地図だのという話は未《いま》だに荒唐無稽《むけい》だとしかフィリップには思えない。カサンドラには口が裂けても言えないが、要するに彼女が帰ってからはアラベック夫人の屋敷にいるのが退屈でたまらなかったのが、ここに来た本当の理由だ。いくらばかげていても、カサンドラの話には好奇心をそそられないでもなかった。けれどもそれよりなにより惹《ひ》きつけられたのは、カサンドラその人だった。大きな澄んだ灰色の目。いかにも聡明《そうめい》そうなまなざしだった。ユーモアをたたえた肉感的な口もと。ほっそりした女っぽい体つき。あの淡い金色の髪を太陽のもとで心ゆくまで眺めたい。カサンドラとの風変わりな会話も忘れがたい。彼女と話したあとでは、誰の言うことも味気なく感じられるのだった。中でも思いださずにいられないのは、腕に抱いたときの感触や唇の味わいだ。そんなことを繰り返し考えていると、じっとしていられなくなる。

自分は宝探しには年をとりすぎているし、カサンドラが言うように先祖あての昔の手紙から謎《なぞ》を解く鍵《かぎ》が見つかるとは思えなかった。であっても、カサンドラを訪ねてその貴重な日記とやらを見せてもらってもなんの差し障りもないだろう。回り道をして時間の無駄かもしれないが、カサンドラと会えるのだったら悪くない。たとえ伯母母娘《おやこ》の同席を我慢しなくてはならないとしても、カサンドラとの再会を断念する気にはなれなかった。

「もうじき信じてくださるようにしてみせるわ。ご自分でマーガレットの日記を読めば、本物だと納得なさるでしょう。手紙の捜索はかなり進んでいるんです。マーガレットの時代までほんの五十年かそこらまで調べ終わっているので、あっちの壁ぎわめがけて探しているところなの。必ず出てくるわ」

きらきらしたカサンドラの瞳を見るなり体が反応するのをフィリップは感じた。「その手紙をとってあればの話だが」

カサンドラは眉をひそめた。マーガレットの父親は、自分に逆らって駆け落ちした娘からの手紙など捨ててしまったかもしれない。けれども、その懸念ははねのけて強くかぶりを振った。「絶対に探しあててみせます」

一同は古い荷物の中身を調べる作業を続けた。箱を開けて昔の衣類の包みを広げ、中に手紙の束が入っていないかまで調べた。やがて凝った彫刻を施した手のひらに入るほど小さなかぎたばこ入れが出てきたときは、フィリップは手を休めて見とれていた。また作法についての古い本を見つけると、くすくす笑ったり声に出して読みあげたりした。

「なにしてるの？」ジョアンナが不機嫌な声音で訊いた。いったいサー・フィリップはなにを考えているのかしら。さっぱりわからない。従僕が取り次いだとき、ジョアンナは内心をおどりした。アラベック夫人宅ではちょっとした細工をしてフィリップの不興を買ってしまったけれど、にもかかわらずダンズレイまで訪ねてきたのは私の魅力に勝てなかったからに違いない。

ところがフィリップはカサンドラのことばかり聞きたがり、ついにはチェジルワースに行きたいとまで言いだしたのだった。わざわざついてきてもらわなくてもいいと遠慮されたけれど、サー・フィリップと二人きりになれる絶好の機会を逃してなるものですか。そうしてここに来たわけだが、どうしてサー・フィリップはこんなところに残りたがるの？　しかも昔のトランクをひっくり返したり、私には面白くもないことを口にしてカサンドラと笑いあったりしているのはなぜ？　ジョアンナはしげしげといとこを見つめた。なんでカサンドラの目はあんなに輝いているのか？　髪も顔も埃まみれでいながら、美しくされ見える。ジョアンナはあっけに取られ、腹立たしくなってきた。カサンドラは、サー・フィリップ・ネビルが自分に気があると本当に思っているのだろうか？

いとこがなにも答えないので、ジョアンナは繰り返した。「カサンドラ、なにしてるの？　どうして昔のトランクなんか開けてみてるのよ？」

「なにか面白いものでもあるかと思って」カサンドラはあいまいな答え方をした。

けれどもジョアンナから見ると、いつも変わったことばかりに興味を示すいとこなので、特におかしな返事だとも思わなかった。「でも、サー・フィリップが埃だらけになってしまうじゃないの」

フィリップは上機嫌で言った。「そんなことかまわないんですよ、ミス・モールトン。ぼくは大いに楽しんでるんだから」

口に出してから本当に楽しいのに気がついて、フィリップは少々びっくりした。たしかに屋根裏部屋は埃っぽくて暑い。だがこんなことをするのは初めてだし、トランクに詰まった昔の品物を見たり、古書を読みあげてカサンドラと笑いあったりするのがなんとも愉快なのだ。だぶだぶのくたびれた服を着て髪振り乱し埃だらけになっているところを男に見られて平気なのは、カサンドラくらいではないか。きまり悪げだったのはいっときだけで、たちまち臆《おく》することなく話したり笑ったりしている。

フィリップはジョアンナに目をやった。風通しが悪くて蒸し暑い屋根裏では、さしもの美貌《びぼう》も汗ばんでいた。ジョアンナは貴族の令嬢らしく身なりをととのえ、そのようにふるまってもいる。顔だちといい体つきといい、同性の羨望《せんぼう》の的であろう。にもかかわらずカサンドラと一緒に十分もいれば、ジョアンナは色あせてくる。視線は知らず知らずカサンドラの生き生きした顔に惹きつけられているのだった。

なんでサー・フィリップはこんなに楽しそうにしてるの？　ジョアンナとしては面白くない。まるで田舎者みたい。紳士だったら、とっくに気をきかして私を家に連れ帰ってくれるだろうに。どうやらもっと強硬な手段に訴えなくてはならないようだ。

ジョアンナは立ちあがった。「ここは暑すぎてかなわないわ。私は階下にもどります」

「そうよね。あなたがいちばんいいようにして」カサンドラはすぐさま賛成した。

「ではまた、ミス・モールトン」フィリップがうわのそらなのは、黄ばんだ手紙の束を見つけたからだった。桃色のリボンで束ねた手紙がトランクの隅に押しこんである。

どきどきしながらフィリップは手紙の束を取りだし、ひっくり返してみた。ジョアンナがすごい目つきでにらんだあげくに足音をたてて階下におりていったのも気づかないくらいだった。

「カサンドラ……」知りあって間もないのに、無意識に洗礼名で呼んでいた。

カサンドラ自身も、親しげな呼び方をされているのに気がつかずに振り向いた。フィリップの手にしたものを見てどきんとした。前にも手紙の束をいくつも見つけては、そのたびに目当ての手紙ではなくてがっかりした経験がある。それでもやはり動悸《どうき》が速くなった。

手紙の束を受けとりながら、カサンドラは過度の期待をしないように自分に言い聞かせる。「たぶん時代が新しすぎるんじゃないかと思うわ」細い筆跡の文字に目を近づけてみて、ため息が出た。「あら、いやだ！　またエドナ・ヴェレアの手紙だわ。彼女の書いた手紙は全部見つけたと思っていたけれど、まだあったのね。この人はとても親孝行で、結婚してからも定期的にお母さんに手紙を書いていたようです。お母さんのほうもエドナからの手紙をきちんととっておいたの」カサンドラはいちばん上の手紙を引き抜き、本当にエドナ・ヴェレアが書いたものかどうか中身をさっと改めた。「やっぱりエドナよ。また息子のレジナルドのことを書いているわ――すごくきざな息子らしいの」

「なんだ、そいつか！」

カサンドラとフィリップは同時にぱっと顔をあげる。いつのまにか双子の弟たちがそばに来ていた。ハートはうんざりした声を出し、近くのトランクにどすんと腰をおろした。

「うん、その人、つまらない男みたい」クリスピンも相づちを打って、弟のわきに立った。

「またエドナか。マーガレットの頃《ころ》のなにかが見つかったのかと思っちゃった」

「ううん、まだその時代までさかのぼっていないようなの」

「だったら少し飛ばして時代の古いのを探したらどうだろう？」フィリップ・ネビルが言った。

「そういうこともやってみたんだけど、必ずしも時代順にきちんと並んでいないんです。ずっと近年の箱が古いのと交ざっていたり、ときには時代の違うものが同じトランクや箱に入っていたりするの」

オリビアがそばに来て茶々を入れた。「それに、キャシーは順序だててやるのが好きだもんね」

カサンドラはあごを突きだして、妹をにらんだ。「私がそうせずあなたたちにまかせておいたら、一日もしないうちにトランクの中身が床一面に散らばってしまうでしょうよ」

「でも、手紙が見つかっていたかもしれないじゃない」

「がらくたの中からうまく見つけだせればの話でしょう」

きれい好きのカサンドラと整理整頓《せいとん》が得意ではないオリビアとは、いつもこんな口げんかを繰り返している。それに慣れっこになっているクリスピンは、姉たちはほうっておいてフィリップに話しかけた。「サー、ぼくたちがスペインの財宝を探しだすのを助けてくださることになったんですか？」

フィリップは少年の真剣なまなざしを見て、がっかりさせるのはかわいそうだと思った。「ああ。手紙を見つけることができればだが」

クリスピンはにっこりした。「やったあ！　やっぱりあなたは親切な人だったんだ。カサンドラはそうじゃないと言ってたけど」

フィリップはカサンドラに視線を向けた。目が笑っている。「お姉さんはぼくのことをそんなふうに言ってたのか」

「クリスピン！」オリビアが弟をたしなめた。「キャシーはそんなことは言ってないじゃない」

ハートが口をはさんだ。「頭が固いって言ったんだ。でも、しょうがないよ。ネビル家の人だから」

「ミス・ヴェレア、傷つくなあ」フィリップが笑いをふくんだ声でなじった。

「なにおっしゃってるの。そういう意味のことをあなたにじかに言ったのに、お忘れになった？」カサンドラは幼い弟たちに厳しい目を向けた。「あなた方二人はもうその話をするのはよしなさい。大人が言ったことをよそ様に話すのは、あまりお行儀のいいことではありませんよ」

「悪口を言ってるときは特に、でしょう？」クリスピンが冷やかした。

「あなたという人は！」カサンドラは弟をふざけ半分でひっぱたこうとしたが、クリスピンはすばやく逃げた。

カサンドラは手紙の束を元にもどし、妹弟《きょうだい》たちに言いわたした。「さあ、三人とも仕事を続けて。もっとも、階下にいるジョアンナのところに行きたいのなら別だけど」

冗談じゃないといったふうのうなり声をハートがもらし、三人はそれぞれの持ち場にもどっていった。カサンドラとフィリップも捜索作業を再開し、五人は二時間たっぷり黙々と働き続けた。途中で二回も馬丁があがってきて、ジョアンナが帰りたいと言っていると告げた。けれども一同は、日が暮れかかってものが見えにくくなるまで手を休めようとはしなかった。

五人が埃まみれの服をいちおう払って狭い階段をおりていくと、ジョアンナは厨房《ちゅうぼう》の大きな樫《かし》のテーブルにすわっていた。布の覆いをかけていない家具は、家中でこの古いテーブルしかない。ジョアンナはいらだたしげにテーブルを指でとんとんたたいている。不満を絵に描《か》いたような顔で、カサンドラたちの姿を見るなりぱっと立ちあがった。

「やっとおりてきたわ！　カサンドラ、あなたって、本当に自分のことしか考えてないのね」ジョアンナはさっそくいとこをなじった。

カサンドラは冷静に答える。「私があなたを引きとめたんじゃないのよ。いつでもお好きなときに帰ればよかったのに」

ジョアンナの目つきが険悪になった。癇癪《かんしゃく》を起こすのではないかと、カサンドラは危ぶんだ。だが本人も仏頂面をしていたらみっともなく見えるのに気がついたらしく、無理して表情を和らげ、微笑らしきものを浮かべてみせた。「お客さまを残して帰るわけにはいかないでしょう」それからフィリップに、わざとらしく気の毒そうな顔をしてみせる。

「サー・フィリップ、いとこのせいでとんだ午後になってしまい、申し訳ございません」

「とんでもない。なかなか楽しい午後でしたよ」

「サー・フィリップはお優しいのね」ジョアンナは親しげにフィリップの腕に手をあずけようとした。けれども、その手が宙にとまる。フィリップの服の汚れが目についたからだ。

「ミス・モールトン、ぼくに近づかないほうがいい。埃だらけだから」フィリップはジョアンナに向かっておじぎのしぐさをしてからカサンドラの腕を取り、さっさと扉のほうへ歩きだした。

外に出るとすぐ、馬丁がジョアンナとフィリップの馬を連れてきた。さっそくジョアンナは馬丁に助けられて馬に乗った。ところがフィリップは、ヴェレア姉弟《きょうだい》が徒歩なので自分も歩いて馬を引いていくと言いだした。カサンドラたちと話しながら鹿毛《かげ》を引いていくフィリップを、ジョアンナは歯ぎしりして見ているしかなかった。歩いて帰る姉弟を尻目にフィリップと並んで馬を走らせるつもりでいたのに、逆に自分だけが仲間はずれのようになってしまった。それでもカサンドラとフィリップは気を遣って二言三言声をかけはしたものの、ジョアンナは話に加わることはできなかった。それというのも二人は、ジョアンナが読むのはおろか名前すら聞いたことがない本を話題にしていたのだった。理屈っぽい女は殿方に嫌われるという通説で自らを慰めることがなかったら、ジョアンナは完全にへそを曲げていただろう。

一行がモールトン邸につくと、まるで偶然のようにアーディス伯母が玄関から出てきた。伯母は満面に笑みをたたえ、両手をさしのべてフィリップのほうへ歩いてきた。が、フィリップの様子を見るや仰天したふうに足をとめる。

「おや、まあ！　あの、その、どうぞおあがりになって」絹の繻子《しゅす》を張った応接間の椅子にこのありさまのフィリップが腰をおろしたら、いったいどうなることやら。けれどもそれは考えないようにして、アーディス伯母は勧めた。

「いえいえ、奥さま、ぼくは遠慮させていただきます。宿にもどって服を着がえなくてはなりませんので」

「でしたら、わたくしどもの屋敷にお泊まりにならないのですか？」伯母は見るからに落胆している。「わたくしはまた、光栄にもわざわざ宅にお訪ねくださったのだと思っておりましたの。回り道しておいでくださいましたのに、まさかたった一日でお帰りになるおつもりではございませんでしょうね？」

「いや、ダンズレイにはしばらく滞在するつもりです。しかし突然やってきて、お宅に泊めていただくなどというご迷惑をおかけするわけにはまいりません」

「ちっとも迷惑なんかではございませんのよ。わたくしどもでは、お一方やお二方のお客さまくらいいつでもお泊まりいただく用意がございます」モールトン邸ではしょっちゅう不意の訪問客があるかのような伯母の口ぶりだった。

二人はしばらく押し問答したあげくに、断固として譲らないフィリップが勝った。アーディス伯母の魂胆は見えすいている。イギリス中で最も人気の高い花婿候補のひとりであるフィリップを数日間なりとも自宅に引きとめておきたくてたまらないのだ。けっきょく仕方なしに伯母があきらめたときは、カサンドラは笑いを隠すのに苦労した。そのあとさらに、伯母はフィリップを夕食に誘った。それも丁重に断られはしたものの、代わりに翌日の再訪の約束は取りつけた。

馬上の人となって去っていくフィリップが視界から消えるまで、アーディス伯母とジョアンナはハンカチを振って見送った。それから伯母はくるっと振り向いて胸もとに手を組み、はしゃいだ声をあげた。

「夢みたい。サー・フィリップ・ネビルが私たちの家を訪ねるためにわざわざダンズレイまでいらしたなんて！　ライラ・ダベンポートが聞いたら卒中を起こすわ」嫉妬《しっと》のあまり卒倒する友達を想像して、伯母はうっとりしている。「ジョアンナ、大成功よ。こうなったら、あなたからもう離れられないわ」

オリビアが上品とはいえぬ鼻の鳴らし方をした。「今日の午後も、サー・フィリップはジョアンナから離れられなくて苦労なさってたわ」

ジョアンナは年下のいとこに食ってかかった。「サー・フィリップは儀礼的にチェジルワースに残ってらしただけなのよ。ここにお泊まりにならなかったのも、夕食をお断りになったのも、みんなカサンドラのせいだわ。またあなたにあの蒸し暑い埃だらけのところで働かされるんじゃないかと心配なさったのよ、きっと」

「サー・フィリップが心配なさったのは別のことじゃないかしら」カサンドラはジョアンナに意味ありげな視線を送った。

「まあ、失礼ね！」

「でも、ジョアンナ、あなたは自分からおおっぴらにしてたじゃない」カサンドラはジョアンナのわきを通って、家に入った。

怒りの形相すさまじく、ジョアンナは言いつのった。「サー・フィリップが私に気があるんじゃなかったら、なぜここまでいらしたというの？　カサンドラ、まさかあなたに会いに来たとでも勘違いしてるんじゃないでしょうね」

姉をけなされて、クリスピンも怒った。「サー・フィリップはキャシーに会いに来たんだよ」

「なんであなたにそんなことわかるのよ？　子どものくせに」ジョアンナはクリスピンをにらみつけた。

「ぼくが知ってることはいっぱいあるもん！」

「クリスピン……」カサンドラが注意した。

クリスピンは意地っぱりな目つきで姉を見返しはしたものの、口をつぐんでポケットに手を突っこんだ。

カサンドラは穏やかに言った。「サー・フィリップ・ネビルについてはなんの勘違いもしてないのよ。じゃ、私はこれで失礼するわ。お風呂に入らないといけないでしょう」

去っていくカサンドラを、ジョアンナは不信のまなこで見送っていた。

翌日の午前中、他家を訪問するのに失礼ではない程度の早い時刻にフィリップがふたたびやってきた。アーディス伯母はフィリップの来宅をカサンドラには教えなかった。オリビアが急いで告げに来るまで、カサンドラは知らなかった。

「あの人って、本当に意地悪！」オリビアは怒りで顔を真っ赤にしていきまいた。

「わざとキャシーには会わせないようにしてるのよ。ジョアンナに会いに来たのではないことを伯母さんも知ってるんだわ」

思わずカサンドラはみぞおちのあたりを手で押さえた。フィリップが来ていると聞いたとたんに、なぜかどきどきしだしたからだ。おまけに、鏡までのぞきこんでいた。なんてばかなことをしてるの？　私の身なりなんかフィリップは気にもかけないでしょうに。灰色の瞳を引きたたせる淡い青のドレスを着ていようが、顔がふっくら見えるように今朝は念入りに髪を結いあげようが、フィリップにとってはどうでもいいことなのだ。

努めて軽い口調でカサンドラは妹に答えた。「アーディス伯母さまは、サー・フィリップのお目当てはジョアンナだと思ってるんでしょう。ジョアンナにはどの男性も夢中にさせてしまう特別な能力があると、伯母さまは信じてるのよ」

「伯母さんには、男の人は誰でも自分の娘に夢中になると思いこむ特別な能力があるんじゃない。でもサー・フィリップがいらしたことを隠してるのは、キャシーにはどんな楽しい思いもさせたくないという意地悪根性からなのよ」

「まあ、伯母さまは人と楽しみを分けあいたいというほうではないわね。でもね、今度はなにしろお相手が伯母さま以上に自分の思いどおりに押しとおす人だから、どんなふうになるか見ものだわ。だって、サー・フィリップは我らがいとこをくどくためにいらしたのではないんですものね」カサンドラはにんまりした。

「そうそう」きっとフィリップはカサンドラに会いたいとしつこく言って、伯母も降参しないわけにはいかなくなるだろう。いい気味。オリビアもにやっとしてベッドにのぼり、いつものようにあぐらをかいた。「ハンサムよね、あの人?」

「サー・フィリップが?」

「もちろん。サー・フィリップに決まってるじゃない。キャシー、気がつかないふりをしてもだめよ。ほっぺのあのえくぼ、誰だって見逃しやしないわ。笑ってないときは、ちょっと怖い感じ。だけど昨日キャシーがなにか言ったら、笑ってえくぼができたの。目もきらきらして、まるで別人みたいに見えた」

「そうね、笑うとたしかにハンサムに見えるわ」少年のようなえくぼがカサンドラの目に浮かんだ。

「やだ、気どり屋さんのお姉さん。一生懸命オールドミスみたいにふるまってるけど、キャシーはまだそんな年じゃないのよ。サー・フィリップだってわかってるわ」

「オリビア、それ、いったいどういうこと?」カサンドラはきっとなって妹を見すえた。フィリップとのあいだに単なる会話以上のかかわりがあったことを、なぜ妹は察知したのだろうか?

姉の口調の険しさにオリビアは一瞬たじろいだ。「私はただ、サー・フィリップはキャシーに気があるんじゃないかと思ってるだけ。どうかしたの？」

「あ、ごめんなさい、あなたに突っかかったりして。私、今朝はちょっと神経が立ってるの。財宝が見つかりそうなところまできてるからだと思うけど」

ノックの音が聞こえた。カサンドラとオリビアは勝ち誇ったような目くばせを交わす。

カサンドラが返事をすると、小間使いのジェイニーが扉を開けて顔をのぞかせた。

「ミス・ヴェレア、応接間においでくださいと奥さまがおっしゃってらっしゃいます」改まった口上の割には、ジェイニーの満面の笑みも、つけ加えて言ったことも心やすげだった。「紳士の方がお嬢さまにお目にかかりたいとおっしゃってるとか」

「ありがとう、ジェイニー」カサンドラは階下の応接間におりていった。

カサンドラの姿を見るなり、フィリップはほっとした表情で立ちあがった。「ミス・ヴェレア、お元気そうなので安心いたしました」

「あら、もちろん元気ですけれど」

「今朝はご気分がすぐれないようなことを伯母上から伺ったものですから」皮肉混じりの説明とともにフィリップは進みでて、カサンドラに頭をさげた。

カサンドラはにこやかな笑みを伯母に送る。「まあ、アーディス伯母さま、そんなに私のことをご心配くださったのですか。でも、今朝のお食事のときから別に変わったことはございませんのよ」

伯母といとこは抜かりなくフィリップのすぐ近くの椅子にすわっている。カサンドラは少し離れたところに腰をおろした。フィリップは話を続けた。「今お二方に話していたところですが、昨日お訪ねしたチェジルワースはまことに魅力的な館ですね。実は、もう一度見せていただきたいと思っているんです」

「そうですか。でしたら、今日の午後まいりましょうか?」

「ぜひお願いいたします」

ジョアンナがくすくす笑ってみせる。「あーら、サー・フィリップ、あんなかび臭くて古い家よりもずっと面白いところがいっぱいありますのよ。あの家は今にも倒れそうだったでしょう」

「ぼくは古いものが大好きなんです。年代を経たもののよさといったらこたえられませんよ」

カサンドラも口を添えた。「あの家の歴史は古いんです。それについて書かれた本の話を昨日いたしましたね。よろしかったら、そういう古書もごらんになりませんか?」

「それはありがたい」

「カサンドラ……」またしてもジョアンナはフィリップに媚《こ》びるような笑い方をしてみせる。「あなたの古ぼけた本なんかサー・フィリップはお読みになりたがらないわよ」

「ミス・モールトン、とんでもない。ぼくは心底そういう本に興味があるんですよ。昨日、ミス・ヴェレアと少しばかりその話をしたんです。歴史に関心があるという点で意気投合しましてね」

ジョアンナは口をきっと引き結びかけて、無理に作り笑いをする。「見物にいらっしゃるのでしたら、ほかにもずっと楽しくてためになるところがいくつもあるんです」それから考えつく限りの地元の名所を数えあげた。

「なるほど、ミス・モールトン、ダンズレイにはそんなにたくさんの名所旧跡があるとは存じませんでした。だがせっかくですが、今日の午後はミス・ヴェレアと一緒にチェジルワースを訪ねることにしましたので」

ジョアンナの目が不穏な光をおびている。御しにくいフィリップに対して癇癪玉を破裂させるのではないかと、カサンドラは思った。けれども娘が口をひらく前に、アーディス伯母がすかさず言った。「サー・フィリップがジョアンナやカサンドラと一緒にチェジルワースにいらっしゃりたいならば、けっこうじゃありませんか。みんなでまいりましょう。若い娘二人を付き添いなしで行かせるわけにはまいりませんからね」フィリップがよからぬことをたくらんでいるかのように、アーディス伯母は冗談めかして指を振りたてる。

「そうそう、遠足みたいなものだわ。厨房係にお弁当を用意させましょう」

堪忍袋の緒が切れそうなのは、今度はフィリップだった。急いでカサンドラが割って入る。「それはすてき！　ジョアンナも私たちと一緒に掘り出し物探しをしたいなんて、思ってもみなかったわ。だったら着古した服に着がえなくては。きれいなドレスでは汚れてしまう恐れがあるでしょう」

「あんな埃だらけのあばら家で掘り出し物探しなんかいや！」

「それならサー・フィリップと私たち姉弟が働いているあいだ、あなたはなにをするつもり？」

「そう、考えてみてください」ようやくフィリップは本来の人当たりのよさを取りもどし、ジョアンナに笑いかけた。「あなたのその美しい髪が埃まみれになったり、お召し物や柔らかな肌が汚れたら、これはもう悲劇ですよ」

フィリップが繰りだす甘言には、カサンドラは目をむきそうになった。けれども効果はてきめんだったらしい。モールトン邸でまた常に変わらぬジョアンナのあで姿に接せられたら、どんなに元気が出ることか――そんなふうにへつらわれては伯母もジョアンナも、チェジルワース行きはどちらかといえば子ども向きの遠足であるから参加しないと言わないわけにはいかなかった。

「では、皆さん、ぼくはこれで失礼します。早々においとまして申し訳ありませんが、チェジルワースに行く前にいくつか用事を片づけなくてはならないものですから」フィリップは椅子から立ちあがった。

ジョアンナとアーディス伯母は引きとめにかかったが、フィリップの辞去の意思は固かった。ジョアンナはわざとすねてみせて言った。「いいこと、サー・フィリップ、明日の晩のパーティにいらしてくださるのでしたら許してさしあげますわ」

「パーティって、なんのパーティですか？」

フィリップが思わず顔をしかめたのがおかしくて、カサンドラは笑いをかみ殺すのに苦労した。

「明日の夜にうちでパーティをひらくことになっていたちょうどそのときにサー・フィリップがいらしたなんて、ついてることと今朝も話しあったんですのよ」

パーティの話は初耳だったけれど、カサンドラは黙っていた。

アーディス伯母が神妙な微笑とともに説明した。「パーティといっても、もちろんささやかな晩餐《ばんさん》にすぎないんですが。わたくしどもは田舎にひっこんでおりますから、ロンドンの社交シーズンのようなわけにはまいりません。それでもたまにはパーティなどして楽しんでおりますの」

ジョアンナもつけ加えた。「何人かのお友達とお夕食をともにするということなの。ね、いらしてくださると約束なさって。サー・フィリップ、来てくださらないと、みんながっかりしますわ」

「承知しました」フィリップの微笑はこわばっている。「喜んで出席いたしましょう。ですが今はこれでおいとまします」

フィリップはまずアーディス伯母とジョアンナに丁重に頭をさげ、それからカサンドラの手を取って身をかがめた。

「十分後に、昨日みんなで通り過ぎた井戸のところで」カサンドラの耳もとに小声でささやいた。

カサンドラはびっくりして、目をぱちぱちさせる。上体を起こしたフィリップは物問いたげにカサンドラの目をのぞきこんだ。

カサンドラはにこっとしてうなずく。「では、サー・フィリップ、のちほどお目にかかるのを楽しみに」

6

フィリップが満足の表情を見せて帰ったとたんに、ジョアンナとアーディス伯母は興奮してべらべらしゃべりだした。大急ぎで明日の晩餐《ばんさん》会の準備をしなくては。サー・フィリップ・ネビルのような方が我が家のパーティに出席されるとは、なんたる幸運。みんなにさぞ羨《うらや》ましがられることだろう。そればかりではなく、フィリップはジョアンナにどれくらい関心があるのかとか、ネビル家の財産のたかやお屋敷の規模はどれくらいかとか、あれこれ詮索《せんさく》を始めた。おしゃべりに夢中の母娘《おやこ》は、カサンドラがそっと部屋を抜けだしたのにも気がつかなかった。

カサンドラは二階の寝室に直行した。帽子とマーガレットの日記の束を手に、召使い用の階段を駆けおりて裏口から外へ出る。庭園を通り抜け、古井戸へ向かって飛ぶように走った。帽子をかぶっているいとまもなくリボンをつかんでぶらさげていたので、井戸についたときには風に吹かれた柔らかい巻き毛が顔にまつわりついていた。

井戸のそばで待っていたフィリップは、カサンドラの姿を見て思わずほほえんだ。月の光のような淡い金髪がきらきら光っている。太陽のもとで見るカサンドラの髪は想像していたとおりの美しさだった。フィリップの胸に喜びがこみあげる。

「ミス・ヴェレア、時間どおりですね。ご婦人が時間を守るのには感心します」

「そう？　それは嬉《うれ》しいですこと。でも、殿方は遅刻してもかまわないという意味ですか？」

フィリップはびっくりしたような顔をしたあげくに、笑い声をあげた。「降参、降参。男女の別なく時間を守るのは感心だと言うべきでした」それから手をのばして、マーガレットの日記を受けとった。「ぼくが持ちます。あそこにすわりませんか？」

近くの大きな樫《かし》の木のまわりに木製のベンチがおいてある。フィリップはベンチをさして言った。「昨日あなたのお宅から歩いて帰るときにこれを見つけたんです。あなたと待ちあわせするための秘密の場所が必要になるかもしれないと思ったものでね」

「ごめんなさい。伯母といとこのことでご迷惑をかけてしまって」

「いや、いいんです。ぼくが誰かに気があって訪ねてきたと思われても仕方がない。うちに帰る途中にダンズレイに寄ったというのは見えすいた口実だと、たいていは察しがつくでしょうし」

「ええ。それにしても、私が例の計画を伯母たちには隠しているなんておかしいとお思いになったでしょうね」

「いいえ、そんなことはありません」フィリップはカサンドラと並んでベンチに腰をおろした。「隠しておくことにしたのは間違っていないと、ぼくも思っているくらいだから。この種のことは知っている人が少ないほどいいんです」

おかしそうにカサンドラが言った。「だまされたことがわかったときに、知っている人が少ないほうが私もあまり恥ずかしがらずにすむから？」

フィリップは肩をすくめた。「それもあるかもしれないが、宝探しなどという話を聞くと人はなにか途方もないことをしだすようです。このぼくにしろ、屋根裏で昔の手紙を探す羽目になるなんて思いもしなかった」

カサンドラは笑って、フィリップがわきにおいた日記の束をさした。「これをお読みになれば、あなたも少し気が楽におなりになるわ。それがマーガレット・ヴェレアの日記なんです」

「ああ、これ」フィリップはいちばん上の日記を手に取り、ひっくり返して装丁を確かめたあとで注意深く黄ばんだページを繰りはじめた。ほかの巻も同じく丁寧に目を通してから口をひらいた。「どうやらこれは本物のようです」

「でしょう？」

「もちろん、ぼくは専門家ではありませんが。それにもしも偽造品だとしたら、非常によくできていると思う。技術はもとより相当な時間をかけなくては、これだけのものはできないでしょう」

「そんなに手間をかけて偽造したものなら値段が高くなって、お金持ちではない父が買えるはずはなかったわ」カサンドラは間をおいて、にっこりした。「それに、ミスター・サイモンズが父をだましたのではない証拠として評判のよさもさることながら、この日記を彼に売ったという男の人に会ったの」

「えっ？」樫の幹にゆったりよりかかっていたフィリップが急に背筋をまっすぐ起こした。

相手の度肝を抜いたのが嬉しくて、カサンドラは大きくうなずいた。「ここまで訪ねていらしたのよ。デイビッド・ミラーという方で、うちの遠い親戚《しんせき》なんですって」

フィリップは眉間《みけん》にしわをよせた。「どうして親戚だとわかったんです？」

「あらあら、サー・フィリップ、すべて疑ってかかるというのはやめることになさったんじゃありません？　家系図の細かいところまで訊《き》きはしなかったけれど、マーガレット・ヴェレアの子孫だと話していました。信じてはいけないという理由もないし」

「だとすると、ミスター・サイモンズもだまされているのかもしれない。そのデイビッド・ミラーという人物が日記を偽造して、サイモンズに売ったとも考えられる」

「そんなばかなこと。だってそれじゃ、ミスター・サイモンズが父に売って得た利益よりも少ない額しか懐に入らないでしょう。もうかりもしないのに、さんざん骨を折って偽の日記をつくる意味がないわ」

「それもそうだが」フィリップは口をつぐむ。反論しようとして考えをめぐらせているに違いないと、カサンドラはひそかに苦笑した。

「それにしても、なぜそのミラーはあなたの父上にじかに売らなかったのだろう？」

「なぜかといえば、そのときは私たちが親戚だということを知らなかったからよ。ミスター・ミラーはこの日記を去年ミスター・サイモンズに売ったそうです。ミスター・ミラーはボストンの貿易商で、毎年イギリスにいらしてるんですって。今年またミスター・サイモンズのお店に寄ったときに、日記を父に売った話から親戚だとわかったらしいの。それで私たちに会ってみたいと思ったと話してました」

「ふうん」

「日記をわざわざロンドンに持ってきたわけは、そのほうが高く売れると考えたからですって。お母さまが亡くなったあとで遺品の中にこれを見つけたけれど、ご自分は歴史や本にあまり関心がないと言ってらしたわ。だから、偽造だの詐欺だのと疑う根拠はないんじゃないかしら」

　フィリップはもう一度、手にした日記に目をあてた。売値からは大したもうけも期待できないのに、手間ひまかけてこれほどの精巧な偽物をつくる価値があるだろうか。「すると、ほかになにか利益でもあるのか？」つい独り言をつぶやいていた。

「なんですって？」

「いや、考えごとをしてただけ。うん、たしかにあなたの言うとおり、本当にその時代のものらしい。で、マーガレット・ヴェレアが書いたのは間違いないんだろうか？」

「ええ、間違いないと思います。出だしの部分を読んでくだされば納得なさるわ」カサンドラは一冊目の日記を抜きだしてひらき、フィリップにさしだした。「マーガレットは駆け落ちしてアメリカに渡る船の中で、これを書きはじめているんです。お父さまのことを怖がる気持や、愛のない結婚から逃れた嬉しさが伝わってくるの」

フィリップはインクの色があせた細い文字に目を凝らして、マーガレットの日記を読みはじめた。やがて顔をあげる。「そう、いかにも激情にかられた若い娘の記述だということは納得できる」

「そこがあなたのお気に召さないところでしょうけれど」カサンドラはフィリップの手から日記を取り、紙片をはさんでおいたページを開けた。「ほら、ここにお父さまに手紙を出したことが書いてあるでしょう？　手紙についての最初の記述よ。それとこっちには、両家が協力して持参金の財宝を探してもらいたいという気持が説明してあるの」カサンドラはページの箇所を指でたどりながら読みあげた。「……そういうわけで、私は秘密を解く鍵《かぎ》の一部をネビルのもとに残してきた」

「しかし当時のネビルは生涯かけて財宝を探しているわけだから、本当にその鍵があるならば見つからないはずはないと思うが」

「もしかしたらマーガレットはそのありかを書いたメモかなにかを残したのに、紛失してしまったのかもしれないわ。この日記にはどこに残したかをはっきり書いてないけれど。でもあとになって、またそのことに触れているんです」カサンドラは後年の日記を取って、やはり紙をはさんだ箇所を開けた。「ここよ。〝……女王の本に隠したネビルの地図と一緒に……〟と書いてあるところ」

「女王の本？」フィリップは繰り返した。「〝女王の本〟って、なんだろう？」

「あなたのおうちにあるものだから、ご存じかと思っていたけど」

「うちにあったといっても、二百年近くも前の話だよ。我が家に代々伝わるものだろうとあなたが考えているんだったら、それは違う。〝女王の本〟なんて、ぼくは聞いたことがない。まさかそれが本の題名じゃないでしょうしね」

「イギリスの歴代女王の伝記ではないかと、私は思ったの。あるいは、特定の女王について書かれた本とか。インクもかすれていて、この文面では判読しづらいでしょう。それに、なぜ大文字で始めているのかもわからないし……本の題名なのかどうかもはっきりしないわ。ですけど本というからには、お宅の書庫にあるんじゃないかしら」

「たぶんね。売ったか、誰かにあげたか、貸したかじゃない限り。なにしろ何世代も経ているわけだから、どこかで捨ててしまったことも考えられる」

「そんなことおっしゃらないで！」カサンドラは悲鳴のような声をあげる。

「しかしミス・ヴェレア、大昔のことなんですよ。ぼくの先祖がみんな愛書家だったとは限らない——おやじもふくめて」

「それはわかりますけど、これは大事な本でしょう。高価なものかもしれないし。嫁ごうとしていたマーガレットが知ってるくらいだから、重要な本だったに違いないわ」

「当時はね」

「ええ。でもネビル家にとって重要ならば、のちの世代もとっておくのではないかしら」

「たしかに、書庫の上のほうの棚に昔の本はかなりあることはある。一緒にヘイバリー・ハウスの書庫を探してみてもいいね」

「一緒に？」カサンドラは驚いた。地図のありかについてほのめかしたら、フィリップは自分ひとりで探すと言いだすのではないかと内心恐れていた。この種のことに関して男性は変な反応をしがちだ。楽しみを独り占めにしたいのかもしれない。

フィリップは笑いだしそうな目つきでカサンドラを見た。「まさかあなたは、ぼくが書庫の膨大な本をひとりで探すと思ってるんじゃないでしょうね？　とんでもない、ミス・ヴェレア。お宅の屋根裏の捜索にぼくも協力するからには、あなたもうちの書庫の捜索を手伝ってくださるべきでしょう」

カサンドラは満面に笑みを浮かべた。「もちろん、喜んでお手伝いいたします」

「ただ、あの屋根裏を探すことについては多少の問題がありますね」

「え？　どういう問題でしょうか？」

「つまりその、あなたの伯母上といとこさんは扱いにくい方たちだということです」

「ああ、そのこと」カサンドラはため息をついた。「本当に、サー・フィリップにはご迷惑をおかけして申し訳ありません。ジョアンナったら、なにがなんでもあなたのお気持を引こうと決めこんでいるみたいで」

「うむ」

「あまりほめられたやり方ではないけれど、こういう場合は今日のようにするのが最善の方法ではないかと思います。つまり、伯母たちには内緒で屋根裏の捜索を続けましょうということ」

「やっぱりあなたはたいへん聡明《そうめい》でいらっしゃる――思いやりのある方であるのは言うまでもなく」

「あら、どうして？　ジョアンナやアーディス伯母さまと我慢してつきあわなくてもよくしてさしあげたから？」

フィリップはにやっとした。「あなたはたいそう率直な方でもある――前に言ったかな？」

「いいえ」カサンドラも笑みを返した。「おっしゃらなくても、わかってます。人にそう言われてますから」

貴族の令嬢らしからぬカサンドラの言動を心からほほえましく思っている自分に、フィリップは我ながら呆《あき》れていた。にもかかわらず、カサンドラと一緒にいるだけでこのうえもなく元気が出ることは否定できなかった。ダンズレイのような田舎でカサンドラとこっそり会い、古い屋敷のかび臭い屋根裏で姉弟《きょうだい》たちと埃《ほこり》まみれになって働くほうが、壮麗なアラベック邸でもてなしを受けるよりもはるかに幸福な気分になれる。友人たちが知ったら、頭がおかしくなったのではないかと言うだろう。

「ミス・ヴェレア」フィリップは、突然まじめな顔になってカサンドラの手を取った。

「ここに来たのには、もうひとつ理由があります」

フィリップの温かい手がじかに触れたので、カサンドラはどきんとした。大急ぎで家を飛びだしてきたので、手袋をはめる余裕はなかった。

「なんでしょうか?」カサンドラは手を取られたまま、いくぶん息をはずませて訊いた。

「あなたにお詫《わ》びを言わなくてはならないと思ったからです」

「お詫び?」カサンドラはけげんそうに訊き返す。「ああ、あの夜初めてお会いしたときのこと——でも、あれはもう謝ってくださったじゃありませんか。あなたのせいじゃなかったのですし、もうよろしいのよ」

「いや、あの晩の件じゃないんです。もっとも、あれも紳士にあるまじきふるまいでしたが。ぼくが言ってるのは、次の日の朝に迷路園にいたときにしたことです」

「え……ああ、あのこと！」カサンドラは思いだした。話をしていて、フィリップにキスをされたのだった。

「ええ、あのことです。なんとも無礼な行動でした。弁明のしようもありません。自制できなかったという以外には。あなたのそばにいると……どうもそうなってしまうようなのです」

「私のそばにいると？」カサンドラは目を丸くした。自分が男性の自制心を失わせてしまうなんて？

カサンドラの表情がおかしくて、フィリップは笑ってしまった。「お嬢さま、男が謝っているというのに、そんなご返事はないでしょう。あのときなぜ接吻《せっぷん》してしまったのか、もう一度あなたに証明してみせたくなるではありませんか」

「あ、そう！」カサンドラとしては、どんな返事をすべきなのか見当もつかなかった。

「あのときの自分の気持については、申し訳ないとは思わないんですよ。なぜかといえば――こうしてあなたを前にしていると、またもやキスをしたくなるからです」フィリップの声が低くなり、しかもかすれている。

カサンドラはひざから力が抜けていくのを感じた。フィリップ以外のどんな男性にもこういう目つきで見つめられたことはない。

「ぼくが謝らなければならないのは、あなたに気まずい思いをさせてしまったことです。

あなたのお話をろくに聞きもしないで、なんというか……体の関係だけに関心があるかのように誤解されかねないことをしてしまったので、その点はお詫びを言わせてください。わかっていただきたいのは、あなたが立派な貴婦人ではないと思ったことなどいっぺんもないということです。いかなる意味でもあなたの品位を傷つけるつもりはまったくありません」

「私は、あの……」フィリップのまなざしに心乱されるあまり、カサンドラは口がうまくすべらない。「謝ってくださったこと、承知いたしました」

「それともうひとつ、ぼくは今後絶対にあなたのいやがることを無理にしたりしない。それと、こんな状況や、一緒に屋根裏で働くのをいいことにしてあなたにつけこんだりもしない。これだけはわかってください」

「どうぞ、もうそんなにおっしゃらないで。正直言って、悪いのはあなただけではありませんもの」

フィリップがちらと満足の面もちを見せた。「だったら、惹《ひ》かれたのはぼくだけではないと考えてもいいのかな?」

フィリップは、指を曲げた手の甲でカサンドラの頬をなでた。カサンドラは急いで身を引く。

「もちろん、両方の責任だとはいっても、また同じことを繰り返さなければならないわけはありませんわ」声がうわずっているのをフィリップに悟られませんように。もう一度キスされたらどういう反応をするか、カサンドラは自信がなかった。そのことを思っただけで、燃えている石炭をのみこみでもしたように身うちがわきたつのだった。「一緒に働くときは、私たちが同業者であるようにふるまえばいいのでしょう」

「同業者？」フィリップは今にも笑いだしそうだった。「同業者って、どんな職業？　宝探しの専門家とか？　それ、普通は海賊のことじゃないか？」

「私の言おうとしていることはわかってらっしゃるくせに。あなたは男性と一緒に働いているときと同じように行動すればいいということ」

男と一緒なら初めからこんなことはしない。自分が協力しようとしているのは大昔の持参金とやらのためではなく、相手がカサンドラだからなのだ。けれどもフィリップは、それを口に出すつもりはなかった。

カサンドラはつけ加えた。「でなければ、仕事に支障をきたすでしょう。共同作業をするにも気まずくなるわ」

「さっき言ったように、今後はあなたに気まずい思いをさせるつもりはありません」行動で示すために、フィリップはベンチから立ちあがって後ろへさがった。

「わかりました。では、今日の午後、チェジルワースでお目にかかりましょう」

「いや、ぼくに護衛の役をやらせてください。午後、お迎えにあがります。今日は隠れて行動する必要がないんだから」

「でも、あなたはモールトンの家にいらっしゃらないほうが無難よ。あなたをお引きとめしようとするか、あるいは一緒についてくるか、伯母たちがなにをたくらんでいるかわかりませんもの。妹や弟たちも一緒ですから、私のことはご心配なく」カサンドラはにこっとした。「いたずら坊主たちとおてんば娘がついていれば、手出しはできないでしょう。それに、ここでは護衛など必要ないんです。ダンズレイは平穏すぎてなんの事件も起きないと、オリビアが不平を言うくらいですもの」

「騒々しい少年たちがいてもなにも起きないというのかな」

「あら、弟たちがいくら騒いでも事件には入りませんわ」

「それはそうだ。ぼくも鈍いですね。ミス・オリビアが待ち望んでいるのは華麗なる冒険なんだ」

「まあ、そういうところです。ご存じのように、うちは夢想家一族ですからね」以前にフィリップから、ヴェレア一族は夢想家だとけなされたことがある。カサンドラは皮肉を返した。

フィリップは顔をしかめる。「前言にはいやというほどたたられますな」

カサンドラはくすくす笑った。「今後はもう申しませんわ。だって今はサー・フィリップも私たち夢想家の仲間入りをなさったんですもの」

「あなたの心からなる熱意なくしてはあり得なかったでしょう」

「だいじょうぶ。夢は必ずかないます」

ほほえむカサンドラの口もとに、知らず知らずフィリップの視線が吸いよせられた。ふっくらした下唇の真ん中に小さなへこみがある。そのへこみにフィリップは口づけをしたくてたまらなかった。くどこうとしたり強引にふるまったりは決してしないと誓ったばかりだが、カサンドラを目の前にしているといつまで紳士的でいられるか自信がなかった。意志の力でフィリップは一歩さがり、カサンドラに会釈した。「では、午後一時にチェジルワースでお目にかかりましょう」

カサンドラはうなずく。奇妙なことに、フィリップと別れたくない気持になっていた。

「はい。私たちも一時にまいります」

家に帰りつくやいなやカサンドラは、のぼせあがった伯母につかまってしまった。翌日の晩にひらくパーティでアーディス伯母の頭はいっぱいなのだ。フィリップにはすでに決まっている催しのように言いはしたものの、実は今朝まで思いつきもしなかったことだ。いずれにしてもこんな田舎では、サー・フィリップ・ネビルを主賓として招いた自分の快挙を見せつけるに値する人物はそう多くはないというのが伯母の考えだった。とはいえ、少人数の客といえども招待状を書いて従僕に届けさせなくてはならない。晩餐の献立作成はもとより、客間の念入りな掃除を指揮したり花を生けたり、パーティの準備のための用事は山ほどある。それらすべては言うまでもなく、アーディス伯母に言わせれば、有能な姪《めい》の分担すべき事柄なのだった。

カサンドラはどうにかいっさいの手はずをととのえ、昼食後すぐに家を抜けだすことができた。オリビア、クリスピン、ハートと一緒にチェジルワース邸へ行くと、フィリップはすでに到着して姉弟を待っていた。五人は前日と同じように手紙の捜索を続けた。ときおりフィリップが双子の弟たちとばか騒ぎをしたりオリビアをからかったりしながら、時の経《た》つのも忘れてみんなで楽しく過ごした。チェジルワースを出るのが遅くなり、モールトン邸での午後のお茶の時間には間に合わなかった。

翌日ふたたび、カサンドラは午前中いっぱいその晩のパーティの準備に追われた。それがすむと姉弟連れだって見慣れた林や牧草地を抜け、生まれ育った家に歩いていった。

屋敷の裏手にある丘の頂に達したとき、ただならぬ様子の二人の男の姿が目にとまった。近づくにつれ、一方がもう一方に猟銃を突きつけているのがわかる。銃をかまえているのは、チェジルワース邸の元管理人ジャック・チャムリーだ。そして銃で威嚇されているほうは、なんとフィリップではないか。カサンドラは仰天した。

「チャムリー！」カサンドラはスカートのすそを持ちあげ、丘を駆けおりた。オリビアとクリスピン、ハートが姉のあとに続く。

息せき切って駆けつけたために、姉弟はしばし口がきけなかった。例によって最初に息遣いが元にもどったのはハートだった。

「サー・フィリップに向かってなにしてるんだ？」

「え、坊っちゃんはこの男をご存じで？」チャムリーはもじゃもじゃの眉毛をつりあげて訊いた。「家のまわりをこそこそうろついていたんで、つかまえたところなんですがね」

「ここそだなんて！　違うわ、チャムリー」

「忍びこもうとしていると思ったんです」

「とんでもない。チャムリー、その銃をおろしてちょうだい。サー・フィリップは私たちのお客さまなのよ。今日ここでお会いする約束をしていたの」カサンドラはかつての管理人に説明した。チャムリーがしぶしぶ銃をおろしたのを見とどけ、フィリップに謝った。

「サー・フィリップ、まことに申し訳ありません。なぜチャムリーがこんなことをしたのか、私にはまったくわかりませんの」

「嬢さま、こういうわけなんで」チャムリーは大声でさえぎった。年々耳が遠くなってきた元管理人の声は、聴力が落ちるにつれ大きくなっている。「ゆうべここで変なことがあったからなんですよ。わしはもうこのお宅にご奉公してはいないとはいえ、長年お勤めしてきたジャック・チャムリーとしてはだね、おかしなことは許せねえんです」

「ねえ、チャムリー、あなたの気持はありがたいわ。でも、いったいなんの話？　ここでなにがあったというの？」

「おや、嬢さまはなんも聞いておらんのですかね？　今朝は村中その噂《うわさ》で持ちきりだっちゅうのに。ネッド・プランプトンの話だと、ここに幽霊が出るとみんなが言ってるそうなんです」ジャック・チャムリーは親指を城郭のような館《やかた》に向けた。

「幽霊？」カサンドラはぽかんとした顔でつぶやいた。

「ああ、幽霊ですと！　頭おかしいんじゃねえかと、わしはネッドに言ってやりましたさ。チェジルワースのお屋敷に幽霊なんざ出たためしはない。もしそんなのが出てたら、亡くなっただんなさまが黙ってるわけはねえ。大喜びでその話ばかりなさって、自分の目で確かめようとなさるに決まってる」

カサンドラは父を思い浮かべてにっこりした。「そうそう、そのとおりよ。でもなぜそんな噂になったのか、よくわからないけれど――」

「だけんどプランプトンだけじゃなく、ブルックマンの奥さんも噂を聞いたって言ってましたぜ。百姓のクロフォードからだそうで。クロフォードはしっかりしたやつなんだが。ブルックマンの奥さんが言うには、見たのはクロフォードの息子だとか」

「幽霊を見たというの？」

「へえ。で、わしはクロフォードのとこに行って訊いたら、嘘《うそ》でもなんでもないっちゅうことでした。クロフォードの息子が――」

「ベン？」

「いや、そっちじゃなくて。ごめんなすって、嬢さま、ベンはおたんちんなんでさあ。もしベンが見たと言ったんなら、クロフォードは信じねえでしょう。見たのはアルフだったんです。こっちの坊っちゃんと年頃《としごろ》が同じのアルフは利口ながきでね。だからクロフォードも、アルフが窓の明かりを見たとか言ってきたときにゃ疑うわけにはいかなかった。クリスピン坊っちゃんやハート坊っちゃんが言ったら、わしたちも信じるのと同じですて」

「窓の明かりを見たというのね？」カサンドラは思わずフィリップに視線を向けていた。

すると、フィリップの顔にも似たような懸念の色が浮かんだので驚かされる。

「しかも嬢さま、見たのはアルフだけじゃねえんです。息子の話を聞いて、クロフォードが一緒に見に来たんですと。アルフは嘘をつく子じゃないが、勘違いかもしれねえと思ったそうで。そしたらアルフが言ったとおり、クロフォードも明かりを見たっちゅうんです。屋根裏のちっちゃな窓から明かりがもれてるのをしっかと確かめたと言ってやした」

「そうなの」何者かが屋根裏に忍びこんでいたのだ。真夜中のそういう仕業の理由といったら、ひとりでひそかに捜索しようとしたということ以外には考えられない。

「もちろん幽霊なんかじゃねえです、嬢さま。浮浪者かなにかがねぐらにしようと入りこんだんだと思いやした。それにしても屋根裏っちゅうのは寝心地悪いだろうがね。ともかくわしはここに来て、侵入した形跡があるかどうか調べようとしたんです。それがなんと、このだんながこそこそうろついてたのを見つけたってわけで――」

フィリップは急いでさえぎった。「おいおい、私はなにもこそこそうろついてたわけじゃない。ミス・ヴェレアやご妹弟《きょうだい》たちを待っていただけなんだ」

「そんなことこのわしが知るもんですか。だんなはこのへんじゃ見かけない顔だし」

「チャムリー、サー・フィリップがおっしゃったことは本当なのよ。でも、私たちの家を気にかけて見に来てくれてありがとう」

「亡くなっただんなさまへのわしの務めだから当然ですて」

「パパが喜ぶわ、きっと。チャムリー、チェジルワースの見張りはもういいから帰ってね。誰かが忍びこんだかどうかは、私たちが調べるわ」

元管理人は疑わしげな面もちで言った。「わしも一緒にお屋敷に入ったほうがいいと思うが。武器が必要かもしれんし」

「でも侵入したのが何者にしろ、もういないと思うわよ」

それでもチャムリーは納得せず屋敷のぐるりをまわり、一階の扉や窓をひとつひとつ点検した。老人の懸念どおり窓ガラスが一箇所割られていて、何者かがそこから入ったらしい。チャムリーは大きくうなずき、板でふさいでおくとカサンドラに言った。

二階もチャムリーと一緒にざっと見てまわったが、やはり誰もいなかった。外部の人間がいた形跡も見つからなかった。埃だらけの屋根裏の床には無数の足跡が残っていて、侵入者のそれとは区別のしようがない。チャムリーが屋根裏からおりていったあと、一同はしばし突っ立ったまま互いに顔を見あわせていた。口を切ったのは、クリスピンだった。「誰なんだろう？　何者かがぼくたちの宝物を狙《ねら》っているのかな？」

「浮浪者が寝場所が欲しかっただけかもしれないじゃない」カサンドラは慎重な返事をする。

ただちにオリビアが反論した。「ベッドが階下《した》にいっぱいあるのに、なんでわざわざ屋根裏に寝なきゃならないの？」

「そりゃそうだけど。でも宝物を狙うなんて考えられないじゃない――いったい誰がそんなことをするかしら？」カサンドラはフィリップと視線を合わさないように努める。胸のうちを読まれたくないからだった。手紙を探しに忍びこんだとしたら、フィリップ以外にはあり得ないではないか。

地図の片方が自分の屋敷のどこかにあることを知ったからには、手紙を盗めば両方を手に入れたも同然なのだ。地図が隠されているという〝女王の本〟とやらがなにをさしているか実は知っているのに、フィリップはわからないふりをしているだけなのかもしれない。家にある聖書などのように家族にとっては慣れ親しんだものなので、聞いたとたんにぴんときたとも考えられる。だからカサンドラの助けを借りずとも、地図の片方は簡単に見つけられるのだ。残るはチェジルワース邸にある手紙で、それさえ手に入れれば宝物はすべて自分のものになる。フィリップはそう考えたのではないか？

「あなたのアメリカのいとこという人はどうなんだろう？」フィリップが訊いた。

藪《やぶ》から棒の質問に、カサンドラはびっくりして顔をあげた。「なんですって？」

「たしかミスター・ミラーという名前だったと思うが。日記の前の所有者ですよ」

「いいえ、違います！」オリビアが憤然として両腕を胸に組み、フィリップの前に進みでた。「あの方は絶対にそんなことはしません。デイビッド、いえ、ミスター・ミラーはとってもいい方よ」

カサンドラは眉根をよせて妹を見すえた。オリビアはあのハンサムなアメリカ青年にひと目惚《ぼ》れでもしてしまったのだろうか？　ひょっとしたら、もっと悪いことに……？

いやいや、まさかそんなことはあるまい。今は思春期の妹の恋わずらいよりも心配しなければならないことがいろいろある。「サー・フィリップ、あなたのお考えが変わったようですのね。以前は、ミスター・ミラーが日記を偽造してミスター・サイモンズからいくばくかのお金をだましとったという疑いをかけてらしたけど」

「うん、まあ、考え直さないわけにはいかないようですね。屋根裏に何者かが忍びこんだ以上は」

「理由はともあれ、少しは真剣に考えてくださるようになったのでしたら嬉しいですわ」

カサンドラの辛辣《しんらつ》な応酬にはかまわず、フィリップは言った。「あなたも指摘されたとおり、手間ひまかけて日記を偽造しても大した金にもならないんじゃ割に合わないですからね。日記が本物だとしたら、ミスター・ミラーはそれを読んでイギリスに来れば財宝を手に入れることができるかもしれないと思ったに違いない」

「それ、どういうこと？」クリスピンが口をはさんだ。「日記が本物でないことなんかあるはずがないでしょう」

カサンドラは、昔の文書を偽造する例もあることを弟に手短に説明した。「でもこの日記が本物ではなかったら、マーガレットの手紙を探すために屋根裏に忍びこんだりはしないと思うの。サー・フィリップ、私にはミスター・ミラーの仕業であるとは考えられないんです。だってそもそも財宝の存在を知っていたならば、なぜ日記を売ったのでしょうか？　まっすぐここに来て手紙を探しだし、お宅の書庫から本を盗めばいいではありませんか。うちもお宅も、なぜ何者かが忍びこんだのか見当もつかないでしょう。私たちは財宝のありかを示す地図のことなどなにも知らなかったんですもの。たぶん泥棒か浮浪者のたぐいだろうと片づけてしまったと思うわ」

「それもそうだが、ミスター・ミラーはマーガレットの時代から数世代あとのアメリカ人だ。我々の家とは違って、行方不明の財宝の話は一族の中で伝えられてこなかったかもしれない。だから日記を読んでも、どこから始めていいのか途方に暮れたのではないか。ネビル家やヴェレア家の子孫がどこに住んでいるかもわからず、問題の地図を誰が現在持っているかも知りようがない。マーガレットの持参金が未《いま》だに見つかっていないことも知らない。マーガレットが願ったように両家が協力してとっくの昔に財宝を発見していたことも考えられる。ミスター・ミラーとしてはとにかく日記をイギリスに持ってきて売り、どういう人が関心を持つかさぐろうと思ったんじゃないか。ヴェレア家やネビル家の消息がわかれば、やがては地図にたどりつけるという考えだったかもしれない。実際、日記を買った父上とあなたを見つけることができたでしょう」

「ミスター・ミラーは私たちに会いたかっただけだわ」オリビアがまたもや反発した。

フィリップは動じることなく続ける。「たしかあなたは屋根裏で手紙を探していると、ミスター・ミラーに話したでしょう。ネビル家に地図の片方があることも言ってしまったんじゃないかと思う。ネビル家の田舎の屋敷がヘイバリー・ハウスであることがわかりさえすれば、書庫を探して〝女王の本〟を手に入れようという結論に達するのは簡単だ。まずは厄介な親戚を出し抜いてチェジルワースの屋根裏から手紙を盗み、それからヘイバリー・ハウスへ行く」

「だったら、なぜ一年も待ったの？」カサンドラは疑問をぶつけた。「うちの父が日記を買った時点で行動を起こせばいいでしょうに。なぜ今までなにもしなかったのでしょうか？　そこが問題だと思うの。何者かが今になって手紙を探しはじめたということは、その人がそれについて知ったのがごく最近だからじゃないかしら」

フィリップは眉をつりあげ、気味が悪いほど静かな声でたずねた。「あなたは、その泥棒はぼくだと言おうとしてるんですか？」

7

フィリップの冷ややかな表情にカサンドラはいくらかたじろぎはしたものの、声音は平静に保った。「あり得ないことではないでしょう」

フィリップ・ネビルは口をきっと引き結んだ。猛然と否定するのではないかとカサンドラは思ったが、フィリップの反応は違った。「なるほど、あなたの論法だとあり得ないわけではない。英国内で最も古い由緒ある家柄の貴族のひとりであるとわかっている男よりも、素性もなにもまったく知らないデイビッド・ミラーのような人物を信じる人も世の中にはいるでしょう。しかもその貴族は富豪で、スペインの財宝とやらは物の数でもないというにもかかわらず」

カサンドラは背筋をこわばらせる。疑惑を口にするには、一抹の気のとがめをおぼえないでもなかった。けれども、フィリップの傲慢《ごうまん》な言い方でそんな気まずさは吹き飛んでしまった。「たしかにお金持ちは皆さん強欲にならずにすむでしょうし、さらに富を増やす必要もありますまい。恥を忍んでお金を求めるのは、私たち下品な貧乏人なんです。人の家に押し入るのも、素性の知れない外国人だけですわ」

「そんなことは言ってない。知ってる人間よりも赤の他人を信じることもあり得ると指摘しただけですよ」

「ですけど、私はあなた方のどちらも知っているわけではありませんわ。実のところ、あなたよりもミスター・ミラーとお話しした時間のほうが長いくらいです。ミスター・ミラーは数日にわたってうちにおみえになりましたからね。でも、あなたがネビル家の方であることはよく承知しております。ネビル家は、代々私どもヴェレア家と友好関係にはありませんでした。それに、富がしばしば不正な方法で手に入るものであることも知っております。そして、お金持ちはいくら富を手にしても満足できないことも。私としましては、あなたやミスター・ミラー、あるいは誰か別の人にしろ、事実が明らかになるまではとがめだてするつもりはありません。公平であることをいつも心がけておりますので」

　フィリップは歯ぎしりせんばかりの憤りを感じた。カサンドラが平然と自分に疑いをかけたことにどうしてそんなに腹が立つのか。といって、カサンドラの肩をわしづかみにして揺さぶるほどの憤激ではなかった。

「サー・フィリップは偶然の一致を信じてはいらっしゃらないでしょうが、あなたがここにおつきになった翌日に侵入事件が起きているんです。これは偶然といえなくもありませんわね。しかも、あなたが財宝の存在を知ってから二週間で、ミスター・ミラーの場合は一年後なんです」

フィリップの金色の目が怒りに燃えた。けれどもフィリップは両わきでこぶしを握りしめ、口をひらくまでいっときの間をおいた。「しかしあなたがミスター・ミラーをここに案内してからわずか一週間後というのも、偶然といえなくはありませんね。あなたはなにがなんでもぼくを悪者に仕立てたいようですね」

カサンドラは正直に答えた。「いいえ、むしろ協力者であるあなたを信じたいんです。でも、ミスター・ミラーが悪者であるとも考えにくいだけ。それに、ミスター・ミラーはなぜ一年も待たなければならなかったのか。そこが解せませんもの」

「ああ、その点ね。だが財宝の存在がいったい本当の話なのか。マーガレットの親族がまだイギリスにいるのか。それをミスター・ミラーは確かめようがないまま日記を売ったのかもしれない。売ってなにがしかの金をもうければいいくらいの気持だったことも考えられる。ところが今年になってまたイギリスに来てあなたの懇意のミスター・サイモンズに会ってみると、ヴェレア家の現在について知らされた。もしかしたらミスター・サイモンズは、行方不明の持参金の言い伝えや、あなたの父上がそれを見つけようと努力したことまで話したかもしれない。そのとき初めてミスター・ミラーは考え直し、ダンズレイに来てあなたから財宝の話を聞きだそうと決めた。うまくいけば、宝を独り占めにできると踏んだんじゃないか」

「それは推測でしょう」

「そのとおり。あなたとぼくがさっきから話していることはすべて推測にすぎない。ゆうべここに忍びこんだ人間が何者であるかは見当のつけようがないし、本当に手紙を探しに来たのかどうかさえもわからない。宝探しが狙《ねら》いだと我々が勝手に想像しているだけかもしれないでしょう」

「でも、それ以外には考えられないんじゃないかしら」

「残念なことに、世の中には考えられないことがよくあるものなんだ」

カサンドラは呆《あき》れ顔で訊《き》く。「でしたらあなたは、夜中に誰かが屋根裏に侵入したのも単なる偶然だとおっしゃるの？」

フィリップはため息をついた。「いや、偶然の可能性もあると言ってるだけです。おそらく手紙を探しに来たに違いない。侵入者もたぶん我々と同じように見つけられなかったんじゃないかと思う。となると、できるだけ早く手紙を探し出さなくてはならない。そう思いませんか？」

「もちろん。あなたと意見が一致する点もあって嬉《うれ》しいですこと。あれこれ憶測ばかりしてないで、作業にかかりましょうか」

「了解」フィリップは手早く上着とアスコットタイを取って椅子におき、シャツの袖《そで》をまくりあげた。「さて、どこから始めようか？」

しばらくのあいだ、一同は黙々と働いた。箱やトランク、古い家具など、何百年にわたるこの家の歴史を示す痕跡《こんせき》の数々に、少しずつ目を通していった。不意にオリビアが「あっ」と声をあげたので、皆がいっせいに振り向いた。

「どうしたの？」怪我《けが》でもしたのかと心配したカサンドラは妹のほうへ歩きかけ、つと足をとめて鼻にしわをよせる。「え？　この臭《にお》い、なに？」

「樟脳《しょうのう》だと思うわ。衣類と一緒に小さな袋がいくつも入っているの。でも変じゃない？　まだ臭うなんて。ちょっと、見て」オリビアはトランクから両手でドレスの上下をひっぱりだしながら、立ちあがった。「色があせているけど、すてき」

カサンドラが妹のそばに来た。「本当にきれいな服ね」緑色のベルベットのドレスはたしかに色あせてはいるものの、四角い襟ぐりのかっちりした身頃《みごろ》には華やかな金糸の刺《し》繍《しゅう》が施され、背中の紐《ひも》でしめるようになっている。年月を経ているにもかかわらず、金色の糸も飾り紐も鮮やかな色合いを失っていない。前身頃全体とひじまでふくらませた袖の端が大きな花の刺繍でおおわれ、切りこみの入った袖口は波状のレースで飾られている。レースはほつれ、黄ばんでいた。スカートのすそも同じ花の模様の金糸と飾り紐の刺繍で縁どられている。

「いつの時代のものかしら？　宮廷で着る服だと思う？　それとも、花嫁衣装？」オリビアは声をはずませて姉に訊いた。

カサンドラはスカートを広げてみた。「ありふれた服ではないわね。輪骨でスカートを張らせて着るようにつくられているけど、一七四〇年代以後のドレスほどすそが広がっていないようだから、それより前の時代だと思う。といって、エリザベス女王やジェイムズ一世ほど昔ではないわ。ひだ襟ではなくて、袖つけがあり、蜂《はち》みたいに極端に腰がくびれてもいないし。十七世紀の王党派の時代か、もしかしたらもっと下ってチャールズ二世の頃かもしれない」

「すっごくロマンティック！」オリビアはスカートを自分の体にあてて一方のすそを広げ、くるっと回ってみせる。

「あら」カサンドラはトランクをのぞきこみ、靴を取りだした。濃い青のベルベット地に同じく凝った刺繍が施されている。かかとがどっしりと厚く、つま先は四角だった。

オリビアが靴を見てたまげている。「うわー、大きい！　そんなのはけると思う？」

「女物にしては大きすぎるわ。何代目かのチェジルワース卿《きょう》がはいていたんじゃないかしら」

「その靴が！　まさか」クリスピンも飾りたてた靴をまじまじと眺めた。

「いや、その時代には男がずいぶん派手な格好をしていたんだよ」フィリップがトランクのそばにやってきた。「これに似た靴をはいた、うちの祖先の肖像画がある。意匠を凝らした上着とチョッキをつけていて、ゆったりしたズボンをはいている。大きな袖にはこのドレスのような切りこみがあって、シャツの袖のひらひらしたレースが見えるようになっているんだ」

オリビアが姉にせがんだ。「ねえ、着てみちゃだめ？　お願い……」

「そうね。でも、気をつけて。古いものだから」箱の山の陰で、カサンドラはオリビアが昔の正装に着がえるのを手伝った。

「いやだ！　大きすぎるわ！」輪骨もペティコートもなしではスカートは長すぎるし、成熟しきっていないオリビアの体には上着もだぶだぶだった。「キャシーが着てみて。きっと似合うわ。着たところを見たいの」

今度はオリビアが姉の着がえを手助けした。「まあ、なんてすてき！」

オリビアがカサンドラの手を引いて、箱の陰から出てきた。「見て、キャシーが着るとこんなにきれい」

「本当だ」フィリップはカサンドラをじっと見つめ、低くつぶやいた。その目はカサンドラの体の曲線をたどっている。

ぴっちりした身頃によって胸が押しあげられ、ふくらみが襟ぐりからはみだしそうに盛りあがっているのが、カサンドラは気になってならなかった。フィリップの視線が動くにつれ、顔に血がのぼっていく。無意識に唇をなめ、トランクのほうへ近づいた。

「正装ごっこをするなら、私ひとりじゃいや」カサンドラはトランクにかがみこみ、別の服をひっぱりだした。「あったわ！」フィリップが先ほど話していた祖先の肖像画のような、たっぷりした袖が刺繍で飾られた上着を広げてみせる。「さあ、サー・フィリップもこれをお召しになってみて」

気乗りのしない様子ながらフィリップはシャツの上に上着を着て、前身頃のしわを手のひらでのばした。カサンドラは息をのむ。細身の剣を腰にさげ、へりが上向きの羽毛を飾った帽子をかぶれば完璧《かんぺき》だと思った。

話しだそうとしても、言葉が出てこない。もう一度試みて、やっと口がきけた。「頭を短く刈った円頂党員と一戦を交えに行く王党員みたい」

「それよりも、チャールズ二世の愛玩犬《あいがん》、小型スパニエルを小わきにかかえて宮中を気どって歩くという感じじゃないか」

「あなたが？」カサンドラは笑った。「そんなことあり得ない！」

「そう、ありがとうと言うべきなのかな？」

「ほめてさしあげたつもり。さ、私たちどんなふうか見に行きましょう」

カサンドラはフィリップを連れてトランクや箱のあいだをすり抜け、屋根裏部屋の壁に立てかけた大きな姿見の前に行った。鏡に映った自分の姿を見るまでは、フィリップの手を握っていたことに気がつかなかった。まるで急に熱くなったかのように、あわてて手を放す。思わず鏡の中のフィリップの目を見ていた。面白がっているようなまなざしを予想していたのに、激しい情火があらわになっている。カサンドラ自身の体の奥に燃えあがったときめきに通じるものだった。不意に、オリビアと弟たちをここに連れてこなければよかったと思った。

努力してやっと目をそらし、硬い口調でカサンドラは言った。「こんなことしていては、いつまでも手紙を見つけられないわ。仕事にもどりましょう」

「そうだね」

「キャシー……トランクのほかの中身はどうするの？」

「もちろん、全部いちおう調べてちょうだい。このトランクは望みが持てそうですもの」

カサンドラは動悸《どうき》が速くなっているのを抑え、事務的に話そうと努めた。手のひらにはまだフィリップの手の温《ぬく》もりが残っている。熱くて、しっかりした感触だった。咳払《せきばら》いして、想念を追いだす。「めざしている時代の品物の第一号がこのトランクよ。必ずしも時代順にはなっていないけれど、この近くを重点的に調べてみるといいかもしれないわ」

「それなら、オリビアとクリスピンたちには壁のほうからやってもらうことにしよう。カサンドラとぼくはここから始めれば、その中間あたりから手紙が出てくるかもしれない」

声音が平常とまったく変わらないことがカサンドラには羨《うらや》ましくもあり、腹立たしくもあった。

カサンドラはふたたび箱の陰に行って王党派時代の服から作業の格好に着がえ、マーガレット・ヴェレアの手紙の捜索を再開することにする。いちばん粗末な服をまとい、さっきまで順序立てて調べていたトランクの前にもどったときは、軽い失望感をおぼえずにはいられなかった。

一同は午後いっぱいかかってかなりの量の荷物を点検したにもかかわらず、マーガレットと父親に関するものはなにひとつ見つけることができなかった。とうとうカサンドラはため息をついてすわりこみ、貴婦人らしからぬしぐさでひたいの汗をぬぐった。

フィリップはポケットから時計を取りだし、蓋《ふた》を開けた。「そろそろやめましょう。ぼくは旅籠《はたご》にもどって、今夜のディナー・パーティのための身支度をしなくてはならない」

「ええっ！」カサンドラは飛びあがるように立った。「たいへん！　今何時？」フィリップが時刻を教えると、カサンドラはうめいた。「私ったら、なにを考えてたのかしら。すぐモールトンのうちに帰って、パーティの準備をしなくてはならないわ」

家を出る前に段取りはすべてつけてきたのだが、計画を狂わせるようなことがいつなんどき起きていないとも限らない。アーディス伯母が同時に相反する命令をくだしたり、ジョアンナが余計な口出しをしたり、カサンドラが予期していなかった障害がもちあがったり——こんな場合は上に立つ人間が適切な指図をしないと、召使いたちは右往左往するだけだ。カサンドラとしては、部屋のしつらえや食事の支度など万事とどこおりなく進んでいるか確認するための時間をたっぷり取れるように帰るつもりでいた。けれどもこんなに遅くなっては、自分の身なりを念入りにととのえているひまなどはないだろう。

　ま、それは大したことではないが。カサンドラはそそくさとフィリップに挨拶《あいさつ》をすませ、妹弟《きょうだい》を引き連れて丘を駆けあがるようにしながらモールトン邸へ急いだ。自分の身支度などどうでもいい。もともとパーティで目立つ存在ではないし、華やかなジョアンナと一緒ではますます影が薄くなってしまう。だいいち、私は新しいドレスは一着も持っていない。今夜着るつもりでいる鳶《とび》色のサテンのドレスにしても、おろしてから少なくとも三年は経《た》っている。レースとリボンを新しくしてスカートにも手を加えてみたけれど、とうてい新調したドレスには見えない。それに、バースの仕立屋であつらえたのを後悔したくらい、色が似合わなかった。といって、着ないでしまっておくのはもったいなくてできなかった。

　自分から認めたくはないが、実は、伯母が今夜のパーティで着る予定のドレスが羨ましくてたまらなかった。もちろん、伯母のドレスそのものではない。伯母が着るものはすべてカサンドラには短すぎて、くるぶしが丸見えになってしまう。幅も太くてだぶだぶだから、身につけることはできない。ねたましいほど欲しいのは、伯母のドレスの生地だった。淡い灰色のサテンで、若い女性には地味すぎて好まれないかもしれない。けれどもカサンドラは、自分の灰色の瞳や青白い肌を引きたてる色合いだと確信していた。それは単なる灰色ではなく、青みがかった紫や藤《ふじ》色などの淡い色彩がかすかに揺らめいて見える微妙な色なのだった。

伯母と町に行ったとき、ある店のショーウィンドウにカサンドラの視線がくぎづけになった。カサンドラがなにに目を奪われているのか、アーディス伯母はそばに来てショーウィンドウの中を見た。

〝まあ、なんてきれいな生地なんでしょう！〟伯母が感嘆の声をあげるのを聞いて、カサンドラは一瞬胸をふくらませた。私に似合う色合いであるのに伯母が気づいて、ひょっとしたら買ってもらえるのかしら？

期待はみごと裏切られる。伯母は言った。〝カサンドラ、あなたの目にとまってよかったわ。私にぴったりじゃないの。黒いレースで縁どりしたらいいかもしれない。さ、中に入ってみましょう。ダンズレイの仕立屋なんてどうしようもなく時代遅れだけど、今度ばかりはましなのをつくってくれるかもしれないわ〟

カサンドラはすっかり気落ちしながらも、伯母のあとから店に入った。レースだのリボンだのフリルだのでごてごてと飾りたてたデザインでせっかくの生地の美しさが台なしになっても、それがアーディス伯母の好みだとわかっているのでぐっとこらえるしかなかった。カサンドラは、自分がその生地を気に入ったのを伯母は承知していながら意地悪で横取りしたとは思っていない。アーディス伯母はとことん自分本位な人なので、姪《めい》がやむなくあきらめたとは考えつきもしないのだ。

言うまでもなく、伯母のドレスなど今はどうでもいいことなのだ。にもかかわらず、着古した褐色の服に身を包み髪を急いでまとめてから、伯母に目をやっては小さなため息をもらさずにはいられなかった。蝋燭《ろうそく》の柔らかい明かりが当たると、伯母の淡いグレイの絹のドレスは水の揺らめきにも似たほのかな光を放つのだった。

とはいえカサンドラは、自分の力では変えられない状況を未練がましく嘆くたちではない。それに、晩餐《ばんさん》会が円滑に進行しているかどうか、話し相手がいなくてぽつんとしている人はいないか、気を配るので手いっぱいでもあった。人々のあいだを縫ってまわり、飲み物が足りないところには召使いに合図して持ってこさせたり、相次ぐ狩猟の事故のために椅子にひとりですわっているしかないハレルソン氏に声をかけたりと忙しい。ハレルソン氏は狩猟に熱中する割には本人の乗馬の腕が追いつかず、腕を骨折するわ足をくじくわ腰を打つわで、気の弱い人ならとっくにあきらめていただろう。

フィリップが部屋に入ってきたとき、カサンドラはそちらを見なくても直感的に悟った。そんな経験は初めてなので、どうしてそう感じたのかはわからない。けれども突然うなじのあたりがちくっとしたので、とっさに振り向かずにはいられなかった。部屋の入り口にフィリップが立っている。カサンドラと目が合うと、にこっとして近づいてきた。

ところが待ちかまえていたアーディス伯母が横からフィリップをつかまえ、引きずるようにして牧師一家に引きあわせた。ときどき笑みを交わすことはあっても、カサンドラがフィリップとじかに話ができたのは晩餐が終わってからだった。フィリップの場合、話し相手がいないのではないかと気を遣う必要はない。なにしろ今夜のパーティの主役なのだ。まとわりついてくる人々を遠ざけたいくらいだろう。まして、ジョアンナと張りあってフィリップの気を引こうとしたなどと、伯母たちに言いがかりをつけられたくなかった。実際のところフィリップがジョアンナに関心があるとは露ほども思っていないけれど、モールトン母娘《おやこ》がそういう幻想を抱いているほうがなにかと便利な面もある。結婚相手としてとびきり好条件の男性を追いかけるのに夢中なあまり、アーディス伯母もジョアンナもカサンドラの行動にはほとんど頓着《とんじやく》していなかった。

食事が終わったあと、カサンドラはミスター・ウィントンの妹のきんきん声のおしゃべり相手にうんざりしていた。やっと会話がとぎれた頃合を見計らい、さっとその場を離れようとすると、背後に立っていたフィリップとぶつかりそうになった。カサンドラは「あっ」と言って、笑いだした。「サー・フィリップ、ごめんなさい。わざと突き飛ばそうとしたのではないの。あなたがここに立っていらしたなんて、全然気がつきませんでしたわ」

フィリップは手際よくカサンドラを騒々しいミス・ウィントンから引き離し、小声でささやいた。「ぼくは骨董品《こつとう》の棚の陰に隠れていたんですよ。先刻えんえんと十分もミス・ウィントンにとっつかまってしまったんで、またつきあわされずにすむように用心してたんです」

「さすがに賢明でいらっしゃること」

「今夜はまだ一度もあなたと話ができなかった。近づこうとすると、あなたはどこかに消えてしまう。ミス・ヴェレア、ぼくを避けていらっしゃるんですか？」

「とんでもない、そんなことございません」フィリップとの会話がどんなに楽しいか。別の客の群れを避けて廊下に出ながら、カサンドラは考えないように努めていた。「でもサー・フィリップは今夜の主賓でいらっしゃるから、皆さまあなたとお話をなさりたいのよ」

「飽き飽きするほど長ったらしくね」

「でも私は午後いっぱいサー・フィリップとご一緒いたしましたから、お時間を取っていただいてはいけないと思ったの」

「しかし、少しはぼくに同情してくださってもいいと思うけどな」廊下の壁に取りつけた燭台《しょくだい》の柔らかい明かりを受けて、フィリップの金色がかった瞳がきらりと光った。「二、三分でもあなたの機知に富んだ鋭いお話が聞ければ、退屈に苦しむぼくは大いに慰められたでしょうに」

「サー・フィリップったら、そんなお世辞をおっしゃって」

「お世辞なんかじゃない。事実です。皆さんの歯の浮くようなお愛想や鼻につく自慢話にげんなりしてたんですから。これ以上どこその娘さんや姪御さんのぱっとしない水彩画や、生気のないピアノ演奏の話を聞かされたら、誰かの首を絞めたくなるんじゃないかと思った」

こみあげてくる笑いをこらえて、カサンドラは言った。「まあ、ずいぶん手厳しいですこと。その絵をごらんになったのでも、演奏をお聞きになったわけでもないのに」

「しかし話を聞いて、当のお嬢さんたちに会ったんですから、非凡さにはほど遠いくらいわかりますよ」

「ダンズレイは平凡な土地柄ですから」カサンドラは、自分の笑顔が生き生きしていることや乳白色の肌のきめの細かさはまったく意識していなかった。

それにひきかえフィリップはそういう長所ばかりでなく、流行遅れで色合いも悪いカサンドラの服装にも気づいていた。なにかもっとましなものを買ってあげたい。さっきからフィリップはそう思わずにはいられなかった。カサンドラの涼やかな灰色の瞳と映りがいい色調で、ほっそりした曲線美をいっそう引きたてるようなデザインのドレス。例えば、カサンドラの伯母が着ている服などはどうだろう。もちろんあんなひらひらしたデザインはいただけないが、夏の夕立とそのあとの空を彩る虹《にじ》を連想させるような生地がなんともいえない。

だが一流婦人服店のドレスを贈ろうとしても、まともな令嬢ならば父親や兄などの身内でもない男からは受けとれないに違いない。カサンドラのあの形のよい長い首を飾る一連の真珠すら、婚約者以外の贈り物としては考えられもしないだろう。上流階級の女性に課せられたこういう束縛にフィリップが憤りを感じたのは初めてだった。娼婦《しょうふ》にはいくら貢いでもかまわないのに、たとえ貧乏であっても貴婦人であるというだけでなにひとつ贈ることもできないとはなんたる不合理だろう。フィリップの目下の望みは、美しい品物を贈ってカサンドラのまなざしがぱっと華やぐのを見ることだった。

「あーら、ここにいたの！」アーディス伯母の声が響きわたった。

不意を突かれたカサンドラとフィリップは驚いて顔をあげた。応接間の戸口に伯母が立ちはだかって、こちらを見すえている。フィリップは思わずうめいた。

「カサンドラ、あなた、いったいなに考えてるの？　廊下なんかにサー・フィリップをお引きとめしておくとは！」伯母は大げさに指を左右に振り、カサンドラを叱《しか》ってみせた。

「サー・フィリップ、姪の無作法をお許しくださいましね。この娘はあまり人前に出たことがないものですから」

「そこがまたなんともいえず新鮮な魅力なんですよ」フィリップは切り返した。

アーディス伯母はわざとらしい笑い方をして言った。「そんなお上手をおっしゃると、私たち田舎者の女があとで泣くことになりますわ。ねえ、カサンドラ？」

伯母は半ば強引にフィリップを連れていってしまった。その後ろ姿を見ながら、カサンドラはため息をもらす。光が消えてしまったような寂しさをおぼえた。それからはただひたすら、晩餐会がお開きになるのを待つばかりだった。

ようやくパーティは終わり、フィリップに続いて数分後にはほかの客たちも帰っていった。最後のひとりが去るや、アーディス伯母はぐったりと椅子にすわりこんだ。まるで晩餐会がうまくいったのは、ひとえに自分のおかげだとでもいうように。けれどいくらもしないうちに元気を取りもどし、フィリップの言動のひとつひとつや、ジョアンナに対する関心の示し具合についてあれこれと話しはじめるのだった。

カサンドラは眉をひそめ、さっさと寝室へ引きあげた。ほの暗い部屋では、すでにオリビアが眠っていた。パーティに出るにはまだ年が若すぎると伯母に言われたオリビアは、弟たちのように階段の手すりからにぎやかな階下をのぞき見ることもせず早々と床についたに違いない。

妹が目を覚まさないように気をつけて静かに服をぬぎ、弱い明かりをつけたままベッドにそっともぐりこんだ。予想どおり二、三時間のちに、浅い眠りから覚めた。オリビアはまだ熟睡している。カサンドラは音をたてずに起きだして身支度をした。スカートをふくらませるためのペティコートはふだんの枚数よりも減らした。今夜はできるだけ身軽にして動きやすくしなければならない。ベッドのすそにある収納箱から毛布を取りだし、小わきにかかえた。いちばん頑丈なブーツを持って明かりを消し、忍び足で寝室を出た。

静かに扉を閉め、廊下の暗さに目が慣れるまで一瞬じっとしていた。向こう端の窓からおぼろな光がさしているだけだった。亡霊のようにカサンドラは廊下から階段へと移動し、伯父の書斎に向かった。書斎の扉をきっちり閉めてから思いきって蝋燭をともし、戸棚から布に包んだものを取りだす。布の中身はピストルだった。引き出しにしまってある弾丸を注意深くピストルに詰め、予備の弾とともにスカートの大きなポケットに入れた。射撃の訓練以外にはピストルを使った経験はない。だが女子も男子と同じ教育を受けさせるのが信条だった父のおかげで、猟場番人から火器の扱い方を教わっていた。何ごとにつけ理解の早いカサンドラは、射撃においても筋のよさを示したものだった。だからいざとなれば、このピストルで身を守れる自信はあった。

厨房《ちゅうぼう》にあったカンテラをともし、一箇所を除いて覆いをかけた。家を出て庭を横切り、通い慣れた道をチェジルワースへ向かう。

日中にジャック・チャムリーの話を聞いて、カサンドラはすぐ思った。夜になってから屋敷にもどってきて、侵入者をつかまえるのが最善の方法ではないか。館《やかた》の裏手にある丘の木立に隠れて、家の窓を見張る。明かりがついたら屋敷に近づいて、忍びこんだのは何者かを確かめる。そういう計画だったので、地べたにすわるときに敷く毛布と護身のためのピストルを持ってきたのだった。最初は、侵入者とじかに対決しようかとも思った。けれども武器を持っているとはいえ、それは危険すぎはしないか。こちらはひとりなのだし、進退きわまった賊がどんな行動に出るかわからない。はやる気持を抑え、手紙を盗みに来たのは何者かを確認するだけにとどめたほうがいいだろう。

カサンドラは、その人物がフィリップかミスター・ミラーのどちらかだとはどうしても信じられなかった。フィリップにはよくいらいらさせられるとはいえ、盗人だとはとうてい思えない。本人も指摘していたとおり、フィリップはすでに大富豪なのだ。そういう人にとっては大した金額ではない宝物を手に入れるために、泥棒や不法侵入の罪まで犯そうとするだろうか？　しかも、財宝の半分は自分のものになることが決まっているというのに！　ミスター・ミラーにしても、あれほど正直そうな顔はめったに見ない。あんなふうに人なつこく笑い、ざっくばらんな話し方をする人が悪者であるはずはないと思う。ただし勘に頼っているにすぎないので、証拠が欲しかった。

チェジルワース邸の裏にある丈の低い木立まで来たところで、カサンドラは地面に毛布を敷いた。カンテラの火を消して腰をおろし、丘のふもとの闇《やみ》に包まれた館に視線をあてる。屋根裏にもほかのどの窓にも明かりの気配はない。しばらくすると背中が痛くなり、木の幹によりかかれるように姿勢を変えた。さらに時間が経ち、まぶたが重くなりはじめる。目をつぶらないように必死でこらえた。突然、頭ががくんと垂れてはっとする。いつしか寝入ってしまったらしい。

カサンドラは手のひらのつけねで顔をこすり、眠ってはだめと自分に言い聞かせる。だが懸命の努力にもかかわらず、またしてもこっくりしだすのを感じた。夜のしじまを縫う音があまりにもひそやかで、屋敷の様子にも変化がないのが眠気を誘うのだろう。

ふと目がぱっちり覚め、まばたきしながらカサンドラは身を乗りだした。闇の中でなにかが光った。やがてまた、光が見えてくる。その光は建物の横にある庭園の壁でいったんさえぎられ、屋敷の裏にふたたび現れたのだと気がついた。立ちあがって、ポケットのピストルを握りしめた。恐怖なのか緊張なのか、我ながらはっきりしない。心臓が凍りそうになった。

木立の陰から出て、チェジルワース邸に向かう坂をおりはじめた。カンテラは持たなかった。明かりのせいで相手がわかったように、カンテラで照らせば自分の存在も相手に知らせることになる。足もとすらよく見えないので、でこぼこ道や草むらに足を取られないようにゆっくり歩くしかなかった。

侵入者の明かりは見えなくなっていた。覆いをかけたか、建物の陰に入ったかしたのだろう。破られた窓をチャムリーがふさいだので、別の入り口を探しているのかもしれない。今になって考えると、窓をそのままにしておくようにチャムリーに言えばよかった。賊は窓が木片でふさがれているのを見て、闇にまぎれて誰かが自分を待ち伏せしているのではないかと警戒心を強めるかもしれない。

カサンドラの足どりは速くなった。地面から目を離さずにいたにもかかわらず、左手になにかの気配を感じた。振り向く間もなく重い塊がぶつかってきて、地面に倒れ伏してしまう。

手足をばたばたさせてカサンドラはもがいた。一方のひじがなにかにきつく当たった。相手が低くうめくのが聞こえた。力がゆるんだすきに、賊の体の下からはいだそうとする。けれどもそうはさせじと、相手が先にカサンドラの肩をつかんだ。片手が襟ぐりにひっかかったときにカサンドラが身もだえしたものだから、布が切れて前身頃が裂けてしまった。むきだしになった胸に男の手がすべった。

「なんだ、こりゃ！」

相手の男の声が耳に届く前に、カサンドラは悲鳴をあげた。男はカサンドラの体を仰向けにさせ、両腕を地面に押しつけた。やっと見分けがつくくらいの暗がりで、二人は互いの顔を呆然《ぼうぜん》と見すえていた。

「サー・フィリップ！」胸を刺されでもしたような衝撃だった。「あなただったの？　盗もうとしたのは、あなた？」

8

「そうだったのか。ぼくとしたことが」フィリップは苦々しげに言った。舌打ちしながら身を起こし、カサンドラから手を離した。

カサンドラは動けなかった。身も心もあまりに重く感じられる。「でも、どうして?」

涙がこぼれそうだった。「なぜあなたは手紙を盗もうとなさるの?」

質問の意味を測りかねてか、フィリップはしばし目を見張っていた。やがて吐き捨てる

ように訊《き》き返した。「ぼくが手紙を盗もうとしただって? なにをばかなこと言ってるん

だ。侵入したのはぼくじゃない! あなただと思った」

「私が? それこそばかげてるじゃない。毎日ここに来て手紙を探している私が、どうし

て夜中に自分の家に忍びこまなくてはならないの?」

「そういうことじゃなくて、あなたがそうだと思ったからだ」

「それ、いったいどういう意味?」

フィリップはじれったそうにのどを鳴らした。「だからぼくが飛びかかったとき、相手

があなただとは気がつかなかったという意味だ。人影がこそこそ坂をおりてくるのが見えたけれど、暗くててっきり例の賊がまたやってきたと思ったんだ。それで駆けつけた――ところがつかまえてみると、あなただったというわけ」自分の頰をそっとさわってつけ加える。「ひじでいやというほどやられた」

「じゃあ、あなたも泥棒をつかまえようとして隠れていたということ？」

「そのとおり。昼間来たときにあなたの家の管理人だった男の話を聞いて、夜中に待ち伏せしてとっつかまえてやろうと思った。それがどうだ、このざまは」

「私もまったく同じことを考えたの」ほっとしてカサンドラは笑いだした。

明かりを持っていたのがフィリップであるはずはない。ずっと先にいた人物がそんなに速く引き返して背後から私を襲うのは不可能だ。それに、私が坂をおりてくるのを知りようがないではないか。

「でも、怪しい人がいたのはたしかよ！」カサンドラはようやく身を起こした。「家の裏手で明かりが動くのが見えたんですもの。それで私は坂をおりはじめたの」

「なんだって？　賊に向かっていくつもりだったのか？」フィリップ・ネビルは大きな声を出した。「カサンドラ、そんな無謀なことを！　危険じゃないか！　ぶちのめされるのがおちだぞ」

「ご心配なく。ピストル持ってるから」カサンドラはポケットからピストルを出してみせた。

「ピストル！」フィリップの声音は滑稽《こっけい》なほどうわずっている。「それでも心配するなだと？　お願いだから、それをしまいなさい。自分自身もまわりの人間も危ない目に遭わせるだけだ」

「私がですって？　私はね、相手が誰かを確かめもせずにいきなり地面に突き倒したりはしないわよ！」カサンドラは立ちあがろうとした。だがフィリップがスカートの上にすわっていて、身動きできない。「こんなところにぐずぐずしていたら、泥棒が――」

フィリップがさえぎった。「もうとっくにいなくなってるさ。我々が取っ組みあったりどなりあったりしてるあいだも、そのへんにまだうろうろしてると思うのか？」

「ま、あり得ないでしょうけど」カサンドラはじりじりしてスカートをひっぱった。「ちょっと、スカートがぬげてしまうわ」

フィリップの目つきを見て、カサンドラははっとした。性的な含みもある言い方をしたのに、自分ではまったく気がつかなかった。そういえばついさっきまで、フィリップのたくましい体が私におおいかぶさっていたのだ。動悸《どうき》が速くなり、ひとりでに頬が赤らんでくる。

「あ、つまりその……」カサンドラは口ごもった。言い訳がましく言えば言うほど、気まずくなるばかりだ。

ちらっと見ると、フィリップの視線はカサンドラの顔から下のほうへ移っている。そのとき初めて、地面に倒れてから服の襟もとが裂けたのを思いだした。同時に、夜の空気が素肌にひんやりしているのを感じた。カサンドラはどきんとして胸を見おろす。なんと襟ぐりからウエストにかけて服の身頃《みごろ》が斜めに裂けているではないか。前がすっかりはだけ、薄手の白い木綿のシュミーズがわずかにかぶさっているだけのあられもない姿になっている。リボン飾りのあるシュミーズから胸のふくらみがはみだしそうになり、冷たい夜気に刺激された乳首がとがっているのが生地を透かして見えていた。

カサンドラはごくりとつばをのみこんだ。恥ずかしさのあまり、口もきけなかった。どうしてこの人と、またもや疑いを招くような状況におちいってしまうのか？　けれども半裸の上半身をフィリップに見つめられながら、きまり悪さばかりではない、なにか官能をくすぐられるような心地よい感覚が目覚めているのをおぼえた。

フィリップのまなざしにも口もとにも、濃密な欲情があらわになっていた。この人は私を求めている。そう思っただけで、カサンドラ自身の体の奥もうずいた。フィリップの視線はさらにさがり、ペティコートを重ねていないスカートを通してくっきりと見える脚の輪郭をたどっている。ゆっくりと愛撫《あいぶ》でもするようなフィリップの目はカサンドラの顔にもどった。

「あなたが欲しい」フィリップはずばりと言った。渇望で頭がいっぱいで、思考力が働かなくなっていた。肩のあたりに波打つ髪、透きとおるような肌、みずみずしい肢体。目の前のカサンドラに触れたくてたまらなかった。

カサンドラは乾いた唇をなめた。言葉が出てこない。フィリップの唇と舌をじかに感じたい。胸をさすられ、乳首を口にふくまれた記憶がよみがえってきた。

「あれは夢じゃなかったのね?」かすれた声で訊いた。「あの晩、初めて会った夜……夢を見ていたのではなかったんだわ。あなたがなさったことだったのね……?」

「ああ。あなたにキスをした」フィリップの下腹がずきずきしだした。「あなたに触れもした」無意識に手を胸に持っていった。

その手にフィリップはカサンドラはびくっとしてフィリップを見あげた。二人の視線がしっかりと結ばれた。なすすべもなくカサンドラはだらりと手をさげた。フィリップの手のひらが柔らかい乳房にかぶさる。シュミーズを通しても肌が火照っているのがわかった。真っ赤になりながらも、カサンドラはフィリップの目から視線をはずすことができなかった。口がきけないほど呼吸が速くなり、逆らう言葉も出てこなかった。頭がもうろうとしていた。

フィリップの手が薄いシュミーズの下にすべりこんだ。ふくらみの先端をさぐりあて、親指と人差し指でそっとはさむ。強烈な快感にカサンドラは思わず息をのんだ。腰の内側が熱くなり、もものあいだが突然湿りけをおびてきた。カサンドラの口から小さなうめき声がもれる。

「カサンドラ……」切なげな声音にいっそう刺激されたフィリップは、片方の脚をカサンドラの背中にまわしてひざを立てた。もう一方の脚はカサンドラのひざにのせる。その重みでカサンドラは両脚を動かすことができない。

さらにフィリップはカサンドラのシュミーズの前をずりさげ、乳白色の胸をあらわにさせた。ほのかな星の光に照らされた二つのふくらみと、その中心から突きでた濃い薔薇《ばら》色の乳首をフィリップはまじまじと見つめた。体の底からわき起こる情炎のほかには、なにひとつ意識にのぼらなかった。

「美しい人」フィリップは指の先でそっと乳首をなでた。うっとりと目をとじたカサンドラは、自らを支えきれないようにフィリップの脚にぐったりよりかかった。巨大なこぶしのような欲望にわしづかみにされ、フィリップはぶるっと体をふるわせた。

誓いを破るつもりは毛頭なかったにもかかわらず、ここにきてはもはや愛の交わりをとめることはできなかった。まずカサンドラを地面に寝かせ、はちきれそうなこの乳房を堪《たん》能《のう》したい。カサンドラの唇がはれるまで存分に口づけしたい。そして両の脚をひらかせて奥深く入り、歓《よろこ》びに打ちふるえるカサンドラを我がものにしよう。

フィリップは横からカサンドラをしかと抱きよせ、腰のわきを熱く脈打つ自分の下腹に押しつけた。そのまま頭をかしげ、接吻《せっぷん》しようとした。

ぱなすぞ!」

「誰だ、そこにいるのは!」不意にどなり声が聞こえた。「立て! 名乗らないと、ぶっ
二人はすくんだ。カサンドラがささやいた。「チャムリーだわ!」

「え?」

ふたたび男がわめいた。「聞こえないのか? 立てと言ってるんだ!」

「チャムリーよ」カサンドラは繰り返す。「昨日ここで会ったでしょう」

フィリップは低い不満の声をもらしてカサンドラから手を離し、立ちあがった。「撃たないでくれ。我々は無害な人間だ」

「チャムリー、私よ。カサンドラ・ヴェレア」カサンドラは元領地管理人に声をかけつつ、むきだしの胸もとをかきあわせ、苦心して立とうとする。フィリップが手をのばしてカサンドラを助けた。

「カサンドラ嬢さま!」チャムリーは驚きの声をあげ、二人に近づいてきた。「こんなとこでなにしてるんです? 危なく撃つところだった!」

フィリップが急いで自分の上着をぬぎ、カサンドラの肩にかけた。カサンドラはフィリップの上着で上半身をおおい、管理人に笑顔をつくってみせる。「チャムリー、ごめんなさい、びっくりさせて。こんな時間にあなたがいるとは夢にも思わなかったわ」

「そりゃあ、当たり前ですぜ。誰かがお屋敷の番をしなくちゃならんもん」

「どうやらみんな同じ考えだったようだ」フィリップが口をはさんだ。チャムリーはうさん臭げにフィリップに目をやった。「また、だんなですかい！　なんでまたここにおいでなんで？」

「サー・フィリップも私もあなたと同じ目的でここに来たのよ。泥棒をつかまえようということ。だけどそのことをお互いに知らせなかったものだから、こんなことになるんだわ。犯人はたしかにここに来ていたと思うの。でもきっと、逃げてしまったんでしょう。さっき見た明かりがあなただとしたら別だけど」

「いや、嬢さま、めっそうもない。明かりをつけてわざわざ泥棒にわしがいることを知らせてやるはずがないでしょうが」

「そりゃそうよね。だけど、もう明かりをつけてもかまわないでしょう」カサンドラはカンテラをおいた場所へ歩きながらフィリップの上着に腕を通し、破れた服が見えないようにきっちりとボタンをかけた。体の隅々まで残っている官能の火照りについては、明かりをつけても人には悟られずにすむだろう。髪をひとまとめにして見かけだけでも取りつくろい、カンテラの明かりをつけて二人のいるところにもどった。

フィリップ・ネビルとチャムリーも明かりをつけ、互いに疑いの目をぶつけあっていた。

「カサンドラ嬢さま、こんな夜中に、しかも知らない殿方と一緒にここにおられるとは。先代のだんなさまだったら許さないだろうて」

「チャムリー、サー・フィリップは知らない殿方じゃないのよ。家ぐるみのお友達なの。それに私はここにひとりで来たのだけど、たまたまサー・フィリップもいらしていて一緒になったというだけよ。私は賊に間違われてしまったの」

チャムリーはふんと鼻を鳴らした。カサンドラ嬢さまを泥棒と間違える男なんざろくなやつじゃないと言わんばかりだった。「だんながひとりで夜ふけにうろうろなされていたこと自体、あんまりほめたことじゃないと思うがね」

「若いお嬢さんが真夜中に護衛もなくひとりで歩きまわるほうがはるかによくない！」フィリップが憤然として言った。

「お嬢さんによるんじゃないですかい？」チャムリーはあごをなでながらしれっとして言い返す。「カサンドラ嬢さまのことだからピストルくらい持ってきてるでしょうが。ならば、護衛がいるのは泥棒のほうだて。嬢さまにはアーリーじきじきに撃ち方を伝授したんでさ」

「まあ、チャムリー、ありがとう」カサンドラは得意げな目つきでフィリップを見やらずにはいられなかった。「その点は私もサー・フィリップに説明しようとしたのだけど、わかっていただけなかったの。ところで私たち、こうしていつまでも言いあっていないで、侵入した形跡があるかどうか調べてみません？」

返事も待たずにカサンドラは、先ほど明かりが動くのが見えた屋敷の裏手にさっさと向かった。チャムリーはすぐについてきたが、フィリップは〝やれやれ〟というふうなため息をついてから足早に追ってきた。

「カサンドラ、まったくあなたはいつもこうして自分ひとり真っ先に向かっていかなくちゃならないのか？　そのうち必ず怪我《けが》するよ」フィリップはさえぎるようにカサンドラの前にまわった。

「なにおっしゃってるの。賊はとっくにいなくなってるわ。それに、私が自分の身は自分で守れることがはっきりしたじゃありませんか。あそこ……」カサンドラはフィリップの背後を指さした。「最初に明かりが見えたのがあのへんだったの」

三人はそれぞれカンテラで前方の地面を照らしながら、屋敷の裏の窓に近づいた。足跡を最初に見つけたのはチャムリーだった。

「あれだ！」チャムリーは窓の下の土を示した。「ほら、土が少し湿ってるとこに残ってる」

「なるほど。これは間違いない」フィリップとカサンドラも窓のそばに近づき、三人ともかがみこんで地面の足跡に目をあてた。

「こんなに大きいのは男の足に違いないわ」

「うん」フィリップが相づちを打った。「それも、大柄の男だろうね」

チャムリーが推測してみせる。「背丈はあるだろうが、太ったやつじゃないな。ここの土は柔らかいから、体重の重い男なら足跡がもっとへこんでるはずだ。といって、そんなに軽くもあるまいが」

長身だが、肥満型ではない。となると、フィリップのような体格の男ではないか。カサンドラはそれとなくフィリップの足に目をやらずにはいられなかった。

フィリップはカサンドラの視線の行方を見逃さなかった。にやっとして言う。「ミス・ヴェレア、大きさは同じくらいでも形が違うんじゃないですかね？」

フィリップは大げさな身ぶりで片方の足を突きだし、左右に動かして自分の靴が足跡の輪郭と一致しないことを示した。

「サー・フィリップ、いいかげんに冗談はやめてくださらないと、なにも見つけられないじゃありませんか」カサンドラはわざとつんとしてみせ、チャムリーのあとについて歩きだした。

チャムリーは建物の角を曲がり、カンテラで地面を照らしている。「嬢さま、ここにもありますぜ」カサンドラとフィリップは急いで近づいた。カンテラの光の輪の中に、もう一方の靴の痕跡《こんせき》が見える。つま先の円い同じ形の靴だ。ただ、こちらはかかとの部分に小さなV字の跡が残っていた。

「あれはなにかしら？」カサンドラが指さして訊いた。

「靴の裏についているなにかだろうね」フィリップの返事にチャムリーもうなずく。

「嬢さま、ありゃあ、靴の左のかかとに穴でも開いてるか、へこんでついた跡かだね」

「となると、みんなの靴を調べて片方のかかとにへこみができているかどうか確かめるしかないのか」フィリップが皮肉っぽく言った。

「でも、前よりは手がかりがつかめたじゃありませんか」

「しかし、容疑者がいなければ確かめようがない」

「あら、容疑者はあなたのご意見だと私のアメリカの親戚《しんせき》じゃなかった？」カサンドラは言い返した。

チャムリーの眉がつりあがったのを見て、カサンドラは口をすべらせたことを後悔した。財宝やそのありかを示す地図が地元の人々の噂《うわさ》になるのだけは避けたかった。

「いや、容疑が晴れたわけではないよ。だがそのミラー氏の居所がわからない以上、靴を調べようがないね」

「私は冗談で言っただけ」それとなく注意をうながすために、カサンドラはわざとフィリップをじっと見つめた。「なぜかデイビッド・ミラーがお嫌いなようだけど、だからといって泥棒だと疑ういわれはないでしょう。チャムリーに訊いてごらんになればすぐわかるけど、チェジルワースには盗む価値のあるものなんかなにもないのよ」

「いや、嬢さま、銀器だのしまってあるじゃ……残っているものだけだが」

「そうそう、ほとんど残っていないですものね。ミスター・ミラーはここにいらしたから、うちの中がどんな状態か承知してるはずよ」アメリカ人の親戚について噂を立てられないように、カサンドラは話題をチャムリーの好みそうな方向にもっていった。「よそ者の仕業だと、私は思ってるの」

チャムリーは勢いこんで頭を上下に動かした。「嬢さま、まさにそのとおり。このへんのもんがお屋敷から泥棒するわけがねえです」

「たぶんこんな大きなうちが空き家になってるのを見て、なにか金目のものがあるだろうと思ったんじゃないかしら」カサンドラは巧みにチャムリーに暗示をかけた。

「そうだ、それに違いない」フィリップがあまりにもしらばっくれた顔で調子を合わせようとしているので、カサンドラは笑いをかみ殺すのがやっとだった。

「泥棒はこのあたりに潜伏しているということね。二晩続けてここに来た事実からして。でも、日中はどこにいるのかしら?」

チャムリーはすっかり感心している。「なーるほど、カサンドラ嬢さまは昔からおつむがよかった。やつがまだこのへんにいるなら、誰かに見られているはずだ。ジプシーみてえに森の中で野宿してたとしても、人の目ってもんがあるからな。嬢さま、夜が明けたらわしは村の連中に訊いてまわります。このへんじゃ見かけない人間がうろうろしてなかったかと」

「ぼくは、今泊まってる旅籠《はたご》で不審な人間がいないか調べてみよう。もっとも、そいつは見つからないように昼間は近くの小さな町にひそんでいて、夜になってから馬でやってくることも考えられるが」

屋敷から去った足跡はさらに三つ四つついていた。けれどもそのあとは地面が乾いて固くなっているため、侵入者の痕跡は残っていなかった。

「我々の音で逃げたんだ、きっと」フィリップはしばし闇《やみ》に目をあてて思案していたあげくに、カサンドラのほうに向き直った。「ミス・ヴェレア、お宅までお送りしましょう」

礼儀正しいフィリップの言い方を聞き、カサンドラはついさっきまで名前で呼ばれていたのに気がついた。そのさっきというのは……いえ、思いださないほうがいいわ。

「いいえ、サー・フィリップ、わたくしはひとりでちゃんと家に帰れますので、けっこうでございます」カサンドラも口調を改める。

「もちろんお帰りになれるでしょう。ですが、賊がそのあたりにひそんでいる恐れがあるというのに、ぼくが若いお嬢さんを夜中にひとり歩きさせると思われてはいけません」

フィリップに対する敵意にもかかわらず、チャムリーも口を添えた。「嬢さま、だんなの言うとおりになされ。だんながいやなら、わしが送っていく。危ねえだけじゃなく、こんな夜中に娘さんがひとりで歩くなんざよくねえんです」

カサンドラはかつての従僕に目をすえた。領地の元管理人も負けずに見返す。チャムリーは言いだしたら聞かないわ。たとえ私がひとりで帰ろうとしても、この人は必ずあとからついてくるだろう。チャムリーの住まいは伯母の屋敷とは反対の方角だから、ついてこさせたら相当な遠回りになる。

「わかりました、サー・フィリップ」不本意ながらカサンドラは声をかけ、フィリップのほうを見もせずに歩きだした。

またもやため息をつきつき、フィリップはついてきた。二人はほとんど言葉を交わさずに歩いた。お互いに黙って侵入者をつかまえようとしたことについての相手の言い分は双方とも承知しているので、話題にするまでもなかった。それに、ともすればカサンドラの脳裏は、賊の一件よりもフィリップに飛びかかられてからの場面に占領されてしまう。といって、それを口にするわけにはいかなかった。フィリップの男っぽい気配に動揺をおぼえながら歩いているだけで精いっぱいだった。抱擁や接吻の快さに全身がわきたったのは否定のしようがない。けれども、フィリップのほうはどんなふうに感じているのだろう？私をどう思い、なにを求めているのか？　そして、私自身の気持は？　生まれてこのかた、これほど自分らしくなく、こんなにもかき乱されたことは一度とてなかった。

実はかたわらのフィリップも、カサンドラと同じように動転していた。先ほどのふるまいを詫《わ》びなくてはならないのはわかっている。二度としませんと誓ったにもかかわらず、またも欲情にかられるまま自制を失ってしまった。どういうわけかカサンドラ・ヴェレアの前に出ると、自分が今まで守ってきた決まりごとを忘れてしまいそうになる。今までは、娼館《しょうかん》の女性への接し方と上流階級の婦人に対する態度とを明確に区別してきた。カサンドラにはそれが怪しくなっている。良家の令嬢とつきあって、カサンドラほど途方もない情炎をかきたてられた経験は未《いま》だかつてなかった。そういえば、その道に通じた貴婦人、高級娼婦を問わず、自制心を狂わせるまで情欲におぼれた相手はひとりもいない。今まで会った女性たちにはないものをカサンドラが持っているからに違いない。

ありのままで純真無垢《むく》なカサンドラの応《こた》え方に、とりわけそそられるのかもしれない。あるいは、甘やかな口づけとは対照的に鋭くてぴりっとしたしゃべり方にも刺激されるのか。フィリップ自身にも定かではない。実際のところ、確信を持って言えることはなにもなかった。はっきりしているのは、ミス・ヴェレアとのおつきあいをぜひ続けたいということだけだ。それと、もう一度でいいからキスをしたい。

そういうわけでフィリップは、約束を破った許しを乞《こ》うわけにはいかなかった。謝ったりすれば、二度と繰り返さないとまた誓わなくてはならなくなる。しかも、その誓いを守れる自信はない。というよりも、守りたくなかった。行きつく先がどうなろうとも、このまま進みたいというのがフィリップの本音だった。

カサンドラは立ちどまり、フィリップの腕を押さえた。フィリップの鼓動はたちまち速くなり、カサンドラがなにを言いだすかとかたずをのんで待った。

けれども、カサンドラはモールトン邸を指さして言っただけだった。「あそこに伯母の家が見えるわ。木のあいだに……ね？」

「ああ」

「この先はひとりで行きます。こんな時刻に男の人と、とりわけあなたと一緒に歩いて帰ってくるのを召使いにさえも見られてはまずいですもの」

フィリップはうなずいた。カサンドラの気持がこもった言葉を聞きたかったのでひどく落胆した。いったい自分はなにを期待していたのか？　中途でやめなくてはならなかったことを再度始めてほしいと、カサンドラにせがまれるとでも思っていたのか。「もちろんそうしたほうがいい。あなたが無事にお屋敷に入るまでここで見とどけてから、ぼくは帰ります」

「そこまでしていただかなくてもだいじょうぶよ」

それには取りあわずにフィリップは訊いた。「明日またチェジルワースで落ちあいませんか？」

「ええ。明日の午後――そう、一時頃はいかがかしら？」

「では、その時間にまいります」

カサンドラは軽く会釈し、向きを変えて歩いていった。その後ろ姿がだんだん小さくなって館《やかた》の中に消えるまで、フィリップは見送っていた。それからため息とともに、フィリップも村への遠い帰路についた。

低いノックの音でカサンドラの眠りは破られた。「うう」とうめきつつ仰向けになり、カーテンのすきまからさしこむ日光をさえぎるために腕をひたいにあてる。晩餐《ばんさん》会のあと片づけをしなくてはならないので早く起こしてと小間使いに頼んであったのだ。そんなことを言わなければよかったと後悔する。だが伯母とジョアンナが眠っているうちに片づけてしまわないと、午後をチェジルワースで自由に使えなくなる。

あきらめてカサンドラは上掛けをはねのけ、ベッドをおりて扉を開けに行った。寝ぼけまなこのまま侍女の助けを借りて身支度し、トーストとコーヒーをおなかに入れた。そしてただちに階下におり、召使いたちに指図して掃除を始めた。

十一時にならないうちに家の中が元どおりきれいになったのにはカサンドラ自身も驚き、ほっとした。これならフィリップが来る前に二時間ほど屋根裏での作業ができる。ゆうべのパーティでくたびれた伯母は、まだ部屋から出てきもしない。今なら、誰にも気づかれずに家を抜けだせる。料理係のご機嫌をとって弁当をつくらせ、ひとりでチェジルワースに向かった。妹と弟たちは、副司祭から毎週恒例の宗教の授業を受けることになっているので不満ながらも残るしかなかった。

すばらしい日和だった。カサンドラは鼻歌をうたいながら、寝不足も忘れて足どりも軽く歩きだした。今日こそは手紙が見つかるのではないかと、いつも期待をふくらませて捜索を始める。この日の胸のときめきはそれだけではなく、フィリップにまた会えるからではないかという考えは頭から追いだした。

元の我が家が視界に入ってくると、カサンドラはしばし立ちどまって見入った。行く手に黒々と立ちはだかり、窓に明かりもついていない館を眺めているうちに、初めて背筋を冷たいものが走るのを感じた。一昨夜、昨夜と続けて何者かがあの家に侵入したのだ。その侵入者は私たちが去ってからもどってきて、また中に忍びこまなかったとも限らない。たった今も屋根裏で手紙を探しているとしたらどうしよう？

フィリップと約束した時間まで待つべきだったのではないか？　さもなければ、なんとか口実をつくって妹弟《きょうだい》の宗教の勉強を休みにしてもらい、三人を連れてきたほうがよかったのではないか？

カサンドラは頭を振ってそんな疑念を押しのけ、自分に言い聞かせた。あそこは私の大好きなチェジルワースじゃないの。怪奇小説に出てくるような人里離れた恐ろしいお城ではないわ。自分が生まれ育ったあの家は隅から隅までよく知っている。あり得ないことだとは思うけれど、万が一ゆうべ賊がもどってきたとしても、翌日の昼近くまで居残っているはずはない。びくびくするのはよしなさい。

肩をそびやかし、弁当が入っている小さなバスケットを持ち直してカサンドラはつかつかと家に入っていった。無人の館は常にも増して静まり返っているように思われる。台所のテーブルにおいてあるランプに明かりをつけ、薄暗い廊下はのぞきこまないようにして足早に階段をのぼった。とはいえ二階にあがってから屋根裏に通じる奥の狭い階段に行くには、どうしても廊下を通らなければならない。後ろを振り向きたくなるのをやっと我慢して、背筋をぞくぞくさせながら歩き続けた。

なんともいえず不気味なのは気のせいにすぎないとわかっていても、おびえずにはいられなかった。いっそ階下へもどって、フィリップがやってくるまで木陰で待っていようか？　そんなことまで考えたくらいだった。けれどもそれではあまりに意気地なしでみっともないと思い直す。いったん屋根裏で作業を始めてしまえば、すぐ気にならなくなるだろう。それに、フィリップの到着まで二時間も無駄にするのはもったいない。

カサンドラは駆けのぼるようにして屋根裏にあがり、上げ蓋《ぶた》式の戸を開けて中へ入った。まずはランプをかかげ、あたりを見まわす。小さな窓がいくつかあるだけのだだっ広い屋根裏部屋は薄暗かったが、特に変わった様子は見られない。さらに一歩進み、開けたままの扉を振り返った。一瞬ためらったあとで扉を閉め、昨日の午後の続きに取りかかることにした。

いざ仕事に没頭しはじめると、思ったとおり物陰の気味悪さも念頭にのぼらなくなった。そのうちふと、物音が聞こえたように思った。なんだろう？　カサンドラは顔をあげた。間をおいて、またかすかな音がした。立ちあがって、無意識に抜き足さし足で歩いていた。

屋根裏部屋の半ばまで来たとき、さらに音が聞こえた。今度は、階下の廊下を歩く足音だとはっきりわかった。誰かが真下にいる。ぞっとして、その場に立ちすくんだ。

足音は屋根裏への階段をのぼりはじめた。

カサンドラは身をひるがえし、逃げ場のない奥ではなく、部屋の横のほうに急いで移動する。十八世紀に流行した中国様式の漆の屏風《びょうぶ》の陰に逃げこみ、詰め物を詰めすぎた椅子と縦長の骨董《こっとう》だんすのあいだに身をひそめた。足音は容赦なくあがってくる。床のはね上げ戸が開いた。カサンドラはこぶしを握りしめ、息を凝らして戸口を見つめた。

戸が床に平行になり、男の姿が現れた。

9

フィリップだった。

カサンドラは心底ほっとする。だが隠れ場所から出ないうちに、あることに気がついてどきっとした。約束の時刻はいつもどおりの午後一時なのに、どうしてフィリップはこんなに早く来たのだろう？

疑念がむくむくとわき起こった。フィリップは、ひとりで手紙を探すために時間よりもずっと早く来たのではないか？

フィリップの裏切り行為がなぜこうもこたえるのか、カサンドラは考えようともしなかった。心臓が不穏な音をたてるのを感じながら、ただ呆然《ぼうぜん》とフィリップを見すえていた。

「ミス・ヴェレア？」フィリップはランプをかかげ、室内を見まわして呼びかけた。「カサンドラ、ここにいるんじゃないのか？」

カサンドラはじっとしていた。フィリップは名前を呼びつつ、屋根裏部屋の奥へ進んだ。

「どうしたんだ？」フィリップは部屋の中央にもどった。「どこに行ってしまったんだろう？　カサンドラ！」

沈黙が続いた。あまりに静かで自分の呼吸が聞こえるのではないかと、カサンドラは恐れた。やがて舌打ちとともに、フィリップは階段のほうへ歩きだした。

手紙も探さずに引き返そうとしている！　さっきまで凍りついていた胸が急にはじけそうになった。カサンドラは屏風《びょうぶ》の陰から飛びだしていく。その勢いで子ども用の雪ぞりがひっくり返った。

肩から上がまだ屋根裏の床に出ていたフィリップはぱっと振り向いた。「カサンドラ！　どうしたんだ？　呼んだのに、なぜ返事をしてくれなかったの？　隠れていたんだね？」

話しながらフィリップはまた階段をのぼってきた。カサンドラもフィリップに近づく。わけもなく怖がったり、フィリップを疑ったりした自分が恥ずかしかった。「そうなの。今日はひとりだし、誰かの気配がしたのでちょっと……気味が悪くなって」

「あなたも少しはそんな思いをしたほうがいいんだよ」フィリップはわざと冷淡な言い方をしながらも、カサンドラの手を取ってぎゅっと握った。それだけでカサンドラの気分はよくなった。「まったくあなたという人はなにを考えてるんだか。この空き家にひとりきりで来るとは……しかも、ゆうべもう少しで賊をとっつかまえるところだったというのに。あなたがここにひとりで来たことをモールトン夫人の執事から聞いたときは、我が耳を疑ったよ」

「アーディス伯母さまのところにわざわざいらしたの?」

「うん、ゆうべのパーティの答礼のために。午前中に訪問すれば伯母君もご令嬢もまだおやすみで、あなたとお話ができるのではないかとひそかに期待して行った。こんなふうに蒸し暑くて埃《ほこり》っぽいところではなくね」フィリップはさも恨めしげに屋根裏部屋を見まわした。

カサンドラは思わず苦笑いし、腕を広げて屋根裏を占領しているがらくたの山を示した。

「こんなむさくるしいところではお話しできないとおっしゃりたいのね?」

「いかにも、ミス・ヴェレア。だが、あなたがいらっしゃる限りは、どんな部屋でもむさくるしくなんかありませんとも」フィリップは芝居がかったしぐさで胸に手をあてる。

カサンドラはくすくす笑い、取りかかっていたトランクにふたたび向かった。フィリップに対する疑いが晴れたおかげで、心はすっかり軽くなっていた。

フィリップもさっそく気さくに、カサンドラのそばで箱の中身を調べはじめた。二人は手を休めずに働きつつも話をしたり笑いあったりして、前日にオリビアが昔の衣装を見つけだしたトランクに近づいていった。フィリップがトランクのひとつを開け、虫の食った男物の服の上下を取りだした。そのデザインを見るなり、カサンドラの胸はどきどきしだした。二階に先祖の肖像画を陳列した部屋があるが、マーガレットの父親であるリチャード・ヴェレアを描《か》いた絵の中の衣装に似ている。

カサンドラは、トランクから次々に衣服を取りだすフィリップのかたわらにかがみこんで見守った。トランクの底まで調べたにもかかわらず、服以外のものはなにも出てこなかった。がっかりしてカサンドラは身を起こす。

フィリップは慰めた。「だけど、きっともうすぐだよ。さあ、これをどけてそっちのトランクを調べよう」

ベッドの台を動かそうとしているフィリップのそばへ行って、カサンドラは手伝った。邪魔になっている椅子をどかすと別のトランクの前に小さなテーブルがあり、その下に四角い金属の箱が隠れているのが見えた。カサンドラは箱の取っ手をつかんで、ひっぱりだした。フィリップはカサンドラのわきをすり抜け、目当てのトランクを開けるためにさらにもうひとつの家具の位置を変えた。

留め金を開けようとして、カサンドラは金属製の箱をひっくり返してみる。そこで錠がかかっているのに気がついた。鍵《かぎ》はどこにあるのだろう？ 一度はほうっておこうと思ったものの、なんとなくひっかかるものがあった。貴重品や紙類を保存するための箱のように思われてならない。箱を開けるための道具代わりになるものはないだろうか？ あたりを見まわし、暖炉の火かき棒を取ってきた。

まずカサンドラが火かき棒を錠前に打ちつけ、途中からフィリップが交代した。はるかに強いフィリップの腕力をもってしても、かなりの時間がかかった。あげくに錆《さび》の粉を一面に散らして、錠前ではなく留め金のほうがはずれた。

壊れた蓋《ふた》を持ちあげると、いちばん上に帳簿があった。表紙を開けてみる。最初のページの日付を見て、カサンドラは心臓が口から飛びだしそうになった。マーガレットが愛人と駆け落ちしてから十一年後の日付だ。注意深く古い帳簿をわきへおき、その下の紙を取りだした。馬やそのほかの動物の売却の勘定書や借用証書が出てきた。どの書類もマーガレットの婚約不履行後の日付になっている。

証文類をどけると、別の帳簿の上に手紙の束がのっていた。黒いリボンで縛ってあり、カサンドラにとってすっかりなじみになった筆跡で住所が書かれている。

どきどきしながらカサンドラは手紙の束をひっぱりだした。「フィリップ……」

カサンドラの表情を見てとったフィリップは、すぐさまそばにやってきた。「ええっ！マーガレットの手紙がついに出てきたのか？」

カサンドラはこっくりする。出てきた声はふるえていた。「これ、マーガレットの字なの。なんだか信じられない。お父さまあてのマーガレットの手紙よ！」

フィリップは仰天したようだった。「なにもかも本当だったのか。ぼくも信じられない。日記も、手紙も、地図も全部――やっぱり本当だったんだ」

カサンドラは眉をひそめた。「私の話が本当だとは思っていらっしゃらなかったのね？」

二人はチェジルワース邸の前庭に枝を広げている樫《かし》の木陰にすわり、カサンドラが持ってきた弁当を食べたところだった。フィリップはかたわらの地面においた手紙の束にときどき手を触れては、事実であることを自分に納得させようとしているふうに見えた。

封も切っていない手紙を開け、二人でひととおり読んだ。どの手紙の文面にも、頑固な父親となんとか仲直りをしようとするマーガレットの哀切な心情がうかがえる。どんなにかたくなな父親でも、これらの手紙を読んだらほだされずにはいられないのではないか。地図について書かれた手紙を見つけるまでざっと目を通しただけなのに、カサンドラはつい涙ぐんでしまった。

フィリップは素直に答えた。「うん、本当だとは信じられなかった。事実であればいいとは思ったが。何者かがチェジルワースに忍びこんでからは、ひょっとすると日記の話は本当なのかもしれないと思うようになった。それでもまだ、二百年も前の手紙が残っていて財宝のありかを描いた地図が出てくるとはとても信じられなかった」

「地図みたいなものと言うべきでしょうけれど」手紙の束のいちばん上にのせてある黄ばんでしわだらけの紙を、カサンドラはそっとひらいた。黒っぽい色のスカートの上にその紙を広げ、じっと目をあてる。フィリップもカサンドラの肩越しにのぞきこんだ。

「さっき初めて見たときと同じで、さっぱりわからないなあ」

紙にはいくつもの線や塊が描かれている。塊からは矢印が出ているので建物を意味するのではないかと、カサンドラは思った。二箇所に数字がある。リトルジョンという名前があるかと思えば、紙の一方の端にはNと書いてあったりする。カサンドラもフィリップもNは北の方角を示していると思ったので、その端が上に来るように紙の向きを変えた。

カサンドラはため息をついた。「地図を見れば財宝のありかがだいたいは見当がつくのかと思っていたけど……マーガレットもなかなかやるじゃない」

「しかしこれは地図の半分なんだから、もう片方と突きあわせれば謎《なぞ》が解けるんじゃないかな」

「こういう記号の意味がもう一方の地図に書かれているのかもしれない。マーガレットって頭脳明晰《めいせき》な人のようだから、よくよく考えて地図をつくったに違いないわ。このリトルジョンという名称が重要だという気がするんだけど、あなたのおうちの近くでなにか心当たりがある？」

フィリップは鼻を鳴らした。「あるとも。ただし、問題はたくさんありすぎることだ。うちのあたりではリトルジョンはよくある名だから。その名前の家が何軒もあるし、大小の小川や牧場にもリトルジョンという名がついている。数軒のリトルジョン家が住んでいるところに通じる道も便宜上そう呼ばれている」

カサンドラは目をむいた。ふたたび地図に目を落とし、吐息とともに紙をたたんで元にもどした。「もう片方が見つかれば、きっと意味がわかるわよ。こんなことくらいで私はあきらめない。だって、絶望しかけていた手紙がやっと見つかったんですもの」

ほほえみかけるカサンドラに、フィリップが顔を近づけた。もう少しで頭が触れそうになる。陽光を受けてきらめくフィリップの瞳にカサンドラは見入った。キスをしてほしい。胸の思いとはうらはらに、カサンドラは身を引いた。

「もう行かなくては」カサンドラは顔をそむけて立とうとする。「いろいろ……やらなくてはならないことがあるでしょう。地図が見つかったからには」

フィリップもしぶしぶ立ちあがった。「お宅まで送ります。ぼくもやることがある――あなたにヘイバリー・ハウスに来てもらうためには」

馬を引きながら、カサンドラと連れだってフィリップはモールトン邸に向かった。

フィリップと一緒にヘイバリー・ハウスまで旅ができるなんて。想像しただけで胸がはずんだ。もう一枚の地図が見つけられるかもしれないという期待のなせるわざだと、カサンドラは自分に言い聞かせる。「で、いつお発《た》ちになるおつもり？」

「あなたは旅行の支度にどのくらいかかるかな？」

カサンドラはにこっとした。「今夜のうちに支度できます。衣装をいっぱい持っていく必要なんてないですもの」

フィリップは目を丸くした。母がロンドンやバースに旅行するとなると、支度だけで少なくとも一週間はかかる。

「あら、疑っていらっしゃるの？」

フィリップはくっくっと笑った。「いや、疑うなんてそんな空恐ろしいことはできない。あなたのことだから徹夜してでもやりとげて、ぼくをぎゃふんと言わせることでしょう」

カサンドラはにんまりしただけだった。

二人がモールトン邸に帰りつくと、アーディス伯母とジョアンナが居間にいた。

「サー・フィリップ！　お目にかかれるなんて思いもしませんでした。なんという幸せでしょう！」伯母はこぼれんばかりの笑顔でフィリップに手をさしのべた。同時に、かがんだフィリップの頭越しにカサンドラをにらみつける。カサンドラには伯母の立腹の理由がよくわかっている。フィリップを独り占めにしただけではなく、来訪を前もって知らせもしなかったことを怒っているのだ。知っていれば自分もジョアンナもおめかしをしていたのに。伯母としては憤懣《ふんまん》やるかたないわけだ。

笑顔に見せかけて、ジョアンナはカサンドラに向かって歯をむいた。「あーら、カサンドラ、こんなすてきな殿方のお供をどこで見つけてきたの？」フィリップには上目使いでしなをつくってみせる。

「お散歩からの帰り道に、町のほうからいらしたサー・フィリップとばったりお会いしたの」とにかくフィリップと二時間も一緒にいたということだけは、アーディス伯母に知られてはならない。ヘイバリー・ハウスに行くことを伯母に妨害されるのではないかと、カサンドラは早くも恐れていた。

「奥さまにゆうべのすばらしいパーティのお礼を申しあげたくてまいったんです」フィリップはよどみなく調子を合わせた。晩餐《ばんさん》会の料理、客の顔ぶれ、もてなしのすべてについてほめそやされているうちに、伯母もジョアンナもカサンドラに対して腹を立てていることを忘れてしまった。

すっかり機嫌よくなった母娘《おやこ》に、フィリップはさりげなく話を続けた。「実は今朝、母から連絡があったのですが、それもあってこちらに伺ったんです」

「で、お母さまはお元気でいらっしゃいますの?」フィリップの母親に会ったこともないのに、まるで百年の知己であるかのような伯母の話しぶりだった。

「おかげさまでたいへん元気です。母はぼくが帰る途中にダンズレイに寄ったことを喜んでくれまして、ミス・ヴェレアをヘイバリー・ハウスにお連れすることを奥さまが許してくださるようにと申しております」

アーディス伯母の笑顔が突然こわばった。「ミス・ヴェレア? カサンドラのことですか? お母さまがカサンドラをお招きくださるということ?」

「はい。奥さまもご存じのとおり、ぼくの祖母とミス・ヴェレアのお祖母《ばあ》さまとはお友達だったんです」

よくこんなでたらめが口から出てくるもの。カサンドラは内心呆《あき》れたが、もとより黙っていた。アーディス伯母の性格からして、〝ご存じのとおり〟と言われて〝知りません〟とは白状したくないだろう。

「はあ」伯母は口ごもる。

「それも親友でしてね。祖母は昔の仲良しのお孫さんにお目にかかりたがっているんですよ。そこで母がぼくに、ミス・ヴェレアをぜひともお連れするようにという手紙をよこしたというわけです」

「カサンドラを連れていくなんていや！」ジョアンナが金切り声をあげた。顔が引きつっている。

「ほう？」フィリップは蔑《さげす》みの色を浮かべてジョアンナを見た。

すぐさまアーディス伯母が娘をかばった。「いとこのカサンドラとは仲がいいものですから、連れていかれると思うと寂しくなってあんなことを言うんですよ。でも、ジョアンナ、心配しないで。サー・フィリップのお母さまはわたくしたちもお招きくださるおつもりでしょうから。若い娘がひとりではるばる、家族の付き添いもなしに、初めてのお宅に伺うことはできませんもの。サー・フィリップ、姪《めい》を殿方と二人きりで旅行させるわけにはまいらないのはおわかりくださいますわね」

アーディス伯母は、自分たち母娘も同行するのでなければカサンドラの旅行は許可しないと暗に脅しているのだ。伯母の同意もなしにカサンドラを連れだしたりしたらたいへんな騒ぎになる。フィリップは譲るしかなかった。

「もちろんですとも、奥さま。言葉が足りませんでした。母はご一家をお招きするつもりだったんです。奥さまとミス・モールトン、チェジルワース卿《きょう》、ハート坊っちゃんとミス・オリビアもです。祖母はお友達の孫の皆さんにお会いしたいと申してました」

「えっ！　あの子たちもですか？　まさか。年のいかない子どもまで連れていくわけにはまいりません」

「子どもといっても、十二と十四でしょう。旅行させてもよい年頃《としごろ》です。両親が初めてロンドンに連れていってくれたとき、ぼくはそれくらいの年齢でした」

アーディス伯母は引きさがらない。「でも、サー・フィリップ……馬車に六人も乗れませんでしょう。それに子どもたちは騒がしいし、じっとしてませんよ。神経にこたえますわ」

「ご案じくださるな。奥さまとお嬢さまはお宅の馬車でいらしてください。ヴェレア姉《きょう》弟《だい》はうちの馬車に乗ればいい。もちろん、ぼくは馬で行きます」

すぐにはアーディス伯母も応酬できない。

間をおかず、フィリップは言った。「では、これで決まりましたね。それで出発はいつにしましょうか？　明日の朝はどうですか？」

「明日ですって？」アーディス伯母は首を絞められたような声を出す。「いくらなんでもそんなに早くは――ああ、わたくしたちをからかってらっしゃるのね。いけませんよ、そんないたずらをなさっては。少なくとも支度に三日はみていただかないと困りますわ」

カサンドラは歯ぎしりした。ジョアンナともども無理やり割りこんできたうえに、一刻も早く出発したいこの旅行を三日も遅らせるとは。「伯母さま、そんなに時間をかけなくてもだいじょうぶよ。私がお手伝いしますから」手伝いどころかなにもかも自分でやる覚悟だった。さもないと、伯母もジョアンナも服や靴を選ぶのにああだこうだと迷って収拾がつかなくなるばかりだ。「明後日には発てると思います」

「よかった！」フィリップは笑顔で伯母を黙らせた。「楽しみにしてますよ。ではぼくも支度があるので、これで失礼します」支度といえばなによりもまず、大急ぎで飛脚を送って母と祖母に伝えなくてはならない。まもなく未知のお客が六人も到着して、無期限の滞在をする。祖母には、昔の友達の孫に会いたがっているという話になっているのでよろしく頼むと。

フィリップが扉の外に出るやいなや、ジョアンナはカサンドラに食ってかかった。「どうしてサー・フィリップはあなたを招待したの？　お宅に呼ばれるようになにか工作したんじゃない？」

「工作なんかしないわ。私は関係ないのよ。あなたも聞いてたでしょう。あちらのお祖母さまとうちの祖母がお友達だったというだけのことよ」

アーディス伯母は眉根をよせてつぶやく。「おかしいわねえ、そんな話聞いたこともないわ。にらみあっていたネビル家とヴェレア家の誰かが仲良しだなんて。考えられない──いくらヴェレア家の人たちは変わってるといっても」

伯母の当てこすりには取りあわずに、カサンドラは言った。「でも、そういうお話はみんな昔のことでしょう。今となってはこだわる必要はないと思うわ。それに、祖母はヴェレア家に嫁ぐ前にネビル家の大奥さまとお友達だったのかもしれないし。サー・フィリップのお祖母さまが会いたいとおっしゃるのも、そのせいじゃないかしら。結婚してからおつきあいが途絶えたので、昔の仲良しがどんな暮らしをしていたのかお知りになりたいのでしょう」

それでもアーディス伯母は納得しない。「だけどあなたからもそんな話を聞いたことはいっぺんもないわね」

「実は伯母さま、私も今日サー・フィリップから伺って初めて知ったことなんです」作り話を言うなら言うで、あらかじめ教えてくれればいいのに。カサンドラはフィリップを恨んだ。「お祖母さまがネビル家の誰かとお友達だったなんて、夢にも思わなかった。でも考えてみると、家の中ではそんなこと口に出せなかったでしょうね」

「それにしても、なんとなくうさん臭いわね」

「サー・フィリップが嘘《うそ》をつくはずがないと思うけど。ヘイバリー・ハウスに私たちを招待してくださる理由は、それ以外に考えられないでしょう」

「それはまあそうだけど」依然として伯母の表情は疑わしげだった。

それ以上ややこしい質問をされないうちに居間を出なくては。カサンドラは伯母に軽く挨拶《あいさつ》して、さっさと二階へ向かった。


衣類を詰めたトランクの蓋を閉め、カサンドラはほっとため息をつく。長いこと探していた手紙が見つかり、フィリップの屋敷に出かけることになったと聞いて、弟も妹も大喜びだった。それからがたいへんだった。自分自身の荷づくりはもとより、オリビアと弟たちの旅支度を指揮するのでその日の大半は過ぎた。双子の弟たちはクリケットのバットや蝶々《ちょうちょう》のコレクションを荷物に入れようとしながら下着類ははぶいたりするので、目が離せなかった。旅行中の家事について召使いに指示したり、侍女たちが取りかかっていた伯母とジョアンナの荷づくりも監督しなくてはならなかった。持っていく衣装についてジョアンナの気持がくるくる変わるので、こちらもひと苦労だった。ドレスを違うものにすれば、それに合わせて靴や装身具一式も変えなくてはならない。おまけにいつものことだが、ジョアンナは愛着のある帽子をすべて持っていきたがるのだった。なだめたりすかしたり、ときには命令するようにして、やっと帽子の箱を三個に減らすことに成功した。

旅行の支度はすましたものの、寝るまでにまだ二、三やらなければならないことがある。

まず第一に、今日見つけた古い地図の写しをつくらなくてはならない。貴重な地図を紛失してはことだし、紙が弱ってしわの部分から破けそうになっている。判読しようとして何度も広げたりたたんだりしていると、やがてばらばらになってしまうだろう。そこでカサンドラは薄い紙を地図にのせて写すことにした。

部屋の鍵をかけに行きかけたちょうどそのとき、扉を強くたたく音がした。返事も待たずに、伯母がつかつかと入ってきた。

キルティングをしたサテンのガウン姿のアーディス伯母は、常にも増してふくらんで見える。巨大な青い鳩《はと》みたいだと、カサンドラは思った。クリームを塗った顔はてらてらしていて、頭は髪をカールするための布きれで一面におおわれている。首を動かすたびに、その布きれが顔のまわりを跳びはねるさまは異様だった。極めつきは、あごの下から頭のてっぺんにかけて縛っている木綿の長いスカーフだった。なんでも二重あごを矯正するための方法だと、知人から聞いたとか。あごが動かせないので、食いしばった歯のあいだから声を出しているように聞こえる。

「アーディス伯母さま」こんな夜ふけに伯母が起きているのは珍しい。カサンドラは驚いてたずねた。「どうなさったんですか？　なにかお手伝いすることでも――」

「いいえ、あなたの手助けに来たのよ」伯母は鼻声で答えた。

「私の手助けに？　どういうことかしら？」

「カサンドラ、あなたは私にとって娘みたいなもの。わかってるわね？」

カサンドラはひとつしかない椅子に伯母をすわらせ、自分は鏡台のスツールを持ってきてそばに腰をおろした。

「いいこと、私はあなたのためを思って言うんですからね」伯母は話しだした。

ヘイバリー・ハウス行きをやめるように言いに来たのではないだろうか？　カサンドラは不安に襲われた。

「実はあなたに、サー・フィリップについて忠告しておかなければならないことがあるんです」

まったく予期しない言葉だったので、カサンドラは伯母をまじまじと見つめるしかなかった。ひょっとして地図や財宝についてなにか知られてしまったのか？　フィリップが裏切る恐れがあると忠告しに来た？　まさかそんなことではあるまいが……。「忠告って、どういうこと？」

「カサンドラ、あなたはもう若いとはいえないけれど、世間のことには疎いわよね。サー・フィリップのような殿方の下心がなにかはわかっていないでしょう」

しばし考えてやっと伯母が言おうとしていることが理解できた。宝探しの話ではなかったのだ！「サー・フィリップは遊び人だとおっしゃりたいの？」

アーディス伯母は首を上下させる。「そのとおり。ふだんのあなたはしっかりした娘だということは、私にもわかってるわよ。でもサー・フィリップみたいにハンサムで、お金があって魅力もあるという人には分別を失うことがよくあるものなの」

カサンドラは顔が赤らむのを抑えられなかった。色白ですぐ顔に出るのが、なんとも恨めしかった。フィリップに気があると伯母に勘ぐられてしまうではないか。「私はサー・フィリップのことをお友達だとしか思っていませんけど」

疑っているような目つきは変わらないものの、伯母はしつこく追及はしなかった。「だったらいいけど。ここにいらしたとき、サー・フィリップがあなたにまんざら関心がないともいえない態度を示していたものだから。そういうことに慣れていない若い娘はついぽっとなりがちなものなのよ」

「私みたいな壁の花がですか?」

「なに言ってるの。あなたはきれいな娘さんですよ。ただ社交界の経験がほとんどないし、亡くなったお父さまの育て方がいっぷう変わっていたから、あまり殿方にもてるほうではないというだけ。私が言いたいのは、世間知らずのあなたがサー・フィリップのちょっとした甘い言葉に乗せられて、ついその気になってはいけないということなの」

「その点なら、私はだいじょうぶ。なんにも勘違いしてませんし、サー・フィリップが私を好きだとも思えないから」

「好きか嫌いかという問題じゃないのよ。男の人によっては、好きでなくても女を追いかけることがあるの。結婚の申しこみをしてきちんとけじめをつける気もないのに、女をもてあそんだりするものなんです」

「で、サー・フィリップもそういう人たちのひとりだというの？」

「噂《うわさ》を聞いたのでね……」

「噂？　事実かどうかもわからない噂を聞いただけなんですか？」

「同じ噂があちこちから何度も耳に入ってくれば、事実だと思わざるを得ないでしょう。サー・フィリップはお妾《めかけ》さんを囲っているんですって」

「そういう男の人は大勢いるんじゃないですか？　ましてサー・フィリップは独身なんだし」

「それはそう。だけど、サー・フィリップは体が目当てで何人もの女にしつこく言い寄るとか。アラベック夫人のところではね――」アーディス伯母は大げさに声をひそめてみせる。「ヘイバリー・ハウスのすぐそばに自分が産ませた私生児たちを育てさせている家もあると聞いたのよ」

「えっ！　まさか本当の話じゃないでしょう」

アーディス伯母があまりに勢いよくこっくりしたので、髪を巻いた布きれの束がぴょんぴょんはねあがった。「本当なのよ。私も信じられなかったけど。しきたりを無視するのも度がすぎているわ。普通じゃ考えられないと私が言っても、アラベック夫人はひと言も否定なさらなかったし、リベナム夫人は事実だとはっきりおっしゃったわ。その家には私生児が何人もいて、その子たちの世話をする看護婦さんがいるとか。少なくとも六人か七人はいるんだそうよ」

「七人も！」

「そう」アーディス伯母は得意そうだった。「自分の子どもだと認めて養っている子だけでそんなにいるなら、それ以外にもどのくらいの数がいるかわかりはしないわね。その子たちの気の毒な母親は愛人とは限らないそうよ。商売女はそんな羽目にならないやり方を知っているというし、既婚の女の場合はだんなさんの子どもとして押しとおしてしまうとか。つまりその子たちの母親のおおかたは、サー・フィリップに誘惑されておなかが大きくなり、あげくに捨てられたあなたみたいなおぼこ娘だということね」

カサンドラはむきになって言った。「そんな話、私は信じません。サー・フィリップが商売の女性とおつきあいしているのは本当かもしれない。でも、汚れない娘を誘惑して捨てるような悪い男だとはとうてい思えないわ」

アーディス伯母は悲しげに首を振ってみせる。「悪魔が天使の仮面をかぶっているのはよくあることとよ」

「サー・フィリップはわざとらしい甘言をろうしたりはしません。だいたい口げんかばかりしてるくらいだから」とはいえカサンドラは、フィリップの口づけを思いださずにはいられなかった。あんなふうに体に触れられた経験もなく、感覚がとろけそうになったのも生まれて初めてだった。あの心地よい愛撫《あいぶ》も、我を忘れるほどの甘美なキスも、大勢の女性を相手にした経験のたまものなのだろうか？　カサンドラは反撃した。「もしもサー・フィリップがそんなに不品行な人なら、伯母さまはどうしてジョアンナに結婚相手として勧めたりするんですか？　ジョアンナも同じ目に遭わされるかもしれないのに」

アーディス伯母はばかにしたような笑い方をした。「あなたとジョアンナでは立場がまったく違うわ。ジョアンナは結婚適齢期で、相続する資産もあるのよ。ジョアンナを相手にするときは、サー・フィリップとしても最終的には結婚しなければならないことを承知してるでしょう。仮に誘惑するだけのつもりだったとしても、家族が黙っていないわ」

「アラベック夫人のお宅で伯母さまがなさったようにね」

「なぜあなたがそんなふうに思いこんでいるのか、私にはわからない。どんな方がお相手にしても、娘をそんな抜きさしならない状況に私が仕向けるはずはないでしょう。とにかく、婚期を逸した娘さんが危ないの。まあ、あなたもその部類だけど、財産がなくて、さしたる美貌《びぼう》でもないとなると、サー・フィリップ・ネビルのような人は結婚しようとは思わないわけ。とりわけあなたの場合、文無しの弟たちと妹もいるでしょう。そんな重荷をしょいこもうとする男の人はまずいないわよ。だからあなたみたいな娘こそ、そういう男たちの餌食《えじき》になりやすいの」

カサンドラはすっくと立ちあがった。目がきらりと光った。「伯母さまが私をどう思っておられるか、よくわかりました！　やっぱり私の想像したとおりだわ。ご安心ください。誘惑の相手にしろ、結婚の相手にしろ、サー・フィリップは私には関心がありませんから。私のほうでもサー・フィリップにはなんの関心もないんです。ここのおうちに来てから出会った、数少ない知的な会話ができる方のひとりだと思ってはいますけれど。でも、そんなに冷酷に若い娘の身を持ちくずさせる人だとは信じないわ。たとえそれが事実だとしても、私はそんな罠《わな》にはひっかかりません。私の妹や弟たちについては、賢くて面白みのある子どもたちを重荷だと思う人ばかりではないでしょう。サー・フィリップに気に入られているからこそ、三人とも招かれたんです。伯母さまにもジョアンナにもお誘いの言葉がなかったのをお忘れになった？」

「まあ、なんてことでしょう！」アーディス伯母は顔を赤黒くして立ちあがった。「この私に対してよくもそんな口のきき方ができるものね！　これだけ世話してあげたあげくがこれだから。しかも、あなたが恥をかかないよう親切心から忠告してあげたというのに」

「私は本当のことを言ってるだけです」

「いいこと――そういう口の悪さではあなたは一生だんなさんをつかまえられやしないわよ！」

「真実に耳も傾けられない夫なんか、つかまえる気は毛頭ありません」

二人はしばしにらみあっていた。アーディス伯母はカサンドラのわきをどすどすと通り抜けて、扉を開けた。「朝までに反省して、私に謝りなさい」それだけ言うと振り向きもせずに部屋を出て、ばたんと音をたてて扉を閉めた。

「ふん！」カサンドラは閉まった扉に向かって顔をしかめてみせる。けれどもやはり、明日の朝には謝ろう。どんなに感じの悪い伯母でも年上であるからには、それなりの敬意を払わなくてはならない。とはいえたった今は腹が立ってたまらず、詫《わ》びる気になんかとてもなれなかった。

あんな話は嘘に決まってる。フィリップがそんなに卑しい男だとは考えられない。哀れな娘たちを何人も捨て去ったという噂も信じられなかった。欲求の強い人ではあるかもしれない。それを身をもって知らされたことを思い起こすと、腹部がうずいた。でも、不道徳な放蕩《ほうとう》者ではないと思う。相手を踏みにじってまで自分の欲望を達しようとする人ではない。

それとも、実はそういう人？

キスされたこのあいだの夜の情景がいやでも目に浮かんでくる。あのときのフィリップのふるまいは紳士とは言いがたかった。チャムリーが現れなかったら、どうなっていただろう？　フィリップのほうからやめる気配はまったくなかった。

あの夜以外のときも同じだった。フィリップとのかかわりはなぜあれほど性的になるのか？　あのままいけば、やはり誘惑されて捨てられる運命をたどるのだろうか？　カサンドラは男との経験がほとんどないと伯母が言ったのは事実だ。男が女に近づく目的は高潔な愛か道ならぬ性欲のどちらかだとしたら、この二つには開きがありすぎる。伯母が言ったことは侮辱的ではあるが、事実だった。財産も美貌もないオールドミスである私。こんな女との結婚を望む男はいないというのも本当だろう。

つまり、フィリップが気があるとすれば、性的な下心しかないということになる。あの方はそんなにも非道な男性なのだろうか？　自分の欲望のために女の一生を犠牲にしても平気な人なのか？

カサンドラはため息をついた。フィリップがそういう人格低劣な人だとは、どうしても信じられなかった。一緒にいるのが心底楽しそうで、おしゃべりしたり笑いあったりしてきたけれど、あれもすべてベッドに連れこみたいがためなのか？　そうは思えない。

そのくせ頭の隅でこう問い続ける陰険な声を打ち消すことはできなかった――だったらなぜ私に関心があるというの？

10

カサンドラは馬車の柔らかい革のクッションに頭をもたせかけ、安堵《あんど》のため息をもらした。この二晩、ほんの短い時間しか眠っていない。そして昨日はまさに苦難の日だった。それでもなんとか乗りきった。しかも今朝は、ゆうべ口にしたことについてアーディス伯母に丁重に謝りさえした。よそよそしい空気が消えたとはいえないながらも、ともかく伯母は機嫌よくヘイバリー・ハウスへ旅立ったのだった。

言うまでもなく伯母は、あの手この手を使ってフィリップが自分たち母娘《おやこ》と一緒にモールトン家の馬車で行くように誘った。けれどもフィリップは終始にこやかに、馬を走らせるのが好きだからと断った。伯母がおとなしくしていたのは、フィリップがどちらの馬車にも乗らなかったからだ。もしもフィリップがカサンドラ姉弟《きょうだい》と一緒に自分の馬車で行こうものなら、アーディス伯母は怒りのあまり卒中を起こしてしまうだろう。

カサンドラ自身は、こういう取り決めに大いに満足していた。フィリップの馬車のほうが車内が広くて、造りも豪華だし、はるかにばねもきいている。出発直後に、ハートが乗り物酔いで具合が悪くなった。だが馬車をとめて道路ぎわで朝食べたものをもどしてからはハートの気分もよくなり、そのあとはさしたる問題もなく平穏に旅を続けた。フィリップが馬車と並んで馬を走らせたので、カサンドラは二重のカーテンを巻きあげて窓越しに話をした。まともな会話をするには音がやかましすぎたが、ちょっとした質問をしたり、短い言葉のやりとりには不自由しなかった。そればかりでなく、本人に悟られずにフィリップを観察するには絶好の機会であるのがわかった。

背筋をぴんとのばし、たくましいもで元気のよい馬を楽々と制御する馬上のフィリップに、カサンドラはひそかに見とれていた。無帽の頭に日光が当たり、黒い髪の毛が烏《からす》の羽のようにつやつやと光っている。風で乱れた髪の感じがなんとも魅力的に見えた。引きしまったあごや力強い口もとをふくめた端麗な顔だちを盗み見ているうちに、アーディス伯母が言ったことはどれだけ真実なのだろうかと改めて思う。

コッツウォルズの見慣れた風景が眼前に広がっている。馬を休ませるために、一行はチッピング・ノートンの旅籠《はたご》の前に馬車をとめた。馬車から飛びだすなり、クリスピンとハートが四頭立ての馬についてフィリップを質問攻めにする。取りたてて知識がないカサンドラですら、四頭の馬の美しさには目を見張らされた。

フィリップは笑いながら、御者にじかに訊《き》くように弟たちに言っている。「ウィル！」旅籠の馬丁が馬の綱をほどくのを監督していた御者に、フィリップが呼びかけた。「御者志願の坊やたちがいるんだが、面倒みてやってくれないか?」

「かしこまりました」御者は助手のトミーに馬の世話をまかせ、フィリップと双子たちがいるところにやってきた。「坊っちゃんたちも御者席に乗って、どんな景色か見てみますかね」

「やったあ!」クリスピンは躍りあがって喜び、ハートは嬉《うれ》しさのあまり口もきけずにいる。

「私も乗っていい?」オリビアがたずねた。

御者はびっくりして少女の顔を見た。フィリップがほほえむ。「もちろん、いいですよ、ミス・オリビア――お姉さんが許可してくださるなら」

カサンドラも笑ってうなずく。オリビアは満面に笑みを浮かべて弟たちのあとから御者席によじのぼった。

「オリビアはね、髪を結いあげて長いスカートをはき殿方の目を引きたい一方で、未《いま》だに弟たちと木登りもしたいんです」カサンドラはいとしげな視線を妹に走らせつつ、フィリップに説明した。「オリビアのおてんばを許してくださってありがとう。普通は女の子がそんなことをするなんてと眉をひそめられるところだけど、父も私も性別で行動を制限する必要はないという考えだったの。そんな制限をしたら心が窒息して意志の力が弱くなると、父が言ってました」

「父上のその方針であなたも育てられたのがよくわかるなあ」

「ほめてくださったことにして、ありがとうと言わせていただくわ」

「もちろん、ほめたに決まってるじゃないか」フィリップは、陽光を浴びて銀色にきらめくカサンドラの瞳に見入った。

「オリビア！」近づいてきたアーディス伯母の口から悲鳴がもれた。「そこからすぐおりなさい。カサンドラ！　なに考えてるんです！　妹にあんなはしたないことをさせて」

オリビアは知らんぷりしているし、カサンドラも動じない。「だいじょうぶよ、伯母さま。サー・フィリップが許してくださったんだから。御者の人がちゃんと面倒をみてくれてるし」

「だって、オリビアは……」アーディス伯母は愕然《がくぜん》としている。「チェジルワース卿《きょう》があんなみっともないふるまいをしてるのだけでも人様に笑われるでしょうに、まして女の子が――」

カサンドラは伯母におしまいまで言わせない。「チェジルワース卿はまだ十二です。爵位のあるなしにかかわらず、男の子じゃないようにふるまいなさいと言っても無理だわ」

「でも若い娘が馬車の御者席によじのぼるとは」

いたずらっぽく目を光らせて、フィリップがとりなした。「子どもに関しては、ぼくは進歩的な考え方をするほうなんです。女の子にしろ男の子にしろ、若い心を窒息させたくありませんからね」

　アーディス伯母はまだなにか言いたげだったが、ぐっとこらえたように口を引き結び、背筋を少しのばした。「けっこうですわ、サー・フィリップがそうおっしゃるなら」

「では中に入りましょうか？」旅籠の玄関のほうに、フィリップが女性たちをうながした。「奥さま方は個室で休憩なさってください。なにか飲み物を持ってこさせましょう」

　ジョアンナがフィリップの腕を取り、まるでダンズレイからはるばる徒歩でやってきたかのようにぐったりとよりかかった。「旅行って、本当に疲れるものね。休めるのは嬉しいわ」

　カサンドラは憮然《ぶぜん》とした面もちでいとこを見やる。「ジョアンナ、先に行っててね。私はそのへんをちょっと歩いてからにするわ」

「それはいいな。ぼくも、奥さま方を旅籠にお送りしてからご一緒します」フィリップが向きを変えたすきに、ジョアンナはカサンドラをじろりとにらんだ。

　フィリップはしがみついているジョアンナからさりげなく腕を引き抜き、母娘の両方に儀礼的な手を添えた。カサンドラが庭をぶらぶらしているあいだ、フィリップはモールトン夫人とジョアンナを旅籠に連れていった。初めは弟たちから目を離さないようにしていたカサンドラだが、老練な御者の手にゆだねておけば案じる必要はないと思うまで時間はかからなかった。

やがてフィリップがもどってきた。カサンドラは安心して旅籠を離れ、趣のある市場町の広い本通りをフィリップとともに散策することにした。アーディス伯母に知られようものなら、また叱責《しっせき》されるだろう。けれども解放感のあまり、それも気にならなかった。フィリップについて伯母から聞かされた話が心にひっかかっていないといえば嘘《うそ》になる。事実かどうか確かめたくもあった。といって本人に、〝あなたが産ませた私生児の家があるという噂《うわさ》は本当ですか?〟と訊くわけにもいかない。だからその疑念もいったん頭から追いだし、代わりにカサンドラはたずねた。

「あなたのおうちについて話してくださる?」

「ヘイバリー・ハウスのこと? 古くて、だだっ広くて、ノーフォーク産の灰色の石造りの家だよ」

「私、ノーフォークは初めてなの」

「コッツウォルズよりもっと人里離れている。昔から世を捨てたい人が移り住んだ土地なんだ。かつては沼地が格好の障壁だったわけだ。イングランド東部に教会がたくさんあるのは、そのせいだと言われている。静寂を求めて修道者がやってきたという。もちろん今では沼は排水されて近づきやすくなった。それでも沼地を通り抜けようとする人は少ない。沼地の向こうは海があるだけだからね」

「急に皆で押しかけていって、あなたのお母さまがなんとおっしゃることか心配だわ」

「母は、ぼくの突拍子もない言動にもう慣れているよ。怒らせない限りは、すごくおとなしい人なんだ。家政婦がとてもしっかりしているから、母はめったに腹を立てることもない。母と家政婦には、まもなく我々が行くという手紙を従僕に届けさせた。あまりにも急だと家政婦のミセス・ベンビーには文句を言われるかもしれないけど、母はだいじょうぶ。妹はお仲間ができて大喜びだろう」

カサンドラはびっくりして訊き返した。「妹さんがいらっしゃるの？　私、そんなこと……思いもかけなくて」

「ぼくには妹なんかいるはずがないと思った？　誰にだって兄弟くらいいるじゃないか。ネビル家の人間みたいに融通のきかない散文的な連中だって同じさ」

「そんな意味じゃないけど。ただ……なんとなくあなたはひとりっ子だと思いこんでいたから」

フィリップは肩をすくめた。「妹は十五で、ぼくよりずっと年下だからずっとひとりっ子みたいなものだった。妹が生まれたときぼくは寄宿学校に行ってたので、彼女が小さい頃《ころ》はそれほど親密な兄妹《きょうだい》じゃなかった」

「お名前はなんというの？」

「ジョージェット」フィリップはほほえんだ。「あなたとはきっと気が合うよ。きかん気で、好奇心の塊みたいな子だ」

「ほんとに気が合いそう」ジョージェットにも好かれればいいけど。とはいえ、それはそんなに重要な問題ではないと思い直した。

「だんなさま！」二人が振り返ると、旅籠の少年が追いかけてくるのが見えた。「奥さまに仰せつかってまいりました」少年は頭をぴょこんとさげ、息をはずませている。「お嬢さまがあまり日に当たりすぎてはいけないと、奥さまがおっしゃってました」

「日に当たりすぎるですって！」カサンドラは六月の穏やかな空を呆《あき》れて見あげた。

「はい。もうお帰りになるようにとのことです」

カサンドラはため息をついた。アーディス伯母の胸中はわかっている。伯母はカサンドラの健康を気遣ったのではなく、フィリップをジョアンナから引き離している時間が長くなるのが気に入らないのだ。「すぐ帰りますと伝えてちょうだい」

旅籠の個室では、いかにも機嫌が悪そうなモールトン夫人とジョアンナが飲み物をすすっていた。そのまわりに、クリスピンとハート、オリビアが元気いっぱいで動きまわっていた。

「サー・フィリップ！」さっそくハートはフィリップを友達扱いして話しかける。「ぼくたちも、馬に餌《えさ》をやったり水を飲ませたりさせてもらったの。御者のウィルおじさんは鞭《むち》も握らせてくれたんだ！」

「本当か？　きっときみが気に入ったんだよ」

「あら、みんな握らせてもらったじゃない」オリビアがばかにしたように弟を見やった。

「サー・フィリップがいいとおっしゃったら、ぼくたち順番に御者席に乗せてあげてもいいと言ってた。御者席に乗っていい？」クリスピンも熱心に訴えた。

「ウィルがそう言ったのか？」

「ええ、そう」オリビアも勢いよくこっくりした。「私たちみたいに利口な質問をした子どもはいなかったんですって。すごいでしょう？」

フィリップの口もとがほころぶ。「うん、すごいすごい。ウィルがいいと言うなら、ぼくはかまわない」

「じゃ、誰がいちばん先に乗る？」ハートが持ち前の粘りで食いさがった。

「いちばん先？」予期しない質問だったらしく、フィリップは助けを求めるふうにカサンドラに視線を向けた。

「ばかだな、いちばんはぼくに決まってるじゃないか。チェジルワース卿はぼくだもん」

クリスピンがハートの肩をこづいた。

「ふん！　だからって、なんでもかんでもいちばんだと思ってるのかい？」

今度はオリビアが口を出した。「私がいちばん年上なのよ。それに、あなたたちが紳士なら、淑女にいちばんを譲るべきじゃない」

「へええ、淑女って誰のことさ」ハートが鼻を鳴らした。

カサンドラが割って入る。「それは理由としては薄弱ね。だってあなたは男の子と同じことをやりたいんでしょう？　そんなことを言ったら、ハートはいちばん年下だからと言いだすわよ。それだけじゃなく、爵位も土地も継げないなら、代わりにせめて御者席に最初に乗るくらいはいいだろうと言ったらどうなる？　私はね、くじ引きで決めたらいいと思うの」

「ぼくもそれがいいと思う」フィリップはほっとして口を添えた。

けっきょく馬車のてっぺんにある御者席に最初に乗るのはハートに決まり、続いてオリビア、クリスピンの順番になった。ノブレス・オブリージュ、すなわち身分の高い者はそれにふさわしい徳をそなえていなければならないという考え方があるが、クリスピンはそれゆえに順番を譲ったという顔をしてみせた。

子どもたちが順に御者席にすわることになったので、もともと広い車内にさらに余裕ができた。そこでフィリップは馬を馬車の後部につないで中にすわることにした。伯母といとこがかっかしていることだろうが、別の馬車なのでどうしようもなかった。

常に二人は子どもが残っているわけだから、車内でフィリップと二人きりという時間はない。それでもさまざまな話題についておしゃべりしたり、頭をひねって地図の謎《なぞ》を解こうとしたりした。もう一方の地図の隠し場所や、両方の地図がそろったときに財宝が見つかる可能性についても、二人で話しあった。

一行はバンベリーで馬車をとめ、遅い昼食をとった。ジョアンナとアーディス伯母がすばやくフィリップの両側の席を占めるのを、カサンドラは半ば呆れて眺めていた。食事のあいだもジョアンナはフィリップを相手にしゃべり続け、息が切れると伯母が交代するといった具合だった。向かい側にすわったカサンドラはフィリップの目がいかにも退屈そうに眠たげなのを見て、ジョアンナがやっていることはまったく逆効果を招いているだけなのにと、貴婦人らしくもなくついほくそえんでしまうのだった。といって、それをジョアンナに忠告するつもりはない。もとよりカサンドラの言うことにジョアンナが耳を傾けるはずもないが。

食事が終わるやいなや、フィリップはぱっと立ちあがった。ほっとしているのは一目瞭然《りょうぜん》だった。日暮れまでに目的地につくにはすぐ出発しなければならないと、フィリップは一行に伝えた。

予定どおりに到着できなかったのは、途中でモールトン家の馬車の車輪が折れてしまったからだ。馬車の修理とあとの運搬を手配してから、ジョアンナと伯母はフィリップの馬車に乗り換えた。フィリップの馬車に乗りたいがために、伯母が画策して車輪を壊したのではないか？　そんな邪推すらカサンドラの脳裏をよぎった。けれども母娘の満足感は長続きしなかった。なぜなら車内がきゅうくつになってきたので、フィリップがふたたび馬上の人となったからである。

「ずるいわ」馬車からおりるフィリップにカサンドラはささやいた。フィリップの目が笑っていた。

イングランド中部のノーサンプトン近くの広壮な大邸宅に一行がついたのは、暗くなってからだった。フィリップの伯父伯母、フィルビー卿夫妻の家である。フィルビー卿夫人は独善的かつあまりにも話が退屈なので、アーディス伯母でさえやっとあくびをかみ殺していた。それにひきかえフィルビー卿は見るからに温和で、いかにも親類の優しい伯父さんらしく、その場にいた若い娘三人のおしりをつねるという芸当までやってのけた。しだいに夜もふけ、旅の疲れを口実に部屋に引きとっても失礼ではない時刻になった。一同はほっとして、寝室に直行した。

オリビアと一緒の部屋まで送ってきたフィリップはカサンドラの手を取って頭をさげ、ウィンクをして言った。「どの家系図にもいっそのこと削除してしまいたいと思う部分があるものだね？」

疲れきってはいたものの、カサンドラは笑わずにはいられなかった。

彼方《かなた》に、イーリー大聖堂の塔が天に向かってそびえている。あたり一帯の平野を見おろすように丘の頂上に立っているので、人々の視線を引きつけずにはおかない。カサンドラは子どものように馬車の窓から首を突きだし、ほうっと感嘆のため息をついた。

「ああ……想像していたよりずっと神々しい感じ」目をきらきらさせて、フィリップのほうを振り返る。

旅だってから三日目の午後だった。日の光を浴びた聖堂の壮麗な眺めは旅行の疲れも忘れるほどすばらしい。

「秋の黄昏《たそがれ》どきが最高なんだ。夕日に照らされて金色に染まった塔がもやの中からそびえたつさまは、なんとも言いようがない……何百年前から変わらぬ姿を見せていたのだろう。迫害された人々のための聖なる避難所として」

「イーーリー」クリスピンがわざと長ったらしく引きのばして発音してみせる。カサンドラの向かいの席の窓から身を乗りだし、その後ろでオリビアもなんとかして見ようと首を曲げていた。クリスピンは手を蛇のように動かし、二番目の姉をからかった。「気をつけないと、うなぎにとっつかまっちまうぞー」

フィリップが笑いながら言った。「もうそんなことはないよ。でも、クリスピン、きみの言うとおりなんだ。イーリーという名前はうなぎを意味するイールからきている。昔あの丘は沼地に囲まれた島で、沼に棲《す》むうなぎが地元の人たちの主食だったという」

「十一世紀にノルマンディ公がイングランドを征服したでしょう。のちにウィリアム一世になったノルマンディ公に抵抗したアングロサクソンの英雄、ヘリウォードがここに何年も隠れていたのよ」カサンドラが弟たちに説明した。

「だがそののち、ヘリウォードをかくまうのに疲れた修道士の一部がノルマン人に沼地の抜け道を教えたんだ」フィリップが補足した。

「中に入れるの?」オリビアがたずねた。

「内部の美しさも有名よね」

「ああ。ヘイバリー・ハウスからそんなに離れていないから、近いうちに必ず案内してあげよう。だけど今日は寄らずにまっすぐうちに行こう」

「そうね、そのほうがいいわ」カサンドラが賛成した。

クリスピンもうなずく。旅も三日目となると、さすがに子どもたちの興奮が冷めてきた。イーリーの町を通り抜けたあとも、カサンドラは窓外に広がる新しい眺めから目を離せなかった。「このあたりは見たこともない景色だわ。一面平らで。左のほうに見えるあの長くて小高いのはなんなの? 何キロも続いているようだけど」

「あれは川だよ」

「え?」

「川の土手がまわりの土地より高いんだ。このあたりは昔は湿地帯だったと話したよね。で、十七世紀に沼の水を抜いたら土地が川岸よりも低くなってしまった。それで川が氾濫《はんらん》しないように土手を盛りあげなくてはならなかったというわけさ」

クリスピンが訊いた。「でもどうして水を抜いてしまったの? ぼくは沼地を見たいなあ」

「まだ残っている沼地があるから見せてあげるよ。その時代のネビル家の当主が——お宅のマーガレットと婚約していたサー・エドリックの父親に当たる人だが——排水工事を許さなかった。沼の水を抜くためにベッドフォード伯爵がヴァーミュイデンというオランダ人の技術者を呼びよせた。だが、その当主が抵抗して最後までがんばったようだ。父親が亡くなってから、例の花婿になれなかった哀れなサー・エドリックは別のオランダ人を雇ってうちの土地にも排水工事をさせた。しかし亡き父に対する敬意のしるしとして、沼地の一部を少しだけそのままにして残しておいたらしい。ヘイバリー・ハウスに泊まっているあいだに、きみをそこに連れていってあげよう」

「でもどうして？　なんで沼地をなくさなくてはならなかったのか、ぼくにはわからないな」

「ひと言で言えば、沼地はもうからないからだよ。お姉さんに訊けば教えてくれるだろうが、利にさといのがうちの家風なんだ。排水したあとの沼地は、耕作に適した黒い肥沃《ひよく》な土地になった。どこまで行っても不毛な湿地が今では広大な農地に生まれ変わり、売ったり貸したりして利益を生みだしている」

「昔々の景色がどんなだったか、見てみたかった」

「クリスピン、ぼくもそう思うよ」フィリップは昔を懐かしむような目つきになった。

「まだ残っているブラックリー沼で遊ぶのが大好きだったからね」

「あの風車はなに？」オリビアがたずねた。「どうしてあんなにたくさんあるの？」

「沼地から水を汲《く》みだすための風車だよ。もちろん、今では使われていない。風車の代わりに蒸気を使ってポンプを動かしている。十七世紀にはいたるところに風車があって大きなポンプを動かしていた。必要がなくなってから多くは取り壊されたけれど、今でもああして残っているのがたくさんある」

「すてきねえ。なんだか……異国的というか」カサンドラがつぶやく。

「沼沢地方は独立国だと言う人もいるよ」

それから二時間弱で一行の馬車は道路からそれ、ヘイバリー・ハウスに通じるわき道に入った。道の両側には堂々とした白樺《しらかば》の並木がのびている。そして、目もあやな赤や紫、青のみごとな石楠花《しゃくなげ》の群れが樹間を埋めていた。カサンドラが息をのんで見とれるさまを、フィリップは満足げに眺めていた。

「きれい！」そこここに首をのばしては、カサンドラは色とりどりの石楠花に感嘆していた。

並木の向こうに、灰色の石でできた壮大な館《やかた》が見えてきた。象牙《ぞうげ》色の壁が柔らかな印象を与える。カサンドラは屋敷の美しさに打たれる一方で、旅行が終わろうとしていることを残念に思っていた。三日間の旅で疲れはしても、主にフィリップと一緒にいられたのは幸せだった。しかも、アーディス伯母やジョアンナと鼻を突きあわさずにすんだのが実に楽だった。けれども、お屋敷に入ったあとはそうはいかないだろう。

　馬車がとまる前に、制服を着た従僕たちがどっしりした観音開きの扉を開けた。停車するなり、従僕のひとりがやってきて踏み段をおろし、馬車の戸を開けた。やせこけた黄色っぽい顔に白髪のふさふさした長身の男が重々しい足どりで石段をおりてきた。

「サー・フィリップ、おかえりなさいまし」男が厳かな調子で挨拶《あいさつ》した。

「ただいま、シバーズ。お客さま方を紹介しよう。こちらからカサンドラ・ヴェレア嬢、オリビア嬢、チェジルワース卿。そして、御者席におられるのが、ハートくん。見てのとおり、お二人は双子だ」

「はい」執事は二人の少年にもまじめくさって頭をさげた。あまりの威厳に、ハートも押し黙っている。

　二台目の馬車がとまり、フィリップはモールトン夫人とジョアンナを執事に紹介しようとして向きを変えた。そのとき、玄関からひとりの少女が飛びだしてきた。

「フィリップ！」少女は階段をころげるように駆けおり、最後の段からいきなりフィリップの腕めがけて跳んだ。そこは慣れたもの、フィリップはがっしと少女を受けとめる。

「ジョージェット！」フィリップは妹を抱きしめて頬にキスし、笑いながら叱《しか》った。「おまえはいつになったらお嬢さまらしくふるまうんだね。お客さまが呆れてるよ」

ジョージェットは一行に人なつっこくほほえみかけた。お兄さんそっくりの美少女だわ。カサンドラは思った。髪が黒くて、目も同じ金色がかった茶色。きらきらしたその目には好奇心があらわになっている。

「皆さん、ようこそおいでになりました。嬉しいわ！　兄は近頃全然お客さまを連れてきてくれないんですもの。だって、ここはとっても退屈なの」ジョージェットはきまり悪げに口をつぐむ。「あ、変なこと言ってしまった。違うの。退屈でなくても、お会いできて嬉しいという意味なんです」首をすくめて、いたずらっぽくつけ加えた。「でも実は退屈なんで、皆さんがいらしてくださったのが二倍も嬉しいの」

フィリップが全員に妹を引きあわせようとしているところに、年かさの女性が家から出てきて、にこにこしながら両手をさしのべた。「フィリップ、おかえりなさい」

「お母さん、相変わらずきれいですね」フィリップは母親の頬にキスをした。

「なに言ってるの」中年の女性はフィリップの頬を軽くたたいた。「さあ、皆さんに私を紹介してちょうだい」

「そうよ、フィリップ、早くお母さまに紹介して」ジョアンナがしゃしゃりでて、フィリップの腕に自分の腕をからめた。「あなたのご家族にお目にかかるのを、私、とっても楽しみにしていたんですもの」

フィリップは困惑したふうにジョアンナを見おろした。そのとき、もうひとりの女性が玄関に姿を見せた。年齢はまだ二十代か。決して不器量ではないが、髪はひっつめにし、非常に地味な身なりをしている。なんの飾りもない麦わら帽子を持ち、手袋をはめようとしていた。

「セアラ！」レディ・ネビルは若い女性に笑みを送った。「こっちにいらっしゃい。フィリップがお客さまをお連れして帰ってきたところよ」

「はい。そのようですので、わたくし……お邪魔してはいけませんから——」

「とんでもない。邪魔なものですか。あなたは家族の一員みたいなものじゃない。ねえ、フィリップ？」

レディ・ネビルに言われたことが嬉しかったのか、若い女性はほんのり赤くなって前に進みでてきた。

「ミス・ヨークは、皆さんがおつきになったときちょうどうちに来ていたんですよ」レディ・ネビルが若い女性を紹介した。「〈シルバーウッド〉のお仕事をしてくださっていて、家族ぐるみのお友達です」

シルバーウッド？　シルバーウッドでの仕事とはなにかしら？

「ミス・ヨークはフィリップの子どもたちの世話をしてくださってるの。たいへんなお仕事よ」カサンドラのひそかな疑問に答えるように、ジョージェットが言葉を添えた。

フィリップは微笑し、ジョアンナから腕を振りほどいてセアラの手を取った。「こんにちは、ミス・ヨーク。子どもたちはどうしてますか？」

「元気にしております。サー・フィリップについて、しょっちゅうわたくしに訊いておりましたのよ」

「明日の朝いちばんで、子どもたちに会いに行きます。ところでぼくとしたことが、失礼しました。皆さんをお引きあわせしようとしていたところでしたが」

このやりとりのあいだ、カサンドラは呆然《ぼうぜん》として立ち尽くしていた。気分がすっかり落ちこみ、胃はしめつけられるようだった。ジョージェットが言ったことが頭の中で鳴り響いている――フィリップの子どもたち。

やはりあの話は本当だった！　フィリップの乱行の結果生まれた私生児たちがこのお屋敷の近くの家に暮らしているのだ。アーディス伯母から聞かされたときは、あまりにばかげていてとても信じられなかったのだが。思わずカサンドラは伯母に目をやっていた。アーディス伯母は〝ほらね〟というふうに、うなずいてみせる。カサンドラの吐き気はいっそうつのった。

フィリップが全員を長々と引きあわせているあいだ、カサンドラはどうにか笑顔をつくりとおしていた。レディ・ネビルが物静かな態度をくずさないのがふしぎだった。〈シルバーウッド〉という私生児の家について話すとき、フィリップのお母さまはどうして平然としていられるのかしら？　お屋敷のすぐ近くにそういう子どもたちを住まわせるのは、普通の神経では考えられないと思うが。

レディ・ネビルが一行を家に招きいれようとすると、セアラはまたしても遠慮の言葉を口にした。「お客さまもいらっしゃることですし、わたくしはまた改めてまいります。皆さまもご滞在中に一度〈シルバーウッド〉にお越しくださいませ」

アーディス伯母は口をあんぐり開けていたが、カサンドラは小声でやっと答えた。「はい、ぜひ。お誘い、ありがとうございます」

セアラ・ヨークが去ってから、レディ・ネビルはふたたび一行をうながした。「さ、どうぞ、お入りになって楽になさってください。さぞお疲れになったでしょう」

「私は疲れてなんかいませんわ。サー・フィリップがそれはそれは気を遣ってくださいましたから」さっそくジョアンナが満面の笑みで夫人に取り入ろうとし、フィリップの妹にもこぼれんばかりの愛想を振りまく。「ジョージェットといろいろおしゃべりするのをほんとに楽しみにしていたの。ジョージェットとお呼びしていい？　フィリップからしじゅうお噂を聞いてたので、初めてお会いしたような気がしないの」言うが早いか、少女の腕を取って玄関のほうにひっぱっていこうとした。「あなたとなら、きっと大の仲良しになれるわ」

ジョージェットはびっくりした顔をしながらも、黙ってジョアンナに従った。アーディス伯母はカサンドラの腕に手をかけて引きとめ、耳打ちした。「ね？　やっぱり私が言ったとおりでしょ?」

「ええ」

「私の忠告を忘れてはいけませんよ」アーディス伯母は念を押した。

「はい」胸のむかつきをこらえつつ、カサンドラは言った。「でも、心配なさらないで。サー・フィリップと私はそういう関係ではないから。今後も同じよ」

11

カサンドラとしては、いちばんいいドレスを着て夕食の席についたつもりだった。けれどもヘイバリー・ハウスの立派な長いテーブルを前にすると、自分がみすぼらしく感じられた。チーク材の長大なテーブルは鏡のように磨きあげてある。食卓の中央には果物をのせた銀の飾り皿がすえられていた。丈があまりに高いので、くっついてすわっていないとテーブル越しに話をするのは難しいのではないか。皿類、銀器、ガラス器のどれをとっても最上の品物ばかりだった。広々とした板張りの食堂の天井からはクリスタルのシャンデリアがさがり、柔らかな光をそそいでいた。

チェジルワース邸も、かつてはここのように優雅な館《やかた》だった。けれども父の代から昔日のおもかげは失われてしまった。かなり前に銀器のほとんどは売り払われたし、食堂の天井は雨漏りがひどくて、食事は厨房《ちゅうぼう》のそばの小部屋でするならわしになっていた。伯母はモールトン邸の家具調度を自慢に思っているらしいが、ヘイバリー・ハウスの豪奢《ごうしゃ》な造りに比べれば物の数ではない。

カサンドラが着ている焦茶色の絹のドレスは、母の遺《のこ》した服をつくり直したものだった。生地は安物ではないので、少しでも当世風に見せるために、オリビアと二人でベージュ色のレースで新たに縁どりをしてみた。けれどいくら骨折っても、襟ぐりと肩を体型にぴったり合わせることはできなかった。それに焦茶色は年とった婦人がよく身につける色だと、カサンドラは思った。実際、フィリップの祖母が着ているドレスが同じような色合いだ。

首と耳を飾っているトパーズの輝きにも引きたてられて、老レディ・ネビルにはその色がよく似合っていた。言うまでもなく、高級洋装店であつらえた服だろう。ダンズレイの仕立屋が縫って素人の娘がつくり直した代物とは明らかに違う。

カサンドラはテーブル越しに、威風堂々たる老夫人に目を向けた。自分がフィリップの右側で、向かいにはフィリップの祖母がいるという席順には少々驚かされた。フィリップの母、アーディス伯母、ジョアンナはもっと下座の席にすわっている。どうやら貴族の位としては、カサンドラのほうが伯母やいとこはもとより、フィリップの母と祖母よりも上に位置するらしい。

「さあて、お嬢さん、私が会いたがっていたのはあなたでしたのね」老レディ・ネビルの口のきき方はいかにも上流階級ふうだった。

「はい、さようでございます」カサンドラは礼儀正しく答えた。フィリップが前もって知らせた作り話に、老夫人はそつなく口裏を合わせている。

アーディス伯母が口をはさんだ。「私はすっかり忘れておりましたが、大奥さまはカサンドラの祖母とお友達だったそうですね？」

「ええ、そうですとも」老レディ・ネビルは思い入れたっぷりに、遠くを見る目つきをしてみせる。芝居じみた方だこと。カサンドラはおかしかった。「懐かしいキャロライン」

「キャロライン？」アーディス伯母はけげんな顔で訊《き》き返す。「カサンドラ、お祖母《ばあ》さまの名前はエマじゃなかったかしら？」

なんとかごまかそうと、カサンドラはひと息ついた。だが、その必要はなさそうだ。そんなことで動じる老レディ・ネビルではない。老夫人は一方の眉を心もちつりあげ、アーディス伯母を冷ややかに見た。ジョアンナが馴《な》れ馴《な》れしげに〝フィリップ〟と呼んだときも、老レディ・ネビルは同じ目つきをしてみせた。これにはさすがのジョアンナも青ざめて、以後ほとんど口をきかなくなってしまった。

「それはなにかの間違いではありませんか？」勘違いは大目に見てあげましょうと暗に言いたげな老夫人の言い方だった。

カサンドラは伯母に言った。「お祖母さまはあとになって呼び名を変えたらしいの。いとこの名前が同じキャロラインだったので、ミドルネームのエマを使いだしたそうよ。お祖父《じい》さまに会ったときはもうこの呼び名だったので、それでずっと通してしまったというわけ」

「そうそう、そうでした」老夫人は大きくうなずく。「そのいとこという人も思いだしたわ。キャロラインほどきれいではなかったけれど」老レディ・ネビルはカサンドラに視線をもどした。「それにしても生きてるうちに、このヘイバリー・ハウスでヴェレア家の人に会えるとは想像だにしなかったわ」

「お祖母さん、別に血で血を洗う争いをしていたわけじゃなし」フィリップがおかしそうに言った。

「それはそうですよ、フィリップ。我々はなんといっても、イギリス人ですからね」

「仰せのとおりです」神妙な返事をしつつも、フィリップの目は笑っている。

それを見逃さなかった祖母はつけ加えた。「私を嘲笑《あざわら》ったら承知しませんよ」言葉とはうらはらに、孫を見るまなざしは優しかった。

「ぼくが嘲笑う？　とんでもない」

「それと、私の邪魔をしないでおくれ。ミス・ヴェレアと話しているところなんだから」

老レディ・ネビルはカサンドラをじっと見つめた。もじもじしないようにカサンドラは努めた。やがて老夫人は言った。「ミス・ヴェレア、あなたはたいへん聡明《そうめい》なお嬢さんのようね。気に入りましたよ」

「あの……ありがとうございます」なぜそう言われたのかよくわからなかったけれど、低能と言われなかっただけでも感謝しなくては。

「ヴァイオレット、賊が侵入したことをフィリップに話したの？」老夫人はまた話題を変えた。

「えっ？」フィリップは高い声を出して背筋をのばした。カサンドラも身を乗りだす。

「あ、忘れてました」若いほうのレディ・ネビルはあわてるふうもない。「四、五日前のことだったのよ」

「ヴァイオレット、ほんの三日前ですよ。大昔のことじゃあるまいし」

「お母さん！ どうして話してくれなかったんですか？ なにがあったんです？ この家に何者かが忍びこんだんですね？」

「なにがと言われてもねえ、ほとんどなにもなかったようなものなの。だから忘れちゃったんですよ」レディ・ヴァイオレットは、すみれを意味するその名にふさわしく、青みがかった紫のドレスがよく似合っている。しょっちゅう物忘れしそうにも見えた。「私はなにも知らなかったの。シバーズから翌日聞いたところでは、真夜中に誰かが忍びこんで、その物音を聞いた従僕が調べに行ったんですって。そうしたら書庫に男がいて取っ組みあいになったけど、逃げられたそうよ。なにも盗《と》られはしなかったという話」

「書庫に忍びこんだ？」フィリップは思わずカサンドラの顔を見た。

「ええ。変でしょう？ 銀器とか金目のものを盗もうとしたのではないみたい。書庫には本しかないのに。隠し金庫でもあるかと思ったんじゃないかしら」

「うん、たぶん」フィリップは指先でテーブルを一、二回たたいた。「書庫からなにも盗まなかったというのはたしかですか？」

レディ・ヴァイオレットはちょっとびっくりしたようだった。「私が自分で確かめたわけじゃないけれど。それになにかなくなっていたとしても、知りようがないわ。シバーズがそう言っただけだから。泥棒を見つけたのはマイケルよ。気になるんだったら、マイケルに訊いてみたらどうかしら」

「ええ、そうしましょう」

カサンドラとしては、この話はとうてい聞き捨てならない。けれども、そのあとの食卓の話題はつまらない世間話に終始した。食事が終わってからもカサンドラは、応接間でほかの婦人たちとともにいつ果てるともしれない時間を過ごさなくてはならなかった。レディ・ヴァイオレットがジョアンナにピアノを聞かせてと頼んだ。もともとピアノが上手でもないうえにフィリップの祖母のせいで怖じ気《おけ》づいてしまったジョアンナは、ソナタを弾き違えてばかりで、本人も聞くほうも苦痛を強いられるひとときだった。

今夜のピアノ演奏はこれまでと老レディ・ネビルが宣言し、そのあとは取ってつけたような会話を交わすしかなかった。フィリップが部屋にもどってきてカサンドラはほっとしたものの、それでも二人きりで話す機会はなかった。老夫人が寝室に引きとったあと、レディ・ヴァイオレットの思いやりある計らいでジョアンナが再度ピアノを弾いた。

ジョアンナは、フィリップにページをめくってもらうことを期待していたに違いない。だがフィリップはカサンドラの隣に腰をおろし、ピアノの音にまぎれて人には聞こえないように耳打ちした。「あなたはどう思う?」

「普通、泥棒が盗みそうな品物ではないなにかを探しに来たんだと思うわ。〝女王の本〟とか」カサンドラも声をひそめて答えた。

「大いに怪しい。チェジルワースに忍びこんだやつと同一人物じゃないかな」

カサンドラはうなずく。「でもそれは推測でしかないわ。どちらの場合も、なにも盗っていないでしょう――ただそれも、私たちが知る限りは、ということだけど」

「しかし、この家からはなにも持ちだしていないようだ。今夜はマイケルが玄関の当番だったんで、あいまに抜けだして彼に訊いてみたんだ。マイケルが言うには、泥棒が書庫に入ってすぐにつかまえたそうだ。そのときマイケルはまだ寝てなくて、家の最後の見回りをしていたという。だけどぼくは、四階にあるメイドの部屋にいたんじゃないかと疑ってる。いずれにしても、温室のガラスが割れる音が聞こえたんで急いで走っていったらしい。なにか盗るひまはないと思うと、マイケルは言っていた。それと、手になにも持ってなかったのはたしかだって。振り向いた男と二、三分は格闘したようだ。どんな人相の男かと訊いたら、暗くてよく見えなかったという」

ジョアンナがわざとらしく演奏の速度を落としてもたもたとページをめくり、そのたびにねだるような視線をフィリップに送っている。フィリップは顔をあげようともしない。ジョアンナが次のページをめくろうとしたとき、首尾よく数枚の楽譜がばらばらと床に落ちた。

「あっ、ごめんなさい」突然弾くのをやめてジョアンナは立ちあがり、散らばった楽譜を拾いだした。

見かねたレディ・ヴァイオレットが息子に声をかける。「フィリップ、ミス・モールトンのそばに来て、楽譜をめくってあげて」

「え、なに？」フィリップはぽかんとして母親を見つめた。「ああ」それでもやっと事態に気がつき、立っていって母の言うとおりにした。

レディ・ヴァイオレットが寝室に引きあげるや、モールトン母娘《おやこ》につかまって困っているフィリップを薄情にも見捨てて、カサンドラはさっさと部屋を出た。

二階の寝室では、妹弟《きょうだい》たちがまだ寝ずに待っていた。それには特に驚かなかったけれど、ジョージェット・ネビルがベッドにあぐらをかいてオリビアとチェッカー遊びをしていたのにはびっくりした。

「キャシー！」

「ミス・ヴェレア！」ジョージェットとオリビアは、同時にベッドをおりてやってきた。

「こんなふうにお部屋にお邪魔していて、ずうずうしいと思わないでくださる？」

「心配しなくてもだいじょうぶだと言ったのよ」オリビアが口添えした。

「もちろん、そんなこと心配なさらないで。あなたに会えて、私も嬉《うれ》しいわ」

ジョージェットはにっこりした。「ならよかった。さっきお話ししたかったんだけど
――お兄さんからママに手紙が来て、あなたがいらっしゃることや、お祖母さん同士がお友達だという嘘《うそ》をついたことを聞いたの。なんだかふしぎで、なにがあったのかしらと話していたのよ。ママは、お兄さんは恋をしたんじゃないかと言ってたわ。お祖母さまも、こんなふうにヴェレア家の人を招くとは変だ変だと言い続けてたのよ。あ、もちろん、ヴェレア家の人は四人だけど。それと、モールトンさんたち。ママもお祖母さまも全然知らない人たちでしょう。もともとお兄さんは変わってるけど、こんなことって初めて」

カサンドラはあえて感想を控えていた。紳士が自分の産ませた私生児たちを近くに住まわせているほうが、家族の知らない人たちを家に連れてくるよりもかなり変だと思う。けれど、そんなことを口にするわけにはいかない。

「なのにミス・モールトンが午後いっぱいそばにくっついていて、あれこれおしゃべりするものだから。いとこの方の悪口みたいなこと言っちゃいけないけど、ミス・モールトンっていつもあんなふうに人なつっこいの？」

カサンドラはくすくす笑い、オリビアが鼻を鳴らした。

にべもなくオリビアは言った。「あなたのご機嫌をとれば、お兄さんをつかまえられる

んじゃないかと期待してるのよ。じゃなかったら、ジョアンナがあなたに優しくするのに感心して、サー・フィリップはさっそく結婚を申しこむとでも思ってるのかもしれない」「もしかしてそうじゃないかと思ってた。お兄さんからの最初の手紙だと、お客さまはあなただけだという感じがしたの」ジョージェットはカサンドラに話しかけた。「でもお目当てがミス・モールトンならば、そんなふうに感じるわけないもの」

「サー・フィリップのお目当てはジョアンナじゃないわ」またしてもオリビアがずけずけと言った。「そう思ってるのは、本人だけ」

「それと、アーディス伯母さま」カサンドラがつけ足した。

「そんなことどうだっていい」ハートが口を出した。「重要なのは宝物だけさ」

「ほんと！　スペインの持参金よね！」ジョージェットが両手を握りしめて続ける。「ママが今夜は特別だからお食事の席に出てもいいと言ってくれたの。でも、行かなくてよかった。ミス・モールトンとずうっと一緒にいて、これ以上はいやだと思ったのよ。で、プリチャード先生に頼んで、ミス・オリビアやクリスピンたちと食べることにしたの。ミス・モールトンには、子ども部屋でお客さまと一緒に食事をしなくてはならないと断ったのよ。本当にそうしてよかったわ。オリビアとハート、クリスピンから、マーガレットの手紙の話や宝探しについて全部聞いちゃったんですもの。私もぜひお手伝いしたいわ。いい？」

「もちろん。お兄さまが許してくださるなら」

「お兄さんならだいじょうぶ。私にとっても優しいのよ。お祖母さまやロバート伯父さまがよくママに、私のわがままを許しすぎてると文句を言うの。そんなとき、お兄さんはいつもママに言ってるわ。聞こえないふりをしてなさいって。だから、お兄さんは許してくれるに決まってるの」

「だったらいいけど。みんなの知恵を持ち寄ったほうがいいですものね。オリビアから地図を見せてもらった？」

「キャシーの箱が開かなかったの！」オリビアは悔しそうだった。

「そうね、鍵《かぎ》をかけておいたから」カサンドラはシュミーズの中に隠した鍵を取りだした。

「用心深すぎるかもしれないけれど、今晩あんなことを聞いたものだから……」

クリスピンも話に加わった。「泥棒でしょう？　ジョージェットに聞いたんだ。怪しいやつが書庫に忍びこんで、あの本を盗みだそうとしたんだって」

「あの本を盗みに来たのかどうかは、まだわからないのよ。書庫に入りこんだのだけは事実だけど」

「書庫に入ったからには、あれを盗みだす以外に考えられないじゃないか。すっごい冒険になりそうだぞ。わくわくするなあ」

カサンドラは箱の鍵を開けて、ジョージェットに地図を見せた。ジョージェットも顔をしかめて、地図がなにを示すのか見当がつかないと言った。ネビル家にあるという地図についての記述にもじっくり目をあてていたが、やはり〝女王の本〟とはなんのことかわからないという。

もう寝ましょうと言って、カサンドラはジョージェットと弟たちを部屋から追いだした。はなはだしい疲労感をおぼえるのは、旅行の疲れよりも気分からくるものだということは自分でもわかっていた。フィリップが産ませた私生児の家があるという噂《うわさ》は本当だと知ってから、気分は暗くなるばかりだった。口づけも愛撫《あいぶ》もみんな罠《わな》にすぎなかったのか。そうしてまたひとり、フィリップに泣かされる女が増えるだけ。もっとも、フィリップは女の気持にはなんの関心もないのだ。

ふさぎこんだまま横になっても、なかなか熟睡できなかった。やっと眠れたと思うと、きれぎれに落ちつかない夢を見る。翌朝目を覚ましたときは、前夜と同じくあまり休んだ気がしなかった。

階下の食堂では、ジョージェットとオリビアが朝食のお代わりをするところだった。二人は早くも仲良しになっている。その日は家庭教師のミス・プリチャードが子どもたちを遠足に連れていってくれることになったと、ジョージェットが嬉しそうに告げた。

「馬車でダウナム市場に行くの。お客さまがいると、楽しいことばかり」

「双子たちは？　二人も一緒に行くの？」

オリビアはあわてて言った。「ううん！　私たちだけ。買い物に行くんですもの。あの二人がいると邪魔だわ。それに、サー・フィリップがクリスピンたちに約束してくださったの。帰ってきたら馬小屋を見せてあげるって」

「帰ってきたら？」

「ええ。二人はサー・フィリップと一緒に、〈シルバーウッド〉の男の子たちに会いに行ったの」

「そう」どうしてフィリップの母もジョージェットも、〈シルバーウッド〉についてなんのこだわりもなく話せるのだろうか？

ジョージェットはなにか感じたのか、心配そうに訊いた。「いけなかった？」

「なにが？　クリスピンとハートをサー・フィリップが一緒に連れていってくださったこと？　いけなくなんかないのよ。二人とも喜んでるでしょうから、ありがたいと思ってるわ」

「ああいう子どもたちと自分の弟が遊ぶのをいやがる人もいるから。汚らわしいと思うらしいの」ジョージェットは顔をしかめた。「村のミセス・カーターなんかは、そういう子どもたちをここに住まわせるのも恥ずかしいことで、教育上よくないと言うのよ」

カサンドラの持ち前の正義感が頭をもたげた。フィリップが弟たちをそのような家に連れていくのは愉快ではない。けれどもだからといって、本人に責任のない出生ゆえに遊び相手としてふさわしくないと差別するのは我慢ならなかった。「ひどいことを言う人ねえ。そうなったのは子どもたちのせいじゃないのに」

「私もそう思うの。お兄さんは偉いと、ママが言うのよ。たいていの男の人たちはそんな子どもたちはほうっておくのにって。お兄さんが引きとらなかったら、かわいそうな子どもたちはどうなることか」

「そのとおりだわ」子どもを認知して育てていることは、男のけじめのつけ方としては立派だとはいえるだろう。女とその子どもを捨てて顧みない男のほうが多い世の中なのだ。であってもカサンドラは、不行跡の産物をこれ見よがしに近くで育てている息子を非難するどころか、自慢しているらしいレディ・ネビルの心理が理解できなかった。

背後の廊下から足音が聞こえた。妹がちらと顔をしかめたので、誰の足音かカサンドラは悟った。

「ジョージェット！」案のじょうジョアンナの大げさな声が響いた。「またお会いできて、なんて嬉しいんでしょう。で、お母さまは？」

濃い薔薇《ばら》色と白の縞《しま》の派手な木綿の服をひるがえして、ジョアンナが入ってきた。

「ミス・モールトン」全然嬉しくなさそうなジョージェットの応答だった。

相手の反応などまるで気にならないのか、ジョアンナは意気揚々とジョージェットの向かいに腰をおろした。「今日もまたあなたとご一緒できると思うとわくわくするわ」

「私は今日は……家庭教師の先生が——先生と一緒にいなければならないんです」

娘のあとから入ってきたアーディス伯母も、わざとらしいほど陽気な声音で言った。

「一度くらいお勉強をお休みしてもよろしいでしょう。めったにない機会ですもの」

「私の勉強については兄がとても厳しいんです」ジョージェットも負けていない。「勉強をほったらかしたりしたら、兄に叱《しか》られます」

「まあ、そうなの。フィリップがそうなら、もちろん……」心なしか、ジョアンナの肩から力が抜けたように見える。

「ほんとのところ、もう先生のところに行かなくては」ジョージェットは食べかけの玉子をそのままにして立ちあがった。オリビアもあとに続く。

アーディス伯母が見とがめて呼びとめた。「オリビアはどこに行くの？」

「ミス・ネビルの先生が、ご親切にも、オリビアも一緒に勉強させてくださるそうなんです」カサンドラが助け船を出した。

「へえ、あなたが勉強したいんですって？」オリビアが進んで勉強するなんて信じられない。そんな顔でジョアンナがすっとんきょうな声をあげた。

「うん」

「だから、私がいつも言ってるでしょう。あなたたちのお父さまの子どもの育て方は変わってるって」伯母が得意げに結論を出した。

「サー・フィリップは？　まだ朝食におりていらっしゃらないの？」ジョアンナがきょろきょろして訊いた。

「あなたが起きたからには、サー・フィリップもすぐおりていらっしゃるわよ」さっそくアーディス伯母が応じる。「私の見るところでは、ジョアンナに首ったけなのは確実ですよ」

この人はどうしていつまでもそう思いこんでいられるのだろう？　カサンドラは呆《あき》れた目を伯母に向けたいのをやっとこらえた。ヘイバリー・ハウスに招いてもらうのすら横車を押したあげくのことなのに、それがまるでフィリップの熱意からきたものであるかのように自らをごまかそうとしている。

カサンドラは午前中の大半を、居間で伯母とジョアンナの相手をして過ごさなくてはならなかった。せめてもの救いは、途中からレディ・ヴァイオレットが加わったことだった。フィリップの母上はいい人であることは間違いない。ただしあまりにのんきで、ジョアンナの独演会に歯止めをかけようともしないのだった。ヘイバリー・ハウスをほめそやすわ、自分の衣装を自慢たらしく説明するわで、ジョアンナのおしゃべりはとめどもない。しまいにはジョアンナが遠足に行きたいと言いだしても、レディ・ヴァイオレットはやはり穏やかに応じただけだった。「では明日の午後、リニング・ブロードにピクニックに行きましょう。きっと子どもたちが喜ぶわ」レディ・ヴァイオレットがほほえむ。

「子どもたちって、クリスピンとハートのことですか？」たちまちしょげ返ったジョアンナの顔には、カサンドラも噴きだしそうになった。

「ええ。それと、オリビアとジョージェットも」

「それは、もちろん」ジョアンナに笑顔がもどってきた。「ジョージェットは、私、大好きですの。でも、ジョージェットは子どもじゃないわ」

「そう？　まだ十五ですよ」レディ・ヴァイオレットはふっとため息をついた。「でも、あなたのおっしゃるとおりね。どんどん大きくなって、あと二年もすると、社交界にデビューさせなくてはなりませんものね。私は社交が苦手なのよ。ノーフォークでひっそりと暮らしてるほうがずっと好きなの」

「そのお気持、よくわかります。ここは本当に静かでいいところですもの」カサンドラが同意した。

「でも、その頃《ころ》までにはサー・フィリップも結婚なさって、奥さまがジョージェットのデビューの面倒をみてくださるんじゃありません？」ジョアンナがはにかんだような微笑を浮かべてみせる。

「そうお思いになる？」レディ・ヴァイオレットはびっくりしたふうで、カサンドラのほうに目を向けた。

「そうなってもふしぎじゃないと思いますけど」ジョアンナはえくぼをつくり、頬をぽっていない。

と染めた。せっかくの努力も空《むな》しく、レディ・ネビルの視線はカサンドラにしかそそがれ

やむなくカサンドラは夫人にほほえみを返した。まさかいとこの目の前で、フィリップはジョアンナに昨日の残りものの魚同様なんの感興もわかないはずだとも言えないではないか。「さあ、私にはわかりません。サー・フィリップは筋金入りの独身主義者のように見えますけど」

「これぞという女の人にめぐりあうまでは、殿方はみんなそんなものよ」ジョアンナが知ったふうなことを言う。

「それもそうね。ああ、そうだわ。ミス・ヨークも明日のピクニックにお誘いしましょう。本当にいいお嬢さんなのに、人生を楽しむ機会もあまりない方だから」

「ミス・ヨークって……あの家政婦の方？」ジョアンナは、まるでいやな臭《にお》いでもかいだように顔をしかめた。

「ええ、まあ、家政婦という言い方もできますけれど、ミス・ヨークは主に子どもたちの教育を受け持っていますのよ。家事はミセス・ワトソンがいたしますのでね」レディ・ヴァイオレットは椅子から立ちあがった。「では、私は明日の準備がありますので、これで失礼します。まずは、ピクニックのお弁当についてアンリに話しておかなければ」夫人の顔色が曇る。「まったくどうやったらアンリにわかってもらえるのやら。なにしろ英語が

全然しゃべれませんでしょう。なぜフィリップがアンリをうちに連れてきたのか、理解に苦しむわ。もっともアンリがつくるソースは絶品ですのよ。それと、デザートがとってもおいしいの！　姑《しゅうとめ》がたいへんほめてるから本物なんでしょう。でもとにかくあの人、怖くてね。こうしてほしいということを私が伝えようとすると、アンリはフランス語でまくしたてるんですが、なんのことかさっぱりわかりませんの。そのうち腕を振りまわしたり、顔を真っ赤にしだすし。だからたいていの場合、アンリのしたいようにさせるんですの。それでうまくいってはいるんですけどね。だけどピクニックのお弁当がどんなものか、アンリにわかってもらえるかしら」

珍しいことをジョアンナが言った。「カサンドラはフランス語ができるから、奥さまの代わりにお話ししてあげたら」

カサンドラは少なからず驚いた。他人が得意とすることをジョアンナは進んで言ったりしないのに。でもたぶん、私を使用人の分際に格下げして家事を押しつけていれば、フィリップを独り占めできる時間が増えると計算したのだろう。

レディ・ヴァイオレットが感嘆のまなこをカサンドラに向けた。「フランス語がおできになるの？」

「はい。私でよろしかったら、喜んでアンリにお話ししますけど」

「まあ、よかった！　でも、お客さまにそんな面倒なことをお頼みしたら……」

「いいえ、ちっとも面倒じゃありません」カサンドラはさっと立った。

「じゃ、お願いするわ。さっそく厨房にまいりましょう」レディ・ヴァイオレットはカサンドラの先にたって戸口に向かった。「私が言いたいことを通訳してね。本当に助かるわ！」

ジョアンナの仏頂面を見れば、なにを考えてるのか見当がついた。おおかたレディ・ネビル自身が厨房に同行するのではなく、カサンドラひとりをアンリのもとに行かせると思っていたのだろう。レディ・ヴァイオレットは居間に残って、ジョアンナの気くばりに感謝するなどという虫のいいことを考えていたのではないか。

アンリは厨房で昼食のさいはいを振るっていた。二人を見ても、嬉しそうな顔をしなかった。それでも丁重に頭をさげ、フランス語でとうとうとしゃべりだした。たちまちレディ・ヴァイオレットの顔に心配そうな表情が浮かぶ。カサンドラは急いで挨拶《あいさつ》を返した。フランス人のシェフの顔色がぱっと明るくなった。

「マドモワゼル！」アンリは大喜びでなにやらカサンドラに話し続けている。

二、三分話しただけでカサンドラは異国で暮らすアンリの胸中に同情の念をおぼえ、夫人があなたのお料理に大満足していると伝えた。アンリは見るからに元気になり、翌日のピクニックについてもこともなげに手を振り、私におまかせくださいと答えた。

広い厨房をあとにして、カサンドラは夫人とともに家の正面へ歩いていた。横の通用口が開き、フィリップが入ってきた。

「お母さん！　ミス・ヴェレア。ちょうどよかった。捜してたところなんです」

「それはそれは」レディ・ネビルは片方の頬を向けて、息子のキスを受けた。「私たち、あなたが連れてきたシェフと話してきたところなの。ミス・ヴェレアはフランス語がおできになるのよ。賢い方なのね」

フィリップはにっと笑った。「ミス・ヴェレアはたいへん賢いお嬢さまですよ」

「私、お嬢さまなんかじゃありません」平静をよそおってはいたものの、フィリップの姿を見ただけでカサンドラの鼓動は速くなっていた。口もとがほころばないように努め、この人の魅力にたぶらかされたりするものかと自分に言い聞かせる。私はジョアンナみたいな男に色目を使う女じゃないし、フィリップの意中の人は自分しかいないという幻想も抱いていない。

フィリップは一瞬、けげんそうに眉をつりあげた。「お母さん、もうミス・ヴェレアにご用はないですか？　ぼくは、今日、書庫をお目にかけると約束していたんだけど」

「あ、どうぞどうぞ。ミス・ヴェレアを書庫にお連れしてちょうだい。私はミス・ヨークに招待状を持っていかせなくてはならないから」

「招待状とは？」

「あなたから説明してあげてね」レディ・ヴァイオレットは歩きかけて、カサンドラに言った。

「なにを説明してというの？」フィリップはカサンドラの顔を見おろした。

「明日、リニング・ブロードというところにピクニックに行くんですって」

「へえ、みんなで？」

「そう。ミス・ヨークもご一緒に」カサンドラはよそよそしい口調で答えた。

「やれやれ、母は我々のためにもてなしをしなくてはいけないと思っているんだ。仕方ない。明日がピクニックでつぶれるとしたら、さっそく仕事に取りかからなくちゃ。すぐ始めてもいい？」

「けっこうよ」

ふたたびフィリップは不審げな目をカサンドラに向けたが、黙って廊下を歩きだし、角を折れて書庫へと案内した。書庫に足を踏みいれるなり、カサンドラは思わず感嘆の声をあげた。書庫は広々としていて天井も高く、内部が上下の二層に分かれている。金属のらせん階段をのぼりきったところに、小さなバルコニーがついていた。上下階とも一方の壁に窓がずらりと並び、陽光が書庫内にあふれていた。壁に取りつけた燭台《しょくだい》のほかにも、机と二つのテーブルには読書のための笠《かさ》のついたランプがおいてある。すわり心地のよさそうな椅子がランプのそばにいくつかおいてあり、落ちついて本が読めそうな空間になっている。だがなによりもまず、蔵書の量にカサンドラはたまげた。あたり一面ぎっしり本が並んでいる。三方の壁すべてに床から天井まで木の本棚がつくりつけてあった。

「わあ、すてき！　こんなみごとな書庫は生まれて初めて見たわ！」カサンドラは室内を見まわして立ち尽くしている。

フィリップは小声で笑い、表情がほぐれたカサンドラに目をあてた。「あなたならきっと喜んでくれると思っていた。よかった、気に入って」

カサンドラは微笑を返さずにはいられなかった。フィリップにほほえみかけられると、心の隅々まで温かくなるような気がする。もっと近くに寄りたかった。けれども、逆に一歩さがって身を引く。フィリップの巧みなあしらいにひっかかってはいけない。

「こんな大量の本があるとなると、すぐにでも始めなければならないわ」カサンドラは事務的な口調で言った。

フィリップの顔を落胆の色がよぎった。だがすぐに、さりげなくたずねた。「じゃ、どこから始める？」

「どこからにしたらいいかしら。あまりにも多くて」

「二階から始めたらどうだろう。比較的新しくて、割によく読まれたらしい本がこのあたりにある。もっと古いのは上のほうに入っている」

「じゃあ、そうしましょう」カサンドラはらせん階段をのぼりだした。「私が一方の端から始めるから、あなたは反対の端から取りかかって。両方から真ん中へ向かって探していったらどうかしら」

フィリップは階段のいちばん上で立ちどまり、カサンドラが向こう端へ歩いていくのを見ていた。なんだか様子が違う。「カサンドラ？　どうかしたの？」

カサンドラが振り向く。「なんのこと？」

「今日のあなたはちょっと変だよ」

「どんなふうに？」

素知らぬふりをしているカサンドラに、フィリップは言い返した。「わかってるくせに。ぼくのこと怒ってるみたいだ。なにかいけないことしたかなあ？」

「ごめんなさい。そんなつもりじゃなかったけど、気がつかなくて。例の本探しを早くしたいと思って焦っていただけ。あなたも同じじゃないの？」

納得した様子ではなかったが、フィリップは追及しなかった。「うん、もちろん。じゃ、始めよう」

二人はそれぞれ反対の端に陣取った。フィリップの存在は気にしないことにしようと、カサンドラは心に決める。しゃがみこんで、いちばん下の段から取りかかった。少しでも女王と関係がありそうな書名を見つけると、その本をひっぱりだして目を通してみる。

埃《ほこり》だらけになるし疲れるし、とにかく退屈な作業だった。チェジルワースの屋根裏でそうだったように、フィリップのそばでおしゃべりしたり冗談を言ったりして楽しく作業を進められると、カサンドラも以前には想像していた。ところが今は笑うどころか、離ればなれになってよそよそしく手を動かしているばかりだ。自分で提案したことなのに、寂しさは否めなかった。

目的はスペインの持参金探しであって、フィリップと一緒にいることではない。思い直してカサンドラは作業に専念しようと努めた。午前いっぱい二人は黙々と働き、フィリップが持ってこさせた昼食を大きな机で食べた。会話もとどこおりがちで、気づまりだった。フィリップの当惑や不満は口に出さなくても伝わってくる。カサンドラ自身も、以前二人でいたときのような楽しい雰囲気を取りもどしたいと願ってはいた。けれどもフィリップの私生児たちのことが胸につかえたままで、どうしても打ち解けた気分にはなれなかった。

昼食をすませるとすぐ、二人は仕事にもどった。かがんだり、うずくまったり、背中を曲げたり、きつい仕事だった。脚も痛みだした。とりわけ辛《つら》いのは、肩と首のこりだった。夕方が近づくにつれ、無理な姿勢からくる肩こりがひどくなっていった。カサンドラは背をのばしてふうっとため息を吐き、頭をぐるぐるさせながら首のつけねを指で押さえた。

「疲れた?」いつのまにかフィリップが来ていて、背後から肩をもみはじめた。

カサンドラはびくっとした。足音も聞こえなかったので、すぐ後ろにいるとは思いもしなかった。それに、肩にさわるなんてあまりにも馴れ馴れしげではないか。やめてと言うべきだ。にもかかわらず、フィリップの親指がいちばんこっているところをさぐりあてたので、思わずほっと声をもらしてしまった。

「ここでしょう?」フィリップは指に力をこめた。痛いのと気持がいいのが半々だった。

頭を前に垂らし、肩の力を抜いてカサンドラはぐたっとした。フィリップが肩から首すじへと指を移動させてもみほぐしていく。カサンドラは床にくずおれてしまいそうだった。肩や首のこりがほぐれていく一方で、下腹のあたりからくすぐるような快感がたぎりはじめていた。なすすべもなくカサンドラは、感覚のざわめきに身をゆだねるしかなかった。

フィリップがかがんで、カサンドラのうなじにそっと唇をあてた。羽毛がかするような触れ方なのにカサンドラは息をのみ、脚ががくがくするのを感じた。フィリップが欲しい。向きを変えて、フィリップによりかかりたかった。唇を味わい、体に手をはわせてほしかった。

「カサンドラ」フィリップがささやく。「かわいい人……」

フィリップの手がゆっくりと肩から腕へとすべりおりた。触れられたところが燃えるように熱い。ふたたびフィリップの両手があがってきて肩をつかみ、カサンドラの向きを変えさせて、顔を近づけようとした。

12

「いやっ！」カサンドラはフィリップの手を振りほどいた。どうしてこの人の前に出ると、私の体も心もいとも簡単に言いなりになってしまうのか。「あなたにだまされて捨てられる女のひとりになんかなりたくないんです！」

「だまされて捨てられる！」フィリップは愕然《がくぜん》としてカサンドラを見返す。「それ、どういうこと――」

「いや！」さらに手をのばしてくるフィリップをかわし、身をひるがえしてカサンドラはらせん階段を駆けおりた。金属の踏み段に靴音が高く響いた。

フィリップは追いかけてはこなかった。助かったと、カサンドラは思う。もしも追いつかれてキスや愛撫《あいぶ》をされたら、自分がどうなってしまうかわからない。フィリップを相手にすると、いつもは強いはずの自制の力が影も形もなくなってしまうのだ。

夕方のお茶の時間までカサンドラは寝室から一歩も出なかった。カーテンをとじた薄暗い部屋でベッドに横になり、嵐《あらし》のように乱れる感情をなんとか元にもどそうと努めた。自分を狂わせるほどの力がフィリップにあると思うと、不安でたまらなかった。これまでのカサンドラは自分の身を処することはもとより、家族やその他もろもろの状況についてもきちんと対処して責任をはたしてきたつもりだった。そのことに誇りを持っていたし、人にもそういう目で見られて頼りにされてきた。そんな自画像がフィリップ・ネビルによって吹き飛んでしまったのだ。そして今の自分は、欲望にあやつられるおつむの弱い田舎娘みたいだ。

そうやってカサンドラは自分を叱《しか》りながらも、それではあまりに不公平ではないかという気もするのだった。官能の炎に身を灼《や》いたとしても、どうしてそれがいけないというのか？　フィリップに惹《ひ》きつけられてしまうのがそんなにも悪いことなのか？　男が欲望のおもむくままにふるまうのはしばしばあることだし、人はそれを責めたりはしない。誰に迷惑をかけるわけでもないのだから――〈シルバーウッド〉にいる気の毒な子どもたち以外には。

フィリップが女を何人も誘惑して捨てた男だという話は、アーディス伯母に聞かされるまではまったく知らなかった。ただし、カサンドラをフィリップに近づけたくないという伯母の打算が働いて、ああいうことをわざと言ったのかもしれない。だったら〈シルバーウッド〉の子どもたちの噂《うわさ》は？　少なくともその噂は事実だったのだ。よほどの放蕩《ほうとう》者でなければ、そんなにたくさんの私生児が生まれないだろうに。

それにしても未《いま》だに、フィリップがそんな女たらしだとは信じられなかった。というよりも、信じたくないというほうが当たっている。フィリップに対する感情ゆえに理性が鈍っているのだろうか？　ちょっと待って。私はフィリップに対して特別な感情など抱いていないじゃない。そんなもの抱くはずがない。

お茶の時間におりていくと、フィリップがいなかったのでほっとした。だが夕食の席では隣にすわらなくてはならず、神経にこたえた。フィリップは表情も硬く、カサンドラには最小限の話しかしなかった。怒っているに違いない。怒る理由もないのにと思いながらも、カサンドラはますますみじめになるばかりだった。

夕食後の応接間で、ジョアンナは露骨にフィリップにしなだれかかり、襟ぐりの深いドレスから胸のふくらみが見えるようにわざとかがんだりしていた。そしてさも親密そうにフィリップと呼びかけては、なまめかしくほほえんでみせるのだった。

最悪なのは、フィリップがまんざらでもなさそうな顔をしている点だった。いっそ食事におりずに、仮病を使って寝室になにか運ばせればよかった。あるいは、子ども部屋で双子たちやオリビア、ジョージェットと一緒に食事をしたほうがはるかに楽しかっただろう。

老レディ・ネビルが部屋に引きあげるやいなや、カサンドラもぱっと立って寝室へ直行した。それ以上ジョアンナがフィリップにいちゃつくのを見ているのは耐えられなかった。ほかにすることがないので、さっさと着がえて床に入った。それが間違いだったとあとで気がつく。目が冴《さ》えて、なかなか寝入ることができない。フィリップとフィリップにまつわる問題で頭がいっぱいだった。こんなことならヘイバリー・ハウスに来るのではなかった。眠れぬままに、そんなことまでカサンドラは思った。

翌日はピクニックのせいで書庫での本探しはできなかった。早く見つけたいと気が焦りはした半面、フィリップと書庫にこもらずにすんだのはよかったとも思った。

ピクニックは一大行事だった。老レディ・ネビルまで参加した。セアラは〈シルバーウッド〉から歩いてきた。幌《ほろ》のついた馬車に年配の夫人たちとセアラが日よけのパラソルをさして乗り、フィリップと子どもたち、ジョージェットは馬で行くことになった。獲物であるフィリップが馬を駆っていくからには、たとえ子どもたちが一緒でも、ジョアンナとしては馬車に乗るわけにはいかない。ジョアンナがフィリップとじゃれあうのを見るのがいやさに、席がきつくはなってもカサンドラは夫人たちと馬車で行くほうを選んだ。数人の召使いが荷馬車に食料その他を積んで、馬車のあとからついてきた。

ピクニックの目的地は、地元でブロードと呼ばれている浅くて広い池だった。レディ・ネビルの説明によれば、泥炭を掘りだしたあとにできた大きな穴に水がたまってできた池をブロードという。木漏れ日の小道のそこここに石楠花《しゃくなげ》が咲き乱れていて、アーディス伯母の長広舌さえなければ道中を楽しめただろう。伯母の話のほとんどは娘自慢だった。新しいお友達であるジョージェットをジョアンナがどれほど大切に思っているか。ジョアンナがいかに男たちにもてるか。〝公爵夫人〟という名の、老レディ・ネビルが飼っている怒りっぽいペルシャ猫はなんとかわいいことか。ヘイバリー・ハウスの家具調度がいかにすばらしいか。そんな話を何度も何度も聞かされているうちに、カサンドラはこの先は馬車をおりて歩こうかと思ったほどだった。アーディス伯母のくだらないおしゃべりに我慢するくらいなら、ジョアンナとフィリップを横目に見ても青空のもとを馬で走ったほうがましだった。

そんなことを思いながら向かいの席をちらと見ると、セアラも同じ意見をうかがわせる目つきでじっとすわっていた。カサンドラはセアラに笑みを送って、すぐ視線をそらした。さもないと、笑ってしまいそうだった。ミス・セアラ・ヨークとは友達になれるかもしれないと思った。

馬車はようやく枝を大きく広げた樫《かし》の木の前についた。その木の下で弁当を食べることになっていた。いち早くカサンドラが馬車をおり、セアラもあとに続いた。ほかの夫人たちが動きだす頃《ころ》には、二人ともすでに数メートルは離れていた。カサンドラはセアラに目くばせして、にこっとしてみせる。セアラも恥ずかしそうにほほえみ返した。

馬に乗ってきた一団がおりて、同行の馬丁に手綱を渡した。フィリップがつかつかとこちらに歩いてくるのが目に入り、カサンドラは急いでセアラを池のほとりの散歩に誘った。

　歩きながらセアラはいかにも教師らしく、地元の植物や鳥の解説をした。「あの揚羽《あげは》蝶《ちょう》、わかります？」緑の葉っぱのあいだを飛びかっている数羽の美しい蝶をさして言った。「ここは、あの蝶の種類がやってくる数少ない場所なんです。ミルク・パセリを食べるのよ」

「そう。きれいな蝶々ね。あなたは生まれたときからこの土地に住んでらっしゃるの？」カサンドラがたずねた。

「いいえ。でも、ここはすてきな土地だと思います」セアラはほんのり赤くなった。「私はどこに行っても、その土地の植物や動物に興味がありますの。父が生物学者だったものですから。父の実地調査によくついていったんですよ。この分野について子どもたちに教えるのが特に好きなんです。子どもたちも自然について学ぶのは楽しそうですし」

「あなたはとっても優れた先生なのね」

「私を教師として雇ってくださって、サー・フィリップにはたいへん感謝しております」セアラの声が潤んでいた。「サー・フィリップは私の父と面識があって、父に死なれてから私がどんな暮らしをしていたかわかってくださったんです。自然を愛する父はすばらしい人でしたけれど、生計を立てるには向いておりませんでした。私は父の生前も原稿書きを手伝っておりましたから、同じような記事を書いて寄稿しようとしたのです。でも、女が書いたということで私の原稿は買ってもらえなかったの」

例によってカサンドラは憤然とした。「ひどい差別。わかるわ、あなたのお気持」

「私は途方に暮れてしまいました。若いお嬢さまたちの家庭教師になるには資格が足りなくて。私は絵は描《か》けないし、歌もだめで、ピアノすら弾けないんです。お習字もできません。そういうことが大事だとは、父はまったく考えていなかったようなの。父が教えこんでくれたのは、数学と科学です。女子の教育にはあまり必要とされない科目なんですね。けっきょく残された道は、住み込みのお話し相手くらいでした。それとても勤め口が見つからなくて——そんな私を救ってくださったのが、サー・フィリップでした。ご恩は一生忘れられません。この仕事にぴったりだからと言ってくださったのですが、私に対する思いやりからそうおっしゃったのだと思います。あの子どもたちの教師としては、私に限らずいくらでも見つけられたに違いありませんわ」

「そう、親切な方ですものね」

フィリップは妹や弟たちに優しかった。それはカサンドラも認める。子どもたちにも分けへだてなく話をしてくれ、ここに招いてもくれた。馬車にも馬にも乗せてくれた。妹も弟たちも、それはそれは喜んだ。普通、大人の男はそこまで親切にはしてくれないものだ。それを思うと、カサンドラの胸に熱いものがこみあげる。でもだからといって、冷酷にも女を誘惑して妊娠させ、あげくに捨てるという事実が帳消しになるものではない。

カサンドラは話題を変えた。池のへりに生えている葦《あし》の群れをさしてたずねた。「あの鳥、かわいいのね。なんというの？」

セアラは得意の生物の話題にもどった。二人は元来た道を引き返し、樫の木のそばに近づいた。

召使いたちが木陰の芝生に毛布を敷き、年配の夫人たちのために腰掛けをすえた。ジョージェットとオリビアは夫人たちからなるべく離れたところにすわって、おしゃべりしたり、くすくす笑いあったりしている。双子たちとフィリップがキャッチボールをしているのを、ジョアンナはそばに立って眺めていた。暑さのために乗馬服の上着をぬぎ、ベルベットのスカートと白いシャツブラウス姿でパラソルをさしているさまは絵になっている。カサンドラとセアラは夫人たちのそばにすわった。間をおかずセアラが老レディ・ネビルのためにレモネードを取りに行くのを見て、レディ・ヴァイオレットが慨嘆した。「あの娘さんはちょっとのあいだもじっとしてることができないんだから。召使いに持ってこさせるからと言ったんですけどね。たまにはのんびりしたらいいのに」

老夫人が扇子を使いながら言った。「ヴァイオレット、気にすることはないじゃない。レモネードを取りに行ったくらいで」

「ええ。でも、なにかしないと肩身が狭くてここにいられないと思いこんでいるんですよ。楽しんでもらいたくて誘ってあげたのにね」

「心配しなさんな、ヴァイオレット。忙しく働くのが好きな人もいるんですよ」老夫人は皮肉っぽい目つきで嫁を見た。

レディ・ヴァイオレットは姑《しゅうとめ》のいやみにも気がつかない。慣れきっているからか、おっとりしすぎているからか。なにを言われても泰然自若としているフィリップの母親を、カサンドラは感心して眺めていた。

「かわいそうな娘さんですのよ。お父さまが無一文で亡くなったものですから」

レディ・ヴァイオレットの横で、アーディス伯母が大げさなため息をついた。「それじゃ結婚できないわ。無一文で不美人となると……」自分に対する当てこすりであるのは、カサンドラにはわかっていた。

「ミス・ヨークは不美人ではありません」老夫人がぴしゃりと言った。アーディス伯母がよほど嫌いなんだわ。カサンドラは思った。

「でも、美人でもないでしょう。財産がないならせめて顔がきれいでないと、殿方をつかまえることは無理というものです」

「きれいな顔というだけで男の方は恋に落ちるわけじゃありませんわ」レディ・ヴァイオレットがやんわりと異論を唱える。「人にもよるでしょうけれど」

「奥さま、わたくしは恋愛の話をしているんじゃありません。結婚について話しておりますのよ。殿方が惚《ほ》れたはれたという女と、結婚を考える相手とはまるっきり違うものなんです」

「ま、そのとおりでしょうね」しぶしぶながら老レディ・ネビルがアーディス伯母に同調した。「近頃の若い人たちは二言目には愛だと言いますがね。お百姓だろうがなんだろうが見さかいなく選べるかのように。家柄や身分、財産。そういったものが家の縁組を決めるときの基本的な条件ですよ」

カサンドラは口をはさまずにいられなかった。「家の縁組がよいからといって、必ずしもよい結婚になるとは限らないのじゃないでしょうか」

「あなたのいう〝よい〟という言葉はなにを意味するの？」老レディ・ネビルの目の色が変わった。もともと議論をふっかけるのが大好きなのに、おとなしい嫁はめったに乗ろうとしない。

「幸せという意味です。私の両親の結婚生活はとても幸せでした」

「だけど、貧乏だったじゃない」アーディス伯母がすかさず言った。

「お金があっても不幸な結婚だったらなんにもならないと思いますけど」

昼食が出されるまで、なおも活発な意見のやりとりが続いた。フィリップがもどってきた。その腕にジョアンナがぶらさがっている。二人のあとからやってきた双子たちは、ズボンをしみだらけにしていたが満足しきっていた。

「ご婦人方の議論が白熱してたようだが、いったいなにを話してたんですかね？」フィリップが笑顔でたずねた。

祖母が微笑を返す。「愛と結婚についてのミス・ヴェレアの考えを伺っていたところよ」

「へえ、そう?」フィリップは眉をつりあげてカサンドラに笑みを向ける。「それはぼくも聞きたいなあ」

フィリップの視線を感じて頬がひとりでに染まるのをカサンドラは抑えようがなかった。

「その議論はもうさんざんしましたし、サー・フィリップは退屈なさるだけです」

「退屈どころか、ぜひ聞かせてもらいたい」

「かいつまんで教えてあげるわね」レディ・ヴァイオレットがはっきりものを言うのは珍しい。「ミス・ヴェレアと私は愛の力を信じていて、男の人も顔のよしあしじゃなく女性を愛することができると思っているの。お姑さまとミセス・モールトンは反対の意見よ」

カサンドラは、フィリップの母上が自分の味方をしてくれたことが嬉《うれ》しかった。あるいは、気の強い姑へのレディ・ヴァイオレットのひそかな対抗心も混ざっているのかもしれない。老レディ・ネビルはアーディス伯母といっしょくたにされたことにむっとしている様子だった。

「なるほど」フィリップの微笑が広がるにつれ、カサンドラの鼓動ははずんだ。「我々男どもも高級な考え方や感じ方ができると認めてくれたお母さんとミス・ヴェレアに感謝しなくちゃね」

「サー・フィリップ、美貌《びぼう》の価値を認めないなんておっしゃらないでね」ジョアンナが口をとがらせた。

「もちろんぼくは美しいものの価値は認めますよ。絵画にしろ音楽にしろ、女性にしろ」

フィリップは自分の腕からジョアンナの手をはずし、芝生にすえた腰掛けにみちびいた。ジョアンナはスカートをきれいにととのえ、隣に当然すわるものと思ってフィリップを見あげた。だがフィリップはさっと離れ、祖母と母のあいだに腰をおろした。あっけに取られたジョアンナの顔つきがおかしくて、カサンドラは笑いをかみ殺すのに苦労した。

「とはいえ」フィリップがカサンドラに視線を向けて話を続けた。「女性の美しさとは、単なる顔だちのきれいさよりもずっと奥深いものだと思う」

「へえ、さようですかね！」老レディ・ネビルは扇子で孫の腕をこづいた。「だったらおまえは恋愛結婚するということかい？　そこが問題ですよ。美しくて賢いから恋に落ちたとしても、その娘さんが文無しだったらどうするの？　お祖父《じい》さまお祖母《ばあ》さまの代までしかわかってないような、どこの馬の骨ともわからない家だったら？　どうするつもりです？」

「お祖母さん、そう問い詰められても困りますよ。ぼくはすべての男の代弁はできない。しかし、これだけは言える。愛していなければ結婚はできないだろうと。それにしてもなんでこんなまじめな議論してるのかな？　遊びに来たんじゃなかった？」

ジョアンナがさっそく相づちを打ち、カサンドラが前に何度も聞いたことのあるばかばかしい話をまたも始めた。それは無視することにして、先ほどのフィリップの発言を思い起こした。愛のない結婚はできないと、はっきり言っていた。けれどもそれは、愛するがゆえに結婚することと同じとはいえない。それに、たとえ財産がなくても愛する人を妻にするとも言っていなかった。いずれにしても、どうでもいいことではないか。フィリップに愛されているとも、結婚を申しこまれるとも思っていないのだから。カサンドラは物思いを断ちきって、料理を口に運ぶことに専念した。

食事が終わると、老レディ・ネビルは昼寝をするために馬車にもどった。双子とオリビア、ジョージェットは鬼ごっこを始めた。得意のえくぼをつくり、ジョアンナがフィリップにお散歩をねだった。衣《きぬ》ずれの音をたてつつ歩いていくジョアンナの後ろ姿を見送っているうちに、カサンドラは突然きれいなドレスが欲しいと切に思った。流行遅れの作り直した服でなく、上等な生地のしゃれたドレスを身につけてみたい。

カサンドラは人々から離れて、当てもなく歩きだした。ひとりになりたかった。細い道をおりていくと、思いがけなく澄んだ小川のほとりに出た。大きな岩に腰をおろし、苔《こけ》むした小石を洗う清流に目をそそいでいた。改めて心に決める。ジョアンナがフィリップを追いかけまわして仮につかまえたとしても、気にする理由などなにもないではないか。スペインの財宝を見つけるためにはフィリップの助力が必要だというだけなのだから。

そう、マーガレットが隠した持参金以外は考えないことにしよう。もう一枚の地図が出てきたら、どんな気持がするだろう？　そのあとはどうやって宝物にたどりつけるだろうか？　昔の宝箱を探しあてたら、さぞわくわくすることだろう。金の豹《ひょう》に手を触れ、指輪や腕輪をつけた自分の姿を思い浮かべてみる。フィリップのまなざしが輝き、あの温かいほほえみが口もとをほころばせるだろう。二人の視線がからみあい、フィリップは……。

「考えごと？」本物のフィリップの声がカサンドラの物思いを破った。

カサンドラはぎくっとして振り向いた。「なにしにいらっしゃったの？」

「あなたを捜しに来た」フィリップは素直に答え、そばに来てカサンドラの横に腰をおろした。「ごめん、びっくりさせて。足音が聞こえてると思った。よほど考えにふけっていたんだね」

「宝探しについて考えてたの」顔が赤らむのを感じる。フィリップに胸のうちを悟られなければいいが。

「大仕事だね、書庫の本を点検していくのは。あんなに時間がかかるとは思わなかった」

「それは仕方ないでしょう」

「こういう遠足はもうないといいけど。仕事が遅れるばかりだ」

カサンドラはかすかにほほえんだ。「あなたはジョアンナとお散歩してらしたんじゃないの？」

「うん、そう。ありがたいことに疲れたと言うんで、さっさと母のところに連れて帰ってきた」

ジョアンナの怒った顔が目に浮かび、カサンドラは思わず声をたてて笑ってしまった。フィリップと二人きりになれる場所を見つけてジョアンナは〝疲れた〟と言いだしたに違いないのに。

フィリップも苦笑する。「うん、ミス・モールトンは面白くなかっただろうけどね。彼女とあなたが親戚《しんせき》なのがふしぎだ」

「でも、ゆうべは応接間でジョアンナとけっこう仲よくしてらしたじゃない」

「ゆうべは調子が狂ってたから」

カサンドラは口をつぐむ。話が書庫で昨日あったことにつながるのはいやだった。小川に視線をもどし、じっと水面を見つめていた。

沈黙が続いたあげくに、フィリップがたずねた。「ぼくがなにをしたというの？　あなたが怒るようなことを言った？　ここに来るまでは、今のあなたとはまるで違っていた。あれからなにがあったの？　ジョアンナがぼくを追いかけるから？　あなたにもわかってるだろうに。ぼくはなにも――」

「ジョアンナのことじゃないわ」カサンドラは流れから目を離さずに言った。「私は……私たちは地図を見つけることに専念しなくてはならないと思うだけ」

「それ以外はどうでもいいというわけにはいかないだろう」

「そうかもしれないけど。でも、私は恥をかきたくないから」

「恥をかく――カサンドラ、あなたはいったいなんの話をしてるのか？」

「おわかりでしょう」

「ぼくはあなたを傷つけるようなことは決してしない。それくらいもうわかっただろう。まだぼくを信用してないの？　ぼくが宝物を独り占めにするとでも思ってるのか？　いいかい、そんなことをぼくはちらとでも思ったことはないんだ。持参金なんて――」

「そんなことじゃないわ！　持参金を取られると心配してるんじゃないの」カサンドラはがばっと立ちあがった。「みんなのいる場所に帰りません？」

フィリップも立って、カサンドラの腕をつかんだ。「なにがいけないのか、あなたが話してくれるまでは帰らない」

「なにもいけなくなんかないわ！」カサンドラは腕を振りほどいて歩きだした。

「ぼくを間抜けだと思ってるのか？　急にあなたはぼくが嫌いになった。なのに、なんでもないと言う」

「嫌いになったわけじゃないの」

「だったらどうしてぼくを避けるんだ？」

「避けてないわよ！」カサンドラは立ちどまり、腰に手をあててフィリップのほうを向いた。

「ぼくのせいだ。このところ間違った憶測ばかりしている。あなたはぼくを避けていない。嫌ってもいない。なにも問題はない。そうだね？」

「わかったわ。どうしても知りたいとおっしゃるなら言いましょう。あなたがなにかしたからというんじゃないの――私に対して、という意味よ。もっと全般的なあなたの考え方が問題なの。ひとりよがりで、男の……」あからさまではない言い方がすぐには思いつかない。「まったくもう！　どういう神経であなたはあの施設を近くにおいておくの？」

フィリップはぽかんとしている。カサンドラの口からそういう言葉が出てくるとは予想もしなかったようだ。「なに？　なんの話？」

「〈シルバーウッド〉のことよ、もちろん。ヘイバリー・ハウスの目と鼻の先に決めるなんて」

「あの子たちの家を近くにしたのが気に入らない？」

「ええ。みんなに知れわたっているというだけでも世間体が悪いのに。あなたの……お母さまやお祖母さまにそんな形で恥ずかしい思いをさせるとは……」

フィリップの表情が変わった。失望したように見える。カサンドラには理解できなかった。「あなたがぼくを避けてたのは、それが理由か？　昨日ぼくから逃げたのも、あの子たちが住むところをつくったからなのか？」

「いいえ。衣食住の面倒をみてあげてるのはまともだと思うわ」

「おほめにあずかってお礼を申します」

「別にほめるほどのことではないですけどね。当然の義務をはたしていらっしゃるだけだから。ただ、やり方ってものがあるでしょう。お屋敷のすぐ近くに住まわせるとは。お母さまは侮辱されたように感じておられるんじゃない」

「どの女性もあなたと同じ考え方をするとは限らない。信じないかもしれないが、母はむしろぼくのことを誇らしく感じているようだ。そこまでしなくてもと思うほど、あそこの話をみんなに言いふらしているくらいだから」

「そのようですわね」カサンドラは皮肉っぽく応じた。でもどうしてフィリップは、私のほうが間違っているかのように軽蔑《けいべつ》的な言い方をするのだろうか？

「それにしても、よりによってあなたが〈シルバーウッド〉を非難するとは思わなかった。世間にはもちろん頭がこちこちで思いあがった連中がいて、ああいう子どもたちはどこか人目につかないところに隠しておくべきだという。だけど、あなたまでそんな意見の持ち主だとは夢にも思わなかった。どうやらぼくの誤解だったらしい」

「そうね。お屋敷のすぐ近くにあなたの私生児たちの家をつくるのに私が賛成すると思ったら大間違いよ。あなたは私がそんなにふしだらな女だと思う？　あなたが何人もの……その――」

「私生児？」そこで初めて、フィリップはカサンドラの言わんとするところがのみこめたようだった。

「世の中には、そういう子どもたちの父親であることを認めない男がいるのはわかってるわ。でも、あなたが認めたからといって偉いとも思えないの。だってそれは最低の礼儀でしょう」

「なるほど。子どもたちを扶養している点では、ぼくは最低の礼儀を守る男だ。しかし、それをうちの近くでしているのは見さげ果てたことだ、と」

「いいえ。お母さまやお祖母さまに対して失礼だと言ってるだけだわ。見さげ果てたのは、そもそもそういう子どもたちを産ませたという冷酷さよ」

「ところで、あなたはこのことをどうして知ったのか?」

「みんなが知ってる噂よ。伯母に聞いたわ」

「で、あなたは頭から信じた」

「だって、そのとおりなんでしょう?　あなたは隠そうともしていらっしゃらないじゃない」

「隠す必要はない。ぼくは〈シルバーウッド〉を恥ずかしいとは思っていないから」

涙がこみあげてきたので、カサンドラは顔をそむけて歩きだした。フィリップのために泣いたと思われたくなかった。なぜこの人はそんなにも不人情でいられるの？

しばらくしてからフィリップも歩きだした。追いつこうとはせず、一定の距離を保ってついてくる。立ちどまって私を先に行かせてくれればいいのに。涙がとまらない。〈シルバーウッド〉についてなにかもっと説明してくれると思っていた。けれども、否定の言葉はひと言も聞けなかった。事実を知られて困った様子もない。むしろ、自分の子どもたちの世話をきちんとしているのは偉いと感心してもいいのに、そうしないカサンドラのほうがおかしいような印象を受けた。

フィリップにはかまわずに、カサンドラは早足で歩いた。前方に、池の手前の小高くなっているところが見えてきた。ピクニックの場所はすぐそこだ。

そのとき、つんざくような悲鳴が聞こえてきた。

13

つまずかないように、カサンドラはスカートのすそを持ちあげて走った。けたたましい悲鳴が何度も聞こえてくる。斜面を駆けのぼって池に向かう下りにかかったとき、フィリップが追い抜いていった。近づくにつれ、池に落ちているのがジョアンナだとわかった。池のへりでは、ミス・セアラ・ヨークやジョージェット、カサンドラの妹弟《きょうだい》たちがジョアンナに声をかけながら走りまわっている。侍女のひとりは半狂乱で、もうひとりはスカートをまくりあげて池にずぶずぶと入っていくところだった。なにか手に持った従僕が走っていき、馬丁がそのあとを追っている。木の下では、おびえた様子のレディ・ヴァイオレットとアーディス伯母が背のびをして池を見おろしていた。馬車にいた老レディ・ネビルも目を覚まして、あたりに目を走らせている。

カサンドラはフィリップのあとから斜面を駆けおりた。アーディス伯母も娘と同様に金切り声をあげている。フィリップが池のへりについたときには、二人の従僕が水中に入って長い木の枝をジョアンナにさしのべていた。ジョアンナがやたらに手を振りまわすものだから、枝は落ちてしまうし、本人も岸からさらに離れる始末だった。

「ジョアンナ、立って!」クリスピンが両手をメガホンのように口にあてて叫んだ。「深くないから立って!」

ジョアンナはもがいたあげくに沈んだ。ブーツをぬぎ、上着もぬぎ捨てたフィリップが池に入っていく。水中を歩いて進み、もがいているジョアンナを抱きあげた。フィリップの腰にも届かないほどの浅さだった。

ジョアンナはぐったりして目をつむり、フィリップの肩にもたれかかっている。ベルベットの乗馬用スカートはびしょ濡《ぬ》れで、綿の白いブラウスも透けて胸に張りついていた。濡れた髪が人魚のように垂れさがっている。

「浅いって言ったのに」クリスピンが不快そうな声を出した。

フィリップはジョアンナを芝生に寝かせて立ちあがろうとした。だが、ジョアンナがしがみついて放そうとしない。「ありがとう、フィリップ! あなたは命の恩人だわ!」ととろけそうな青い目で見あげる。「あなたが来てくださって本当にありがたかったわ」

「それほどのことじゃないよ」

「いいえ、命を助けてくださったんだわ」

クリスピンがたまりかねて口をはさんだ。「ジョアンナ、ばっかだなあ。おぼれるほど深くないんだよ。何度も〝立って〟と叫んだのに、聞こえなかった?」

ハートも加わった。「馬丁のモートが言ってた。歩いて渡れるくらい浅い池だってさ。それに、本当の池じゃなくて、泥炭を取ったあとの穴なんだって」

ジョアンナが子どもたちをにらんだ。「でも、おぼれそうだったんだから！　あなたたちでしょう、私を押したのは」

「えっ？」

「ジョアンナ、なにばかなこと言ってるの？　自分ですべって落ちただけじゃない」オリビアが年上のいとこにたしなめるような言い方をした。

「違う。たしかに背中を押されたのよ。見えなかったけれど、いたずら坊主たちのどっちかに決まってるわ」

「そんなことやってないよ！」クリスピンとハートが異口同音に抗議した。

「おかしいじゃないか。見えなかったというのに、ぼくたちだなんて」クリスピンがなおも言う。

「あなたたち以外に誰がいるというの？」

ハートが言い返した。「池に落っこちるなんてばかなことしたのをごまかしたいんだ」

「誰のせいでもないわ。よくあることなのよ」カサンドラが割って入る。

セアラも同調した。争いごとがいやなのだろう。「そう、そう。誰が悪いということじゃないわ」

召使いのひとりが毛布を持ってきて、ジョアンナをしっかりくるんだ。いとこがちらっといらだたしげな表情を見せたのを、カサンドラは見逃さなかった。

ジョアンナがどうして池に落ちたのか。カサンドラにはおおかた察しがつく。フィリップを自分に惹《ひ》きつけるために芝居を打ったとしか思えない。カサンドラが歩いていった方向へフィリップが行ったのを見て、呼びもどそうとたくらんだのだ。池の水が浅いので、たっぷり時間をかけてばたばたしたり悲鳴をあげたりしていてもおぼれる恐れはない。だから従僕が枝をのばして引きよせようとしたのもはねのけて、フィリップの到着を待っていたのだ。まさにジョアンナのやりそうなことだ。証拠はないけれど。

「ああ、ジョアンナ！　私のいとしい娘！　ジョアンナ！」背後で哀れっぽい泣き声が続いていたのは、みんな気づいていた。その声がだんだん高くなり、大げさな言葉になったと思うと、アーディス伯母が走り寄ってきて地面の娘のそばにひれ伏した。「だいじょうぶかい？」ジョアンナをひしと抱きしめ叫んだ。「ああ、私のかわいい娘！」

「だいじょうぶよ、お母さん」ジョアンナは母の手から逃れ、それまで抱きついていたフィリップの胸にもどろうとした。だがフィリップは母親が抱擁しているすきに立ちあがり、すでに後ろへさがっていた。

「みんなも少しさがって、場所を空けたほうがいいよ」

「そうですわね、サー・フィリップ」セアラがさっそく賛成した。

全員が二、三歩さがり、博物館の陳列品でも眺めるようにジョアンナを見おろした。厚手の乗馬用スカートもブーツも水びたしで毛布にくるまり、ざんばら髪のジョアンナは、か弱い風情というよりは見苦しいといったほうが当たっている。

みんなの注目を集めたときは過ぎたと、ジョアンナ自身も気づいたらしい。フィリップに顔を向け、弱々しげに訴えた。「お願い、フィリップ、私を馬車まで運んでくださらない？　あそこまで歩けないと思うし、ここにいつまでもこうしているわけにはいかないから」

やむなくフィリップはふたたびジョアンナを抱きあげ、馬車のほうに歩きだした。ジョアンナはまたしてもぐったりとよりかかり、フィリップの首に腕をまわしていた。

カサンドラにとって実にみじめな一日だった。あげくに、びしょ濡れのジョアンナと一緒に馬車に詰めこまれるのか。馬車では、フィリップがジョアンナにしっかり毛布を巻きつけたところだった。そのときふと、胸にいたずらっぽい思いが浮かんだ。カサンドラはセアラに話しかける。

「困ったわ、ミス・ヨーク。馬車がいっぱいになってしまって」

「あ、本当ですね」セアラの顔が心もち曇った。「でしたら、私は荷馬車に乗っていきます」

「なにおっしゃるの！　私のいとこの馬が空いてるじゃない。ジョアンナの馬でいらしたらいかが?」

セアラの表情がぱっと明るくなった。案のじょう、ジョアンナはいやな顔をする。たとえ地味で控えめなセアラ・ヨークでも、フィリップと馬を並べていかせたくないのだ。カサンドラはひそかに溜飲《りゅういん》をさげた。

「私はあまり乗馬が得意ではないので、あの馬に乗るのは……」

遠慮がちなセアラをカサンドラはさえぎった。「心配なさらないで。ジョアンナはとてもおとなしい馬にしか乗らないのよ。それに、もしもなにかあっても、サー・フィリップがついてるからだいじょうぶ」

「でも、乗馬服を着てこなかったし」

「そのスカートだったら十分よ。誰もそんなこと気にしないわ」

「でしたら、嬉《うれ》しいけど……よろしいでしょうか?」セアラはフィリップを見あげた。

フィリップは微笑とともに答えた。「もちろんいいですとも。完璧《かんぺき》な解決法じゃないですか。いつものことだが、ミス・ヴェレアにまかせておけば心配いらない。さあ、行きましょう、ミス・ヨーク」

セアラはいそいそとフィリップのあとに続いた。馬車に乗りこむカサンドラを、ジョアンナがにらみつけた。

「よかったわね。たまにはミス・ヨークにも嬉しいことがなくては」レディ・ヴァイオレットがにこにこしている。

「ええ。これで万事めでたしだわね」カサンドラはジョアンナに笑いかけた。

翌朝、朝食を終えて立ちかけたカサンドラに、フィリップが訊《き》いた。「書庫で仕事をしますか？」カサンドラも言葉少なに返事をして、二人は書庫に行った。のちに双子たちとジョージェット、オリビアもやってきて手伝った。いっとき書庫内が子どもたちの声でにぎやかになった。けれども、本探しは子どもには退屈すぎる作業だった。昼食をすませてフィリップとカサンドラがもどってくると、子どもたちは馬に乗ると言って出ていった。ふたたびカサンドラとフィリップは部屋の両端で黙々と本棚を調べ続けた。

本探しにいったいどのくらいの時間がかかるのだろうか？　カサンドラは途方に暮れる思いだった。蔵書の量がこれほど膨大だとは思いもしなかった。それに、考えていたよりも捗《はかど》らない。首を曲げて一冊一冊の書名を読み、どういう本か確かめるために抜きだして中を改める。それの繰り返しだった。その日は、目的の本らしいものは二冊しかなかった。一冊は著者の姓がクイーンで、もう一冊はスコットランドの女王、メアリーの伝記だった。胸をはずませながらページをめくってみたが、どちらの本にも地図を隠してあるような形跡はなかった。フィリップが取りだした二、三冊の本からもなにも出てこなかった。

このぶんでは目当ての本が見つかるまで何日も、いや、何週間もかかるかもしれない。

ぎくしゃくした空気のままフィリップと時間を過ごすのも苦痛だった。以前はあんなに楽しかったのに……今は言葉も交わさず、笑いあうこともない。カサンドラに向けるフィリップのまなざしからはなにも読みとれなかった。

その晩、カサンドラは食堂にはおりていかずに子どもたちと食事をともにした。ジョアンナがフィリップにべたべたするのを見ながら食卓にすわっているのに耐えられなかった。夕食がすむと、子どもたちはジェスチャーをして遊ぼうと言いだした。とてもそんな気分にはなれなかった。むすっとしていてみんなの楽しみをぶち壊してはいけないと思い、カサンドラは早々に自分の部屋に移った。なにかして気をまぎらせなければと、室内をうろうろしているところにノックの音がした。

「どうぞ」扉を開けて入ってきたのは、レディ・ヴァイオレットだった。「まあ、奥さま！」

フィリップの母は腕に布のようなものをかけている。「こんばんは。お食事にいらっしゃらなかったから、ご気分でも悪いのかと思って来てみたの」

「あ、言葉が足りずにご心配をおかけしたようで、失礼いたしました。気分が悪いわけではなく、妹や弟たちと食事を一緒にしなくてはと思ったものですから。うちではいつもそうしていたので……」

「そういうことなら、ちっともかまわないのよ。実はね、ここに来たのは、そのためだけじゃないの。これをあなたのベッドにおいていいかしら?」

「どうぞ、もちろん」

レディ・ネビルは布をベッドにおいて広げた。それはドレスだった。ごく淡い藤《ふじ》色の絹で、飾りはあまりない。けれども、デザインは最新流行の細身で、同色のサテンのアンダースカートがついた美しいドレスだ。柔らかいひだの入った丸い襟ぐりは深く、短いちょうちん袖《そで》がかわいらしい。

「なんてきれいなドレスでしょう!」思わずカサンドラは声をあげた。

レディ・ヴァイオレットはにこっとした。「お気に召した? よかったわ。二、三週間前にこれを注文して、今日届いたのよ。ところが着てみると、どうも私には似合わないの。いくらなんでもジョージェットには大人っぽすぎるでしょう。それで、もしかしたらあなたが着てくださるかもしれないと思ったの」

「私が?」カサンドラはびっくりして、フィリップの母を見た。

「ええ、そう。背は同じくらいだけど、あなたのほうが私より細いでしょう——そこが問題なの。つまり私にはちょっときついのよ。このところ目方が増えてしまったらしいの」

「でも……」カサンドラはドレスに目をあてる。なんともすてきな服で、着てみたくてたまらなかった。だがなんとなく、もらうわけにはいかないと思った。「一度もお召しになってないのに」

「だけど仕方がないでしょう？　着られないのだから。無理に着ても、またお姑《しゅうとめ》さまになにか言われるのがおちだわ」

「どなたかほかにさしあげる方がいらっしゃるのでは……」

「誰がいるというの？　あなたしか思いつかないの。もちろん、あまり好きじゃないというのならいいのよ。無理に――」

「いえ！　そうではないんです！　とっても好きですけれど――」なぜか他人のドレスを身につけるのは気が引ける。施しを受けるような心地の悪さのせいだろう。もとより、生まれたときから富裕な暮らしをしてきたレディ・ネビルには、こういう気持はわかってもらえないのではないか。

「まず合うかどうか、着てごらんになったら？」

「はい」レディ・ヴァイオレットの勧めには逆らえなかった。カサンドラは夫人に手伝ってもらいながらドレスを着てみた。

レディ・ヴァイオレットが背中の小さな真珠のボタンを全部はめ終わらないうちに、カサンドラはそのドレスに惚《ほ》れこんでしまった。まるであつらえたようにぴったり合うし、藤色がカサンドラの目や肌の色を引きたてている。昨日ピクニックに行ったときにふと欲しいと思ったのは、まさにこういうドレスだったのだ。これを着て明日の夕食の席に現れたら、フィリップはどんな顔をするだろう。

「とってもよく似合うわ！」レディ・ネビルが声をあげた。「とにかく、あなた、これをぜひ着てちょうだい。私が着るよりもずっと引きたつわ。お願い、受けとってくださると言って」

「わかりました。いただきます」カサンドラはスカートに手をすべらせながら、鏡の中の自分にほほえみかけた。施しをもらうおさまりの悪さが消えたわけではないけれど、断るにはあまりにもったいない。「奥さま、本当にありがとうございます」

「どういたしまして」レディ・ヴァイオレットも上機嫌だった。

翌朝、食堂にはフィリップの姿はなかった。もう本探しを始めているのかと思い、カサンドラは朝食をすませるなり書庫へ行った。フィリップは書庫にいるにはいたが、椅子にかけて新聞を読んでいた。カサンドラが入っていくと、さっと立って軽く頭をさげた。

「おはよう、ミス・ヴェレア」

「サー・フィリップ」

「ゆうべ食事におりてこられなかったが、具合が悪かったんじゃないでしょうね？」

「いいえ。子どもたちと一緒に食事したんです。このところ、相手をしてやらなかったので」

「なるほど」二人はぎこちなく向きあっていた。フィリップが先にらせん階段に足を向ける。「じゃあ……始めましょうか？」

二人は階段をのぼって定位置についた。本棚に向かって目と手を動かしつつ、宝探しがこんなにもうんざりする作業だとは予想もしなかったとカサンドラは思った。やがて、背中のあたりになんとなく人の気配を感じて振り向いた。やはりフィリップが立っていた。

「なんですか?」

フィリップは答えかけて口をつぐみ、手にした本をぴしゃりととじて棚へもどした。

「ええい! もういいかげんにしないか!」

フィリップは向きを変え、靴音をたてて階段をおりていった。壁に取りつけてある呼び鈴の紐《ひも》を引いた。まもなく従僕がやってくると、低い声でなにやら言いつけて扉を閉め、上階にもどってきた。カサンドラは終始黙って、いぶかしげに眺めていた。フィリップが近づき、カサンドラの手首をつかんだ。

「来なさい」命令じみた口調だ。「あなたもそろそろ見たほうがいい」

「見るって、なにを?」フィリップが握っている手首がひりひりする。あまりに間近なので、身うちがふるえた。ばかな女。カサンドラは自分を叱《しか》りつける。魅力的な男性がそばにいるからといって、動転する必要なんかないのに。にもかかわらず、フィリップの引力を意識せずにはいられなかった。

フィリップは返事もせずに、カサンドラを階段のほうへひっぱっていく。されるがままにカサンドラはついていった。力でかなわないからと思いたかった。だが、いやではないのが自分にもわかっていた。

階段をおり、書庫を出て、横の通用口へ向かった。「なにするの？　どこへ行くの？」

カサンドラは訊いた。

厩舎《きゅうしゃ》の方角へ行きながら、フィリップが答えた。「訪問するんだ」

「訪問？　いったいなんなの？　書庫で仕事しなければならないじゃない」

「それができないんだ。これを片づけるまでは」

カサンドラの胸を不安がよぎった。「片づけるって、なにを？」

いらいらした目つきでフィリップがカサンドラを見た。「そんなに質問ばかりしなきゃならないのか？」

「どこに行くかも、なんの話かも教えてくれずに書庫からひっぱりだされたんですもの。当たり前でしょう」

馬丁が厩舎から軽馬車と馬を引いてきた。カサンドラを乗せてからフィリップが横にすわり、手綱を取った。馬車はかなりの速度で走りだした。屋敷の庭を出るとき、フィリップにぶつからないようにカサンドラは座席のへりをつかんだ。

「帽子も手袋も持ってきていないのに！　こんな格好で人様を訪問できないわ」

「心配無用だ。堅苦しくないところだから。服装なんか誰も気にしないよ」

「私が気になるわ。なんという礼儀知らずの女だと思われるじゃない」

「これから行く場所でそんなことをとがめだてする人間はいないよ。仮にそう思われたとしたら、帽子も手袋も持つひまもなくぼくに拉致《らち》されたせいだと、みんなに言ってよろしい」

カサンドラは苦笑いした。「いいわ。本当にそう言いましょう」

けっきょく行く先についてフィリップからはなにも聞きだせなかった。けれども陽光きらめく夏空のもとを走っているうちに、そんなことはどうでもいいという気になってきた。しっくりいってないとはいえ、フィリップと一緒に馬車を駆るのが楽しくないはずはない。日の光を受けてフィリップの茶色の瞳がウィスキーのような色合いに輝いている。フィリップをそっと見ているだけで幸せな気分になるのが恨めしかった。この魅力でフィリップは若い娘たちをくどき落とし、罪もない子どもとともに不幸な境遇に突き落としているのだ。

ほどなく馬車は道をそれ、温かい感じのする赤れんがの建物に向かった。白樺《しらかば》の木立が陰をつくっている家のほうから、ひとりを先頭に数人の男の子たちが駆けてくる。馬車を目にするなり、少年たちは走るのをやめた。全員が跳んだりはねたりしながら、フィリップとカサンドラに手を振っている。

カサンドラはどきんとした。「ここはどこなの？　もしかして〈シルバーウッド〉？」

「そう」フィリップは手綱を引いて馬をとめ、カサンドラを見おろした。「ここに来るだけでも汚らわしいと思う？」

カサンドラの頬は怒りで赤らんだ。返事もせず、フィリップの助けを借りないでさっと馬車をおりた。

「フィリップ！　フィリップ！」いちばん小さい子が馬車のまわりをまわって、おりてきたフィリップの脚に飛びついた。両腕をしっかり巻きつけて離さないので、フィリップは笑いながら男の子の手をほどくしかなかった。

「ハリー……ハリー。ころんじゃうじゃないか」

ほかの四人の少年は立ちどまって、物珍しそうにカサンドラを見つめている。ひとりの少年は片方の腕がきかないらしく、もうひとりは頬に大きな赤いあざができていた。小柄だがいちばん年上に見える少年は十五、六だろうか。フィリップの脚にしがみついた男の子が最年少で、あとは年齢がばらばらのようだ。十六歳の子がいるとは。カサンドラはたまげた。三十五にはいっていないと思うので、フィリップが放蕩《ほうとう》を始めたのはずいぶん若い頃《ころ》からということになる。

フィリップはハリーと呼んだ子の手を引き、少年たちに声をかけた。「おはよう」

「おはようございます、サー・フィリップ」全身で喜びをあらわにしたハリーほどではないものの、ほかの男の子たちも嬉しそうに前へ出てきた。

「きみたちにお客さんを紹介しよう」フィリップから言われて、少年たちはカサンドラに礼儀正しく頭をさげた。

子どもたちの前に立って家に入ると、廊下に面した部屋からセアラ・ヨークが髪をかきあげながら急いで出てきた。「まあ、サー・フィリップ！　今日おいでになるとは思いもしませんで……ミス・ヴェレア、ようこそお越しくださいました」

「こんにちは、ミス・ヨーク」

「セアラ、ミス・ヴェレアにあなたのすばらしい仕事ぶりを見せたくて来たんですよ」

カサンドラは口を添えた。「お仕事中お邪魔して申し訳ありません」

「とんでもない。サー・フィリップはいつでも大歓迎ですのよ。だって、ここはサー・フィリップのおうちですもの」

「セアラ、ミス・ヴェレアを案内してくれませんか？　いろいろ説明してあげてください。ぼくは前に来たときに、この次はクリケットを一緒にやろうと子どもたちに約束したんでね」

はにかんだような微笑でセアラは答えた。「どうぞ、遊んでやってください。子どもたちが喜びますわ」

セアラに案内されて、カサンドラは最初の部屋に入った。年齢の違う三人の少年が勉強しているところだった。カサンドラの姿を見るや、二人はさっと立ちあがった。もうひとりは椅子から立とうとしない。その子の脚は、両方とももものの半ばから下がなかった。

「この部屋では算数の授業中なんです。皆さん、サー・フィリップがおみえになって、クリケットをして遊ぶことになったの。よかったら、行ってらっしゃい」

セアラに言われて、二人はすぐに部屋を飛びだした。脚のない少年だけが動かない。

「デニス、表に出てみんながクリケットをするのを見たら?」セアラがうながした。

「なんで?」少年は反抗的な目つきで言い返した。

セアラは男の子の肩を軽くたたいて言った。「だったら、ここで算数を続けるか、なにかほかのことをしていてもいいのよ」

教室を出てからセアラは小声でカサンドラに説明した。

「デニスはやり場のない怒りをかかえていて、まだ気持がほぐれないんですよ。無理もないわ。牛乳配達の荷馬車に乗せてもらおうとして落っこち、脚を轢《ひ》かれたんですもの。でも、いずれ落ちつくでしょう。ここにしばらくいるうちに、みんな絶望から立ち直っていきます。デニスもきっとそうなるわ」

別の部屋に入ると、石の床で三人の子どもたちが粘土細工に没頭していた。力の強そうな女性の監督のもとで、喚声をあげながら粘土で形をつくっている。三人のうちの二人はあきらかに目が不自由で、もうひとりは声がおかしい。その子は生まれたときから耳が聞こえないという。

カサンドラは胸騒ぎをおぼえた。どうしてフィリップの私生児たちの多くが障害者なのだろう？　目の見えない子、耳の聞こえない子、手足に障害を負った子、生まれつき顔に暗紅色のあざがある子……全部の子どもたちに会ってもいないのに。

セアラは、子どもの潜在的な可能性についてフィリップと意見が一致していると語った。適切なきっかけさえ与えられれば、子どもたちは驚くほどの学習能力や芸術的な表現力を発揮するという。「絵や音楽、工作だけじゃなく、踊りも私たちのカリキュラムに取り入れているんですよ。サー・フィリップのおかげで、あの子たちはのびていくためのすばらしい機会を与えられたんです」

セアラのまなざしが熱をおびているのを見て、この人はひょっとしたらハンサムな雇い主に恋心を抱いているのではないかとカサンドラは思った。

「サー・フィリップは、お子さんたちにとってもよくしてらっしゃるのね」カサンドラは言葉を選んで言った。

「本当にそうなんです。たいていの人はこういう子たちにたとえ気がついたとしても、知らん顔して通り過ぎてしまうでしょう。でもサー・フィリップは心の底から親切な方なの。衣食住の面倒をみてあげるだけではなく、教育を授け、時間を使ってわざわざ会いに来てくださり、分けへだてなくお話をして遊びさえしてくださる。こういう方はめったにおりませんわ。それに、慈善といってもお金を出すだけという人が普通でしょう。ところがサー・フィリップは、お金はもとより、心底から子どもたちの身になって尽くしてくださるんですもの」

カサンドラの不安はこうじた。ここにいるのはなぜ男の子たちだけなのか？

セアラは広々とした厨房《ちゅうぼう》も見せた。厨房では女性が忙しそうに立ち働いて、シチューを煮ていた。窓から庭をのぞくと、フィリップが数人の少年たちとクリケットに興じていた。腰をおろして眺めている一団の中には、ひどく背骨が曲がっている少年や、松葉杖《づえ》の子も二人いた。

「ずいぶんたくさん子どもたちがいるんですね」

「ええ」セアラは満足げながらも、眉根をよせて言った。「人数としてはもう限界なの。ライオネルがまもなくここを出ていくんですけどね。あの子は才能があるので、サー・フィリップの計らいでウェッジウッドの工場に見習い工として行くことになっています。だけどひとり減っても二十人以上はいますから、これからどうなりますことか。お部屋が足りなくて、年少の子どもたちを収容するために屋根裏を改造して寮にしたんです」

廊下を引き返し、セアラの事務室として使われている小部屋に入った。カサンドラは単刀直入に訊いてみた。「子どもたちはどこの生まれですか？」

「それこそあちこちなんですよ」セアラはカサンドラに椅子を勧めた。「お茶を召しあがります？」

カサンドラは首を横に振る。「いえ、けっこうです。さっき言いかけてらしたのは……」

「あ、そうそう。子どもたちの生まれの話ね。例えばジョンは、ロンドンでサー・フィリップのお財布をすろうとしてつかまったの」

「すりですって！」

セアラはうなずく。「サー・フィリップがいかにいい方かわかるでしょう？　その場でジョンを警察に突きだすことだってできたんですもの。だけどサー・フィリップはお宅にジョンを連れて帰り、食事をさせたり召使いに世話をさせたりしたそうです。でも、それが最善の解決法ではないとお思いになったんですって。ジョンみたいな男の子がロンドンには、いえ、イギリス中にいっぱいいるでしょう。〈シルバーウッド〉のような施設をつくろうと思いついたのは、そのときなのね。たまたまこの家の持ち主が亡くなって、跡継ぎの方がここを売りに出されたの。サー・フィリップは子どもたちを育てるにはぴったりだとお思いになって、この家を買うことになさり、私を雇ってくださったんです。前にもお話ししたとおり、少年たちを救うかたわら私のことも救ってくださったのよ。最初は四人の少年から始めたのですけど、サー・フィリップが次から次へと居場所のない子どもたちを連れてらして、さっきお会いになったデニスがいちばん新しいの。あの子はマンチェスターの路上で物乞《ものご》いをしていたとき、サー・フィリップに拾われたんですよ。デニスのほかにも、生きるために乞食《こじき》をしたり盗みをしたりしていた子たちがいます」

カサンドラは呆然《ぼうぜん》としていた。「私は……〈シルバーウッド〉はサー・フィリップの私生児たちの家だという噂《うわさ》を聞いたのですけど」

「ああ、そのたちの悪い噂！」セアラの目に怒りがともった。「まだそんな噂が流れてるんですか。世間の人たちって、他人についていいことよりも悪いことを信じたがるものなのね。もちろん、あの子たちはサー・フィリップの私生児なんかじゃありません。みんなに見捨てられた孤児ばかりです」

カサンドラの目に涙が浮かんだ。フィリップはまれに見る善行をしていたというのに、私は血も涙もない人でなし呼ばわりをしてしまったのだ。穴があったら入りたいくらい恥ずかしかった。ひどい噂を頭から信じて早合点してしまうとは。フィリップは私のことを軽蔑《けいべつ》したに違いない。

セアラはさらに、少年たちやフィリップの教育論、教えている科目などについて話を続けた。カサンドラの頭は後悔や自責の念でいっぱいで、受け答えもとぎれがちだった。やがてフィリップが家に入ってきても、まともに顔を合わせられなかった。

夏の日にふさわしく長い簡易テーブルを木の下に二つ並べ、二人は少年たちと昼食をともにした。子どもたちは真剣な顔つきで黙々と、カサンドラがびっくりするほどたくさんシチューを平らげた。食事が終わりに近づいた頃になってようやく、子どもたちのあいだから笑い声が聞こえだした。

不運な境遇にもかかわらず少年たちが明るいのに、カサンドラは胸を打たれた。フィリップがごく自然にふざけあったり、最年少のハリーにおかしな顔をしてみせたりして、子どもたちの中に溶けこんでいるのにも感心した。そんなフィリップを見ていると、とんでもない誤解をしていた悔悟の念にさいなまれると同時に、温かいものが胸にこみあげてくるのだった。涙がこぼれそうになり、顔をそむけて人に気づかれないようにした。

食事がすんでからカサンドラはセアラと少年たちに別れを告げ、馬車に向かった。フィリップが座席に乗りこむ手助けをしてくれても、目を合わせることも話しかけることもできなかった。

しばらくのあいだカサンドラは景色から目を離さず、ひざに組んだ両手を握りしめていた。やがて息を深く吸いこみ、思いきって話しだした。「あなたに謝らなくてはいけないわね」

フィリップはちらとカサンドラを見た。「謝ってもらうために、あそこに連れていったわけじゃないよ」

「それでも、謝らなくてはいけないわ。私が間違っていました。ひどい誤解でした。あなたを侮辱し、若い女性を……誘惑したと非難までしたのに、実はまれに見るすばらしいことをしてらしたのね。だからお母さまと妹さんが誇らしく思っていらしたんだわ。それなのに私は変な噂を信じてしまったばかりに」カサンドラはフィリップに顔を向けた。「なぜあなたは教えてくださらなかったの？　私が思い違いをしていたのはわかってらしたのに、このあいだどうしてちゃんと説明してくださらなかったんですか？　私の誤解を正そうともしてくださらないで――」

「人は自分が信じたいように信じるものだとわかってきたんだよ。しかも、その信じたいものというのが最悪のことなんだから呆《あき》れるしかない」

「私は信じたくなんかなかったわ！　信じないようにしようと努めもしたし」

フィリップは馬車を道のわきの木陰にとめ、カサンドラのほうを向いた。

「それならどうして信じたんだい？　ぼくのことを知っているのに、噂を信じたのはなぜなんだ？」

「あなたは女たらしで、私生児のための家までつくったと伯母に聞いたときには、そんな噂はばかげてると言ったのよ。でも〈イバリー・ハウス〉についたらすぐ、お母さまが〈シルバーウッド〉のお話をなさったの。それで私は、噂は本当だったのかと思ったわ。それに、お母さまは〝フィリップの子どもたち〟とおっしゃってたし――」

「それは、実の子どもという意味で言ったわけじゃないだろう。そういう言い方をしただけで」

「今はわかったけど、そのときは言葉どおりの意味だと思ったわ。やっぱり伯母が話していたのは事実だったのかと――それしか考えられなかったの」

「しかもその私生児たちを母や祖母の目と鼻の先に住まわせているとは、なんというけしからん男だとね。あなたは、ぼくが平気でそういうことをする男だと思ったわけだ。盛りのついた牛みたいに、善悪の見さかいもなくイギリス中に子どもをばらまいて、恥ずかしいとも思わない破廉恥な男だと」

「でも、信じざるを得なかったじゃない！〈シルバーウッド〉という証拠が目の前にあるんですもの。お母さまも妹さんも、あなたの子どもたちと呼ぶし。ほかに考えようがなかったわ」

「だったら、ぼくにじかに訊きに来ればよかったじゃないか。噂が本当かどうか、確かめに来ればよかったんだ」

「でも、もしあなたが若い娘をたぶらかして捨てるような男だとしたら、本当のことを言うかどうかわからないわ」

「どうして若い娘を誘惑したと決めこんでるのか？私生児が必ずしも若い娘の子どもとは限らないだろうに」

「でも伯母から聞いた噂では、経験のある女性は避け方を知っているけれど、若い娘は無知だから赤ちゃんができてしまうって」話しながらカサンドラは赤くなった。「それに、あなたはとっても誘惑するのがお上手でしょう。私は……あなたが……あなたにキスされて知ってるから……」口ごもったあげくに続ける。「あなたがとても情熱的な方なのはわかってるの。どんなふうにすれば女が……だって、前に私を誘惑なさったじゃない」

「あれは誘惑なんかじゃない！　いや、つまり……わざとしたわけじゃないんだ」フィリップの声はかすれていた。「計算してのことじゃなくて、あなたが欲しかっただけだ」フィリップの言葉に反応して、たちまち体が火照るのをカサンドラは感じた。カサンドラの口からやるせなげなため息がもれる。

「あなたをだまそうとか、つけこもうとしたのでもなんでもない。どうしてもやめることができなかった」フィリップは視線をカサンドラの全身に走らせ、ふたたび顔にもどした。まなざしが燃えている。「たった今もそうだ。意志の力ではどうしようもないんだ」

フィリップは身を乗りだし、片手をカサンドラのうなじにまわして、唇を重ねた。

14

カサンドラはひとりでに口を開け、両手でフィリップの顔をはさんでいた。指先でフィリップの頬に触れただけで、ぴくっとふるえる。温かい皮膚を通して頬骨の固さが感じとれた。この瞬間、この口づけ以外に大切なものがあるだろうか。二人の唇と舌がしっかりからみあった。

フィリップはつかのま口を離し、カサンドラをひざに抱きあげた。背中に腕をまわして支え、ふたたび唇をかぶせる。自由なほうの手で服の上からカサンドラの胸もとをまさぐり、腹部から腰、ももへとたどったあとでもう一度、胸のふくらみにもどった。フィリップに触れられているところが燃えるように熱い。カサンドラは体をくねらせ、かすかな吐息をつきつつ、愛撫《あいぶ》に応《こた》えた。飾りのないカサンドラの反応にいっそうそそられ、フィリップものどの奥からうめき声をもらしていた。カサンドラは、全身くまなく自分のものではなくなり、フィリップにのみこまれてしまったような感覚に襲われる。怖かった。同時に、未知の世界に突入したような興奮をおぼえる。

フィリップはじれったそうにカサンドラのボタンをはずし、服とシュミーズの下に手をすべらせて柔らかい乳房をさぐりあてた。唇を離し、カサンドラの顔と耳にキスの雨をふらせる。耳たぶを歯で軽くかむ一方で、指は乳首をもてあそんだ。激しいうずきがカサンドラの下腹から突きあげてくる。さすったりひっぱったりもんだりされているうちに、カサンドラの乳首はつんと上を向いて硬くなり、もものあいだがじっとりと湿りだした。いつのまにか腰を動かしていた。呼吸も速くなっている。

「カサンドラ……」フィリップは口づけをカサンドラの白い首すじに移した。唇も吐く息も熱い。カサンドラは臀部《でんぶ》に押しあてられた硬いものがどくどくと脈打つのを感じた。太もものつけねが痛いほど火照ってたまらず、両脚をぎゅっととじてこらえる。

そのしぐさに応えてフィリップは手をスカートの下にはわせ、薄い綿の下ばき越しに上のほうへずらしていく。そしていきなり、燃えさかる中心部に指をぴたと押しあてた。カサンドラはそこがすっかり濡《ぬ》れているのが自分でもわかり、フィリップに触れられているのが恥ずかしかった。けれどもあまりの心地よさゆえ、しだいに気恥ずかしさも薄れていった。無意識に焦がれていたのはこういうことだったのか。

フィリップの接吻《せっぷん》は胸のふくらみをたどり、乳首にいきついた。快感がさらにいっそう強烈になり、カサンドラは息をのむしかなかった。乳首を口にふくまれたとたんに、電流のようなおののきが体を走った。フィリップは口の動きに合わせて、手もカサンドラの下腹を行ったり来たりさせる。二重の歓《よろこ》びにカサンドラは打ちふるえた。これがいつまでも続けばいい。空間をゆらゆらと漂っているようでもあり、今にもはじけて粉々に飛び散りそうでもあった。

フィリップの背中や肩をなでているうちに、自分がされているのと同じようにじかにさわったり唇で味わったりしたいと思った。カサンドラは、繰り返しフィリップの耳もとに名前をささやいた。

突然、馬がいななき、足を踏みならした。フィリップとカサンドラはぎくっとする。今まで消えていた周囲が急に気になりだした。

「うわ、なんてことだ」フィリップはカサンドラの胸に頭をもたせかけ、深呼吸をしている。それから名残惜しそうに手を離し、上体をまっすぐ起こした。まなざしや顔にはまだ欲情の余韻が残っている。「こんなところでは、誰に見られているかわからない」フィリップはあたりを見まわし、道路や牧草地に視線をさまよわせた。「ぼくはいったいなにを考えてたんだろう?」短い自嘲《じちょう》の笑い声が出た。「なにも考えてなかったんだな」

カサンドラも身を起こし、フィリップのひざから座席へすべりおりた。恥ずかしさで顔から火が出そうだった。「ごめんなさい。私がいけなかったの……」

「いや、あなたのせいじゃない。ぼくが悪いんだ。女たらしだというあなたの思い違いに腹を立てている一方で、飢えたけだものみたいにあなたに飛びかかっているとは」フィリップはため息をついて、顔をごしごしなでる。「あなたの前に出ると、自制心が吹っ飛んでしまうんだ」

「私も同じなの」

カサンドラから正直な言葉を聞かされると、新たな欲情の炎がフィリップの身うちをつらぬいた。「ああ、カサンドラ、そんなことを言っておいて、男に抑制を求めても無理ってものだよ」

「フィリップ……私たちがしたこと、そんなにも悪いの？」スカートの一部をたたんだりのばしたりしながら、目を伏せたままカサンドラは訊《き》いた。

「悪い？　いや！　悪いとなんか思わない。ただ時と場所がふさわしくなかっただけだ。ぼくがあなたとあんなふうにしたいのは当然だと思う。だが、世間はそんなに寛容じゃないからね」

「それは本当ね」

フィリップは、まだうつむいて考えこんでいるカサンドラのあごに手をかけて自分のほうに顔を向かせた。「カサンドラ、ぼくは絶対にどんな形でもあなたを傷つけたくないんだ。世間の非難の目にさらされてあなたが辛《つら》い思いをするのは耐えられない。ぼくは嘘《うそ》はつかないよ。これまで知りあったどんな女性よりもあなたが欲しいと本心から思っている。だけど、決めるのはあなただ。ぼくのほうから説得したり、くどいたりはしないよ。あなたの気持につけこむのだけはいやなんだ」

カサンドラは光り輝く笑顔で答えた。「私はひどい思い違いをしていたわ。あなたは本当にいい方」

口のはたをゆがめてフィリップはほほえんだ。「それには異論のあるやつが大勢いるだろうけど、あなたがそう思ってくれるのは嬉《うれ》しい」カサンドラの唇に軽くキスしてからあごを放し、前方を向いて手綱を取った。「もうこの話はやめよう。さもないと、平気な顔をしてうちに帰れなくなる」


その晩の夕食の席に、カサンドラはレディ・ヴァイオレットからもらったドレスを着ておりていった。フィリップの目がぱっと輝いたのを見て、カサンドラはこのうえなく幸せな気分になった。オリビアとジョージェットが二人がかりで、髪が柔らかく顔のまわりに波打つようにととのえてくれた。レディ・ヴァイオレットは〝すてきよ〟と言いたげな表情で軽くうなずいた。いとこと伯母には別人でも見るような目つきでまじまじと見つめられたので、カサンドラは少なからず満足感を味わった。

食後に応接間でくつろいだとき、フィリップが耳もとにささやいた。「そういうドレス姿を見せられると、男の自制心はひとたまりもなくなりそうですね。ミス・ヴェレア」

カサンドラはくすくす笑った。「はい、サー・フィリップ、そこが狙《ねら》いなんでございますの」私としたことが、男の人とふざけたりして。

そのあとの二、三日間、カサンドラとフィリップは書庫でじっくり本探しに没頭した。いぶかる家族には、フィリップはカサンドラの手助けでネビル家の蔵書目録をつくっているところだと説明した。カサンドラが我ながらびっくりしたことに、書庫での作業はもはや退屈でもきつくもなくなった。フィリップについての疑念が消えた今、二人は並んで話をしながら働いた。ときどき手伝いはしたものの、子どもたちの関心はどうしても野外での遊びやゲーム、乗馬に向きがちだった。

午後に乗馬で気分転換することに、時間がなくなるからという理由でカサンドラは初め反対した。けれども短時間でも馬を走らせると頭がすっきりすることは認めないわけにはいかなかった。ジョアンナが巧みに二人の乗馬の仲間入りに成功することもあったが、フィリップは逃げるのがしだいに上手になった。

行く先はウーズ川のほとりだったり、牧草地や森を通り抜けた先の田舎道だったりした。中でもいちばんよく行くところは、昔の修道院の廃墟《はいきょ》だった。

初めてフィリップに連れられていったとき、カサンドラはそのロマンティックな廃墟がいっぺんに好きになった。修道院はかつて、両側に並木がある曲がりくねった小川のそばに立っていた。今では灰色の石造りの建物のほんの一部しか残っていない。敷石のすきまから雑草がのび、くずれた壁には蔦《つた》がからまっていた。いかにも古く神秘的で秘密の隠れ家めいた雰囲気ながら、なんとも静かで美しい場所だとカサンドラは思った。

フィリップが馬をおりて、カサンドラに手を貸すために近づいてきた。「ぼくが宝物を隠そうとしたら、こういうところを選ぶな」

「ほんと」カサンドラは廃墟に目を見張っている。「マーガレットが選んだのも、ここかしら？」

「ここにしたとしても、ふしぎではないね。このあたりでは有名な史跡だから、マーガレットもおそらく案内されたことだろう。短期間しか滞在していなかったとしても、屋敷から離れたところといったら、ここがいちばん可能性が高い」

カサンドラは目を輝かせてあたりを見まわした。「ああ、フィリップ……なんだか今すぐにでも探してみたくなるわね」

フィリップは笑った。「うん。だけど、どうしたら見つかるか。やたらに地面を掘り返すわけにもいかないだろう。それに、ここに埋まっているという根拠もないし。内部の部屋の中かもしれないじゃないか」

「壁の向こう側？　あ、秘密の部屋があるんじゃない？　この修道院には壁に見せかけた部屋が隠されていたとか」

「ミス・ヴェレアの夢想癖はとどまるところを知らない」フィリップはカサンドラを抱きよせ、腕にぎゅっと力をこめる。〈シルバーウッド〉からの帰り道でしたように、カサンドラにキスをしたくてたまらなかった。だがあのときの、くどいたりはしないという約束はなんとしても守らなくてはならない。

生まれて初めてフィリップは、自分の気持をどう始末したらいいのか途方に暮れた。カサンドラと愛の行為をしたい。それだけはわかっている。正直に言うとカサンドラに最初に会いに行ったときは、つかのまの情事を楽しむつもりでいた。いつもは、上流階級の未婚の女性とかかわりを持つのは避けている。けれども、ほかの女たちとはあまりにも違うカサンドラにひとかたならずそそられたので、ならわしを曲げてしまった。

とはいえもしも情事が世間に知られたり、妊娠したりしたら、カサンドラは苦難の道を歩まなくてはならなくなる。そういうことは今まで考えたことがなかった。カサンドラも口にしていたように、それまでのフィリップの交際相手は経験のある女性たちだったから、予防の手段も心得ていたのだろう。しかし、カサンドラは違う……いろいろな点で。

まさに進退きわまった状況だ。カサンドラは欲しくてたまらない。だが、彼女の評判をおとしめるわけにはいかない。唯一の解決の道は結婚だ。カサンドラを妻にすることを思うと、ふしぎな興奮をおぼえる。ああいう人がそばにいれば、まず退屈しないだろう。情炎の激しさは想像にあまりある。ほかの女たちの場合がそうだったように、たとえ情熱が時とともに薄れていったとしても、カサンドラならば魅力たっぷりの親友になれるだろう。ネビル家の一員として、家系を絶やさないためにいずれは結婚しなければならない。ヴェレア一族に変人が多いとはいっても、家柄は悪くない。カサンドラが貧しいのは承知しているけれど、財産はすでにたっぷりあるから金銭は問題ではない。フィリップの結婚相手としてまわりが期待するような美人ではないが、知的なまなざしのカサンドラのほうがジョアンナのような女よりもはるかに美しいと自分は思っている。カサンドラとのあいだに生まれてくる子は、聡明《そうめい》でよく笑うだろう。女の子ならオリビアみたいに生意気なおてんばになり、男の子なら双子たちのような人なつっこくて活発ないたずら坊主になるに違いない。カサンドラは双子を産んでくれるだろうか？

なんといつのまにか、妻をめとったときのことまで思い描いているとは。我ながら呆《あき》れる。惚《ほ》れた相手でも、あるいは条件がぴったりの配偶者候補を紹介されたときでも、結婚を考えたことは一度もなかったのに。父親が冷たい男で、両親の結婚生活は幸福ではなかったために、成人した頃《ころ》には自分はそういう愛のない不幸な夫婦関係に縛られまいと心に決めていた。といって、愛なるものを信じていたわけではない。これまでのフィリップの人生で、愛は不可欠なものではなかった。母にはほんわかした愛情をそそがれ、妹からは少女っぽい憧《あこが》れをささげられてきたものの、結婚相手の女を真剣に愛することができるとは思ってもみなかった。カサンドラとめぐりあうまでは……。

いいや、カサンドラを愛しているという意味ではない。フィリップは内心あわてて打ち消す。ただ、人生の墓場だと思わずに結婚できる女がいるとしたら、それはカサンドラだと言っているだけだ。そもそも結婚について考えること自体が意外だし、少しばかり不安もおぼえるのだった。カサンドラに会っていかに動揺しているかという証拠のような気がしてならない。

今後どうすべきかは、頭が混乱していないときに熟考することにしよう。それまでは接吻も抱擁も控えなければならない。衝動に負けると抑えられなくなってしまうのは、〈シルバーウッド〉からの帰りの出来事でよくわかっていた。

フィリップは口づけを我慢してカサンドラから手を離し、無頓着《むとんじゃく》をよそおって言った。「そろそろお茶の時間だ。帰らなくては」

「そうね」カサンドラはほほえみを返し、馬のほうへ並んで歩きだした。フィリップの胸中はわかっている。ここでやめてくれてよかったと思う。さもなければ、自分自身も抑制がきかなくなるに違いない。「ジョアンナと差し向かいのお茶の時間が待ち遠しいんでしょう」

カサンドラにからかわれてフィリップは顔をしかめる。ここのところカサンドラとばかり一緒にいることへの仕返しのつもりか、ジョアンナは夕方から夜にかけて文字どおりフィリップをつかまえて放さない。席は必ずフィリップの隣だし、フィリップが移動すればジョアンナも決まってついてくる。フィリップが誰かと話を始めても、二言三言、言うか言わないかで、ジョアンナにさえぎられるという具合だった。

「あなたは意地悪だ。困っているぼくを助けてもくれないじゃないか」フィリップは馬の紐《ひも》をほどき、手綱をカサンドラに渡した。

フィリップに助けられて鞍《くら》にのぼりながら、カサンドラは言い返した。「あなたは大の男なんですもの。身長が一メートル五十六しかない女性くらい、ひとりでなんとかなるでしょう」

「大女でもないのに、あんなに手がのびる女性は見たことない」フィリップは憤懣《ふんまん》やるかたないといった面もちで、鼻を鳴らした。

カサンドラは笑い声をあげてかかとで馬を蹴《け》り、ヘイバリー・ハウスに向かって走りだした。

日が経《た》つにつれ、〝女王の本〟が見つからない焦りがつのっていく。その後、二、三冊のエリザベス一世の伝記や、アン女王について書かれたものも出てきた。しかしアン女王は、マーガレットがアメリカに駆け落ちしたときにはまだ即位していなかった。エリザベス女王の伝記のうちの二冊の発行年月も、マーガレットの時代よりもずっと下っている。〝女王の本〟と呼ばれるいわれがあるかどうかは別として、マーガレットの時代より前のイギリス史の本にも目を通してみた。二人は書庫の上階の捜索を終え、下の階に移った。だが下の階にある本のほとんどは書かれた時代が新しいので、カサンドラは憂慮せずにはいられなかった。

それでも二人で下の階の本棚もひととおり調べた。なんの成果もないまま最後の本棚を見終わったとき、二人はがっかりしてすわりこんでしまった。

カサンドラは深いため息をついた。「ほかには本をしまってあるところはないの？」

「父も祖父も読書家ではなかったからなあ。だけど、昔の本で見栄えしないものは屋根裏部屋に持っていったかもしれない。二人にとって書庫は飾り物のようなもので、おやじはここを葉巻を吸ったりブランデーを飲んだりするのに使っていたようだ」

これからまた広い屋根裏部屋を捜索しなければならないのかと思うと、カサンドラはうんざりした。

フィリップはさらに気落ちすることを言った。「あるいは、捨てられてしまったかな」

「でも、もう一枚の地図がなければ宝探しは不可能よ！　うちにあったほうを目がおかしくなるまで見たけれど、やっぱりなんのことかわからないわ」

「ぼくにもあの地図がこのあたりのどこをさしているのか、さっぱりわからない。おやじが昔の本を処分したとか屋根裏にしまったとかを覚えているかどうか、おふくろに訊いてみよう」

さんざん苦労したあげくに、あと少しというところで暗礁に乗りあげたのは、なんとも悔しかった。敗北は認めたくない。だがひょっとしたら、永久に謎《なぞ》が解けないのではないか？ それよりなによりフィリップが恐れているのは、宝探しをあきらめたらカサンドラが去っていってしまうことだった。

懸命に考えをめぐらせているうちに、ふと思いだした。フィリップは背筋をのばす。

「そうだった！ なぜもっと早く気がつかなかったんだろう？ 子ども部屋だ！」

「え？ 子ども部屋？」

「そう。子どもたちの勉強部屋にはたくさん古い本があったんだ。おやじはきっとそのままにしておいただろう。勉強部屋なら女王についての本がありそうだよね」

元気がもどってきた二人は、子どもたち四人とともに勉強部屋の本箱や戸棚を徹底的に調べた。ところが、ここでもまた徒労に終わった。何人もの女王についての本や非常に古い書籍があるにはあったのだが、そのいずれからも地図らしきものはいっさい出てこなかった。

またしてもカサンドラはため息をつくしかなかった。「残るは、屋根裏だけね」

フィリップはうなずく。「屋根裏以外にも本をしまった場所がないかどうか、母と祖母に訊いてみるよ」

夕食前に、フィリップは母の寝室へ行った。部屋着姿の母は、鏡台に向かって侍女に髪を結わせている最中だった。入ってきたのが息子だとわかると、レディ・ヴァイオレットは手をさしのべて喜んだ。

「まあ、フィリップ！　珍しいこと！　あなたが小さかった頃、夕食のための身支度をしている私のところによくやってきたのを覚えてる？」

「もちろん。子ども時代のとても懐かしい思い出のひとつですよ」

「すわってちょうだい」息子には鏡台のそばの椅子を示し、侍女に向かって言った。「メアリー、終わったらさがっていいわ。着がえのときに呼ぶから」

侍女が手早く髪をまとめ終わるまで、フィリップは母と雑談していた。メアリーが出ていくなり、レディ・ヴァイオレットは身を乗りだして息子のひざを軽くたたき、にっと笑った。

「さあ、聞かせて、どんな用で私に会いに来たのか」

「息子が会いに来たのが、そんなにおかしいですか？」

「ええ。だってあなたは居間やなにかではしょっちゅう私に会ってるけど、ここに来ることはめったにないわ。寝室ならば、いきなり誰かが入ってくる恐れはないからここにしたんでしょう？」

「勘がいいですね」

「ぼんやりしているように見えても、たまには私も鋭いでしょ？　なんなの？　ミス・ヴエレアのこと？」

「カサンドラだって？　どうしてそう思うんですか？」

レディ・ヴァイオレットは眉をつりあげた。「フィリップ、私の目は節穴だとでも思っているの？　このうちの誰でも、あなたがあのお嬢さんに特別の関心を持っていることくらいわかりますよ。セアラ・ヨークですら、このあいだ訪ねてきたとき、そんな話をしてたわ。ただのお友達だと、言っておきましたけどね。どういう気持なのか、あなたの口からはひと言も聞いてませんから、それ以外に話しようがありませんもの」

フィリップはきっと口もとを引きしめた。「他人が口出しするようなことじゃないでしょう」

「それはそうよ。でも、毎日あなたは書庫でミス・ヴェレアと二人きりで仕事してるし、馬に乗ったり、夕食後もよく一緒にいるでしょう。そういうことをされれば、若いお嬢さんはあなたが本気だと思いがちなんですよ。それにこのあいだのドレスにしても、あなたが注文したものを私があげたことにしてという話だったでしょう。もちろん、そんなことは誰にも話していないけど。たしかに、あのドレスはよく似合ってたわ。ま、それはともかく、ミス・ヴェレアをじらしてはいけませんよ。がっかりさせるのは気の毒だし、世間の物笑いの種になってもかわいそうでしょう」

「カサンドラに対してぼくは絶対にそんなことはしない！」

「だったら、どういうつもりなの？　結婚しようと思っているんじゃないでしょうね？」

フィリップは顔をしかめた。「お母さん、また結婚の話ですか？」

「だって、そればかりは仕方ないでしょう。あなたは跡継ぎなんだから。ヘイバリー・ハウスがあの草ぼうぼうのトレント邸みたいになってしまうのはいやよ。だけど、もちろんあなたが……」フィリップの目つきに気がついて、レディ・ヴァイオレットは口ごもった。

「フィリップ、そんなににらまないでよ。ミス・ヴェレアと結婚することに反対だと言ってるわけじゃないんだから。とてもいいお嬢さんだと思ってますよ。ときどきシェイクスピアの話などをされると、なんのことか私にはよくわからないけど。ミス・ヴェレアは思いやりがあって、頭はいいし、家柄も申し分なしよ。どうしてあなたのお父さまがあんなにヴェレア家を嫌っていたのか理解できないくらい。でも……」

「でも、なんです？」フィリップは腕組みをして、母の返事を待った。

「あなたのお嫁さんとして最もふさわしいとは思えないの。あそこのおうちは破産同然という話よ。それに、あの伯母さんときたら！　でしゃばりというか。娘さんはもっとひどいわね。〝身持ちの悪い〟としか言いようがないわ」

「うちの親戚《しんせき》にも変な連中はいますからね。それと、妻にするのに金は必要条件とは思っていません」

「だけど、フィリップ、ミス・ヴェレアは年頃を過ぎているし、殿方にもてないんじゃありませんか」

「ほかの男の好みなんかどうでもいい。お母さん、ぼくはミス・ヴェレアは非常に……独特で、魅力的だと思う」カサンドラについて話すときのフィリップの表情は和んでいた。「それに……美しい人だとも思う。たしかにいっぷう変わっていて、普通の娘さんたちとは違う。だけどお母さんも知ってのとおり、ぼくは普通のものにはあまり興味が持てないほうなんです」

レディ・ヴァイオレットはびっくりして、息子を見つめた。「フィリップ……あなた、本気なの？　ミス・ヴェレアとの結婚を考えてるんじゃない？　お遊びの相手のつもりだと思ってたけど――」

「カサンドラと遊んでいるわけじゃない――これからどうするかは、決めてないだけで。彼女と一緒にいるのが楽しいけれど、じらすつもりなんかまったくありません。それはカサンドラも承知しています。ある計画を進めるのに、二人で協力しているだけです。だから一緒にいる時間が長くなるわけだが。お母さん、心配なさらないでください。カサンドラは結婚を当てにしてはいませんから」

「ある計画って？　それ、いったいなんの話？」

「我々の先祖に関することです。長いこと両家のあいだにあった敵意と、その理由についてなんです」

「歴史的なこと？」

「ええ」

「あなたがどうして歴史に興味を持つのか、よくわからないわ」

「お母さんのような人は多いですよ。ミス・ヴェレアとぼくが親しくなったのは、そういう理由もあります。二人とも歴史の話が好きなんですよ」

「そうなの」

「さっき言った計画について、お母さんに助けてもらおうと思って来たんです」

レディ・ヴァイオレットはますます不審そうな顔になる。「歴史のことで私に助けてほしいというの？」

「いやいや、そういうことじゃない」フィリップは微笑した。「カサンドラとぼくは、ある本を探しているんです。お母さんは、〝女王の本〟についてなにか聞いたことがありますか？」

レディ・ヴァイオレットは眉根をよせた。「いいえ。でも私は本のことはほとんど知らないから。そのことであなた方二人は書庫にこもっていたの？」

「ええ。しかしけっきょく、見つからなかったんです。子どもの勉強部屋も探したけれど、だめでした。そのほかに本をしまってあるところはありますか？」

「さあ、あったかしら。屋根裏部屋くらいしか考えつかないけど。古い本なの？」

「ええ、たいへん古い本です」

「だったら、あるいは屋根裏にしまってあるかもしれないわ」レディ・ヴァイオレットは宙に目をすえたあげくに、首を横に振った。「でも、私がここに来てからのことじゃないわ。少なくとも私は屋根裏に本をしまった覚えはないから。もっとよく考えてみるわね。なにか思いだすかもしれない」

フィリップは母に礼を言って頬にキスし、廊下伝いに祖母の部屋へ行った。思ったとおり祖母はすでに夕食のための着がえをすませていて、明かりのそばの椅子に腰をおろして刺繍《ししゅう》の針を動かしていた。孫の顔を見ると、いぶかしげにたずねた。

「おや、フィリップ、これは珍しい」行儀にやかましい人なので、フィリップはきちんと腰をかがめて祖母の手を取った。「若い衆がいったいなんの用があって、私をお訪ねなのです？　ようようあの娘さんに申しこむことに決めたのですか？」

「あの娘さんとは？」

「ごまかしても無駄ですよ、坊や。どの娘さんか、先刻承知のくせに。おまえがここに来てからというもの、独り占めにしているヴェレアの娘さんですよ」

フィリップは驚いた。「みんながそんな話をしてるんですか？」

「二週間にわたって毎日その娘にべったりくっついていれば、よほどの抜け作じゃない限り、惚れていると思うのが普通でしょう」

「ぼくは惚れてなんかいない」

「では、嫁にしようというのですか？」

「もしも結婚することに決めたら、真っ先にお祖母《ばあ》さんに報告しますよ。ああ、二番目かな」

「三番目あたりだと思いますよ。ヴェレアの娘さんについて相談しに来たのではないなら、なんなのですか？」

「カサンドラとぼくは昔の本を探しているんです。女王についての本で、二百年くらい前に書かれたものだけど」

老レディ・ネビルは思いきり冷ややかな面もちをしてみせる。「すると、なんですか？　そんな本を知ってるくらい、私が年寄りだと言いたいわけではないでしょうね？」

フィリップは笑った。「もちろん、その本について聞いたことがありますかという意味です」

「私がこのうちに来てから五十五年経ちますがね、本の話などめったにしたことがありませんよ。サー・リチャードは本好きではなかったし、息子もそれを継いだんでしょうね」

祖母は椅子に頭をもたせかけて考えていたが、母と同じように首を横に振り、肩をすくめた。「やはり、女王について書かれた本の話というのは聞いた覚えがない。いったいどの女王のことなのです？」

「それがわからないので困っているんです。家の言い伝えにちょっと触れられている程度で――」

「しかも、二百年も前の言い伝えなのですね？」

「ええ」

「そんなに時間が経っているのに、その本がまだ残っているのかねえ」

「大事な本なので処分されなかったのではないかと思いますが」

「とにかく、私の連れあいにとってはそんなに大事ではなかったでしょうね。本嫌いのサー・リチャードはもとより。子どものときからお父さまに読書を強要されたものだから、サー・リチャードは決心したんだそうですよ。大人になったら、絶対に本は読むまいと。その決意を守りとおしたんでしょうね」老レディ・ネビルは急に口をつぐみ、はっとしたように言った。「誰に訊けばわかるかもしれないか、今思いつきました。リリアン叔母さんよ」

「お祖父《じい》さんの叔母さんのリリアン？　でも、お祖母さん、この前会いに行ったとき、リリアン叔母さんはぼくが誰だかわかりませんでしたよ。はたして子どもの頃の本について覚えているかどうか」

「わかりませんよ。昔のことほどよく覚えているものだというから。とりわけ年をとってからはね」自分はそんなふうになるものかと言いたげに、老レディ・ネビルはぐっと胸を反らせた。「今朝のことも思いだせないのに、はるか昔に起きたことを覚えている人がいるそうです。私の父親もそうだった。リリアンがいいと思ったのは、サー・リチャードのお父さまみたいに読書家だったから。あの人なら、そういう本のことを覚えているかもしれません」

「ありがとう、さすがはお祖母さんだ。いいことを思いだしてくれましたね」フィリップは立ちあがって、丁寧に頭をさげた。

「そうそう、さすがでしょう」祖母はいたずらっぽく笑った。

口笛が出てくるくらい、フィリップの気分は軽くなった。リリアン叔母さんにたずねても、あまり役には立たないかもしれない。それでもなんの手段もない今の状況よりはましだ。おまけに、叔母を訪ねていくのはカサンドラと一日中一緒にいられることを意味する。

「あなたの大叔母さまなのね？」幌《ほろ》つき馬車の中でカサンドラが訊いた。

「いや、お祖父さんの叔母さんだ」

「へえ、ずいぶんなお年なんでしょうね」

「九十歳くらいかな」

「わあ、すごい。それなら〝女王の本〟についてなにかご存じかもしれないわ」リリアン叔母さん訪問の話を聞いて、カサンドラはわくわくした。フィリップと二人きりで一日を過ごせる。今朝になってそのことを知ったジョアンナは、みんなで訪ねようと言いだした。だがフィリップは、リリアン叔母の健康状態では何人も押しかけたらまずいと言ってきっぱり断った。もしかしたらそのお年寄りから、なんらかの手がかりが得られるかもしれない。かすかながらも希望がわいてきた。

リリアン叔母の家に向かう道中は楽しかった。ウーズ川ぞいに馬車を走らせ、片道三時間あまりかかった。日よけのパラソルをさしたカサンドラは景色に見とれ、地図探しが行き詰まったことは努めて考えないようにした。

リリアン叔母は典型的なチューダー様式の古い家に住んでいた。玄関の扉があまりに丈が低くて、頭をさげなければフィリップは入れなかった。リリアン叔母の寝室へ行くための階段でも、フィリップはかがんでのぼるしかなかった。カサンドラが背を曲げずに立ってすれすれという天井の高さだった。

「子どもの頃は魔法使いのおばあさんの家だと思ったものだよ。いたるところに薄暗い隅っこがあってね」フィリップが小声でささやいた。

「すてきなおうちだわ」

「だんなさんが亡くなってから、リリアン叔母さんはここに引っ越したんだ。お嫁さんとしっくりいかなくて、同居するのをやめたようだ。自分と話し相手の婦人、召使いたちが暮らすにはこの家で十分だと叔母さんは言ったらしい。もちろんその頃も年をとっていたから、みんな心配した。だけど、叔母さんは独立心旺盛《おうせい》な人なんだ。子どもの頃はときどき、一週間くらい泊まりに来ていた。ここに来るのが大好きだった。叔母さんはいろんな本を持ってたし、なんと言ったらいいか……ヘイバリー・ハウスにいるよりも気楽だったから。変な時間に食事をしても平気だし、ぼくがなんでも分解して仕組みを見たがっても叔母さんは全然気にしなかった」

「リリアン叔母さまが好きだったみたい」

「うん」フィリップの口調が寂しげになった。「でも悲しいよね。あんなに頭がよかった叔母さんが、今ではぼくが誰かもわからなくなってしまったんだ」

召使いが叔母の寝室に案内した。開けはなたれた窓から日光がいっぱいさしこんでいる。窓辺の柳細工の椅子に、しわくちゃの老女がすわっていた。背丈が一メートル三十くらいしかないように見える。背中がひどく曲がっているので、ますますそう見えるのかもしれない。老婦人は二人を見あげるのに、首をねじらなくてはならなかった。そのせいか、ふしぎな鳥みたいな印象だった。黒い目が思いのほか鋭いところも鳥に似ている。黒っぽい縁なしの帽子から白髪がはみだしていた。ふしくれだった手をひざできちんと組んでいる。

リリアン叔母はしばらくのあいだ二人をしげしげと見つめたあげくに、身ぶりで椅子をさした。フィリップはカサンドラをその椅子にすわらせ、別の椅子を運んできて腰をおろした。

「ローズマリー？」あまりの大声に、カサンドラはびくっとした。

「あ、いいえ、私の名前はカサンドラです」

「私が知ってる人?」小さな姿にはふつりあいな声の大きさだ。

「いいえ」

「リリアン叔母さん、こちらはカサンドラ・ヴェレア嬢ですよ」

「ヴェレアだって!」老婦人は目を丸くしてフィリップを見た。「信頼ならないヴェレア家の人が? 私の家に来たというの?」

しまったと思ったフィリップはとっさに言い直した。「フェラールです。カサンドラ・フェラールと言ったんですよ」

耳が遠いせいにされたようなものなのに、リリアンは意に介さなかった。「フェラール家の人は初めてだわ」今度はフィリップを見あげて言う。「この前来てくれてから、ずいぶん久しぶりだったじゃないの、エドワード」

「いや、リリアン叔母さん、ぼくはエドワードじゃなくて、フィリップです。トマスの息子ですよ。サー・リチャードの孫です」

「リチャード?」リリアンは疑わしげにフィリップをじっと見る。「リチャードの顔とは違うねえ」

「ぼくがリチャードなのじゃなくて、孫なんです」

「リチャードは孫がいるような年じゃないですよ」叔母はなおもフィリップを見つめたあげくに、いっそう声を大きくした。「ああ、わかった! セシリーが結婚したあの青年ね。

そうでしょう？　いつもいたずらばかりしていた」

リリアン叔母は嬉しそうに微笑した。たとえいたずらっ子でも、セシリーが結婚した相手が気に入っていたらしい。フィリップはため息をつき、名前のことはあきらめて言った。

「リリアン叔母さん、ぼくたちは本のことを訊きに来たんですよ」

「本だって？　なんの本？」リリアンは心もとなげに室内を見まわした。「ここにはもう本がないよ。本らしい本はないの。あの牧師さんの奥さん、うちに来て本を読んでくれるのはいいけど、難しいところは飛ばしてしまうの。私が知らないと思って。ちゃんとわかってるんだから！　でも、まあ仕方ないわね」

「そうですね」フィリップは困惑の面もちでカサンドラを見た。

カサンドラが代わりにたずねてみる。「ヘイバリー・ハウスの書庫のことは覚えていらっしゃいますか？」

老婦人はカサンドラにぐるりと顔を向けた。「もちろん覚えていますとも！　なんでそんな当たり前なことを訊くの？」

「失礼しました。でも私は叔母さまのことをよく存じあげていないものですから」

リリアン叔母はうなずいた。「そうそう。あなたはお姉さんと違ってあまりここに来なかったからねえ」

「ええ」私のことを誰かと思いこんでいるのかしら？　カサンドラは少し考えてから、質いてみる。「でも、姉が以前に叔母さまから伺った本の話をしてくれました。女王についての本です」

「女王？」リリアン叔母は眉間《みけん》にしわをよせた。「どの女王なの？」

「どの女王でしたか――ヘイバリー・ハウスの書庫にあった古い本ですの」

「古い本といっても、あそこにはいっぱい古い本がありましたからねえ」リリアン叔母の話し方がきびきびしてきた。「伝記なの？　それとも、歴史の書物？」

「さあ、私の姉はただ〝女王の本〟と言ってましたけれど」

しわだらけの顔が明るくなった。老婦人はくっくっと笑いだした。「なあんだ、そうだったの！　初めからそう言えばよかったのに。〝女王の本〟について知りたいんですって？　いいわよ。全部教えてあげるわ」

15

カサンドラは興奮のあまりぞくっとした。年をとって記憶がぼけたこの老婦人が本当に〝女王の本〟について知っているの？　カサンドラはいっとき口がきけず、身動きもできずに、ただリリアン叔母を見つめるばかりだった。

さいわいフィリップのほうがまだ落ちついていた。「その本のことをご存じなんですか？」

「もちろん知ってますよ。みんな知ってるわ。パパの蔵書の中でいちばん大事なものだもの」

「それは……本の題なんですか？　〝女王の本〟というのは？」

「題？」リリアンはふしぎそうにフィリップに目を向ける。「お若い方、なにを話しておいでなの？　なんだかなにもわかってないみたいだけど」

フィリップは情けなさそうな顔をした。「ええ、わかってないんです。これから見つけようとしてるんですから」

老婦人の面もちはすっかり疑わしげに変わっている。「やれやれ、お若い方、いったいどうしたというんです？　女王の本のことも知らないで、本当にネビル家の人なのかね」

「ネビルはネビルなんですが、ぼくはその本のことは知らないんです。だからここに来たんですよ。どうやら家族がなくしてしまったらしいので、なんとか見つけようとしてるわけです」

「えっ、なくした？　エリザベス女王の祈祷書《きとう》をなくしたですって？」リリアン叔母は唖然《あぜん》としている。

カサンドラは声をあげた。「あっ、そうか！」不意になにもかも判明した。「やっと意味がわかったわ！　クイーンのＱが大文字だったし、しみみたいに見えたのは所有格を示すアポストロフィの記号だったのね。私はかびの斑点《はんてん》かなにかだと思ってたけど。女王についての本じゃなくて、女王が所有していた本だったのよ。当時のネビル家の人たちなら誰でも知っていたものでしょう。ましてエリザベス女王の持ち物だとしたら、捨てるなんてそんな畏《おそ》れ多いこと、というほど大事なものだったんだわ。そういうものなら気軽に中をのぞいたりされることもなく、家宝のように大切にとっておかれると、マーガレットは考えたに違いない。なんて頭がいいんでしょう！」

フィリップが相づちを打った。「まったく。問題は、大切にとっておかれなかったことだ」

「あなた方、いったいなんの話してるの？　私にゃ、さっぱりわからない」リリアン叔母がじれったそうに口をはさんだ。

「叔母さんがヘイバリー・ハウスで暮らしてたのはだいぶ昔ですよね。お嫁に行ったのが七十年くらい前のことじゃないですか。そのあと、女王の本はどこかにいってしまったんですよ。サー・リチャード、叔母さんの甥《おい》のリチャードを覚えてますか？」

「覚えてるに決まってるでしょう。リチャードがどうかしたの？」

「サー・リチャードは、自分の父親やリリアン叔母さんと違って本が好きではなかったんですよ。叔母さんのお父さんも本好きでしたね？」

「ええ、ええ、そうだった。兄が残念がってたものだわ」

「サー・リチャードは本にはまるっきり関心がなくて、息子のトマスも同じだったんです。どうやらその頃《ころ》に女王の本がなくなってしまったらしく、今その本のことを知ってる人はいないんですよ」

しわだらけの叔母の顔が曇った。「なくすなんて、そんなばかげたこと！」

「叔母さんが女王の本を最後に見たのはいつだったか覚えていますか？　大人になってから」

「さあて、それは思いだせないわ。ともかくずうっと昔だった。子どものときにはよく見たけど、そのあとは……だめ、覚えてないわ」

「リリアン叔母さんのお父さんは、その本をヘイバリー・ハウスの書庫にしまっていたんですか？」

「まさか、書庫なんて！　大切なものだもの。錠のついた金属の箱に保管してましたよ。寝室の納戸に」

フィリップはしばし考えていた。「衣装室の中にある、鍵《かぎ》のかかる小部屋のことですか？」

「そうそう」リリアンは大きくうなずく。「父はときどきそこから出して、見せてくれたものですよ。私がきれいな宝石を見たがったから」

「宝石ですって？」カサンドラは甲高い声を出した。スペインの財宝のこと？　何代か前のネビル家の人がもう見つけてしまったのだろうか？

「表紙の宝石ですよ」リリアンは首を振った。「お嬢さんは本当に見たことがないの？」

「ええ、一度も」

「どんな見かけの本なんですか？　ぼくたちが見つけやすいように教えてください」

「あまり大きくない祈祷書よ。革製で、文字もページのへりも金色なの。本の背に宝石が三つはめこんであったわ。ルビーとトパーズが二つ。表紙の縁には小さな真珠の飾りがついていた。このくらいの大きさだったかしら」リリアンは両手を七、八センチ離してみせる。表紙のおもてに〈祈祷書〉、見返しには〈我が忠実なる騎士、サー・エバラードへ〉

と書かれているの。〈エリザベスR〉という署名があってね。エリザベス女王からの贈り物なんですよ。女王がサー・エバラードのお屋敷にお泊まりになって、お帰りになるときその祈祷書をくださったんだって」

「そんなに大切なものがその後どうなったのか、なにか思い当たることはございませんか?」カサンドラがたずねた。

「いいえ、なにも。絶対にまだあるはずだけどねえ」

「叔母さまがおっしゃったように、まだあると思う? 鍵のかかる小部屋って、本当にあるの?」帰りの馬車に乗ると、さっそくカサンドラは訊《き》いた。

「うん、あるよ。ぼくの衣装部屋の中にあるんだ。かつては貴重品の保管のために使っていたらしいけれど、父が書斎に金庫をおくようになってからは、宝石や証文のたぐいはそっちにしまうようになった」

「錠のついた金属の箱というのもそこにあるの?」

「ああ。叔母さんが言ってたのと同じものかどうかはわからないが、あるにはある。しかし、その箱には宝石入りの祈祷書なんかしまってないのはたしかだ。おやじが法的な書類をそこに保管していた。中身については何度も調べたけど、本に類するものはいっさいなかった」

「少なくとも、探しているものがなにかわかっただけでも進歩だわ。きっと見つかるわよ」カサンドラの声ははずんでいた。

「そうだね。その祈祷書がどうなったのか、母と祖母に訊いてみよう」

ヘイバリー・ハウスに帰りつくまで、カサンドラの胸は高鳴り続けた。二枚目の地図はもう見つからないのではないかと、昨日はほぼ絶望していたのに。チェジルワース再建の望みも消えたと思いかけていた。それに人には言えないが、地図が出てこなければフィリップの家にいられなくなるのが悲しかった。ところが今、明るい展望がひらけそうになっている。

ヘイバリー・ハウスにつくやいなや、ジョアンナにつかまってしまった。窓から二人の帰宅を見張っていたに違いない。「サー・フィリップ！」こぼれんばかりの笑顔でしなをつくりながら、ジョアンナが飛んできた。「あなたがお留守でとっても寂しかったわあ！意地悪な方、一日中子どもたちのお相手を私に押しつけるなんて！」

「しかし、あなたはぼくの妹の親友になったんじゃなかった？」フィリップはジョアンナの手からするりと腕を抜いて言った。

これにはジョアンナも、つかのま言葉に詰まった。けれども、立ち直りは早い。「あら、もちろんジョージェットのことを言ったんじゃないわ」

「うちの母はどこにいますか？」

いきなり話題を変えられて、ジョアンナは目をぱちくりさせると同時にむっとした。

「さあ、知らないわ」

「でしたら、ミス・モールトン、またあとで。これから母に話があるものですから。失礼させてもらいますよ」フィリップはカサンドラをうながして、ジョアンナの横をすり抜けようとした。

ジョアンナは口をとがらせた。「お話をするひまもないじゃない」

「今晩にしましょう、ミス・モールトン。たっぷり時間がある今晩に」フィリップはカサンドラをせきたてて廊下へ進んだ。

「楽しみにしてますわ」

二人はまずフィリップの母の居間へ行った。レディ・ヴァイオレットのほかに老レディ・ネビルもいて、二人はフィリップとカサンドラを笑顔で迎えた。

「おかえりなさい。リリアン叔母さまはお元気だった？」息子のキスを受けるために、レディ・ヴァイオレットは片方の頬をさしだした。

「ちょっと風が吹くと飛ばされてしまいそうに見えるけど、看護婦の話では健康そのものだそうです」

老夫人が言った。「ヴァイオレット、私たちも会いに行かなくてはなりませんよ。リリアン叔母とはどうも反りが合わなかったけれど、あの年になると知りあいに会いたがるものだと言いますからね」

「ぼくが誰だか、まったくわからないようだった」

「まあ、そうなの。それじゃ、例の本のこともわからなかったんでしょうね？」

フィリップは満足げにほほえんだ。「ところがそっちはわかったんですよ。我々の質問に対してすぐ答えが出てきたのにはびっくりした。今まで探していたのは、見当違いだったことがわかりました。普通の本じゃなかったんです。お母さんかお祖母《ばあ》さんのどちらか、サー・エバラード・ネビルがエリザベス女王からいただいた祈祷書の話を聞いたことがありませんか？」

祖母も母も、ぴんとこないふうだった。「そういえば……」老レディ・ネビルが口をひらいた。「サー・リチャードがその祈祷書とやらを自慢していたのを思いだしたわ」

フィリップが言った。「家宝だったようですよ。エリザベス女王の自筆でサー・エバラードへの献辞が記されているそうだから、それだけでも貴重でしょう。そのうえ、本の背には三個の宝石、表紙には真珠があしらってあるというんです」

レディ・ヴァイオレットが身を乗りだした。「それなら、私、見たことあるわ！」

老レディ・ネビルもうなずいた。「そう、宝石で飾ったそういう本があったわねえ。サー・リチャードが貴重品の箱にしまっていたはずだわ」

「それが見つからないんですよ。ぼくは何度もその箱を調べたんですがね」

レディ・ヴァイオレットが言った。「見つからないのは当然よ。もうあの祈祷書はうちにはないんですもの。お姑《しゅうとめ》さま、覚えていらっしゃいませんか、あのトランクに入れたのを？　あの年、トマスが鹿毛《かげ》を二頭買おうとしたら現金が足りなかったの。債券を売るのにステイリーが強く反対したものだから、トマスは家にあるものを売ってお金にしたんです。銀の塩壺《しおつぼ》やらなにやら。温室にあったあの壊れた古い彫像も――あんなもの欲しがる人がいるのかしらね。ギリシャのだかローマのだか知らないけど。その宝石をあしらった本も、あのとき処分してしまったの」夫人は気の毒そうに息子の顔を見た。「ごめんなさいね。あの本はもうないのよ」

カサンドラは呆然《ぼうぜん》として夫人を見つめるばかりだった。天国から地獄に突き落とされたようなもの。足から力が抜けて立っていられず、へなへなと椅子に腰をおろした。

「まあ、たいへん。だいじょうぶ？　そんなに大切な本だったの？」

「そうなんです」フィリップは、母のいぶかしげな視線に気づいた。「なぜかというと……あの本には史的な価値があるんですよ。ヴェレア家には学者や研究者が多くて、あの本も一族の歴史にとって重要なんです」

「あ、そうなの」レディ・ヴァイオレットはあまり納得したようにも見えない。

フィリップはため息をつき、室内を行ったり来たりしたあげく、カサンドラの前に立ちどまった。しゃがんでカサンドラの手を握り、元気づけるようにほほえみかけた。「心配しないで。必ず取りもどすから。そういう有名な本なら、行方がわからなくなるはずはない。記録も残ってるよ、きっと。お母さん……」立ちあがって、母のほうを振り返った。老レディ・ネビルともども、レディ・ヴァイオレットは息子のふるまいをしげしげと目で追っていた。「え、なあに?」

「おやじのとこに出入りしていた古書商はいたんですか?」

レディ・ヴァイオレットはきょとんとしている。祖母がおよそ貴婦人らしからぬ鼻の鳴らし方をした。「フィリップ、ばかなこと言いなさんな。私の息子トマスは父親譲りの本嫌いだったんですよ。出入りの商人がいるほど本にかかずらうはずがあるものですか」

「だったら、ステイリーがおやじの代わりに売ったのかな。大事な本ならなおさら」

「でしょうね。ステイリーが生きていれば思いだすかもしれないが、なんせ亡くなって何年にもなるんだもの」

「しかし、記録は残っているでしょう。ステイリーの息子がうちの経理を継いでるから、探せば記録が出てくると思う。さっそくステイリーの息子に問いあわせてみよう」フィリップはふたたび部屋を行ったり来たりしだした。「仮に記録が残っていなかったとしても、なにか方法があるはずだ。そういう本を扱ったかどうか、ロンドンの古書商をしらみつぶしに当たって訊いてみればいい」

「そうだわ!」カサンドラがぱっと立った。「ミスター・サイモンズに訊いてみればいいのよ。私ったら、なぜ早く気がつかなかったのかしら。ロンドンへ行きましょう。ミスター・サイモンズが知らなくても、その種の取引をする同業者を紹介してくれると思うわ。いつ発《た》ちましょうか？」

「ロンドンにいらっしゃるの？　そんなふうにこともなげに？」レディ・ヴァイオレットが驚いている。

フィリップはカサンドラを見やって微笑した。「お母さん、ミス・ヴェレアは行動の人なんですよ」

「だけど、フィリップ、ミス・ヴェレア……」老レディ・ネビルも絶句した。「あなた方、まさか二人でロンドンに行くつもりじゃないでしょうね？」

「もちろん、二人で行くつもりです。ぼくがひとりで行くなんて言ったら、ミス・ヴェレアに首を絞められるだろう」

「そうそう。楽しみをあなたが独り占めにするなんて許さないわ」

「でも、それはだめですよ」

「お祖母さまのおっしゃるとおりよ」レディ・ヴァイオレットも姑に同調した。「あなた方二人きりでロンドンに行かせるわけにはいかないわ。ロンドンの家にも付き添いなしでミス・ヴェレアをお泊めすることはできません。ロンドンには上流の女性がひとりで泊まれる上品な旅籠《はたご》もありますから、その点はだいじょうぶだけれど。ただ、ロンドンにつくまでが問題ね」

「いや、ミス・ヴェレアをひとりで旅籠に泊まらせるなんて。ロンドンのネビルの家に滞在してもらいます」フィリップは嘆息をもらした。「仕方ない。付き添いに一緒に行ってもらうことにしましょう」

息子の視線を感じたレディ・ヴァイオレットは急いで首を横に振った。「だめよ、フィリップ、私は勘弁してちょうだい。ロンドンでは今、社交のシーズンの真っ最中でしょう。ヘイバリン家のお嬢さんがデビューするから、そのためのパーティをひらいてあげなければならなくなるわ。それだけじゃなく、いとこのアマンダのご機嫌もとらなきゃならないでしょう。だいいち、私はヘイバリー・ハウスを離れられないわ。お客さまがいらっしゃるんですもの」

「私を当てにしてくださるな」フィリップが顔を向けないうちから祖母は先回りして言った。「もうロンドンに行くような年じゃありませんよ」

フィリップは歯ぎしりした。「わかりました。こうなったら、カサンドラの伯母さんを連れていくしかない」

「それがいいわ、フィリップ！　それで解決じゃない」

「ふん、お母さんにとってはでしょう」モールトン母娘《おやこ》とロンドンまで馬車に詰めこまれることを想像しただけで、フィリップはうんざりした。けれども、カサンドラのほっとした顔をひと目見ればその憂さも吹き飛んでしまうのだった。カサンドラのためならもっといやなことも我慢できるだろう。

社交のシーズンが真っ盛りのロンドンに、フィリップの客として招かれたアーディス伯母の喜びようといったらなかった。アーディス伯母がくどくどと礼をのべるのを、ネビル家の人々は我慢して聞かなければならなかった。招待の理由はフィリップの〝さるお嬢さん〟へのお気持のあらわれではないかと匂《にお》わせ、伯母はへつらうような笑い方をした。レディ・ヴァイオレットはあいまいな笑みを浮かべ、どっちつかずの返事を返した。内心では、〝モールトン夫人の言うとおりだけど、ただ、お嬢さん違いだわ〟とつぶやいていた。

老レディ・ネビルも嫁と同意見だった。その晩、寝室へ行くために階段をのぼりながら、レディ・ヴァイオレットに耳打ちした。「近々、フィリップの結婚式の鐘を聞くことになるんじゃないかね。それにしても、相手がヴェレア家の娘だとは」

「いいお嬢さんじゃありませんか」

「おつむのいい子だわ。フィリップは昔からそういう変な好みがあるんだね」それ以外は申し分なしの孫なのに。老レディ・ネビルは首をかしげた。「しかも、あの家は文無しときている。草葉の陰で舅《しゅうと》がさぞ口惜しがっているでしょうよ。よりによって、ヴェレアの娘とはって。でも、あの子はドレスがよく似合うだろうね」

「ほんと。花嫁衣装のお買い物なんて楽しいですこと」しゃれた仕立屋や帽子店をゆっくりまわることを思い描き、レディ・ヴァイオレットはうっとりした。

「ただし、あのすさまじいモールトン女史にいつまでもうちにいられたらたまりませんがね」

問題のアーディス伯母は応接間でさっきから、いかにフィリップがジョアンナに夢中かを、カサンドラに際限なく語って聞かせていた。当のジョアンナも得意になって母親の話を聞いている。この母娘はどうかしているのではないか。あれほどあからさまにフィリップはジョアンナを避けているというのに。祖母と母が席を立つなり、フィリップは書庫へこもってしまった。

たまりかねてカサンドラは伯母のおしゃべりをさえぎった。「アーディス伯母さまは、サー・フィリップが本当にジョアンナに関心があると思っていらっしゃるの?」

「もちろんよ。さもなければ、私たちをロンドンに招待してくださるはずはないでしょう?」

実は私を連れていくために、あなた方母娘を付き添いとして同行するしかなかったんです。そんなことを言えるわけがない。もしもそれを知ったら、意地の悪いアーディス伯母のことだから招待を断っただろう。カサンドラは言い方を変えた。「サー・フィリップの口からそういうことをじかにお聞きになったの？」

「じかに聞いたわけじゃないけど」伯母はにやにや笑っている。「でも、それはまだ早いわ。あなたはジョアンナや私ほどその種のことに詳しくないけど、男性が求めているのは気配でわかるものなの。サー・フィリップの場合も同じよ」

「そんな気配があるというんですか？」

「大ありよ。さっきジョアンナが扇子を落としたとき、サー・フィリップが拾ったのを見たでしょう？」

「あれは真ん前に落としたから、サー・フィリップとしても拾わないわけにはいかなかったのよ」

「それに、毎晩ジョアンナのそばにくっついていらっしゃるわ」

「しょうがないのよ。サー・フィリップが部屋に入っていらっしゃると同時に、ジョアンナがべったりくっついて離れないんですもの」

「ちょっと、カサンドラ、妬《や》いてるんじゃないの？」ジョアンナが耳障りな声をあげた。

「あなた、サー・フィリップに恋しちゃったんでしょう？　そうよね？　サー・フィリップは私のほうに気があるものだから、嫉妬《しっと》してるんだわ。今夜も、あの方はすぐ私のそばにおすわりになったもの」

「あなたがサー・フィリップのそばにすわっただけじゃない。入っていらしたとき、あなたはソファにすわっていたのに、すぐさまサー・フィリップの隣の青い椅子に移ったでしょう」

ジョアンナの顔色は険しくなった。「一族の歴史だかなんだか知らないけれど、サー・フィリップが一日中あなたと一緒に書庫にこもっているからといって、その気になったら大間違いよ。男の人は本の虫みたいな女に興味があるはずはないんだから」

カサンドラは口をきっと結んだ。いとこの挑発に乗せられてなにか言い返せば、あとで後悔するだけだ。伯母もジョアンナも、現実から目をそむけているのだから仕方がない。このまま突き進んでも、失望するだけなのに。

「いつまでもこんなこと話していても意味ないわね。私ももう寝ます」

ジョアンナの勝ち誇ったような笑顔を無視して、カサンドラは応接間を出た。階段をのぼろうとした足をふととめる。まだそんなに遅い時刻じゃないし、あまり眠くもない。ロンドンへ行って女王の祈祷書を見つけられるかもしれないと思うと、興奮のためか眠気をおぼえなかった。もしかして、月の光に照らされた庭園を散歩したら気持が落ちついて眠くなるかもしれない。カサンドラは左のほうへ歩き、温室を通り抜けて薔薇園《ばら》に出た。

ぶらぶら歩きながら、ジョアンナに言ってやりたかったことをすべて思い返してみた。サー・フィリップが関心があるのは、実はあなたではなく、私なのよ。そうぶちまけられたら、どんなに気持がすっきりするだろう。けれども、柔らかい夜風に吹かれ、薔薇の甘い香りをかいでいるうちに、むしゃくしゃした気分はしだいに静まってきた。

女王の本のことを考えながら歩いていると、下の庭園と芝生に通じる石段の上に出た。カサンドラは立ちどまり、月光がふりそそぐ庭園と、その向こうの小さな人工池のほとりに立っているあずまやを見わたしていた。

「あずまやに入ったことがある？」

カサンドラはびくっとして振り向いた。フィリップがにこにこして立っている。「びっくりするじゃない！　よくそんなに足音もたてずにいつのまにか近づけるのね」

「ぼくの特技のひとつだよ。近道を知ってるから。書庫の窓から、あなたが歩いているのが見えたんだ」

「お散歩すれば落ちつくかもしれないと思ったの。ロンドンへ行くことで頭がいっぱいで」

「そのことだけど、出発を二、三日待ってもらえないかな」

「え？　どうして？」

「うちの領地の支配人がまた今夜、ぼくに会いにやってきた。ここに帰ってきてから、ある問題について目を通してくれとうるさくせっつかれていたんだが、ずっとのばしていたんだよ。だけど、ロンドンに出かけるならどうしてもその前に片づけてほしいと、支配人に言われた」

「そうなの」

「ごめんね。できるだけ早く片づけるから。だけど、自分でも少々やましく思っている。もっと前に支配人に会うべきだったんだ。ぼくはただ……時間が惜しかったものだから」

カサンドラはほほえんだ。「わかってるわ。でも、あなたの時間をすべて私や私の心配ごとのために使っていただきたいとまでは思っていないの」

「あなたの心配ごとは、ぼくの心配ごとでもある。それに、あなたと一緒にいるほうがずっと楽しいんだ」

二人は立ったまま、見つめあっていた。カサンドラはひざががくがくしそうになる。薔薇の香りが漂う庭園に、フィリップと一緒にこうして月の光に包まれているのは危険だ。

「私……もどらなくては」

「ぼくも」

それでいて二人とも動こうとしない。

「あなたは本当に美しい人だ」

カサンドラはかすかにほほえむ。「月光のせいでそう見えるのじゃない？　私の容貌《ようぼう》はまずまずという程度でしかないのよ」

「まずまずだって！」フィリップは手をのばし、親指で軽くカサンドラのひたいに触れた。

「あなたのひたいは広くて、すべすべしている」人差し指でカサンドラのまっすぐな鼻筋をたどる。「貴族的な鼻」もう一方の手をカサンドラの眉と頬骨に持っていく。「こんなに知的ですてきで、朗らかな目を見たことがない。それでも、まずまずの容貌だと言うの？」

カサンドラは息もつけない。顔に触れるフィリップの指の感触がたまらなかった。「あなたは少数派でいらっしゃるのよ」

「そう？」フィリップはわざと眉をつりあげてみせる。「でも、ぼくは思いあがってるから、ほかならぬぼくの意見以外は取るに足りないと思ってるが」

カサンドラの口もとがほころんだ。

「そして、あなたの唇は……」フィリップはかすれ声で続ける。両手でカサンドラの顔をはさみこみ、唇の輪郭を親指でなぞった。

カサンドラは体の奥で熱いものがうごめくのを感じた。

フィリップのまなざしに欲望の炎がともる。「キスしたくてたまらなくなる唇」言葉どおりフィリップはかがんで、そっと唇をかすった。触れるか触れないかというくらいの口づけなのに、カサンドラはたちまち燃えた。

つま先立ちになり、フィリップの首に腕をまわして唇をしっかり重ねた。フィリップは低くうめき、カサンドラの体をひっぱりあげるように抱いた。口づけは濃密になっていく。

乾いた木に火がついたように、二人の体は燃えあがった。用心深さも自制心もどこかへ行ってしまった。ひとつになりたい一心で、二人はしっかり抱きあう。カサンドラはフィリップの髪に指をさしいれた。カサンドラの背中にフィリップは手をまわし、自分の腰を強く押しつけて行ったり来たりさせる。

ようやく唇を離したフィリップは、じっとカサンドラの顔をのぞきこんだ。頭も心も体もカサンドラを求めている。その場で地面にカサンドラを寝かせ、自分のものにしてしまう衝動を抑えるだけで精いっぱいだった。あたりを見まわしたフィリップの目にとまったのが、下の庭園の池のほとりにあるあずまやだった。

「こっちに来て」フィリップはカサンドラの手首をつかみ、石段をおりてあずまやに向かった。

16

逆らわなくては。ここでやめなくては――少なくとも、ためらうくらいはしなくては。そう思いながらも、カサンドラは頭の命令に従わなかった。フィリップの体内をどくどく流れる欲望の奔流は、カサンドラの身うちにも流れていた。もはや体裁やたしなみにかまってはいられなかった。この数日間、ほとんどいつもフィリップのそばにいたために渇望はいっそう増していた。フィリップが固い決意で自制していたのは自分への敬意からだと、カサンドラは知っている。伯母から聞かされた噂《うわさ》とは大違いだ。そういうフィリップの気持が嬉《うれ》しい半面、必ずしも望むところではないとも思っていた。たまたま指が触れたり、目が合ったりしただけで、あの熱烈な口づけを思いださずにはいられない。それをもう一度、味わいたかった。

二人は庭園の通路を小走りで抜けた。あずまやは、池の水面に一メートルほど突きでている。木の歩道を横切ってあずまやに入るなりフィリップは向きを変え、待ちきれないようにカサンドラを抱きよせて唇を求めた。感覚が驚くほど鋭くなっている。あずまやの橋脚を洗うかすかな水の音や、夜鳥の声、微風のさやぎが、フィリップの口づけの味わいと混ざりあって伝わってきた。

キスを続けながら、フィリップの指がカサンドラの服のボタンにかかる。つかのまフィリップが体を離しドレスの上半身をぬがせると、薄手の白い木綿のシュミーズにおおわれただけの胸が現れた。フィリップは、大切なものを扱うようにゆっくりとシュミーズの肩《かた》紐《ひも》をひじのあたりまで引きさげた。襟もとのリボンをほどくと、前がはだけた。シュミーズの上身頃《みごろ》をおろす途中で、指が胸の突端をかすめる。

みずみずしい胸のふくらみがむきだしになった。濃い桃色の乳首がふくらんで上を向いている。フィリップは息をはずませつつ、カサンドラの上半身を見つめた。両手をふくらみにかぶせ、親指で優しく乳首をつまんだりなでたりする。乳首が硬くなると同時に、下腹もうずきだした。

「あなたに初めて会ったときから、ずっとこうしたいと思っていた」フィリップの声音は低く、かすれていた。「この数日は特に苦しかった。欲しくてたまらないのに、あなたに触れることもキスも必死で我慢してきた。こんな思いをしなければならないのは、カサンドラ、あなたのせいだ。わかってないだろうけど」

「わかってるわ。私も、あなたのせいでこんな思いをしなければならないのですもの」カサンドラは手をのばして、フィリップのシャツのボタンをひとつひとつはずしはじめた。

フィリップは息をのみ、はずしやすいように体を近づけた。カサンドラはボタンがはずれたシャツの下に手をすべりこませ、胸板に両の手のひらをあてた。フィリップは目をとじ、されるがままになっている。カサンドラはシャツの前を大きくはだけさせて、胸毛の上からなでさすった。小さな乳首にいき当たると、フィリップの口から低い声がもれた。骨格や筋肉をまさぐり、胸毛を指先にからめたり乳首をつまんだりするにつれ、フィリップの息遣いは速くなっていく。

フィリップはシャツを床にぬぎ捨てるや、カサンドラを抱きよせて長いあいだ唇をむさぼった。乳房が平らになるほど密着し、下腹部には硬くて熱い塊が当たっている。カサンドラは全身が溶けてしまうのではないかと思った。一糸まとわぬ姿でフィリップの肌にじかに重なりたい。自分の中にフィリップを感じたい。

いつしかそんなことを思っている自分に、カサンドラはたまげた。けれども、そうすることでしか股のあたりの激しい渇きが満たされないのはわかっていた。フィリップが欲しい。カサンドラは体を離して、スカートのボタンをはずしだした。スカートをぬぎ、たっぷりしたペティコートに手をかけるカサンドラを、フィリップは食い入るように見つめていた。

フィリップも残りの衣服をぬぎはじめた。しだいに形のよい腰や脚があらわになっていくカサンドラから目を離さずに、手を動かしている。カサンドラはじれったそうに何枚ものペティコートを足もとにぬぎ捨てていき、ようやく最後の下ばきも床に落とした。

そのとき初めてカサンドラは顔をあげる。恥ずかしさの一方で、こういう姿をフィリップの目にさらす歓《よろこ》びと誇りも感じていた。フィリップの裸身はあまりにも力強く男そのもので、怖いくらいだった。それでいてカサンドラは、体の中心が灼《や》かれるような感覚に襲われる。立ったまま、どきどきしながらフィリップを待っていた。

フィリップは両手をカサンドラの肩におき、少しずつ下にずらしていった。胸から腹を通り、腰のところで両手が分かれてそれぞれ両のももに移る。そしてふたたび下腹にもどって、脚のあいだの淡い金色の巻き毛にとまった。自分の手の動きを目で追っては、フィリップはますますそそられるのだった。続いてカサンドラの背中と臀部《でんぶ》にも、同じように優しくゆっくり手をはわせた。

それからフィリップはカサンドラの背後にまわり、肩や鎖骨、首すじに唇をあてていく。同時に胸や腹部にも後ろから手をまわし、ゆっくりとなでたりさすったりする。フィリップの片方の手が下へのび、おへそをかすめてさらにさがった。今度は巻き毛のあたりにとまらず、じっとり湿ったその奥に進んだ。

カサンドラはひざがふるえるのを感じ、立っていられなくなるのではないかと思った。顔を赤らめながらも、激しい快感におののいた。フィリップの指は滑らかなひだを分け入っていく。ひだの中心で熱く息づくものをさぐりあてられたときは、カサンドラは思わずあえいだ。無意識に身を引き、つま先立ちになる。けれどもフィリップは一方の腕でカサンドラを抱きかかえ、自分の体に強く押しつけた。カサンドラは、臀部に突きささるようにフィリップの興奮のしるしが当たるのを感じた。そのあいだもフィリップは、濡《ぬ》れたひだの愛撫《あいぶ》の手を休めない。

カサンドラは窒息しかけたような声をもらし、頭をフィリップの胸にのけぞらせた。後ろから抱きすくめられているので、フィリップのももや腰の両わきくらいにしか手が届かない。それでも太ももの外側や、臀部のふくらみに両手をすべらせたりまさぐったりした。フィリップのくぐもったうなり声が聞こえ、手の動きが一瞬とまった。その手がふたたび規則的に動きだしたときは、カサンドラは耳たぶを舌と歯でなぶられるのを感じた。

心臓は高鳴り、呼吸が乱れる。自分の声とは思えないような音がのどからしぼりだされても、とめることができない。荒れ狂う官能の嵐《あらし》にただ身をまかせているしかなかった。

フィリップの口づけはもう一方の耳に移り、さらに背中にさがっていく。いっときフィリップの手が離れたので、カサンドラは泣きだしそうになった。けれどもその手はすぐに臀部のふくらみにもどり、ぎゅっと握ったりなでたりしたあげくに脚のあいだにすべりこむ。後ろからされたのは初めてだったので、カサンドラは思わず声をあげる。なにかとても強力な熱い生き物が自分の中で大きくなっていくような感じだった。おびえながらも、あともどりはしたくなかった。そして無意識に腰を動かしていた。

カサンドラの素朴な応え方《こた》があまりにいじらしく、思わずフィリップは手をとめてしばしじっとしていた。それからもどかしげにカサンドラを自分のほうに向かせ、荒々しく唇を求めた。カサンドラも熱烈な口づけを返す。両手をフィリップの背中からわき腹へはわせたあとで、ためらいがちに自分の体とのすきまにさしいれ平らな腹部をなでた。それからは我ながらびっくりするほどの大胆さで手を下にずらしていき、怒張した男のしるしをしっかり握った。

フィリップはけいれんしたように体をふるわせ、のどの奥で低くうなった。もしかして間違ったことをしてしまったのかしら？　カサンドラは急いで手を離した。だがその手にフィリップが自分の手を添えて、元にもどさせた。カサンドラは今度はそっと手でくるみこみ、優しくなでた。

そのままフィリップに抱きあげられ、クッションを敷いた細長いベンチに寝かされた。一瞬のためらいを見せたフィリップが、カサンドラの顔をのぞきこんで念を押した。

「本当にこうしたいの？」

返事の代わりにカサンドラは両手を大きく広げてみせる。満足の表情がよぎり、フィリップはカサンドラにおおいかぶさった。ベンチの幅は狭かったにもかかわらず、二人はなんの不便も感じなかった。フィリップは体でカサンドラの脚のあいだをまさぐった。心もちカサンドラは身を硬くしたが、フィリップのキスでしだいに緊張がほぐれていった。フィリップが少しずつ入れようとする。きつさと痛みを感じたカサンドラは、これではうまくいかないのではないかと恐れた。けれども次の瞬間に痛いと思ったときは、中にすっぽりおさまっていた。

カサンドラはあえいだ。いっときの鋭い痛みゆえか、はたまた生まれて初めて知ったなんともいえない快感ゆえかは決めかねた。フィリップは奥深く進んだ。こんなことが可能なのかと驚くほど、カサンドラの内部が広がってフィリップを包みこんだ。ふしぎに痛くない。むしろ、今までどこかに行ってしまっていたものが元にもどってきたような、このうえなく満たされた感覚をおぼえる。カサンドラは両腕でフィリップを抱きしめて、その感覚にひたっていた。初めはゆっくりと規則的に、フィリップが体を動かしはじめる。その動きがだんだん速くなるにつれ、体内のあの熱い生き物がもだえのたうちふくらんでいく。そして突然、内部でそれが燃える太陽のようにはじけ、カサンドラは声をあげ、激しくおののいた。フィリップもしゃがれ声で叫び、全身をふるわせて、カサンドラの上に倒れ伏した。

カサンドラが我に返ったのは、しばらく経《た》ってからだった。フィリップは小さなため息をついて仰向けになり、カサンドラを引きよせて自分の体にのせた。カサンドラはフィリップの胸に耳をあて、荒い動悸《どうき》がしだいに規則的な鼓動に変わっていくのを聞いていた。

こんなにも心地よい倦怠《けんたい》と平安をおぼえたことは、かつてあっただろうか。フィリップの腕の中にいると、我が家に帰ったような気がするのだった。

カーテンのすきまからさしこんだ日光が、顔にじかに当たっている。カサンドラは、いやいや目を覚ました。顔を枕《まくら》にうずめたものの、眠りはもどってこなかった。仕方なしに仰向けになり、頭上の天蓋《てんがい》を見あげた。前夜の記憶がよみがえる。

二人はあずまやにいつまでも横になってはいなかった。早く家にもどらなくてはと、フィリップが言った。寝室にカサンドラがいないのがわかったら大騒ぎになる。カサンドラとしては、交わりのあとの夢見心地があまりにも快くて、世間の噂などどうでもいいという気もしていた。けれどもフィリップに言われたとおり、できるだけ早く身じまいを終え、一緒に薔薇《ばら》園まで歩いて帰った。先にカサンドラが家に入り、温室を抜けて裏階段から自分の部屋にもどった。ベッドに倒れこむやいなや、眠りに落ちた。だからゆうべの出来事を思い返すのは、今が初めてだった。

あずまやでの愛の光景が目に浮かんでくる。カサンドラはほほえんだ。私はフィリップを愛している。あずまやに急ぐ途中で、それをはっきり自覚した。これから自分がなにをしようとしているのか。結果はどうなるか。覚悟したうえでの行動だった。フィリップに対する気持がはっきりしていなかったら、踏みとどまっていただろう。けれども、体のみならず心も自分がいちばんしたいことになんの疑いも持っていなかった。

二人の秘めごとが結婚につながるとは思っていなかった。アーディス伯母の言うとおり、サー・フィリップ・ネビルのような男性が貧乏な娘を妻にするはずがない。だが、それでもかまわなかった。大事なことは、フィリップを愛していて一緒にいたいという事実しかない。

今やカサンドラは身を持ちくずした女だ。ゆうべの出来事を人に知られたら、評判は地に落ちる。貞淑な女性だったら、今朝は後悔の念にさいなまれるだろう。ところが自分はそんなことを露ほども感じていない。逆に、歓喜のあまり天まで飛翔《ひしょう》できるのではないかと思うくらいだった。

ベッドを抜けだして侍女を呼び、入浴のあと身支度をととのえた。階下へおりたときには、朝食の料理はすでにさげられていたので、厨房《ちゅうぼう》から従僕が運んできた紅茶とトーストだけで間に合わせた。フィリップは朝早く不動産の管理人に会いに行っていて、帰宅は夕食どきになると、従僕が伝えた。

急に日が陰ったような寂しさをおぼえた。寝過ごしてよかったと、カサンドラは思う。午後は珍しくぼうっとして過ごしたが、それでもロンドン行きの支度を始めた。子ども部屋に行って、半ばうわのそらでオリビアや双子の弟たちのおしゃべりを聞いたりもした。

夕食までフィリップとは顔を合わせなかった。いつものように礼儀正しく挨拶《あいさつ》しながら、フィリップはカサンドラにしか通じないまなざしの揺らめきを見せた。食事中はほとんど言葉を交わさず、食後も応接間でみんなと一緒にジョアンナのへたくそなピアノを聞いた。それでもときどきカサンドラは、フィリップの視線が自分にそそがれているのを感じた。つかのま目が合っただけでも、カサンドラの胸ははずんだ。

今夜もひょっとしたら、フィリップが寝室に忍んでくるのではないだろうか？　カサンドラの部屋は廊下の反対の端に近い。母と祖母の寝室、そしてアーディス伯母とジョアンナが泊まっている部屋の前を、足音もたてずにこっそり通り過ぎなければたどりつけなかった。きわめて危険な行動であることはわかっている。それでもなお、フィリップには危険を冒しても来てほしかった。寝室へ引きあげる婦人たちを、フィリップが階段の下まで送ってきた。腰をかがめてそれぞれの手の甲にキスをしてカサンドラの番になったとき、フィリップは心なしかほんのわずか長く時間をかけたように思われた。意味ありげな目の光もふくめて気のせいかもしれないと、カサンドラは自らを戒める。

にもかかわらず、ふだんよりは念を入れて寝る支度をした。香油を入れたお風呂に浸《つ》かり、いつもの三つ編みのまとめ髪の代わりに、ブラシをよくかけた艶《つや》やかな髪が肩から背中にかけて滝のように流れるにまかせた。寝間着はひらひらしたフリルなどない実用的な白の木綿のものしか持っていないので、おめかしのしようがなかった。けっきょく、ペティコートの下によく着るシュミーズで寝ることにした。丸い襟ぐりが深くて袖《そで》なしのシュミーズも飾りらしい飾りはないが、ハイネックで長袖の寝間着よりは肌の露出度が高い。

カサンドラはベッドにもぐりこんで、ランプの明かりをほの暗くした。それから耳を澄まして待ったけれど、かすかな足音も聞こえてこなかった。かなりの時間が経ち、いつしか横向きになって眠っていた。淡い金色の髪が枕《まくら》に広がっている。マットレスが少し沈んだ気配で、カサンドラの眠りは破られた。腰に手がからむ。耳もとでフィリップがささやいた。「ぼくだよ。大きな声を出さないで」

「フィリップ！」カサンドラは振り向いてほほえむ。

「起こしちゃって、ごめん」フィリップはひじを突いてこちらを見ている。「みんながぐっすり眠ってからでないと、危ないと思ったんだ。特にお祖母《ばあ》さんは耳ざといからね」

「来てくださって嬉しい」

「ほんと？」フィリップは顔を近づけてキスをした。「来てもいいのかどうか、自信なかった。でも今晩のあなたは怖い顔をしてぼくを見なかったから」

笑いがこみあげてきた。「そう、そのとおりよ」カサンドラは、今日の仕事はうまくいったかどうか、訊《き》くべきかとも思った。けれど今は、話をするのは気が進まなかった。

「今日は悪かった。一日中シンプソンと仕事していて。明日もたぶん同じだろう」フィリップは話しながら、カサンドラの頬から首すじにかけてなではじめた。「それが終わったら、モールトン母娘《おやこ》とロンドンに行かなくてはならない。だから、今のうちに話しておかなくてはならないことがある」

フィリップの視線は、自分の手がたどっている白いふくよかな胸もとにそそがれている。たちまち話の接ぎ穂を失ったようだった。カサンドラも話を続けたくなかった。たぶんフィリップは、二人の関係の限界についてはっきり話をしておきたいと思ったのかもしれない。それはカサンドラとしては聞きたい話題ではなかった。

「あとでもいいじゃない。時間があるときに……」カサンドラは手をのばして、フィリップの髪をなでた。

「え？　あ、そうだね……」フィリップのキスのあとは、二人ともほとんど口をきかなかった。

目が覚めたときは、ひとりになっていた。ゆうべあれからフィリップの胸に背中を押しつけて、スプーンのように重なりあって寝た。まもなくフィリップは、カサンドラの名誉のためにも自分の部屋にもどるつもりだろう。そう思っていたので、がっかりはしなかった。とはいえ、心遣いに感謝する一方で、目覚めたときにフィリップがそばにいてくれたらどんなに幸せだろうと思わずにはいられなかった。ただちにカサンドラは自分に言い聞かせる。そういうことはあり得ないのだから、考えてはだめ。

前日と同様にその日もさしてすることがなく、昼前には、伯母とジョアンナのぶんもふくめて旅行の支度をほぼすませてしまった。ジョアンナは上機嫌だ。その理由はわかっている。ヘイバリー・ハウスに来て以来カサンドラとばかり一緒にいたフィリップが、この二日間はそうしていないからだ。ジョアンナのにやにやした顔を見ていると、カサンドラは言ってやりたくなる。あなたって人は、なにもわかってないのねと。

昼食が終わってすぐ、召使いがカサンドラの部屋にやってきて、折りたたんだ紙片を渡した。カサンドラはわくわくして、短い手紙を読んだ。期待したとおり、フィリップからだった。紙片には、領地支配人との仕事を午前中にすませるつもりなので、二時に修道院跡で会いたいと書いてある。

カサンドラはいそいそと、親切なレディ・ヴァイオレットから借りた乗馬服に着がえた。馬丁頭から馬丁をひとりお供に連れていくように言われたが、まもなくフィリップに会うからという理由で断った。チェジルワースに厩舎《きゅうしゃ》があった頃、カサンドラはいつも馬丁を連れずに馬を走らせていたものだ。馬丁に少し離れてついてこられるのはみっともないとも思っていた。

カサンドラは早めにヘイバリー・ハウスを出た。修道院の廃墟《はいきょ》はお気に入りの場所だから、約束の時刻までフィリップを待つのはなんでもないことだ。廃墟につくと、やはりフィリップはまだ来ていなかった。木陰に馬をつなぎ、昔の修道院の荒れ果てた部屋のひとつひとつを見てまわった。

石をこするかすかな音がしたので振り返った。フィリップかと思ったが、誰もいない。

くずれた壁の向こうに別の壁が見えるだけだった。狭くて長い廊下だったところに出て別の部屋の戸口にさしかかったとき、なにかが動いたような気がした。立ちどまって確かめる間もなく、背後から何者かがぶつかってきた。カサンドラは床に倒れた。頭が割れそうに痛い。あたりが暗くなって……。

ゆっくり意識がもどってきた。頭がずきずきする。吐き気もした。目を開けるなり、しまったと思った。すぐとじて、めまいがとまるまで待った。低くうめき、しばらくじっと横になったまま思いだそうとする。

カサンドラが寝ているところは固い――木の床ではないか？　埃《ほこり》の臭《にお》いが鼻を突く。空気がよどんでいる。しだいに頭がはっきりしてきて、修道院にいたことを思いだした。廊下だったところを歩いていて……後ろから襲われてうつぶせに倒れ、頭に激痛が走った。

思いだしたことで、また頭が痛みだした。ここはどこ？　なにがぶつかってきたのか？　まず考えたのは、くずれかけた壁の石が落ちてきて頭に当たったのではないかということだった。でもそれはおかしいと、思い直す。もしも落石が原因ならば、まだ修道院跡に倒れているはずだ。午後の太陽がさんさんとあたりを照らしているだろうに、ここは薄暗い。

目がまわらないように気をつけながら頭をゆっくり持ちあげ、ひじを突いて胸まで起こしてみる。ちょっとむかむかしたものの、吐きはしなかった。少しずつ身を起こし、やっと床にすわる姿勢になって、まわりを見まわした。

見覚えのない場所だった。そこは大きな円い部屋で、天井の高さは二階ほどもある。れんがの壁の上のほうに窓が四つあり、壁に取りつけられた階段は木の天井まで続いていた。踏み板の多くは壊れていて、今にも落ちてきそうな階段だった。いちばん上のほうは階段ではなく梯子《はしご》になっていて、天井の四角い穴に通じている。部屋の中央にある大きな柱は天井を突き抜けてのび、柱の下部は歯車のついているなにかの機械装置だった。それらすべてが非常に古く、長いあいだ使われていないように見えた。いたるところ厚い埃でおおわれている。

埃だらけの床に引きずった跡がついている。カサンドラがすわっているところから、近くの壁にある丈の低い木の扉まで続いていた。これはたぶん、何者かが戸口からカサンドラを引きずった跡だろう。ほかに人がいる気配はなかった。

その跡を見れば、なんらかの事故で気を失った可能性はないといえる。誰かが故意にカサンドラを襲い、この奇妙な場所に隠したとしか考えられない。

カサンドラは用心しながら立ってみた。いっとき頭痛がひどくなる。しばらくすると落ちついたので、戸口まで歩いていった。錠がかかっていないはずはないが、確かめるだけでもしてみなければと思った。

案のじょう、頑丈な木の扉は押しても引いてもびくともしなかった。ため息をついてすわりこみ、扉によりかかってもう一度あたりを見まわしてみた。いったいここはどこなんだろう？　見たこともないところなので、なんだか別世界にでも連れてこられたような気がする。

衝撃のあまり、カサンドラはなすすべもなく呆然《ほうぜん》とすわりこんでいた。頭痛がしだいに遠のいていった。かなりの時間そうしているうちに、はっと気がついた。ここは、ヘイバリー・ハウスの周辺にいくつもある風車小屋のひとつに違いない。昔、沼地から水を汲《く》みだすために建てられた風車は今では使われていないと、フィリップから聞いたことがある。風車小屋だとわかったところで、安心できるわけではない。むしろ、人がめったに来ない場所にとじこめられたのではないかという疑いが強まっただけだった。こんなところまで捜しに来てくれるだろうか？　来たとしても、いつ？　ヘイバリー・ハウスの人々がカサンドラがいないのに気づいて捜索を始めるのをただ待っているよりは、まず脱出の方法を考えたほうがよい。

カサンドラは立ちあがって、もう一度、扉の古びた鉄の錠前を調べてみた。どうやら錠をおろしてあるのではなく、掛け金だけがかかっているようだった。外から掛け金をかけたなら、内側から錠をこじ開けて出る望みはないということになる。扉が外に開く構造では、中から蝶番《ちょうつがい》を壊すこともできない。頑丈な木の扉を破る以外には、外に出る方法がなさそうだ。といって、それはまず無理だろう。両手を扉に打ちつけて叫んでみた。なんの反応もなかった。こんなに分厚くては、いくら大声を出しても聞こえないかもしれない。助けを呼ぶのはあきらめて、小屋の中を行ったり来たりしはじめた。なにか方法はないだろうか？　さっきからおなかがぐうぐういいだしている。夕方のお茶の時間を過ぎたのは、室内の薄墨色が増していることからわかった。行動するなら今のうちだ。窓は高すぎて、外を見ることはできないし、そこまでのぼる手段もない。ぼろぼろの階段のそばまで行ってみた。踏み板の多くは壊れていたり、なくなっていたり、垂れさがっている。こんな階段を屋根までのぼって助けを求めることは不可能だ。

次にカサンドラは、小屋内のあちこちにあるものを調べた。数は多くない。ほうきは、襲った人間がもどってきたときに、武器として使えるかもしれないと思った。縄を巻いたものもある。この縄を使って、いちばん下の窓のところまでよじのぼれるだろうか？といっても、縄を投げてひっかけるのに便利な木ぎれや金具も見つからなかった。壊れた椅子。二、三個のねじ。歯車が一個。機械からはずれたらしい小さな四角い金属の板。ほうきよりも椅子や金属の板のほうが武器に向いているかもしれない。

カサンドラはそれらのがらくたを戸口に運び、そのひとつひとつで扉をたたいてみた。誰か音を聞きつけてくれないだろうか。数分は試してみたが、やはり徒労に終わった。窓のどれかめがけてものを投げてみることを思いついた。近くに人がいたら、気がついてくれるかもしれない。夕闇《ゆうやみ》が迫っているこんな時刻に人が通りかかるとも思えないが、といって、ただ手をこまねいているわけにはいかなかった。少なくとも明日の朝、変なものが落ちていると気がついた人が調べに来てくれるのではないだろうか？

手もとにあるものを順にほうりあげてみる。歯車は重すぎて窓の高さまで行かずに落ちてきた。椅子も金属の板も窓まで届かなかった。もっと小さな部品はないかと思って、錆《さ》びついた機械のあちこちをひっぱったりねじったりしたけれど、なにひとつはずれなかった。やむなくカサンドラは、椅子を機械に打ちつけた。何度も繰り返したあげく、やっと椅子の脚が一本折れた。その脚を窓めがけて投げあげる。今度は逆に、窓よりも高く飛んでいった。落ちてきた椅子の脚をもう一度ほうり投げる。四回目に窓ガラスに当たりはしたものの、ただはね返ってきただけだった。けれどもさらに二回試したところでようやくガラスが割れ、椅子の脚は外に落っこちた。

思わずカサンドラは喜びの声をあげた。けれども二、三分ののちにはがっくりして、ふたたびすわりこんでしまった。窓ガラスが割れたからといって、なにになる？

おなかがぐうっと鳴った。お昼を食べてからどのくらい時間が経ったのだろう？　小屋の内部は刻一刻と闇に包まれていく。窓が汚れているせいで中はいっそう暗く見える。中央にある機械装置は黒っぽい塊のようになり、壁と床の境がぼやけて見分けられなくなってきた。こんなところにとじこめられたまま、真っ暗闇になったらどうしよう？

カサンドラは立っていって、脚の取れた椅子をまた機械に打ちつける。二、三度がんがんやって、もう一本の脚が折れた。その脚と金属の板を持って戸口に引き返し、扉を何度かたたいた。やはりなんの反応もなく、扉のそばに腰をおろして壁によりかかってしまう。外部に知らせる手段はほかに思いつかなかった。万一襲った人物がもどってきたら、椅子の脚で立ち向かおう。

その人物がここにもどってくる理由もないとは思うが。それにしても、襲われてこんなところにほうりこまれた理由は、いったいなんなのだろう？　そんなことをしてなにになるのか？　こんなひどいことをされなければならないほど、誰かに憎まれているのだろうか？　その誰かというのは、ジョアンナ以外には思いつかない。このところ、フィリップがいつもカサンドラと一緒にいるのを怒っていたから。だが、あんなに怠惰なたちのジョアンナが、こういうことを計画して実行するだろうか？　まず考えられない。それに、小柄で依頼心の強いジョアンナが気を失ったカサンドラの体を修道院からここまで運んだりできるものか？

いいえ、どう考えても、それはあり得ない。

もしかしたらスペインの財宝に関係しているのかもしれない。だとすると、チェジルワースやヘイバリー・ハウスの書庫に忍びこんだ賊と同一人物ではないか。たとえそうだとしても、カサンドラを襲った目的はなんなのか？　ネビル家の地図はまだ見つかっていないのだから、盗むのが目的だとしても説明がつかない。チェジルワースから出てきた地図を狙《ねら》っているなら、カサンドラの部屋から盗みだせばいいことであって、わざわざ修道院まで誘いだして頭を一撃する必要もないだろうに。

カサンドラをこんなところにとじこめる利点があるとしたら、それはロンドン行きを遅らせること? それもまた、なんのためかという疑問がわく。地図を盗《と》ろうとしている人物がカサンドラたちを出し抜いてロンドンに行ったとしても、女王の本についてなにも知らなければどうしようもないはずだ。フィリップとカサンドラが女王の本がなにを意味するかを知ったのはほんの二、三日前だし、家族以外には誰にも話していないのだから。どう考えても変だ。

カサンドラは周囲を見まわした。小屋の中はすでに真っ暗だった。壁の窓だけがいくらかほの暗く見えるだけで、あとは一面の闇ばかり。ぎいっという音が聞こえ、飛びあがりそうになった。

びくびくすることはないと、自分に言い聞かせる。ここには誰もいないし、音をたてるようなものもない。暗くなる前に確認しているではないか。ひとつしかない戸口のそばにいるわけだし。古くなった風車小屋の木材や壁がきしんで、気味の悪い音をたてるのは当然だろう。風車の羽根も少しは動くのかもしれない。怖がる理由はなにもない。

頭ではそうわかっていても、真っ暗闇のこんな場所にひとりきりでいて、おびえるなといっても無理というものだ。しかも、いつここから出られるかわからないのだ。飢え死にするまでほうっておかれるのだろうか？

いや、その前に脱水症状でまいってしまうかもしれない。とにかくさっきから口とのどが渇いてたまらなかった。空腹も、のどの渇きも、不気味な音も、考えないように努めるしかなかった。

またしても、誰がなんのためにこんなことをしたのだろうと考えないわけにはいかなかった。フィリップが疑っていたデイビッド・ミラーの仕業だろうか？　地図を探していたちょうどその頃に訪ねてきたのも怪しい。いかにもいい人のように見えたけれど、悪魔が天使の仮面をかぶっているのはよくあることだと、フィリップも言っていた。ミラーは日記を見つけはしたものの、財宝のありかを示す地図をどうやって手に入れたらいいかわからない。それでまずイギリスで日記を売り、もっと知識のある人間が謎《なぞ》を解明するのを待とう。そんなふうに考えたとしてもふしぎではない。あるいは、マーガレット・ヴェレアの子孫が日記を買ったとミスター・サイモンズから聞いて、その気になったのかもしれない。

それにしても……考えはまた元にもどる。古い風車小屋にカサンドラをとじこめても、ミスター・ミラーにとってなんの得になるのだろう？　得をする人間がいるとしたら……カサンドラが拉致《らち》、または殺されることによって利益を得る唯一の人物といえば……それは、フィリップ以外にはいない。

17

そんなばかげたこと！ 憤激のあまり、カサンドラは立ちあがった。だが真っ暗闇《くらやみ》ではどこに行きようもない。深呼吸して、もう一度腰をおろした。頭に浮かんだとたんに、否定した。フィリップが私を傷つけるはずはない。とはいえ、これほど明白な可能性に目を向けようとしないのは愚かだ。

フィリップはチェジルワースの地図を何度も見ている。写しをつくるのはわけないことだろう。もう一枚の地図の隠し場所も見当がついた今は、カサンドラの助けが必要ではなくなった。ロンドンで問題の本を探しだし、ヘイバリー・ハウスにもどって財宝を見つければ、それらすべてが自分のものになる。

カサンドラは身ぶるいした。まさか！ 信じられない。あんなに優しくキスしたり愛撫《あいぶ》したあとで、私に対してこれほど冷酷な仕打ちができるものだろうか？

そう思う一方で、理屈が頭をもたげる。たしかにフィリップは拉致《らち》したり殺したりはできないかもしれない。だが、じかに手をくださない限りは、気にする必要はないと思っていることも考えられる。

「いいえ」言いあっている相手が目の前にいるかのように、カサンドラは強く首を横に振った。フィリップは臆病《おくびょう》者ではないから、殺そうと思ったら、ひと思いに殺すに違いない。けれども、この私を殺すことができるだろうか？　それだけはどうしても信じられなかった。フィリップに愛されていると思うほど私はおめでたくはない。であっても、交わりまでした相手を殺害するような男だとも思えなかった。

だが、必ずしも死にいたらしめなくてもいいのだ。カサンドラのロンドン行きを遅らせればいいだけだし、ロンドンにだってフィリップ自身が出向く必要はない。経理を担当している男に連絡して、問題の本の売却に関する記録を調べさせると言っていた。その本の現在の持ち主が判明したら、買いもどすように指示することもできる。それをするための時間的な余裕を考慮すればいいだけだ。領地管理人とともに片づけなくてはならない仕事があると称して、すでに二日も出発を遅らせている。緊急を要する仕事とやらが実際にあるのだろうか？　引きのばすための戦術にすぎないのではないか？

ただ、〝不動産の仕事〟をいつまでも口実に使うわけにはいかないだろう。だがもしカサンドラが拉致されたとしたら、少なくとも二、三日は時間が稼げる。やっと捜しだしたとしても、カサンドラの体調の回復のためにさらに二、三日は必要になるかもしれない。そのあいだにフィリップの代理人が本を取りもどしておく。フィリップとカサンドラは計画どおりロンドンへ出かける。フィリップは本を探すふりをして、けっきょく見つからずに帰るしかない。しかし実は、女王の本も地図もフィリップの手もとにある。そんな筋書きだと、つじつまがぴたりと合う。

カサンドラは気持が悪くなった。もしもデイビッド・ミラーやほかの誰かが本を追っているとしたら、カサンドラを拉致したところでなにも得ることがないではないか。カサンドラが持っている地図と本に隠された地図の両方が必要なのだから。そこへいくと、カサンドラがいなくなれば得をするのはフィリップだけだ。おまけに、修道院跡へ来るようにと書かれたあの手紙がある。

カサンドラは壁にもたれて泣いた。いいえ、フィリップであるはずはない！　どんなにつじつまが合っても、信じたくなかった。フィリップを愛している。そんなにもずるくて貪《どん》欲《よく》な人を、この自分が愛してしまったとは考えられなかった。それにフィリップに少しでも気持があって私を抱いたとしたら、こんな廃屋に置き去りにして、食べ物も飲み物も与えずに二、三日もほうっておけるのだろうか？

〈シルバーウッド〉についてひどい誤解をしていたのを、カサンドラは思いだした。この場合も同じかもしれない。あのときは証拠もなしに早合点してしまった。信じてしまう理由があったにしても、事実は異なっていた。今度も、推測でフィリップを悪者扱いしているだけかもしれない。

そこまで考え直したにもかかわらず、疑惑はとめどもなくふくらむ一方だった。ひとりきりで闇の中にうずくまっていると、なにもかも信じられなくなるのだった。もっと厄介なのは、恐怖だった。音がするたびに、ぎょっとする。疲れきっていて眠いのに、目をつむるのが怖かった。無警戒に寝入ってしまうわけにはいかない。まぶたが重くなると、懸命に目を開けていようとした。うとうとしだすや、また変な音が聞こえたり、悪夢にうなされたりで目が覚める。それの繰り返しだった。悲鳴をあげたいのをやっとこらえて、胸をどきどきさせながらじっとしていた。

窓がいくらかほの白くなるまで、途方もなく長い時間が経《た》ったように思われた。夜が明けつつあることに、もうろうとした頭でようやく気がついた。小屋の中にあるものの形がだんだんはっきりしてきた。おびえが少しおさまる。ひと晩中、同じ場所で身動きもしなかったらしい。壁に頭をもたせかけ、目をつむった。そしてやっと、カサンドラは本物の眠りに落ちていった。

目が覚めると、扉のそばの床に丸まって寝ていた。ゆっくり起きあがり、目をぱちぱちさせる。小屋の内部はすっかり明るくなっていて、暖かかった。朝であるのはたしかだが、今何時なのだろう？　どうして目が覚めたかも気になった。

立ちあがって、こった筋肉をほぐそうとする。体中が痛くて、埃《ほこり》まみれなのが気持悪かった。口の中がからからで、つばさえ出てこない。水をひと口飲むためなら人殺しも辞さないという心境だった。のどの渇きに比べれば、空腹はまだしも我慢できる。

朝になったからには、また扉をたたいてみよう。夜中にやってても無駄かもしれないが、今なら風車小屋のそばを通りかかった人が気づいてくれるかもしれない。まず金属の板で、耳が痛くなるほど扉をたたいてみた。それから広い小屋内を歩きまわって、痛む筋肉を解きほぐそうとした。二周目にさしかかったとき、音が聞こえたように思った。小屋の内部の音ではない。かすかな音は外から聞こえていて、人の声らしかった。カサンドラはどきんとした。そしてさらに、声が聞こえてきた。男の子の声のようだ。

カサンドラは窓を見あげて叫んだ。「助けて！　誰か来て！　助けてくださーい！」ゆうべ椅子の脚でガラスが割れた窓だ。そのほうが声が通るかもしれない。なおも大声で叫び続ける。

息を継ぐために間をおいたとき、今度ははっきり人の声が聞こえた。前よりも近くて、少年の叫び声のようだった。続いて、なんと、よく知っている声が「カサンドラ！　おーい！　カサンドラ！」と呼ぶではないか！

カサンドラは飛びあがって叫んだ。「クリスピン！　ハート！　クリスピン！　ここよ！　私はここよ！」

「聞こえたぞ！　あそこだ！　風車小屋だ！」双子のひとりが声をあげた。

カサンドラは声がかれるまで叫び、それから戸口に走ってもどり、扉をたたきはじめた。弟たちの声がどんどん近くなって、ハートが言うのが聞こえた。「なんだ！　戸がふさいである。リチー、サー・フィリップを呼んできてくれ！」

さらに物音がして、突然、扉が少し開いた。弟たちが二人でひっぱっても、三十センチくらいしか開かない。だが、カサンドラがすり抜けるにはそれで十分だった。

「クリスピン！　ハート！」カサンドラは二人を抱きかかえた。「ああ、こんなに嬉《うれ》しかったことはないわ！」

泣き笑いしながら抱擁している姉に、クリスピンとハートは質問を浴びせかけた。

「なんであんなとこにいたの？」

「キャシー、埃だらけなのわかってる？」

「昨日のお茶の時間にキャシーが帰ってこなかったもんだから、ずうっと捜してたんだよ」

「そうそう、サー・フィリップと召使いたちはひと晩中捜してた。カンテラを持って、森や畑や、そこいら中！」

クリスピンが不平を訴えた。「ぼくたちは寝なさいって、サー・フィリップに言われて、夜は捜索に行かせてもらえなかったの。でも、眠れやしなかったよねえ、ハート？」

「うん、そう。で、朝になって、ベーコンとパンを食べてからすぐ出発したんだ。サー・

フィリップが馬丁をひとり連れていけと言って聞かなかったんだ。だけど、それでよかったね。サー・フィリップを呼びに行ってくれたから」

「サー・フィリップは修道院の跡にまた行ったんだよ。なぜあそこにキャシーがいると思ったのか、ぼくにはわからない」

「アーディス伯母さんはわんわん泣きながら言うんだ。キャシーは川に落ちたんだろうって。だけど、川に落ちるなんてばかなことをキャシーがするわけないのに、伯母さんはわかってないよね。ジョアンナが捜すのを手伝うって言ったら、足手まといになるからだめだってサー・フィリップが断った。行くならひとりで行くか、じゃなかったらうちに帰りなさいって」

「ジョアンナの顔ったらなかった」クリスピンの言葉に弟たちは二人して、きゃっきゃっ笑った。

「見て!」ハートが地平線を指さした。「サー・フィリップが来るよ」

疾走してきた人馬がいくぶん速度を弱め、石垣をひらりと越えた。まっすぐこちらにやってくる。馬上の人はまぎれもなくフィリップだ。最後の一、二メートルのところで馬をとめ、鞍《くら》から飛びおりて走ってきた。

「カサンドラ!」フィリップの顔は見るからに心労の色が濃い。

カサンドラはフィリップの腕に飛びこんだ。「ああ、フィリップ!」

わっと泣きだしたカサンドラを、フィリップはしっかり抱きしめた。息もつけないほどきつい抱擁だった。カサンドラはそんなことはかまわなかった。ただただ嬉しかった。弟たちがまわりを跳びはね、口々にカサンドラの居場所を見つけたときのことを説明した。変な音が聞こえてきて、カサンドラの叫び声だとわかった。風車小屋の扉が板きれでとめてあったけど、こじ開けた。フィリップはうなずきながらも、ほとんど聞いていなかった。カサンドラが無事に帰ってきた喜びで頭がいっぱいだった。

フィリップにとって、ゆうべみたいに恐ろしかった夜はない。カサンドラがどこに消えてしまったのか手がかりもなく、理由もわからないまま、夜を徹して捜しまわった。自分のせいでカサンドラは失踪《しっそう》したのではないだろうか？　その不安にさいなまれた。もしかしたらカサンドラは秘密の情事を恥じ、罪悪感から出ていってしまったのではないか？　カサンドラのように冷静な人が置き手紙も残さずに家出をするはずがないと、頭ではわかっていた。

けれども自分自身の罪の意識もあって、おびえや不安を静めることはできなかった。前日の夜カサンドラときちんと話すつもりでいたのに、つい欲望に負けてそのひまがなかったのが悔やまれてならなかった。実は、できるだけ早く結婚したいと、カサンドラに言うつもりだった。カサンドラと愛の交わりをしたいと決めたことは、すなわち結婚の決意でもあったのだと説明したかった。カサンドラのほうでもわかってくれているのではないかと思っていた。カサンドラの気持につけこんで、つかのまの情事におぼれたつもりはない。妻にしたい女性はカサンドラしかいないと考えていなければ、いくら官能に酔ったとしても踏みとどまっていただろう。

そういうことを話したかったにもかかわらず、なにも口に出さなかった。もともとフィリップは、愛とか結婚とかを軽々しく言葉に表すほうではない。感情をあらわに出さないのが、ネビル家の人間に共通した気質だった。カサンドラに対する気持を言葉にするよりも、唇や手で表すほうがはるかにやりやすいし、楽しくもあった。だから前の日の夜も、言語よりも体の表現が先にたってしまったのだ。カサンドラがいなくなったのを知って、フィリップは自責の念に苦しんだ。はっきり本心を打ち明けなかったがために、カサンドラはきっと、自分が将来フィリップの妻ではなく愛人になるのだと思ったに違いない。

二度とふたたびこの人を放すまい。フィリップはカサンドラの背中をさすりながら、ささやき続けた。「もうだいじょうぶ。なんにも心配しないで。決して怖い思いはさせないから」

「フィリップ！　真っ暗で、とても怖かった。誰も助けに来てくれないんじゃないかと……」

「さぞ怖かっただろうね。でも、もうだいじょうぶ」フィリップはカサンドラの髪に唇をよせてささやいた。「さあ、うちに帰ろうね」

カサンドラは黙ってうなずく。疑いはすっかり消えていた。フィリップはカサンドラを自分の前にのせた。カサンドラはぐったりとフィリップの胸によりかかった。ゆっくり進む馬に揺られていくうちに、カサンドラは早くも寝入ってしまった。

次にカサンドラが目を開けたときは、ヘイバリー・ハウスの自分のベッドに寝ていた。日光がさしこまないように、カーテンが閉まっている。つかのまのおびえに襲われたものの、次の瞬間には風車小屋ではなくて自分の部屋にいるのがわかった。カサンドラは、ほうっと安堵《あんど》のため息をついた。

「あ、起きた！」枕元《まくらもと》の椅子にすわっていたオリビアがぱっと立った。「よかったわあ！ もう目を覚まさないいんじゃないかと心配になりはじめたところだったの」

カサンドラはかさかさの唇をなめた。まだのどが渇いているわ。飲みも食べもしないで、眠ってしまったらしい。「お水くださる？」しゃがれ声で頼んだ。

すぐさまオリビアが水を持ってきた。

カサンドラは続けざまに二杯飲み、また横になった。「わあ、私の格好ひどい」汚れた服や埃まみれの髪や顔に手をやった。「シーツを汚しちゃったわ」

「うん。サー・フィリップがこのしみひとつないシーツにキャシーをそのまま寝かせると言い張ったときの、家政婦さんの顔を見せたかったわ。でも家政婦さんはなんにも言わなかった。だって、反対しようものなら首でも絞められそうなサー・フィリップの顔つきだったんだもん」オリビアは笑いころげんばかりだった。「アーディス伯母さまはね、サー・フィリップは男だから、キャシーの部屋に入っちゃいけないとぶつぶつ言いだしたの。そしたら、サー・フィリップがまたあのおっかない顔をしたの。さすがの伯母さまも肝をつぶして、すっかり黙りこんじゃった」アーディス伯母の真似《まね》をしてみせて、ぱちんと指を鳴らす。「でも、サー・フィリップのお母さまが、出ていきなさいっておっしゃったの。サー・フィリップは、キャシーの目が覚めるまでいたいとおっしゃったんだけど、そんな怖い顔してたらおびえさせるだけだからって。それに、キャシーと顔を合わせる前にちゃんと眠って、おひげを剃《そ》りなさいって。さすがにお母さまのおっしゃることは、サー・フィリップも聞かないわけにはいかなかったみたい」

カサンドラはシーツをはねのけて、起きあがろうとする。「キャシー、どうかしたの？ だいじょうぶ？」

オリビアが心配そうにベッドに走り寄った。

「病気じゃないから、だいじょうぶ。ひどく居心地の悪いところでひと晩過ごしたというだけだから。今いちばんしたいのは、なにか食べることと、お風呂に入ること――その順番でね。オリビア、お願い、侍女を呼んで」

オリビアは言われたとおりにした。それから姉の服をぬがせたり、もつれた髪をとかしたりしながら、休みなくゆうべの苦難についてたずねるのだった。侍女たちが熱いお風呂を用意し、軽食を運んできた。カサンドラはさっそく軽食を平らげ、お風呂に入った。部屋着をはおって濡《ぬ》れた髪をとかしているところにノックの音が響き、返事も待たずにフィリップが入ってきた。

「あなたが起きたというのを聞いて、来てみた。どう、具合は？」

「おかげさまで、元気になりました」カサンドラは距離をおいた口調で答えた。助けだされたときはフィリップに対する不審の念も消え、このうえない安心感をおぼえた。けれども、よく休んで元気を取りもどした今は、また例の疑惑が脳裏によみがえってくるのだった。

「オリビア、ぼくとカサンドラだけにしてくれないか。お姉さんに話があるんだ」

アーディス伯母にはカサンドラの部屋にフィリップを入れないように言いつけられていたにもかかわらず、オリビアは素直に部屋を出ていった。

フィリップはつかつかとカサンドラのそばにやってきた。眉間《みけん》にしわをよせて、いきなり言った。「うちの猟場管理人に風車小屋を調べさせたが、なにも手がかりはなかったそうだ。地面が乾いていたし、なんの形跡もなかったという。なんとも不可解な事件だ。クリスピンたちは小屋の扉が外からふさがれていたので、何者かがわざとやったに違いないと言うんだ。それは本当か？　あなたはどういうわけであんなところにいたんだね？」

カサンドラはむっとした。だしぬけの尋問もさることながら、こんな目に遭ってだいじょうぶかとたずねてもくれない。「まあ、今日はずいぶん威張っていらっしゃること」

フィリップはいらだたしげにカサンドラを見返した。心配のあまり寝ずの夜を過ごしたうえに、カサンドラを襲った犯人も突きとめられない。おまけに家人は寄ってたかって自分をカサンドラから引き離そうとする。それらすべてがフィリップには癪《しゃく》の種だった。

「カサンドラ、つまらぬ言いがかりはやめてくれないか。とにかく、どうしてあんなところにいたのかだけ教えてくれ」

「そんなことわからないじゃない！　誰にあんなところに連れていかれたのか。知っていたら、喜んでお教えしますよ。でも私は修道院の廃墟《はいきょ》で頭を一撃されて気を失ってしまったんですから。目が覚めたら風車の中にころがっていて、頭がものすごく痛かった。どうしてそんなことになったのか、知るわけがないでしょう」

「やっぱりあなたは修道院に行ったんだ」自分の勘は当たっていたと、フィリップは思う。

「それはそうよ。あそこで会おうと、あなたのお手紙に書いてあったんですもの」どんな反応をするかと、カサンドラはフィリップの顔色をうかがった。

「私が言ったのは――」

フィリップはぽかんとした顔をしている。「え、なんだって？」

「それは聞いたよ。だけど、なんのことかわからないんだ。ぼくはあなたに手紙なんか書いてない」

「あなたの署名がある短い手紙が届いたのよ」

「それ、見せてくれないか？」

「ないのよ。ポケットに入れたんだけど、気がついたときにはなくなってたの」

「なんだ！」

カサンドラは眉をつりあげた。「私が嘘《うそ》をついているとでも思ってらっしゃるの？」

「いや、もちろんそんなことは言ってない。しかし……ぼくの筆跡であるはずがないから、見たらわかると思ったんだが」

「そういえば、あなたの筆跡はよく知らないわ」

「何者かがあなたをおびきだしたんだ」

「でも、なんのために？　フィリップ、それを私は知りたいの。私を襲ってあんな廃屋にとじこめたところで、なにになるの？」

「あの地図に関係あるかもしれない。我々のロンドン行きを遅らせるためかな。もしもあなたが二、三日は行方不明になっていたら、当然ぼくはあなたを捜しまわる。そうしたら、予定どおりロンドンに行けなくなるよね。もし誰か——例えば、あなたのアメリカのいとこが我々よりも先に女王の祈祷書《きとう》を手に入れようとしたら——」

「待って。だいいち、デイビッド・ミラーはイギリスにいないじゃない。もうアメリカに帰ったのよ」

「あなたの知る限りはね」

カサンドラは顔をしかめた。「わかったわ。私の知る限りは。でも、女王の祈祷書のことがどうしてミスター・ミラーの知るところとなったの？　私たちも、ほんの数日前にわかったばかりなのに。お母さまか、お祖母《ばあ》さまがミスター・ミラーに教えたとでもいうの？」

「そんなこと知るものか！　召使いの誰かが我々の話を聞いていたかもしれない。母か子どもたちかが召使いの前でしゃべったのがほかの召使いに伝わったとか。ミラーが召使いの誰かに金をやったりしたとしたら……」

「だったら、デイビッドがこのあたりにまだいて、ヘイバリー・ハウスの召使いに話しかけたり、お金をやったりしてたと思ってらっしゃるわけ？　誰にも目撃されずに？　見知らぬ人間が村をうろうろしてるという噂《うわさ》がたつこともなく？」

フィリップは肩をすくめた。「まずありそうもないことだな。しかし、ほかに誰がいるというのか？　召使いか、うちの家族か？」

それまで懸命に無視しようとしてきた事実を、カサンドラは思いきって口に出すことにした。「それに、デイビッド・ミラーにしろ、ほかの誰にしろ、どうして修道院跡なら私をおびきだせると考えたのかしら？　あそこに私たちが馬でよく行っていたのを知ってる人はいないはずなのに、なぜわかったんでしょう?」

「さあ、どうしてなのか……」考えこんでいたフィリップの顔色が突然変わった。「まさか! ぼくがやったと、あなたは思ってるのか? 修道院にあなたをおびきだして頭をぶんなぐり、風車小屋にぶちこんだのは、ぼくだというんだね? いったいぜんたいなんのために、ぼくがそんなことを――あ、そうか、邪魔なあなたを片づけて財宝を全部自分のものにするためか。そうなんだね? なんてことなんだ!」フィリップが勢いよく向きを変えたひょうしに、椅子が床にころがった。「ああいうことをしたあとで……よくもあなたはそんなふうに考えられる――」

「私だって信じたくないわ!」カサンドラはぱっと立った。「そんなことはあり得ないと、何度も何度も考え抜いたわよ! あなたがそんな……でもただ、あまりにも疑わしいことだらけで――」

フィリップが振り返った。怒りの形相のすさまじさに、カサンドラは思わずあとずさりした。「やっぱりあなたも、ねじけた根性のヴェレアの人間だったんだ! そんなにもぼくを信頼していなかったのか? なんの敬意もぼくに持っていなかったというわけか? よろしい。いいか、よく聞きなさい。予定どおりロンドンに行って、女王の本を探しだそう。地図が出てきたら、そのスペインの財宝とやらを見つけだして、宝石も金貨も彫像もなにもかもあなたにくれてやるよ。小銭ひとつ残さず、いっさいがっさいあなたのものにすればいい。ぼくはなにも欲しくない」

実際になぐられでもしたように、フィリップの言葉はこたえた。カサンドラは青くなり、吐き気さえこみあげてきた。「フィリップ、お願い……」

「お願い？　なにをお願いしようというう？　あなたの頭を強打して気を失わせ、あんなところにほうりこんで恐ろしい目に遭わせたのはぼくじゃないと証明しろとでもいうのか？　あなたはぼくをこれっぽっちも信用してない。そんなあなたにぼくじゃないといくら説明しても無駄なだけで、なんの役にも立たないだろう。その手紙はぼくが書いたものじゃないと言っても、もう持っていないんじゃ証明のしようがない。二度も愛しあった事実からなにも感じとってくれなかったのなら、ぼくがあなたを傷つけるなんて絶対にあり得ないといくら繰り返したところで、なんにもならないわけだ。あの日の午後は領地の支配人と四時まで仕事をしていたと言っても、それだけじゃあなたは満足しない。人を雇ってあなたを襲わせることも可能だと思うんじゃないか？　おおかたあなたは、チェジルワースに侵入したのも同じ男だと言いたいんだろうね？」フィリップは辛辣《しんらつ》な皮肉でしめくくった。

カサンドラは声もたてずに泣きだす。魂を引き裂かれたような打撃だった。

「ああ、カサンドラ、それこそお願いだ。少なくとも、涙だけはやめてくれ」フィリップはくるりと向きを変えて、部屋を出ていく。扉がかちりと音をたてて閉まった。

カサンドラは床にうずくまり、さめざめと泣いた。

18

ロンドンへの旅は苦痛といってもいいくらいだった。何者かに襲われたあとにもかかわらず休む必要はないとカサンドラが言い張ったので、二人は翌日へイバリー・ハウスを発《た》った。その実、カサンドラの気分はよくなかった。けれどもそれは風車小屋にとじこめられた事件の後遺症ではなく、心痛からくるものであることが自分にもわかっていた。すべてを早く終わらせて、チェジルワースに帰りたい。そして、心の傷がいえるまでひっそりと暮らしたかった。

カサンドラとアーディス伯母、ジョアンナの三人が馬車に乗り、フィリップは馬で出かけた。途中で休憩や食事をするときも、フィリップとカサンドラは必要最小限の言葉しか交わさなかった。二人のあいだの冷たい空気に気づいたジョアンナは大いに喜び、なにがあったのか聞きだそうとした。カサンドラがなにも言わないので、変わり者のいとこがまた男の気に障るようなことを言ったりしたりしたのだろうと勝手に決めた。

この機会を利用しない手はないとばかりに、ジョアンナは食卓でもしゃべりまくり、あからさまにフィリップに色目を使っていた。カサンドラはあまりにも沈みこんでいて、いつもなら癇《かん》に障るジョアンナの媚態《びたい》にもほとんど頓着《とんじやく》しなかった。つい二、三日前までのようにフィリップと話をしたり笑いあったりできたらどんなにいいだろうか。口げんかすら懐かしかった。そして、このうえない歓《よろこ》びを分かちあったあの体験を思うと切なくてたまらなかった。ほんの短いあいだしか続かなかったのに、それを失ったことがこれほど辛《つら》いとは想像だにしなかった。風車小屋の事件が起きなければよかったのに。疑念など無視して、フィリップを全面的に信頼していると言えたらどんなによかったことか。けれども、フィリップに嘘《うそ》はつけなかった。フィリップの仕業ではないと心の声が叫んでいても、頭はつじつまの合う推理を払いのけられないのだった。

こういう精神状態でなければカサンドラは、ロンドンのネビル邸の整った建築様式を賞賛のまなこで眺めていただろう。白亜の優美な館《やかた》は、高級住宅地メイフェアの閑静な三日月形の街路に立っていた。ヘイバリー・ハウスほどの広さはないが、内装の美しさはそれをおぎなって余りある。カサンドラの寝室は、館の裏にある小さな庭園に面していた。夜には開けはなたれた窓から、庭園に咲き乱れる薔薇《ばら》の香りが漂いこんでくるのだった。それをかぐと、フィリップに抱かれた薔薇園の夜の光景を思いださずにいられない。この部屋が街路に面していたほうがよかったと、カサンドラは思った。

ロンドンについた日の翌朝、フィリップに連れられてネビル家の経理を担当しているステイリーの事務所を訪ねた。羽振りのよさそうな四十代のステイリーによれば、女王の祈《き》祷《とう》書の売却には亡父がかかわっていたので自分の記憶にはないが、さっそく帳簿を調べはじめたところ、まだ該当する記録が見つからないという。売った年がいつだったかをレディ・ネビルは漠然としか覚えていないので作業にてまどっていると、ステイリーは説明した。

フィリップはうなずく。「ステイリー、さらに調べを進めてくれないか？」

「かしこまりました。もちろん、そういたします」

「父は特定の書籍商と取引していたわけではないんだね？」

ステイリーは、滑稽《こっけい》に見えるほどたまげた顔をした。だが、急いで表情を引きしめて答えた。「はい、サー・フィリップ、あいにくそういうことはありませんでした。父上はあまり本の取引はなさいませんでしたから」

次に訪ねたのは、カサンドラの父のもとに出入りしていたペリーマン・サイモンズの店だった。店の奥から、サイモンズはこぼれんばかりの笑みを浮かべてせかせかと出てきた。

「これはこれは、ミス・ヴェレア！　ようこそお越しくださいました。今日はまたいちだんとおきれいでいらっしゃる」サイモンズは丸々と太った小男で、頭がはげあがり、眼鏡をかけた顔にはいつも陽気な笑みを絶やさない。二人それぞれにぴょこんと頭をさげた。

「何カ月ぶりでしょうか。お嬢さまにはもうお目にかかれないのかと思っておりました」

フィリップにちらと好奇のまなこを向けながら続ける。「お父さまはまことに残念でございましたね。いい方でした。正真正銘の学者でいらっしゃいました」

「ええ。ありがとうございます」

「今日はなにか本のご用でもおありでしょうか？ どれでもご自由にごらんください」サイモンズの視線はまたフィリップに走る。

「実は、ミスター・サイモンズ、私たちは特定の本を探しておりますの」カサンドラはフィリップを紹介した。「こちらのサー・フィリップが探しておられるのは、かつてネビル家にあったもので、お父さまの代に売られた貴重な本なんです。もしかして、その本についてなにかご存じかと思ったのですが」

「もちろん、お役に立つことでしたら、なんなりとお申しつけください。では、私の事務室にいらっしゃいませんか」サイモンズは、両側に本棚が並んでいる狭い通路を抜け、いちばん奥にある小部屋に二人を案内した。身分の高いお客さまがおみえだからといった様子で大わらわに、ついてもいないちりを椅子から払ったりしながらカサンドラとフィリップに椅子を勧めた。「さ、さ、どうぞ、おかけください。お茶をお持ちしましょうか？」

「いいえ、けっこうです。ありがとう。その本について伺いたいだけですので」

「なるほど、なるほど」ずんぐりむっくりした店主は円い眼鏡の位置を直し、にこにこ顔でうながした。「して、どういう本をお探しで？」

「エリザベス女王の持ち物だった祈祷書です。何代にもわたって我が家にありましてね」

宝石をはめこんだ表紙について、フィリップが説明した。

サイモンズは目を輝かせた。「それはたいへん貴重なものですね！　私もそういう本にめぐりあえたらよかったと思いますよ。だが残念なことに、私は扱ったことがありません。一度でも見ていたら、決して忘れないでしょう。ええ、忘れませんとも」両方の頬が赤ん坊のように揺れるほど、大きく頭を上下させる。「待ってください……そうそう、サミュエル・アリントンなら、その種の本について知っているかもしれません。しばしば稀覯本《きこう》を扱ってますからね。それと、〈コーン・アンド・サンズ〉もお役に立つかと思います」

数分後に、古書や稀覯本を専門に扱う三軒の店の住所を書いた紙片を手に、二人はペリーマン・サイモンズの店を出た。どの店でも収穫はなかった。そういう特別な本については聞いたこともないという話だった。カサンドラは意気消沈してネビル邸にもどった。フィリップともども陰鬱《いんうつ》な表情で夕食を終え、絶望的な気分で床に入った。

翌朝、前日と同じく書店をまわるつもりでカサンドラは居間で待っていた。従僕がやってきて、フィリップの伝言を伝えた。「書斎においでくださいと、サー・フィリップがおっしゃっておられます。ミスター・ステイリーという方がおみえです」

「そう？」急に元気になって、カサンドラはフィリップの書斎へ急いだ。

カサンドラに向けたフィリップの顔に、以前のような温かい微笑が浮かんだ。カサンドラは胸を突かれ、反射的ににこっとほほえみ返した。フィリップの目がちらと揺らいだと思うと、微笑は消えてしまった。

フィリップは立ちあがり、堅苦しい口調で言った。「ミス・ヴェレア、ステイリーが報告しに来てくれたのだが、あなたも知りたいのではありませんか?」

「はい、もちろん伺いたいです」丁重な返事を返しながらも、フィリップの顔つきが変わってしまったことでさっきの嬉《うれ》しさは消えていた。

「ステイリー、わかったことを話してくれ」

「二十年前の帳簿を見ましたら、父上が何点かの品物をお売りになったときの記録が残っておりました。ほとんどは貴重品と記されているだけなんですが、中には詳細が書かれているものもありました。彫像とか、アン女王様式のテーブルなどというように。宝石入りの本という記述があったので、お探しの祈祷書の背に宝石がはめてあるとおっしゃっていたのを思いだしたんです」

「それだ! 買ったのは誰だか書いてあるのか?」

「ハリントン・ジョーンズという名前の書籍商です。主に古書や稀覯本を扱っていて、まだ営業を続けているようです」

「ステイリー、でかしたぞ。おかげで何日も無駄に書店めぐりをせずにすんだ。さっそくそのジョーンズの店に行ってみよう」

思いがけない吉報のおかげで、書店に徒歩で向かう二人の気分は明るかった。会話がはずんだというほどではないにしても、この二、三日のこわばった空気は消えていた。

年月を経て色あせた古いれんがの建物の隅に、書籍商ハリントン・ジョーンズの店はあった。細長い店に入ると、扉の上に取りつけた鐘が鳴った。本棚に囲まれて店内は暗かった。金持ちの客だと目ざとく踏んだ店員が、お愛想笑いを浮かべて出てきた。

「いらっしゃいませ。どんな本をお探しですか？」

「実は、ミスター・ジョーンズが二十年ほど前に買われた本を探しているんです。売ったのは父で、私はその本を買いもどしたいと思ってるんだが。ミスター・ジョーンズとじかに話ができますか？　私は、サー・フィリップ・ネビルという者です」

「さようでございますか」店員は、フィリップの人品を間近で見たのとサーという称号を聞いて、さらに評価をあげたようだ。「ミスター・ジョーンズはお客さまにお目にかかるのを光栄に思うことと存じます。どうぞ、こちらへ」

二人は店員のあとから、迷路のような本棚の列を縫うようにして奥へ進んだ。事務室の手前にも、ガラスをはめた鍵《かぎ》のかかる本箱にいかにも古書然とした本がたくさん詰まっていた。フィリップとカサンドラに待つように合図して、店員は事務室へ入っていった。間をおかず、やせた老人が出てきた。かつては長身だったのだろうが、年齢と猫背のせいで背が低く見える。ぼさぼさした髪と眉毛は真っ白だが、黒みがかった目は鋭い。二人を値踏みしているような目つきを見て、この客からはいくらぐらい取れるかと計算しているのではないかとカサンドラは思った。

「ハリントン・ジョーンズです」ぶっきらぼうな自己紹介と形だけの会釈のあと、老人は二人を事務室に通した。ミスター・サイモンズの事務室よりさらに狭い部屋には、破損した本があふれていた。老人は本の山を投げやりなしぐさで示した。「ほとんどがらくたです。お嬢さん、こちらにおかけください」

老書籍商は机の向こうの椅子にカサンドラをすわらせ、自分とフィリップは立ったままだった。客のための椅子を運びこむ余裕はなかった。

「どんなご用向きでしょうか？」

フィリップは女王の祈祷書についての説明を繰り返した。老人はただうなずいている。その目の表情からして、カサンドラは希望が持てるような気がした。

「本が見つかったら、言うまでもなくあなたに仲介手数料をお払いします」

老人の目が光ったところを見ると、フィリップの言葉は効果てきめんだったようだ。

「ご配慮に感謝します」
二、三分の話しあいで手数料の額が決まり、ハリントン・ジョーンズは話しだした。
「お探しの本はよく記憶しております」机の後ろのテーブルに積みあげた帳簿をさして続ける。「帳簿はつけていますが、上等な本についてはここにしまってあるんです」老人は人差し指で自分のこめかみをたたいた。「最初の取引についての詳細は覚えておりませんが、あの本を買ったお客さんが亡くなって処分したいからといって、ご家族がみえたのが五年ほど前です。そのお客さんの蔵書の中で、あのエリザベス女王の祈祷書はぴかいちでした。それと、あと一冊を、私のお得意の中でも最上のお客さんのひとりに買っていただきました。その方は古書、稀覯本の熱烈な収集家です」

ジョーンズはひと息入れて、フィリップに目をあてた。

「あらかじめ正直に申しあげておきますが、そのお客さんは本を売ってはくださらないと思いますよ。非常に裕福な方なんです。お父さんが製造業で身代を築き、ご自身がそれを二倍にしたという話です。本物の通人といえる方ですよ」

フィリップはうなずく。「なるほど。ともかくその通人にぜひお目にかかって、話をしてみたいんですが」

「アーネスト・ビグビーというお名前です。住所をお教えしましょうか？」

「ええ、ぜひ」

ハリントン・ジョーンズにかなりの仲介手数料をはずんで、二人は店をあとにした。

「ああ、フィリップ！」カサンドラは興奮を抑えられなかった。「あと一歩ね！　なんだか信じられない。でも、そのミスター・ビグビーという方が本を売りたくないとおっしゃったらどうする？」

カサンドラの笑顔につられて、フィリップもほほえんだ。「その場合は少なくとも見せてもらうように頼もう。収集家という人種は、自分が集めたものを見せびらかさずにいられないらしいから。本を見さえすれば、地図を抜きとることができるかもしれない――もしもまだその本の中にあればの話だが」

カサンドラの顔はたちまち曇った。「もうないと思ってらっしゃるの?」

「わからない。いや、あなたをがっかりさせたくはないけれど、なにしろ長い年月が経《た》っているし、二人の買い主の手に渡ったほかにミスター・ジョーンズの店を二回も通過しているんだからね。誰にも見つからずに地図がそのまま残っているとは考えにくいじゃないか」

「私はそんなふうに考えたくないの。ここまできて、それもさんざん苦労して、そのあげくに地図がなくなってるなんてあんまりじゃない」

「あなたのその一念が通じれば、地図はまだあるに違いないよ」

カサンドラはフィリップの目をよぎるものをとらえ、はっとした。けれどもすぐフィリップは視線をそらしてしまい、向き直ったときには元の無表情にもどっていた。カサンドラも急に冷え冷えとした気持になり、せっかくの収穫にもそれほどの興奮を感じなくなっていた。

ネビル邸に帰ってから、フィリップはさっそくアーネスト・ビグビーに手紙を書いた。

我が家に代々伝わってきたエリザベス女王の祈祷書を買いもどしたいとしたため、ただちに従僕に届けさせた。そのあとは、ビグビーの返事を待つしかなかった。

じりじりしながら二、三時間をやりすごした。カサンドラは客間にすわり、もともと好きでもない刺繍《ししゅう》で気をまぎらそうとした。ジョアンナとアーディス伯母がくだらないおしゃべりをしているわきで、フィリップは腕組みをして黙りこくっていた。ジョアンナが「お買い物に行かない？」と言いだしたとき、カサンドラはその提案に飛びついた。ここにすわっているよりはましだと思ったからだ。

ところが驚いたことに、フィリップも同行するという。二階へ帽子を取りに行こうとするジョアンナは、部屋を出がけに得意げなほくそえみをカサンドラに投げかけた。サー・フィリップは私なしではいられないのよ。ジョアンナにそんな顔を見せられると、たちまちカサンドラの気は変わった。

「サー・フィリップ、なぜあなたもお買い物についていらっしゃるの？」突っかからずにはいられなかった。

「おやおや、あなたはぼくが行くのに反対なのか。うちの馬車なのに」

「歩いてもいいし、辻《つじ》馬車でも行けますわ。なにもお宅の馬車をお借りしなくても」

「しかし、ミス・モールトンの山のような買い物を持つ男がいたほうがいいんじゃないかな？」

「従僕がいれば足りることです」

フィリップは顔をしかめた。「ミス・ヴェレア、ぼくの付き添いがそんなにおいやでも、ぼくはついていきますよ。あなたはほんの何日か前に襲われたのを忘れたのかな？　犯人はぼくだとあなたは思いたいらしいが、ぼくは自分がやったんじゃないことを知っているから、またあなたが狙《ねら》われやしないかと心配している。だから、ぼくの付き添いなしにこの家からあなたを出すわけにはいかないんだ。わかったね？」

「よくわかりました」カサンドラはやりかけの刺繍をおいて、ぱっと立った。「頭痛がしてきたので、私はお買い物にはまいりません。二階で休ませていただきます」

こうなったら、いやでもフィリップはジョアンナとアーディス伯母のお供をするしかない。いい気味だわと思いながら、カサンドラは寝室へ行った。

ひじ掛け椅子に腰を沈め、鬱々とした目を裏の庭園にあてる。どうしてこんなふうに、なにもかもうまくいかなくなってしまったのだろうか？　カサンドラは泣きたくてたまらなかった。

いっそのこと、マーガレット・ヴェレアの日記なんか読まなければよかった。スペインの持参金のありかを示す地図の存在も知らずにいたら――いえ、もし知らないままだったら、フィリップに会うこともなかったわけだが。でも、それはいや。今の心境のようにどんなに辛くても、フィリップに会わなければよかったとは思いたくなかった。

その日は、気分が悪いと言って部屋から出なかった。夜食も召使いに持ってこさせ、その晩行くことになっていたオペラも口実をもうけて断った。廊下からジョアンナのはしゃいだ声が聞こえてきた。きっといちばんいいドレスを身にまとい、念を入れたおしゃれをして出かけるのだろう。フィリップと二人きりの機会を精いっぱい利用して、今宵《こよい》こそはプロポーズされるものとジョアンナはいつにも増して張りきっているのではないか。フィリップがジョアンナを好いていないのは承知していても、二人が並んでオペラを鑑賞する場面を想像するといい気持はしなかった。本来ならば、私こそフィリップのそばにいるべきだ。なぜならば、フィリップを愛しているのはこの私なのだから。

カサンドラは寝る支度をした。髪にブラシをかけ、寝間着に着がえて、ベッドにもぐりこんだ。けれども、なかなか寝つかれない。ジョアンナたちが二階にあがってきて、それぞれの寝室に入ったあとになっても、まだぱっちり目をひらいて天井を見つめたままだった。数日前の深夜にフィリップがヘイバリー・ハウスの寝室に忍んできたときのことを思いださずにはいられなかった。今夜もそういうことがあったら、どんなに嬉しいだろう。涙が頬にこぼれ落ちた。頭がどうかしてる。カサンドラは自分を叱《しか》った。自分に危害を加えようとしたのではないかと疑っている男に抱かれたいとは。

そのとき突然、ある考えが頭に浮かんだ。フィリップが危害を加えようとしたとは、私は信じていないではないか。

カサンドラはがばと上半身を起こした。なぜフィリップを疑ったのか、理由をひとつひとつ思い返してみる。誰がなんのために風車小屋に自分をとじこめたのかを考えたとき、フィリップが犯人だと思った理由は今でも論理的に説明できる。たしかにそれらを頭では否定できない。だが、心の奥底では信じていなかったのだ。もしもフィリップが危害を加える恐れがあると本当に思っていたら、頼りにならない伯母母娘《おやこ》の付き添いだけでロンドンまで一緒に来ようとはしなかっただろう。ロンドンに来てからも、二人だけで外出するのを怖いと思ったのではないか。だが実際は、なんの不安もためらいも感じずに、フィリップと二人きりで歩きまわっていた。それというのも、たとえ無意識にせよ、フィリップを全身全霊で信じていたからなのだ。

カサンドラは上掛けをはねのけ、室内を行ったり来たりしはじめた。この真実に、なぜもっと早く気がつかなかったのだろう？　たぶん論理で考えて行動するのに慣れていたからに違いない。頭に疑念が浮かぶと、どうしてもそちらに気を取られて心の声が聞こえなくなる。にもかかわらず、フィリップへの気持はいささかも揺らがなかった。だからこそ、一緒にいてもなんの恐れも感じなかったのだ。直感でフィリップを信じていたのだった。安堵《あんど》や後悔、そして愛情。それらすべてが同時にこみあげてきて、しゃくりあげながらカサンドラは部屋から走りでた。はだしのまま足音もたてずに廊下の端にあるフィリップの寝室へ急ぐ。まわりを見まわしもしなかった。誰かに見つかりはしないかと、懸念する余裕もなかった。フィリップの部屋の前に来ると、ノックもせずに中に入り扉を閉めた。フィリップは、床に入るために着がえている最中だった。ズボンとシャツだけの姿で鏡台の前にいた。カサンドラが入っていくと、驚いて振り向いた。

その場に来てカサンドラも言葉を失い、ただフィリップを見つめていた。

先に口をひらいたのは、フィリップだった。心配そうにカサンドラに近づいた。「カサンドラ、どうかした？　なにがあったんだ？」

カサンドラは首を横に振る。「ううん、なにもないの」正直に言い直した。「私の心以外は」

フィリップは足をとめ、けげんな顔をする。「どういうこと？」

「私にもよくわからないけど」カサンドラは小さく笑った。「どう言ったらいいのか。あなたに嫌われているかと思うと怖くて……あなたが許してくださるかどうか……あら、なにを言ってるか、わけわからないでしょう？　わかる？」

「いや、よくわからない。だけど、カサンドラ、あなたを嫌ってなんかいないよ。嫌うなんて、あり得ない」

カサンドラは深く息を吸いこんだ。「ありがとう」目にたまった涙がきらきら光っている。「私……謝りに来たの。私が間違っていたわ。ごめんなさい。いろいろ理屈をつけてあなたを疑っていたけれど、そんなことどうでもよかったんだわ。大事なのは、あなたが私に危害を加えようとしたと思うかどうかだったの。で、私はそう思っていなかった。心の底では、あなたがそんなことをしたとは思っていなかったし、あなたを信じていたの」

フィリップは感に堪えないまなざしでカサンドラを見つめていた。「だけど、どうして考えが変わったの?」

「変わったわけじゃないの。つまり、頭ではあなたを疑っていても、そんなこと問題ではなかったの。心がそれを信じていなかったのだから。あなたを見れば、私に危害を加えるはずはないと心の奥でわかっていたのよ」

「ぼくは絶対にあなたを傷つけたりはできない。ああ、カサンドラ……」

「疑ったりして、ごめんなさい」

フィリップはかぶりを振った。「いや、疑われても仕方がない条件がそろっていたんだ。ただ、やっぱり傷つきはしたよ。あなたには無条件に信じてもらいたかった」

「本当は無条件にあなたを信じていたの。完全に」カサンドラはほほえんだ。

フィリップはさっとそばに来て、カサンドラを抱きかかえた。「カサンドラ!」

小さなため息とともに、カサンドラはフィリップにしがみついた。この腕の中こそ私が帰りたかったところ。二人はひしと抱きあい、互いの唇を激しく求めた。カサンドラはフィリップのはだけたシャツの下に手をさしいれ、胸から腹部へとすべらせた。

今夜はカサンドラが先にフィリップの服をぬがせ、手と唇を使って愛撫《あいぶ》を始めた。おまけにフィリップをベッドに押し倒すように仰向けに寝かせ、大胆にもその上にまたがって自分の寝間着をぬぎ捨てた。さかまく欲求をこらえつつ、フィリップはカサンドラの動作を見守っていた。カサンドラはゆっくり体を動かしながら、舌や手でフィリップの胸、腹、太ももをまさぐった。

周辺をぞんぶんになでまわしたすえにカサンドラの愛撫は、そそりたつフィリップの下腹にたどりついた。フィリップはベッドカバーを握りしめて、体をのけぞらせる。そこでようやくカサンドラは少しずつ腰を沈めていき、上からフィリップを奥深く入れた。思わず歓びの吐息をもらし、腰をゆっくりと上下に動かす。そのうち自分でも我慢できなくなり、動かし方がしだいに激しく速くなっていった。そしてついに、二人は同時に至福のきわみに達した。

それから長いこと、フィリップとカサンドラは互いの体に手をあてたまま、とりとめのないことをささやきあっていた。やがてフィリップがため息をついて、部屋にもどるようにカサンドラに言った。さもないと、翌朝早くやってきた召使いに見つかって、噂《うわさ》がいっきょに広がるだろう。カサンドラはしぶしぶ寝間着をまとい、フィリップも厚手の紋織りの部屋着を着こんで紐《ひも》を縛った。

寝室の扉をそっと開けて外をのぞき、人の気配がないのを確かめてから、カサンドラを連れだした。初めは二人で廊下を歩きだしたが、途中からフィリップはカサンドラを抱きあげていたずらっぽく笑い、部屋まで運んだ。カサンドラは腕をフィリップの首に巻きつけ、幸福感にひたっていた。

フィリップは寝室の前でカサンドラをおろし、扉を開けた。廊下の明かりが暗い室内にほのかにさしこんだ。そのほの暗さの中に、化粧だんすの引き出しにかがみこんでいる男の姿が浮かびあがった。

19

カサンドラは悲鳴をあげた。フィリップが寝室に飛びこんだ。男の腕があがり、なにかが部屋を横切って飛んできた。その物体に頭を直撃され一瞬ひるみはしたものの、フィリップはすぐさま男に向かっていった。だがそのすきに泥棒は窓から逃げてしまった。

フィリップが窓に走り寄り、下をのぞいた。「ちくしょう！　木を伝っておりやがった。猿みたいなやつだ！　ぼくの体重じゃ、あの木は無理だろう。あの野郎！　もうちょっとでつかまえられたのに！」窓ぎわの壁にこぶしを打ちつけて悔しがった。

「仕方ないわよ。あなたのせいじゃないわ」カサンドラはそばに行って、フィリップの腕に手をかけた。

「それはそうにしても、悔しいじゃないか。せっかく現場を押さえたのに。あいつになにをされたのか、調べよう」

そのとき、ランプを手にアーディス伯母が戸口に現れた。その後ろにジョアンナもいて、母親の肩越しにのぞきこんでいる。二人とも目を丸くして室内を見た。

そのとき初めてカサンドラも部屋のありさまに目を向け、愕然《がくぜん》とした。化粧だんすの引き出しはすべて開いていて、中身のほとんどが床に散乱している。ひとつの引き出しは引き抜かれて床にころがり、シュミーズがあふれだしていた。化粧品のびんは押しのけられ、ひっくり返っているのもある。

「どういうこと？」アーディス伯母が声をあげた。

「泥棒が入ったんです」フィリップは厳しい面もちで答えた。

「でも、なんで？　盗まれるようなものをカサンドラは持ってないじゃありませんか」

ジョアンナが母親の前に出てきて、大げさに手をのどに持っていった。「お母さん、泥棒は部屋を間違えたのよ。私たちの部屋に忍びこんで、宝石を盗むつもりだったんだわ、きっと」よろよろっと前へ進み、片方の手をひたいに、もう一方の手はフィリップにさしのべた。「ああ！　気を失いそう！　フィリップ……助けて」

「腰かけて、頭をひざのあいだに入れなさい」フィリップはそっけなく言い、背のまっすぐな椅子をジョアンナのひざの後ろに手荒く押しつけた。ジョアンナはがくんと腰をおろすしかなかった。

ジョアンナがにらんでも、フィリップはすでにカサンドラのほうを向いていた。

「今夜は伯母さんの部屋に寝かせてもらったほうがいいんじゃないか？」

「そんなことしなくてもだいじょうぶ。泥棒だって今夜はもどってこないでしょう」

アーディス伯母の視線は、荒らされた部屋から姪《めい》とフィリップに移った。カサンドラは寝間着姿だし、フィリップも、部屋着の襟もとから裸の胸がのぞいているところを見ると下にはなにも着ていないようだ。伯母は眉間《みけん》にしわをよせた。

「これはいったいどういうことです？」アーディス伯母は気色ばんで声を張りあげた。

「サー・フィリップ、こんな夜中にわたくしの姪の寝室でなにをしてらしたんですか？問題ですよ」

カサンドラがあわてて言った。「伯母さま、なんでもないのよ。泥棒が忍びこんだので、私が悲鳴をあげたから来てくださっただけなんだから」

「あなたの悲鳴を聞いて、わたくしはすぐ駆けつけたんですよ。そのときはもうここにいらしたじゃない」伯母はフィリップのほうを向いた。「あなたは外にお出になってくださ い」

「アーディス伯母さま！　そんなことおっしゃらないで。本当になにも……」

フィリップがさえぎった。「ミセス・モールトン、ご心配なく」

「ご心配なく、ですって！」アーディス伯母はいきりたった。「このことが世間にもれたら、カサンドラの評判は丸つぶれですよ」

「しかし、奥さま、世間にもれるはずがないでしょう。それに、カサンドラの名誉に傷はつきません。なぜなら、ぼくの妻になるわけですからね」

「ええっ！」伯母に劣らず、カサンドラもたまげた。

アーディス伯母は〝しまった〟という顔をした。自分の戦術の誤りに気づいたからだ。

「いえ、そんな……サー・フィリップ、そこまでなさる必要はございませんでしょう。召使いは気づいていませんし、ジョアンナもわたくしも人に言ったりはいたしません。だって、わたくしの姪の名誉にかかわることですもの」

「あなたが誰にもしゃべらないのはわかってます。ですが、ミス・ヴェレアがぼくの婚約者になったのは変わりありません」

「でも、そんなことなさるなんて！　いくらなんでもおかしいです！」

フィリップは眉をつりあげ、異形の生物でも見るような目つきでアーディス伯母を見た。

「カサンドラがプロポーズを受けてくれたので、ぼくも驚いているんですよ。なぜかというと、カサンドラはぼくのような男にはすぎた人ですから。しかし奥さまもご存じのとおり、ミス・ヴェレアはもともと思いやりがあって寛容なんです」

「ちょっと、待って！」ジョアンナが椅子から立って、母に訴えた。「お母さん！　なんとかして！　カサンドラと結婚なんてできるはずがないわ！」

「いや、ミス・モールトン、ぼくはカサンドラと結婚します」

「でも……でも……」ジョアンナは目を大きく見ひらいてフィリップのほうを向く。「じゃあ、私はどうなるの？」

「あなたも結婚式に出席してくださるよう、ミス・ヴェレアから正式にお願いするでしょう。そうだよね、カサンドラ？」

肝をつぶしたいとこの顔がおかしくて、カサンドラはこらえきれずにくすくす笑った。

「もちろんよ、ジョアンナ。あなたには花嫁の付き添い役をやってもらわなくては。サー・フィリップと私を結びつけたのは、伯母さまとあなたなんですもの」

アーディス伯母は首を絞められたような声を出した。「カサンドラ……待って……考え直して……そんなのだめですよ。サー・フィリップ、よくお考えになってください。カサンドラは無一文なんですよ」

「ぼくの妻は金持ちである必要なんかないんです。カサンドラの愛さえあれば、ぼくにとってはそれに勝る宝物はありません」

歯の浮くようなせりふに、カサンドラは口を手でふさいで笑いをかみ殺した。フィリップが恋人らしからぬ目つきでにらんだ。

「でも、カサンドラには弟二人と妹もいるんですよ。あの子たちを育てるのは重荷じゃありませんか？」

「ぼくは子どもが好きだから平気です」

ジョアンナが金切り声をあげて、カサンドラに食ってかかった。「だめよ、カサンドラ！　サー・フィリップと結婚するなんてとんでもない！　だめ、だめ……私より前に結婚しちゃだめ！」

逆上したジョアンナは部屋を飛びだしていった。寝室の扉を乱暴に閉める音が聞こえた。アーディス伯母は陸《おか》にあがった魚みたいに口をぱくぱくさせたあげく、娘のあとを追って部屋を出ていった。

その後ろ姿を見ていたカサンドラは、またしてもこみあげる笑いを抑えるのに苦労する。自分としたことがと思いながらも、勝利の喜びをおぼえずにはいられなかった。

視線をもどしたカサンドラは息をのんだ。床の散らかりようではなく、明かりに照らされたフィリップの顔が初めて目にとまったからだった。「フィリップ！　あなた、怪我《けが》してるわ！」

カサンドラは急いでそばに行き、フィリップの髪をかきあげてひたいの傷を改めた。赤くはれた大きな傷跡の真ん中がぎざぎざに切れている。傷口からにじみ出た血が頬のわきに垂れていた。

フィリップはこともなげに答えた。「あの小箱を思いっきりぶつけられたから。逃がしちまうなんて、ぼくのへまだ。まったく」

「あなたのせいじゃないってば。まさかここに泥棒がいるなんて思いもしなかったんですもの。あなたの頭がいくら固くても、あんなものが飛んできて痛くないわけがないわ」

苦笑いするフィリップを、カサンドラはベッドにすわらせた。

「傷をそのままにしておいてはいけないわ」

「こんなのなんでもないよ。それよりも、地図は？　わざわざこの部屋に侵入したのは、地図を盗むためだと思う」

カサンドラは大型の衣装だんすに目をやった。「地図ならだいじょうぶ」衣装だんすの戸を開け、ドレスのうちの一着のポケットから地図を取りだした。それをひらひら振ってみせ、また元にもどした。

「変なところに隠すんだね」

「取りだしやすく、かといって真っ先に探される恐れがないから。だけど、もしこんなことをされると予想していたら、泥棒があなたにぶつけた箱に地図をしまっておいたかもしれないわ」カサンドラは肩をすくめた。「でも、これは写しなのよ。本物はうちにおいてきて、もう一枚の写しはヘイバリー・ハウスにあるの」

「それでも泥棒の手に渡らなくてよかった」

カサンドラは洗面器に水を汲《く》み、濡《ぬ》らした布でフィリップのひたいの傷を洗った。「泥棒の顔を見たの？」

「いや、暗くて見えなかったうえに、箱をぶつけられただろう。背が高くて、やせ型だったことくらいしかわからなかった」

「私もよく見えなかったの。もっと明るいとよかったんだけど」

「ぼくは未《いま》だに、あなたのアメリカ人の親戚《しんせき》じゃないかと思ってるんだが――あるいは、地図を盗みだすように人を雇ったとか」

カサンドラはため息をついた。「アメリカに帰ったはずだけど」

「そういうふうに彼があなたに話しただけだろう」

「あなたはそればかり言ってるわね」

「だって、帰った証拠があるわけじゃないから」フィリップは顔をしかめた。「痛い！ あなたはとうていフローレンス・ナイティンゲールにはなれないな」

「え？ あ、ごめんなさい。ほかのことを考えてたものだから。さあ、これできれいになったわ。応急処置しかできないけれど。本当は膏薬《こうやく》があるといいの」

フィリップは肩をすくめただけだった。「もしミスター・ミラーでないとしたら、誰だというのか？ あなたの伯母さんは悪役にぴったりだと、いつも思ってたが」

カサンドラはほほえむ。

「ほかに怪しいのは誰だろう？ ミスター・サイモンズはどう？」

いかにも優しいおじさんといった感じのミスター・サイモンズの丸顔を思い浮かべ、カサンドラはくすくすと笑った。「あの人がこの窓までよじのぼってきたとは考えられないわ」

「あなたがここにいないときで本当によかったね。今後は絶対に寝るときは窓の錠をおろすと、約束してくれないか？　いくら婚約したといっても、あなたの安全を確かめるために、毎晩ぼくが泊まりに来るわけにもいかないからね」

「フィリップ……」泥棒に気を取られて忘れていたことを思いだした。「そのことなんだけど、お話があるの」

「結婚式の日取りや衣装の話？　そういうことはみんなあなたにまかせるよ。おふくろやお祖母《ばあ》さんは口を出したがるだろうが――」

「そういう意味じゃないの。婚約したとおっしゃらなくても、本当にいいのよ。私をかばうためにそう言ってくださったお気持はありがたいけれど、いくらアーディス伯母さまでも人にしゃべったりはしないわ」

「カサンドラ！」フィリップは驚いたふりをして、目を丸くした。「まさかぼくを振るつもりじゃないんだろうね？　婚約してまだ一時間も経《た》たないのに」ちっちっと舌打ちしてみせる。「なんて冷たい人なんだろう」

「フィリップ！　私が言おうとしてることはわかってるくせに。結婚までしなくてもいいという意味よ。私の評判だったら、ご心配くださらなくてもだいじょうぶ」

「ならば、ぼくを利用したあげくに捨てようというのか」

カサンドラはじれったがった。「冗談はよして！　まじめな話をしてるのに」

「ぼくはまじめですよ。あなたこそ軽薄なことを考えてるんじゃないか。だけど、もう婚約したんだから、どうにもならないよ」

「じゃ、私はなにも意見が言えないというの？」

「あなたのことだから、言いたいことが山ほどあるのはよく承知してます」フィリップはふざけた言い方を続ける。「しかしですね、結婚しか方法がないという事実は変えようがない。自分の評判はどうでもいいと言うけど、じゃあ、ぼくの評判はどうなる？　ちょっとは考えてくれてもいいんじゃないかな」

カサンドラはフィリップをひっぱたきたくなった。フィリップがふざけるので、真剣な話ができなくなってしまった。フィリップも、実は、わかっているのではないか。とりわけ不満なのは、愛情が問題にされていないことだった。フィリップの妻になることを想像しただけで、胸に明かりがともったような温《ぬく》もりをおぼえる。それこそカサンドラがなによりも望んでいることだ。だから、フィリップがカサンドラの名誉を守るために衝動的に結婚を申しこんだのがわかっていても、誇り高く辞退するのが難しくなるのだった。とはいえ、責任感だけでフィリップに結婚を申しこんでもらいたくない。義務ではなくて、愛が欲しかった。

今夜はあきらめて、明日また話してみよう。一夜明ければ冷静になり、結婚によって払う犠牲の大きさにフィリップも気がつくのではないか。カサンドラは戸口をさして言った。

「もう、ご自分の部屋にもどって寝てちょうだい」

「いい考えだ。あなたもそうするつもりだろうね」フィリップは窓の鍵《かぎ》をかけに行った。

「本当に伯母さんかジョアンナの部屋で寝なくていいのか？」

「なにおっしゃってるの。ここならば泥棒だけやっつければいいけど、伯母さまかジョアンナの部屋で寝たら明日の朝はたぶん死体で発見されるわ」

フィリップは笑いながら出ていった。その前に熱烈な口づけをされ、結婚の必要はないと言った自分はどうかしているのではないかとカサンドラは思った。散らかった服や下着をたたんで元にもどしてからベッドに入り、頭を枕《まくら》につけたとたんに眠りに落ちた。泥棒や荒らされた部屋の悪夢にうなされることもなく、夢に出てきたのは花嫁衣装のベールだった。

「あなたにこんなことをされるとは信じられない！　よりによって自分の身内ですよ。あんなにあなたに尽くしてあげた結果がこれなんだから。恩を仇《あだ》で返すとは、まさにこのことね！」アーディス伯母の非難は続いた。

「こんなこととは、どういうことですか？　私がなにをしたというのでしょうか？」伯母とジョアンナが居間に入ってきてからすでに十分経ったのに、カサンドラが口をはさめたのはこれが初めてだ。

「あなたがしたことはなにかだって！」ジョアンナがきいきい声でわめいた。「サー・フイリップを私から盗んだじゃない！」

「盗んだ？ それじゃまるで、サー・フィリップは骨董品《こっとう》か家具みたいじゃない。ジョアンナ、サー・フィリップはあなたの持ち物じゃないのよ」

ー・フィリップが最初に気があったのは、この私よ！」

「一日か二日くらいはね。ササー・フィリップをだましてつかまえようとしたあなたのたくらみがばれるまでの話でしょう」

「ふん！ そういうあなただって、だから」

いとこの当てこすりがぐさりときて、すぐには言葉が出てこなかった。

「ほうら！ 私の言うとおりじゃない」

「状況が全然違うわ。それに、あなたにとやかく言われる筋合いはないでしょう」

「筋合いじゃないって？ サー・フィリップは、そもそも私のものだったのに」

「あなたのものだったことなんか、いっぺんもないのよ」

アーディス伯母がまた始めた。「私はあなた方を引きとってあげたのよ。食べるものから着るものまでなにもかも面倒みてあげたのに。アラベック夫人のお屋敷のパーティにまで連れていってあげたのだって、あなたがかわいそうだと思ったからしたことじゃない。それがなんです、こんな恩知らずな真似《まね》して」

カサンドラは椅子のひじをどすんとこぶしでたたいて、立ちあがった。「いいかげんにしてください！　もうたくさんです！　第一に、私たちを引きとって面倒をみてくださったのはあなたではなくて、私の母のお兄さまである伯父さまなんです。もしも伯母さまにまかされていたら、私たち姉弟《きょうだい》は今頃《いまごろ》はみんな救貧院にいたでしょう。第二に、アラベック邸に連れていってくださった理由は、親切心からではなく、ジョアンナを引きたてるために私を付き添わせただけじゃありませんか。最後になったけど、大事なことを言います。私はサー・フィリップをジョアンナから盗《と》ったのではありません。そんなことは誰もできるわけがないんです。なぜなら、サー・フィリップはもともとジョアンナが好きでもなんでもないから。サー・フィリップはジョアンナと同じ部屋にいるのさえ我慢ならないんですよ。よほどの間抜けじゃない限り、それくらい誰でも気がつくはずです。あんなにサー・フィリップが避けているのに、ジョアンナに夢中だなんて、どうして伯母さまもジョアンナも思いこめるのかふしぎとしか言いようがないわ」

二人の女は口もきけないほどびっくりしている。

「サー・フィリップに結婚を申しこまれました。私はお受けするつもりです。たとえ伯母さまたちがなにをおっしゃってもなにをなさっても、これだけは変えようがありません。あなた方にできることといったら、現に今そうしておられるわけだけど、サー・フィリップと私を怒らせて二度とヘイバリー・ハウスに招待されないことくらいですよ。これからレディ・ネビルの親類という身分になれば、結婚相手として有望な独身青年が大勢いる社交界への出入りも自由になるわけです。もともと持ってもいなかったものを盗られたと不平を言うより、せっかくの機会をつかまえたほうが利口なやり方ではありませんこと？」

「よく言った、ブラボー！」

カサンドラはぱっと振り返った。フィリップが戸口に立って、お芝居でも観《み》ていたようにぱちぱちと拍手している。カサンドラは髪の生えぎわまで真っ赤になった。

「ごめんなさい」

「謝る必要なんかまったくない。あなたの言うとおりなんだ」フィリップはアーディス伯母とジョアンナのほうを向いた。「では、ご婦人方、ぼくは未来の妻に話があるので、これで失礼しますよ」

さしだされた腕に手をかけ、カサンドラは意気揚々と居間を出てフィリップの書斎に向かった。

「あんな見苦しい場面をお目にかけて、本当にごめんなさい。ふだんは、私、あんなに――」

「がっかりさせないでくれよ。これからもあんなふうに胸のすくようなたんかを切って、あなたが仇《かたき》どもをやっつけるところを見せてもらいたいと思ってるんだから」

カサンドラは顔をしかめる。「それよりも、お話って、なにかしら？」

書斎に足を踏みいれながら、フィリップはポケットから折りたたんだ紙を取りだし、カサンドラに渡した。「ミスター・ビグビーから返事が来たんだ」

「ほんと？　でもそのお顔からすると、あまりよい知らせじゃないようね」

「祈祷書《きとう》を売りたくないと言ってきた」

カサンドラは手紙を読みはじめた。手紙には、たいへん遺憾ながら売るわけにはいかないが、私のほかの蔵書とともにエリザベス女王の祈祷書をお見せすることは光栄にほかならないので、本日午後ご来宅をお待ちいたしておりますといった趣旨のことが書かれている。「フィリップ！」

「さっそく婚約者とともに参上しますという返事を送ったよ。しかし、どうやって地図を手に入れたらいいのか見当もつかない」

「ミスター・ビグビーが見ていらっしゃらないすきに、ポケットに入れちゃえば？」

フィリップは大げさに唖然《あぜん》とした顔をしてみせた。「呆《あき》れた。そんな手くせの悪いお嬢さんと結婚するとは思わなかったなあ」

「地図を見つけたらすぐ返せばいいじゃない。でも、まずうまくいかないでしょうね。本を返さないのに気がつかないはずはないですもの。だけど、本を丸ごと手に入れなくてもいいのよ。なんとかして地図だけ取りだせばいいのだから。私がミスター・ビグビーに古書のお話を伺って時間を稼ぐから、そのあいだにあなたは地図を探してくだされば。古書についての知識は父から聞いて多少はあるの」

「カサンドラ……」フィリップの顔に懸念が浮かんでいる。

「え？　どうしてそんな目で私を見るの？」不意に突拍子もない考えがカサンドラの脳裏をよぎった。婚約について考え直したいと、フィリップに言われるのではないか？

「いや、ただ……地図がもうないんじゃないかと心配になっただけ」

「ああ」カサンドラは心の底からほっとした。

「ずいぶん昔のことだし、父のもとから二人の持ち主の手に渡り、ジョーンズが二回あいだに入っている。いったい何人のネビルの先祖があの本をひらいて中を見たかわかりはしない。もうとっくに見つかって、捨てられてしまったかもしれないよ。それがどういうものか、誰も知らずに」

「でも、マーガレットがただページのあいだにはさんでおいたとは考えられないわ。もっと巧妙に隠したに違いないわ。そう簡単に落っこちたりしないように、表紙の中にしまいこむとかしたでしょう」

「だといいが。ただ、結果がよくないとわかったときに、あなたががっかりしすぎるとかわいそうだと思って」

「そのことだったら、だいじょうぶ」本心からそう思っているのには、我ながら少々びっくりした。フィリップへの愛以外のすべてがそれほど重要ではなくなっているのに気づかされるのだった。

二、三時間後に、二人は馬車でビグビーの住まいに向かった。

応接間で待っていたビグビーは、椅子から飛びあがるようにして二人を迎えた。「サー・フィリップ！」頭がはげかかり、ずんぐりした体型のビグビーは、精力的で飾りけのない男だった。歓迎の声音も握手も熱烈なところを見ると、大金持ちであるにもかかわらず、爵位のある人物と親しく話すことには格別の感慨を抱いているようだった。「お目にかかれて光栄です。ええ、身に余る光栄です。ミス・ヴェレア、お父上の論文を読んだことがありますが……たいへん啓発されました。実に博学な方でした。ええ、実に博識な学者でいらした」

挨拶《あいさつ》を返した二人に、ビグビーは続けた。

「さっそく本をごらんになりたいでしょう」戸口で待機していた執事に飲み物を書庫に運んでくるよう言いつけ、カサンドラとフィリップの先にたって廊下へ出た。

ヘイバリー・ハウスの書庫と同じくらいの広さがある部屋には、前面がガラスで鍵のついた本棚がいくつも並んでいた。

「ここにあるのが私の蔵書です」

ビグビーは書庫の中央にある鍵のかかった本棚に二人を案内した。二番目の段の真ん中に、表紙を外に向けた小型の革装本が一冊だけ飾ってあった。ところどころ欠けてはいるが、小さな真珠が表紙の縁に並んでいる。

ビグビーが戸棚の鍵を開けてガラスの扉を持ちあげ、すぐそばにいたカサンドラに取りだすようしぐさで示した。カサンドラは慎重な手つきで本を戸棚から出した。

「まあ、なんというすてきなご本でしょう」肝心の地図がいっとき念頭から消えるほど、カサンドラは古い祈祷書の美しさに打たれた。本の背には、三個の大きな宝石がはめこまれている。ページのへりには金が着せてあり、紙は非常に薄い。カサンドラは用心深く表紙をめくり、インクの色があせた蜘蛛《くも》の巣のような細い字を読んだ。「我が忠実なる騎士、サー・エバラードへ。エリザベスR――なんだか信じられません。こうして自分の手に持っているのが。本当にエリザベス女王がお手を触れられた本なのですね」

顔をあげると、ビグビーの熱っぽい目と目が合った。「息をのまれるでしょう?」

カサンドラは大きくうなずく。控えめに薄いページをめくってひととおり目を通し、表紙の内側もそれとなく調べた。ページのあいだからはなにも出てこなかった。カサンドラはフィリップに本を渡しながら言った。「すばらしいでしょう?」

フィリップも感無量の面もちで本を受けとった。

カサンドラはビグビーの腕に手をかけて頼んだ。「お集めになったご本を少し拝見させていただいてよろしいでしょうか? 膨大な量でいらっしゃいますね。こちらのご本はどういった種類のものなんですの?」ビグビーをさりげなく誘導して、フィリップから離れる。

水を向けられると案のじょう、ビグビーは喜んでカサンドラをほかの本棚に連れていき、何冊かの本を取りだしてみせた。それらの本を手に取らせてもらうたびにカサンドラは感嘆の声をあげ、門前の小僧で得た知識を生かして気のきいた質問をしたりした。ビグビーは上機嫌で説明してくれた。もっと長く引きのばすこともできるだろうとカサンドラが思ったところに、召使いが飲み物を運んできた。

フィリップは丁重に礼をのべて祈祷書をビグビーに返した。「万一お気持が変わってお売りになることになったら、ぜひ私にご連絡ください」

「もちろん、もちろんですとも。しかしたぶん、その日はやってこないと――少なくとも、私が死ぬまでは」ビグビーはいとしげに表紙をなでてからうやうやしく元の場所にもどし、扉を閉めて鍵をかけた。

カサンドラはフィリップの顔色をうかがって、地図を見つけたかどうか推し量ろうとした。だが、フィリップはあくまで無表情を通していた。お茶をご馳走《ちそう》になり、二、三の社交辞令を交わしたあとで、ようやく二人はビグビー宅をあとにした。

「で、どうだった？」馬車の扉をフィリップが閉め終わらないうちに、待ちきれないといった顔でカサンドラがうながした。

フィリップは振り向いて、にっこりした。カサンドラの胸が高鳴った。「ページをいちいち見たんだけど、なにも見つけられなかった。本の背や表紙をさわってみて、切りこみか、ふくらんだところがないか調べた。やはりなにもない」

カサンドラはしょげた。「そうなの……」

「ところが、表紙の内側の紙の背に近いところを爪でたどってみたら、なんと少し持ちあがった。どうにか指先をそこにさしいれると、なにか入ってるのがわかった。注意深くひっぱりだしたら、これが出てきたんだ」

フィリップは幾重にもたたんだ薄い紙をさしだした。

カサンドラは息を凝らした。「地図?」

フィリップがうなずく。「うん、地図だ」

20

カサンドラは向かいの座席からフィリップの隣に移り、黄ばんだ古い紙を注意深く広げる手もとを見つめた。

閉めきった馬車の中では色あせたインクがよく見えなかった。だが、チェジルワースで見つけた地図を描《か》いた人物の手になるものであることだけはたしかだ。いくつかの目印が線と文字で描かれている。それを見ただけで、カサンドラの胸は躍った。ついに見つけた！　財宝の存在を信じていて、是が非でも手に入れたいと思い続けてきたにもかかわらず、心のどこかでけっきょくは地図も宝物も見つからないのではないかと危ぶんでいたような気がする。

フィリップが言った。「こっちの地図もよく意味がわからないな。でもうちに帰って、両方を突きあわせてみればなにもかもはっきりするかもしれない」

ところが、二枚の地図を突きあわせる作業は帰宅後すぐにはできなかった。アーディス伯母が客間から顔を出して告げた。「ああ、カサンドラ、サー・フィリップ、おかえりなさい。お客さまがみえてるのよ。二人ともこっちにいらして」

カサンドラは思わず眉をひそめる。一刻も早く地図を見たいというのに。けれども、来客の目の前でああいうことを言われて断るわけにはいかない。無理に笑顔をつくってカサンドラは客間に入っていった。フィリップもあとに続く。

カサンドラがあまり急に足をとめたので、危うくフィリップはぶつかりそうになった。ジョアンナと並んでソファにかけていた男性が立ちあがった。目を見張っているカサンドラに、客はにこっと笑いかけた。

ジョアンナがはしゃいだ声をたてた。「ね、どなたがいらしてくださったのかと思ったら、カサンドラのアメリカのご親戚《しんせき》よ！」

「ミスター・ミラー」かろうじて口がきけた。カサンドラは進みでて、手をさしだす。「びっくりしました。ずっと前にアメリカにお帰りになったのだとばかり思っていましたから」

「こちらがミスター・ミラー？」フィリップの口調はどちらかといえば無礼だった。目つきも厳しい。

ミラーはいくぶん驚いたふうだったが、それでも丁重に挨拶《あいさつ》した。「はい、デイビッド・ミラーと申します。どうぞよろしく」

カサンドラがフィリップを紹介した。フィリップは礼儀正しく握手はしたものの、ミラーからきつい視線を離そうとしない。デイビッド・ミラーは当惑気味にフィリップをちらちら見ていた。

「ミス・ヴェレア、私も今頃《いまごろ》はとっくに帰国しているものと思ってました。ところがダンズレイからロンドンにもどってみると、私が最も気に入っていた品物の発送が大幅に遅れることがわかったんです。さんざん時間と手間をかけてようやく問題が片づきましたので、来週はアメリカに帰れると思います」

「それはたいへんでしたのね。で、今までなにをしてらしたの？」

フィリップが鼻を鳴らしたので、ミラーはいぶかしげにそちらを見た。カサンドラは咳《せき》払《ばら》いでごまかす。美術館めぐりなどをして時間をつぶしていたと、ミラーは答えた。

「ロンドンから出て、田舎を見たりはされなかったんですか？」フィリップがたずねた。

「ヴェレア家のご姉弟《きょうだい》に会いに行ったほかは、あまり出かけませんでした。もちろん、マンチェスターの製造元を訪ねてじかに話したりはしたんですが」ミラーは照れたように笑った。「正直言って、することがなくなってしまったものですから、昨日あの本屋にまた行ってみたんです。そうしたらミス・ヴェレアがロンドンに滞在しておられるという話をミスター・サイモンズから聞いて、喜んでこちらにお邪魔したというわけです」

「そうよ。ミスター・ミラーはカサンドラに会えないかと、それは残念がってらしたのよ」ジョアンナが口を出して、フィリップの反応を見ながらつけ加えた。「カサンドラのこととなると、ミスター・ミラーは夢中でいらっしゃるから」

なにも知らないジョアンナは、デイビッド・ミラーをだしに使ってフィリップとカサンドラの仲に水をさそうという魂胆なのだろう。カサンドラはここに来て初めて、フィリップの推理が当たっているのではないかという気がしだしていた。地図を盗みに来たのはやはりミラーだったのか。とはいえ、少年っぽい熱血漢という風貌《ふうぼう》と犯罪者を結びつけるのは難しかった。

ミラーは顔を赤らめた。かまわずジョアンナが続ける。「あなたはビグビーという人のところへ本を見に行ったと教えてあげたら、ミスター・ミラーはお帰りを待っていますとおっしゃったのよ。優しいでしょう」

「それはご丁寧に」カサンドラは礼を言った。雑談につきあってカサンドラの作り笑いが限界に達した頃、ミラーは帰っていった。早く地図を調べたいだけではなく、前夜の泥棒と同一人物ではないかと疑っている相手にいつまでもにこやかにはしていられなかった。カサンドラは急いでチェジルワースで見つけた地図を部屋に取りに行き、それを持ってフィリップの書斎へ行った。フィリップはランプを机の真ん中におき、その下に二枚の地図を並べた。

二人でしげしげと見ても、二枚の地図にはなんの関連も認められなかった。カサンドラとフィリップは顔を見あわせる。フィリップが地図をあちこち動かして角度を変えたり、異なる辺をくっつけてみたりした。依然としてなにも見えてこない。

「これはいったいなんなんだ。脈絡のない名前やしるしばかりで、まったく意味をなさない。両方に共通していたり、一致するものがなにもないとは」

カサンドラもためつすがめつ見たが、さっぱりわからない。涙が出そうだった。さんざん苦労してやっと手に入れた地図なのに、宝のありかが未《いま》だに謎《なぞ》だなんて！

フィリップが本の中から見つけだしたほうの地図に、カサンドラは手を触れてみた。

「どうしてこっちの地図の紙はこんなに薄いのかしら？　チェジルワースで見つけたのは、上質の厚いボンド紙なのに。こんなに薄いと破けてしまう恐れがあるのに、なぜマーガレットは違う種類の紙を使ったのか――」

「小さくたたんで本の表紙に隠しやすいからじゃない？　厚いとそこがふくらんで、見つかってしまうだろう」

「ええ、それも考えられるけど。大きい紙ではないのだし」

カサンドラは自分がつくった地図の写しに目をあてた。本物に重ねて透写するために薄い紙を使っている。突然、ひらめいた。「そうか！」

「なに？」フィリップがびっくりしてカサンドラと、その視線の先の地図に目を向けた。

「なにかわかった？」

「これ、とても薄い紙でしょう……写すために私が使ったのと同じなの……」カサンドラは薄いほうの地図をもう一方の上にそっと重ねてみた。下の地図のしるしや文字が透けて見えるが、前にも増してなにがなんだかわからない。

そこでカサンドラは上の紙の向きを変えてみた。すると突然、すべてがぴたりと合致した。上の地図にある〝小川〟という文字が、下の地図の〝リトルジョン〟のわきに並んだ。そしてその上に、波形の線が描かれている。棒つきの飴《あめ》の形の列は〝雑木林〟、尖塔《せんとう》のある四角い建物は〝聖スウィズン教会〟であることがわかる。

「いやあ、驚いた！」フィリップは目を丸くして、重ねた地図を見つめている。「これがどこなのか、ぼくは知ってる。この教会はヘイバリー・ハウスから一キロちょっとしか離れていない。そこからの道が小川のそばを通って……わかる、わかる」

「この小屋は？　泥炭掘りの小屋というのはどう？」それと、この石垣は？」カサンドラは小さな四角をさし、〝十五歩〟という文字から〝石垣〟と記されたしるしまで指先でたどった。石垣の反対側に矢印があり、そこから五歩のところに上部が丸い箱の絵が描かれている。箱のわきには、〝持参金〟とだけ記してあった。

「すぐにはぴんとこないけど、なにしろ二百年も前に描いたものなんだからね。その小屋はたぶんなくなってるだろう。小屋跡くらいは残っているかもしれない。それと、石垣も。カサンドラ、やったね！　スペインの財宝は我々のものになったぞ」

翌朝、一同はヘイバリー・ハウスに帰ることになった。せっかくロンドンに来たのに、たった三、四日でもうもどらなくてはならないとはと、アーディス伯母が愚痴をこぼした。だが不平をその程度にとどめておいたのは、カサンドラが前の日に警告したことを肝に銘じたためかもしれない。この際ネビル家のご機嫌をそこねたりしたら、ジョアンナの花婿候補がつかまえられなくなる。伯母のことだから、そう計算したに違いない。

召使いが荷物を馬車の屋根に積んで革紐《かわひも》をかけ終わり、四人が表に出ようとしたとき、玄関をどんどんたたく音が聞こえた。扉を開けに行った従僕が転倒しそうな勢いで、身なりのよい男が飛びこんできた。狼狽《ろうばい》した従僕にはかまわず、男はぎろりとあたりを見まわした。その視線が、カサンドラやモールトン母娘《おやこ》と一緒に立っているフィリップにとまった。制止しようとする従僕の手を振りきって、男は詰め寄った。

「サー・フィリップ！　こんなことを私が許すとでも思ってるのか！」

「ミスター・ビグビー？」カサンドラは仰天した。前日に会った愛想のよい収集家とは別人のように見える。顔が真っ赤で、目をぎらぎらさせ、帽子すらかぶっていない。

「お見受けしたところ、ご気分でもお悪いのでは？」フィリップは、イギリス紳士の伝統である控えめな言い方でたずねた。「私の書斎へ行って、お話しいたしましょう」

「ここで話せばいい！」ビグビーはどなった。「いくらお偉いさんか知らんが、私の宝物――大事な……」血管が破裂しそうに憤激していて、言葉が出てこない。

「落ちつきなさい」穏やかながらも貴族的な命令調でフィリップがなだめると、意外にもビグビーの剣幕はいくらか弱まったようだった。「そう、その調子で、どうなさったのか話してくださいませんか？」

「女王の祈祷書《きとう》に決まってるだろう！　ほかになにがあるというんです！」

「それがどうしたんですか？」

「どうしたもこうしたも、あんたがいちばんよく知ってるでしょうが！　上品ぶってごまかそうたってだめだぞ。あの本がないんだ！」

カサンドラは思わず手を口に持っていった。それを見て、ビグビーは首を上下に激しく振った。

「うん！　盗まれたんだ！　気がついたら盗まれていた！」

「で、私が盗んだというんですか？」

「あんた以外に誰がいる？　昨日あんたが買いたいと言ってうちに来た。私は断った。あんたら貴族はな、思いどおりにならないのは気に食わんのだ。私が売らないと言うんで、取りもどしてやろうと思ったに違いない。それで、盗む価値があるか、どこにしまってあるかを確かめるために、昨日来たんだろう」

「いいえ、違います、ミスター・ビグビー。サー・フィリップは絶対にあなたの本を盗んだりはしません」

「自分の手を汚さなくても、そんなことはできる。泥棒にやらせれば簡単だ」

ビグビーはひとしきりフィリップを責めたてた。アーディス伯母とジョアンナが口をあんぐり開けて眺めていた。それでもカサンドラとフィリップの強い否定がしだいに功を奏したのか、ビグビーの興奮も静まっていった。

「ミスター・ビグビー、その本にしろなににしろ、私は絶対に人のものを盗んだりしない。実は我々も同じような被害に遭ってるんです。この家と田舎の屋敷の両方で三度も侵入されたんですよ」

「三度もだと！　なにを盗《と》られたんです？」

「なにも。ヘイバリー・ハウスでは、あなたの祈祷書を狙《ねら》ったようです。書庫に忍びこんだんでね。それで我々もあの本に興味を持ったわけです。泥棒が何者かはまだわかりませんが、だいたいの見当がついているんです。その男を今調べさせているので、もしあの本を盗んだのがわかったら、ただちにあなたのもとに返すよう手配いたします」

「調べさせているですって？」カサンドラはびっくりした。「デイビッドを調べさせているという意味？」

「ああ。今朝、あの男の尾行を指示した。昨日のうちにそうすべきだったんだ。そうすれば、女王の本を盗みだす現場を押さえられたかもしれない」

「どうしてその女王の本とやらがそんなに重要なの？」アーディス伯母がふしぎそうにた

ずねた。

ジョアンナも大きな丸い目をいっそう大きく丸くして訊《き》いた。「それをデイビッド・ミラーが盗んだというの？」

「疑ってるだけだよ」

「そう、憶測にすぎないの」カサンドラは強調した。

「私の婚約者はミスター・ミラーには甘いんですよ」フィリップがわざと声をひそめて、ビグビーに耳打ちした。

カサンドラはフィリップをにらんだ。「そんなことないわ。私はただ、デイビッド・ミラーがミスター・ビグビーのお宅に盗みに入ることはあり得ないと言ってるだけよ。本がミスター・ビグビーの書庫にあるのを知っているのは私たちだけですもの」

「忘れた？　昨日うちにデイビッドが来たとき、我々は本を見にミスター・ビグビーのお宅に行ったと、ミス・モールトンが教えたでしょう」

「あっ、そうだったわね」カサンドラはため息とともに言った。「だとすると、ミスター・ミラーが犯人だと考えるしかないわ」

「うん、そうらしい。あなたにとってはいやな結論だろうが、これではっきりしたようだ」

ビグビーは、どうにか納得して帰っていった。予定より少し遅れはしたものの、一行の馬車はロンドンを発《た》った。午前中いっぱいアーディス伯母とジョアンナは、デイビッド・ミラー犯人説についてああでもないこうでもないとしゃべり続けていた。

ヘイバリー・ハウスへ向かう帰途は、カサンドラにとって来るときよりもはるかに楽だった。道中のほとんどはフィリップも馬車で過ごした。カサンドラと一緒にいるためには、アーディス伯母とジョアンナの同席を我慢するしかなかった。カサンドラもフィリップのそばにいながら、伯母たちの手前、行儀よくふるまわなければならず、甘美な拷問にかけられているように感じた。肩幅が広くて筋肉質のフィリップの体や男っぽい匂《にお》いが気になってならない。黒い髪の毛が耳のうしろで渦を巻いているさまについ見入っている自分に気がついたり、顔の輪郭を人差し指でなぞりたいのをやっとこらえたりして過ごした。

カサンドラの名誉にかかわる危険を避けるために、フィリップは夜中の寝室に忍んでくるのをやめた。カサンドラは、フィリップの愛撫《あいぶ》を夜ごと思い浮かべて眠れなくなる自分はよほどみだらな女なのだと思った。そして、フィリップが早く立派な決意をあきらめて、また寝室に来てくれるのを心待ちにしていた。

ヘイバリー・ハウスに帰りついたのは午後だった。馬車が走ってくるのを三階の子ども部屋からいち早く見つけた子どもたちは、ころがるように玄関に飛んできた。二人のレディ・ネビルも子どもたちのあとから出迎えた。一歩さがって、セアラ・ヨークも顔を見せた。

「フィリップ、こんなに早くお帰りだとは思わなかったわ」レディ・ヴァイオレットが言った。「ミス・ヨークに今お話ししてたところなのよ。あと二週間くらいしないと帰ってこないでしょうって。あなたのせいで、私は嘘《うそ》つきになってしまったみたい」

「ただいま、お母さん、お祖母《ばあ》さん」フィリップは母と祖母の頬に軽くキスした。「ミス・ヨークはわかってくれますよ。事実に相違したのは、お母さんが正直ではないからじゃなく、ぼくの気まぐれによるものだと。思ったよりずっと早く用事が片づいたからというだけなんですがね。ミス・ヨーク、お元気ですか?」

「はい、サー・フィリップ、おかげさまでたいへん元気にしております。子どもたちもみんな元気です。お帰りになったことを聞いたら喜びますわ。では、私はこれで失礼いたします。ご家族とお話があるでしょう。ブランマンジュのつくり方を奥さまに教えていただきにお寄りしただけですから」

「あ、ミス・ヨーク、待ってください。みんなに話したいことがあるんですが、あなたも家族の一員みたいなものですから一緒に聞いてくださいませんか?」

なにを言いだすのかと、全員がフィリップに目を向けた。カサンドラは話の内容を察して青くなった。家族に発表する前に、結婚を思いとどまらせるべきだった。私の責任だわ。私と婚約したことを聞かされたら、お母さまもお祖母さまもさぞ呆《あき》れてしまわれることだろう。

フィリップがカサンドラの腕を取って、前へひっぱった。

「フィリップ！　やめて！　ちょっと待って！」あわててささやいたが、フィリップはほほえんだだけだった。

「なに言ってる。みんなに言うには、今がぴったりじゃないか」フィリップはレディ・ヴァイオレットのほうに向き直る。「お母さん、お祖母さん。そして、皆さん、ぼくはミス・ヴェレアに結婚の申し込みをしました。で、ミス・ヴェレアも快く承諾してくれました」

しばしの沈黙が流れた。できることなら消えてしまいたいと、カサンドラは思った。レディ・ヴァイオレットが息子に両手をさしのべた。「フィリップ！　こういう日が来ることをどんなに待ち続けていたことか。幸せだわ、私」

歓声をあげてジョージェットも駆け寄り、母の抱擁が終わるや兄に飛びついた。「わかってたわ！　私にはわかってた！　なんでこんなに時間がかかったの？　お兄さんが帰ってきてから二日後にはオリビアに話したんだから。お兄さんがこんなに女の人に夢中になったことはないって」

ほかの人々も寄ってきて、口々に祝福の言葉をのべた。フィリップの母はカサンドラを抱いて、ネビル家にようこそと言った。老夫人までもがカサンドラのキスを頬に受け、孫はなかなか趣味がよいという感想を口にした。

「ですけど……私は……」フィリップの母や祖母にまさか、実はのっぴきならない事情があってこんな羽目になったのですとか、成り行きでこうなっただけで、フィリップから正式なプロポーズもされていませんなどとは、口がくさっても言えはしない。仕方なくカサンドラは微笑するしかなかった。「お許しいただけないかと思っておりました」

「許さないですと？」老レディ・ネビルは鼻を鳴らした。「なんでまたそう思ったのですか？　ヴェレアの家名は悪くないし、チェジルワース卿《きょう》のお姉さまだもの。いい縁組ですとも」

「ありがとうございます」

ジョージェットがカサンドラに抱きついて言った。お兄さんにぴったりだし、自分もお姉さんができて嬉《うれ》しいと。「最高なのは、オリビアといつも一緒にいられること！　ずうっと姉妹が欲しかったの。いっぺんに二人もできちゃったわ。おまけに、弟も二人！　ときどき憎たらしいことするけど、ま、かわいい弟たちだわ」

からかわれた双子たちが仕返しに、ジョージェットのドレスのリボンをほどいた。それをきっかけに、四人の子どもたちはきゃあきゃあ追っかけっこを始める。カサンドラは、かたわらにひっそりと立っているセアラ・ヨークに目をとめた。

「ミス・ヴェレア……」セアラは手をさしだした。「心からお祝いを申しあげます。すばらしい奥さまになることと存じますわ」

ほほえんではいたが、セアラのまなざしが悲しげなのをカサンドラは見逃さなかった。やはりセアラは、フィリップにひそかな恋心を抱いているに違いない。気の毒だと思った。

「私もここに住むことになるので、あなたとよいお友達になれたら嬉しいわ」カサンドラは心をこめて告げた。

「ええ、私も」セアラはもう一度ほほえみ、フィリップのほうを向いてお祝いの言葉を繰り返した。

セアラが去ったあとで、フィリップはカサンドラの肩を抱き、耳もとでささやいた。

「うまくいったと思うけど、どう？」

「フィリップ、私、お母さまをだましたのが気がとがめて――」

「だました？　どういうこと？　婚約したじゃないか」

「本当は一度もプロポーズの言葉をおっしゃってないわ。アーディス伯母さまをなだめるために婚約したことにしただけで――」

「カサンドラ、その話はもうしたと思っていた。ぼくは、あの晩、あずまやに行ったときに結婚しようと決めたんだって」

「そうなの？」

「もちろん。あの夜のことが知られたら、あなたは傷物の烙印《らくいん》を押されてしまう。だから庭を離れたときにはプロポーズするつもりでいた」

だったら、愛は？　愛してはいないの？　カサンドラは叫びたかった。けれども、黙っていた。愛は強制するものではない。おのずから与えられてこそ価値があるのだ。

「でも、そのためのプロポーズなら必要ないの。あのとき、私は自分の意思で行動したのだから。その場の激情にただ押し流されたのではなく」

「それは、ぼくも同じだ」フィリップはカサンドラの顔をのぞきこんだ。「もしかしたら……ぼくと結婚したくないと言いたいんじゃないか？」

実はそうだと答えるべきなのはわかっている。だが、気持を偽ることはできなかった。

「いいえ。そういう意味ではないの」

「それならよかった」フィリップはかがんで、カサンドラのこめかみに唇をあてた。「いいかい、カサンドラ。母が結婚式の日取りをずっと先に決めても、それだけは言いなりになっちゃだめだよ。ぼくはできるだけ早く結婚したい」

カサンドラは、光あふれるフィリップの目を見あげた。愛されていないことがわかっているのに、結婚するのは間違っているかもしれない。けれども、いつの日かフィリップも私を愛するようになり、のちの人生で結婚を後悔することのないように願って、この人の妻になろう。

翌朝、六人は徒歩で出かけた。カサンドラとフィリップはそれぞれの妹、弟たちをしたがえ、地面を掘る道具をのせた荷車を小型の馬に引かせて家を出た。重ねあわせた二枚の地図を透写してつくった新しい地図が、フィリップのシャツのポケットに入っている。カサンドラとジョージェット、オリビアはいちばん古い服を身につけた。地元の農夫が着るような襟なしのシャツに粗末なズボンという組みあわせが、その日のフィリップのいでたちだった。そんな服装のどこがいいのかわからぬまま、ひと目見ただけでカサンドラの感覚はざわめいた。同じ姿の農夫を目にしてもなにも感じないのに、ひじまで袖《そで》をまくりあげたフィリップの腕や襟もとからのぞくV字形の肌に視線が吸いよせられて離せなかった。

「あれがリトルジョン川だ」フィリップが彼方《かなた》に見える小川を指さした。

「地図だと、もっとずっと近いみたいだけど」ジョージェットは首をかしげる。

「マーガレット・ヴェレアがこの地図を正確な比例で描いたとは思えない。しかし、だいたいの距離はわかるんじゃないか」

雑木林の位置が違うのは、そのあとに伐採されたか病気で切り倒されたかしたのだろうと、話しあった。地図にある道をかなり進んでも、泥炭掘りの小屋の手前にあるはずの石垣が見当たらない。

「木立と同じように、当時はあった石垣もどけられてしまったのかしら?」カサンドラが眉根をよせた。

「さあ、どうだろう。そういう石垣が道ばたにあったのを、ぼくは覚えていないけど」フィリップは小手をかざして遠くを眺めた。「泥炭掘りの小屋というのもないな」

「小屋や石垣の跡くらいは残っているんじゃない？　この〝十五歩〟という指示に従って道の端まで歩いてみたら、石垣や小屋の跡が見つかるかもしれないわ」

「やってみようか」

さらに少し歩いてもなにも発見できず、一行は立ちどまった。

「これよりも先だとは思えない。もっと向こうなら、あの樫《かし》の大木も目印として描いてありそうなものだし」フィリップは道の反対側をさした。

ジョージェットが提案した。「さっきカサンドラが言ったとおりにしてみない？」

「うん、そうしよう。十五歩というのはちょっとはっきりしないが、ともかくそこから一列に並んで進みながら探そう。誰かひとりくらいは小屋の跡に行き当たるかもしれない」

フィリップが大またで十五歩歩き、その両側にほかの五人が一メートルくらいの間隔をおいて並んだ。でこぼこの地面を、フィリップは荷車を引いた馬とともに歩きだした。全員が道にそってゆっくりと引き返す。小屋や石垣の跡がないか、目を皿のようにして地面を見まわした。

下を向いて探しながら歩くので、じきに首や目が痛みだした。カサンドラは、自分ですら疲れやのどの渇き、空腹をおぼえているのだから、子どもたちは倍もそう感じているだろうと思った。

「少し休憩しない？　どこかにすわって、アンリのお弁当を食べましょう」

フィリップも賛成し、みんなで木陰にすわって昼食を平らげた。食後は木の幹によりかかって休み、双子たちなどはうとうとまどろんでいた。

やがて元気を取りもどした一同は、ふたたび気の遠くなるような作業を始めた。円形に石を並べてあるのをハートが見つけて、みんな色めきたった。だが、古いキャンプファイアの跡だとわかってがっかりする。それでも我慢強く歩を進めたあげくに目に入ったのは、林の向こうにそびえる聖スウィズン教会の尖塔だった。

「また教会にもどっちゃった！」オリビアが叫んだ。

「ああ。どうやら見逃したらしい」

フィリップたちはもう一度腰をおろして、作戦を練り直すことにした。

「地図に描いてある場所が消えてしまうなんて、そんなことってある？」オリビアがまた落胆の声をあげた。

カサンドラは妹に答える。「長い年月が経《た》っているんだから、木造の小屋ならぼろぼろになって取り壊されたりしたかもしれないわ」

双子の弟たちはしょげ返っている。

「もう見つけられないんじゃない？　絶対に」クリスピンが今にも泣きだしそうな顔で言った。

フィリップがみんなを元気づけようとする。「あきらめないで、もう一度やってみようよ。地図の見方が間違っているかもしれないから、今夜、カサンドラとぼくがまたよく見直してみる。それと、明日ジャック・エバーソンのところに行って、訊いてみようと思う。ジャックもおやじさんも、道の反対側にあった家に住んでいたんだ。泥炭掘りの小屋について誰かから聞いたことがあるかどうか、ジャックなら教えてくれるかもしれない」

「でも地図に描いてある目印が見つからなければ、宝物のありかも見つけようがないものね」クリスピンが繰り返した。

「それもそうだが」

一同は足どりも重くヘイバリー・ハウスに帰った。

鏡に向かってカサンドラは大儀そうに髪をとかしていた。疲れ果てている。帰宅してから熱いお風呂にゆっくり浸《つ》かったにもかかわらず、筋肉の痛みが完全には取れなかった。肉体的な疲労よりもこたえたのが、精神の消耗だった。長年にわたって、父娘《おやこ》ともどもスペインの持参金を追い求めてきた。とりわけマーガレットの日記を読んでからは、宝探しは生きがいといってもいいくらいの人生の目標になった。一家の財政の立て直しのみならず、父の正しさの立証であり、ひいては大昔に亡くなったマーガレット・ヴェレアの無念を晴らす手段でもあると思っていた。

それが今、挫折《ざせつ》しそうになっている。地図が出てきたことによって、父の推論が正しかったことは証明された。にもかかわらず皮肉なことに、肝心の宝物が見つからないのだ。涙がにじみでてくる。カサンドラは鏡台にうつぶせになった。自分のせいで、みんなをがっかりさせてしまった。妹や弟たちはもとより、父や、マーガレットを始めとする先祖たちすべての顔に泥を塗ってしまったという気さえする。これから私たち姉弟はどうしたらいいのか？　心の広いフィリップが子どもたちの面倒もみてくれそうなので、もうアーディス伯母のお情けにすがらずとも暮らしていけるだろう。であっても、人に依存して生きるのは辛《つら》いものだ。爵位を継ぐクリスピンはなおさらそう感じるに違いない。それに、いくらフィリップが寛容でも、チェジルワースの修理にかかる莫大《ばくだい》な費用まで出してもらうわけにはいかない。

不意に後頭部の髪がかき分けられ、温かい唇がうなじに触れる。快いふるえが体を突き抜けた。「フィリップ……」生き返ったように、カサンドラは顔をあげた。鏡に映ったフィリップにほほえみかける。「どうやって入ってきたの？」

「いつものとおりさ——扉を開けて」シャツとズボン姿のフィリップが微笑を返した。「物思い？」

カサンドラはうなずく。

「あまり気に病まないで。がんばって必ず見つけだすよ。万一探しあてられなくても、子どもたちはぼくが面倒みるからだいじょうぶ。オリビアにはきちんと社交界にデビューさせて、持参金も持たせてあげる。双子たちはイートン校に行かせよう。チェジルワースも修復して、元の栄華を取りもどそう。ぼくが特に念を入れて計画を立ててるよ」

カサンドラの目にみるみる涙がたまった。「あなたはあまりにも優しくて。でも、妹や弟たちのことまで、あなたにご迷惑はかけられないわ」

「迷惑なんかじゃない。そのことであなたはもう心配する必要はないんだ。これからは、我々の結婚式の準備以外はなにも気を遣わないでいいんだよ」

本当に結婚式のことだけを考えていられればどんなにいいだろう。「お母さまは豪華な結婚式をお望みのようよ」

「わかってる」カサンドラのきらきら光る淡い金色の髪をフィリップはいとしげになでた。「今から一カ月以内にしてくれれば、いくらでも豪華な式でかまわないと、母には言っておいた」

「一カ月ですって！　豪華な結婚式の準備はたった一カ月ではできないわ。招待状をお出しするだけでもそれくらいかかるでしょう」

「母はなんだかんだと言ってたよ」鏡に目をあてたまま、フィリップはカサンドラの首すじを上から下まで指先でなぞった。その動作を鏡で見ながら、同時に肌で感じてもいるのが妙に刺激的だった。「母は少なくとも六カ月先じゃないとだめだと言うんだ。あれこれ勘ぐられて、はしたない噂《うわさ》を立てられてもいやだからと。で、ぼくは言ってやった。結婚後三、四カ月で赤ん坊が生まれた場合の噂に比べれば大したことはないとね」

「フィリップ！　あなた、まさかそんなことをお母さまに言ったんじゃないんでしょうね？」

「言ったさ」フィリップは両手をカサンドラの肩から二の腕、そして胸へとすべらせた。「ぼくはあなたをベッドに迎えるのに六カ月も待つわけにはいかない。現に、ほら、寝室には来ないと誓いを立ててからたった三日しか経たないのに、こうしてこっそり来てしまってるんだから」

フィリップはカサンドラの肩をつかんで立たせた。腕を腰にまわし、かがんで肩先にキスをする。

「なんという美しい人。ぼくはあなたから片時も離れていられないよ。一日中あなたのことばかり考えているんだ。あなたを見ると、一糸まとわぬ姿が目に浮かんでくる」

カサンドラの腕にそってフィリップは両手を少しずつずらしていき、シュミーズの上から胸のふくらみにかぶせた。鏡の中の二人の映像を目で追いながら、カサンドラはぐったりフィリップによりかかる。強烈な快感が走り、そうしていないと倒れそうだった。薄いシュミーズの生地を通して、盛りあがった胸の中心に紅色の環《わ》が見える。そこにフィリップが手をあててさすったりもんだりすると、硬くふくらんで布地がぴんと張るのがわかった。

ため息ともうめき声ともつかぬ音をもらしてフィリップはカサンドラのうなじに顔をうずめ、両手をもどかしげに体の隅々までさまよわせた。向きを変えてしがみつくカサンドラの耳もとで名をささやき続ける。二人は唇を重ねたまま部屋を横切り、ベッドのそばへ行って衣類を床にぬぎ捨てた。フィリップはカサンドラをかかえあげてベッドに寝かせ、自分もそのかたわらに横になった。穏やかに始まった抱擁がしだいに激しさを増していき、限界までいったところでフィリップが深く分け入った。そして二人は忘我の天空に駆けのぼり、このうえない歓《よろこ》びのおののきとともに散り果てた。

ベッドに倒れ伏したフィリップは、カサンドラをひしとかき抱いた。二人は陶然と目をつむり、消耗しきって眠った。

数時間後、深夜の冷気を感じてフィリップは目を覚ました。ゆっくりまぶたを持ちあげる。風車から風車へと必死で走りまわってカサンドラを捜している夢を見ていた。だいじょうぶ。カサンドラはちゃんとここにいるじゃないか。腕に少し力をこめたところで、はっとした。

目をぱっちり開けて、がばと身を起こす。「そうか！　そうだったんだ。カサンドラ、起きて。やっとわかったよ！」

21

カサンドラは眠そうに目を開けた。「なあに？　どうしたの？」

「なぜ宝のありかを見つけられなかったのか、わかったんだ。沼のせいなんだよ！　マーガレット・ヴェレアがイギリスを出てから、沼地の干拓事業が始まったんだ。当時は広大な沼地だった地域が今では牧草地に変わっている。そこが問題だったんだ」

「なるほど！」カサンドラも急いで起きあがった。「沼地の干拓で景色ががらっと変わってるということね。だから、地図では小川がいやに近いように見えたんだわ」

「うん。地図の描《か》き方がへたなせいだとばかり思ってたけど。そうなると、我々はまったく違う場所を探していたのかもしれない」

「昔の景色がどんなふうだったかをどうやって調べればいいのかしら？」

早くもフィリップはベッドを出て、服を着はじめている。カサンドラもあわててそれに従った。「書庫で調べよう。この土地の歴史や風土の本に昔の地図がのっているかもしれない。あるいは、沼地を干拓したあとの風景がどんなふうに変わったかを記録したものがあればいいけど。最悪の場合は、またリリアン叔母さんのところに行って、沼の排水をする前はどんな景色だったかを年寄りが話していたのを覚えているかどうか訊《き》いてみよう」

フィリップが燭台《しょくだい》をともし、カサンドラは扉を少し開けて廊下をのぞいた。誰もいないのを確かめてからフィリップに合図して、二人は廊下へ出た。裏階段を使って書庫に入る。扉をきっちり閉めて明かりをつけ、さっそく二人で調べはじめた。

前に本棚を見てまわったとき、十七世紀中頃《なかごろ》の教区での生活を回想した牧師の本があったのを、カサンドラはなんとなく覚えていた。あれはたしか上階にあったはず。しばらくしてその回想記を見つけだし、歴史の書物をおさめた棚の前にいたフィリップを呼んだ。

残念なことに、その本には地図はのっていなかった。フィリップはその本をわきによけた。「これ、まだしまわないでおいて。聖スウィズン教会付近の記述が出てくれば、当時の様子を想像できるかもしれない。でも、その前にまず昔の地図を探そう」

フィリップがノーフォーク州の歴史の本を見つけた。だがそれは沼の干拓後に書かれたもので、地図も一枚あるにはあったけれど現況と同じだった。最初の興奮が冷めると眠気が襲ってきた。それでも二人は古い地図を探し続けた。夜明けの光で部屋が白みだしたころ、棚のいちばん端にあって見落としそうになった小型の黒い本をカサンドラが引きだした。

「実録・干拓の……」カサンドラは書名を読みあげかけて、フィリップを呼んだ。「沼地の干拓の記録らしいの」ページを繰りながら、声をあげる。「見て！　地図よ！　沼の水を汲《く》みだす前の地図。違う地域の地図が三枚あるわ。ほらね？」

「ほんとだ。聖スウィズン教会があって、道はここで――あ、これ！」フィリップは、地図の左側にある大きな陰影をつけた部分を人差し指で示した。「ここは沼地だ。我々が行ったところ。マーガレットが地図に描いた道じゃないんだ。この道は沼地にそって大きくうねっている」

「沼地がなくなってから、道がこっちに移ったというわけね。私たちは全然違う道にいたんだわ」カサンドラはフィリップを見あげた。「昔のこの道はまだあるかしら？」

「跡くらいは残ってるかもしれない。たぶん草ぼうぼうだろうが、その道を行けば石垣や泥炭掘りの小屋の跡も見つかる可能性はある」眠気も吹き飛んだフィリップは笑みを浮かべて、カサンドラに訊いた。「どう？　行ってみる？」

「今？」

「外はもう明るいよ」

「いいわ。帽子を取ってくるわね。子どもたちはどうする？」

フィリップは一瞬のためらいを見せてから、首を横に振った。「喜ばせたあげくに、がっかりさせるのはまずい。探しあてられないかもしれないんだから」

カサンドラはうなずき、忍び足で帽子を取りに行った。一人で厨房《ちゅうぼう》へ行って朝食をかきこんだものだから、召使いたちはびっくりしていた。庭園の隅にある物置から取ってきたシャベルを肩に、フィリップはカサンドラとともに聖スウィズン教会へ向かった。

教会につくと、今度は現にある道ではなく、昔の地図に描かれている道の方向へ進んだ。まもなく、幅の狭い道らしいところへ出たのには二人とも驚いた。

「これかしら？」

「地図と一致している。ここなら、小川がもっと近くなるし。そのあともこの道を人が歩いて、踏みならされたんだろうね。だから草におおい尽くされずにすんだんだ」

途中で道が消えているところもあるが、方角さえ間違わなければ、また小道が現れて進むことができる。

「ほら、あそこに木立があるわ！　フィリップ、やっぱりこの道でいいのよ」

道ばたの石垣跡も特定できたので、その先の泥炭掘りの小屋の跡を探した。初めは行き過ぎてしまったけれど、あともどりして地面に目を凝らした。そしてついに、灌木《かんぼく》や雑草におおわれた、長方形を形づくっているくずれかけた石の群れを見つけた。

カサンドラは胸をどきどきさせながら、フィリップの顔を見た。持参金の隠し場所からほんの五歩しか離れていない。カサンドラは深く息を吸いこんだ。不安に襲われた。もしもまた失敗に終わったら？　物問いたげに、フィリップが眉をつりあげた。カサンドラはこっくりする。

フィリップは小屋の土台だったらしい石の群れを見おろした。「角がどこかは正確にはわからないから、ちょっとずれるかもしれない」

たぶんこのへんだろうと当たりをつけ、フィリップは小屋跡の角から五歩歩いた。そこで立ちどまり、地面を掘りはじめた。かなりの大きさの穴ができたが、なにも出てこない。それから細長い溝のような形になるように、穴の両側をまっすぐ掘った。太陽がのぼりきる頃には、一方が一メートル近くの長さの穴になった。反対側も同じように掘っていくと、シャベルがなにか固いものに当たった。

フィリップは顔をあげて、カサンドラを見た。カサンドラがそばに近づいて、のぞきこむ。「箱かしら？」

「とも限らない」フィリップは注意深く物体のまわりを掘った。しまいにはしゃがみこみ、手で土をどけはじめた。服や手が汚れるのもかまわずに、カサンドラも一緒に土くれをどけた。土の中から丸みのある金属の箱の蓋《ふた》が現れた。さらにまわりを掘って箱に手をかけ、動かしながらひっぱった。しばらくそうしていると、箱がひょこっと持ちあがった。フィリップが箱を引きあげて、穴のわきの地面においた。

しばらくのあいだ、二人は肩で息をしながら箱を見つめていた。長さがわずか四十五センチ、幅はその三分の二しかないのに、箱は重かった。かまぼこ型のトランクを小さくしたような形の箱にはほとんど飾りがなく、頑丈な錠がかかっている。二百年近い歳月が経《た》っているにもかかわらず、びくともしないように見えた。

フィリップがシャベルで五、六回強打したあげくに、やっと錠は壊れて落ちた。カサンドラは息を凝らして、箱の前にひざを突いた。心臓が口から飛びだしそうだった。フィリップが身ぶりで箱を開けるようにうながした。

「さあ、開けて。もともとあなたのものなんだから」

カサンドラは深呼吸をして、箱の蓋を持ちあげた。蓋がいっぱいにひらき、ベルベットの小袋や金貨が山ほど詰まっているのが見えた。いちばん上に、ベルベットでくるんだ大きなものがのっている。小袋のひとつをフィリップが手に取り、中身を手のひらに空けた。サファイアやルビーの原石がいくつも出てきた。中には研磨していない大きなエメラルドもある。別の小袋からは、時代物の宝飾品が出てきた。

「どれもきっと、当時よりはるかに値があがっているよ。いちばん底にはばらの金貨があるようだ。これだけあれば、我らがチェジルワース卿《きょう》の将来も保証されたぞ」フィリップは大きい包みをさして言った。「それ、開けないの？」

「なんだかどきどきしちゃって、開けるのが怖いの。もう何年も、金の豹《ひょう》の像がどんなものか想像をめぐらせてきたんですもの」

カサンドラはベルベットの包みをひざにのせ、ゆっくり布をはいだ。包みの中から現れた大きな金の豹は、日の光を受けてきらきら輝いている。たがねで斑紋《はんもん》を彫ってあり、うずくまったその姿は今にも飛びかかってきそうだった。首輪には小粒のルビーがはめこまれ、目は鮮やかな濃緑色のエメラルドでできている。名工の手になるものだろうか。出来映えのあまりの美しさに、カサンドラはしばし言葉を失い、ただ見とれているばかりだった。「フィリップ……」本物の猫であるかのように、背中をなでていた。「なんというみごとな工芸品でしょう。こういうものを見たことがある？」

フィリップが返事をしないうちに、背後から陽気な声が聞こえてきた。「ありませんとも」

二人はぱっと振り返った。反射的にカサンドラは金の豹を胸に抱きよせた。二メートルほど先に立っている男は、なんと、ミスター・サイモンズだった。サイモンズは、相変わらずにこにこしていて機嫌がよい。ただし、好印象を台なしにしているのは、カサンドラに向けてかまえた大型の猟銃だった。

「ミスター・サイモンズ！」カサンドラは呆然《ぼうぜん》としていた。

「おまえだったのか！」フィリップがサイモンズをにらみつけた。「最初からおまえの仕業だったのか？　うちに忍びこんだのも、なにもかも？」

「そのとおり。ミスター・ミラーが例の日記を持ちこんできたときから、こりゃあ大もうけができそうだとにらんだ。地図や財宝のありかを突きとめることができるのは、ミス・ヴェレアしかいないと思っていましたよ。利口な娘さんだからな。父親よりもしっかりしてるくらいだ。ミス・ヴェレアと本の取引をするときは、もうけがほとんど出ないんです」サイモンズは得意げにしゃべり続ける。「初めは、ミス・ヴェレアが宝のありかを突きとめるまで待っちゃいられないと思った。欲の皮が突っ張ってるもんでね。人をやって地図を盗みだそうとしたが、無理だということがすぐわかったんです。あんた方二人が見つけだすまで待ったほうが得策だと気がついた」

「で、私たちが祈祷《きとう》書のことを訊きに行って、まんまと思うつぼにはまったというわけね」カサンドラは吐き捨てるように言った。

「ま、そういったとこです。あの本を誰がサー・トマスから買って、今どこにあるかを調べるくらいはわけないことさ」サイモンズはコートのポケットから祈祷書を取りだし、〝どうだ、このおれさまは頭いいだろう?〟と言わんばかりに見せびらかした。

「私たちを知りあいの本屋に行かせたのも、そのあいだに横取りする魂胆だったからなのね」

サイモンズはため息をついて、祈祷書をポケットにしまった。「ところが地図は両方とも手に入らなかった。せっかく本を盗ませたというのに、地図がない。あんたらがビグビーの家で盗《と》ったんだろうと思った。こうなったらしょうがない、あんたらのあとをつけるしか手がなかった。しかし、昨日の結果にはがっかりさせられましたよ。一日中ほっつきまわったあげくがあのざまじゃあ。物陰にひそんでの見張りだもんだから、私の手下もへとへとになっちまった。それで今日はあんた方のうちを見張ることにした。おかげで大助かり」

「デイビッド・ミラーは？　ぐるなの？」

サイモンズは笑った。その笑い声を聞きながら、どうして今まで卑しい声音が見え隠れしているのに気づかなかったのかと、カサンドラはいぶかしく思った。「ははん、あのおめでたい男ですかい？　ぐるになれるわけがない。もちろん、あの男からあんた方について役に立つことをいろいろ聞きこみましたがね。こんな計画を教えようものなら、あの男は気絶しちまうでしょうよ」

カサンドラはフィリップを見やった。「私が言ったとおりでしょう。あの人は泥棒なんかできる人じゃないって」

「サイモンズもそういう人じゃないと言ったんだから、あなたに先見の明があるとは信じがたいな」

「さてさて、お若いの、おしゃべりはいいかげんにするんですな。ミス・ヴェレア、そのみごとな工芸品をこちらに持ってきなさい。いいですか、サー・フィリップ、ばかな真似《まね》をしたら、この銃が火を噴きますぞ」

「わかってる」

カサンドラは重い彫像をかかえてゆっくり立ちあがり、わざと時間をかけてサイモンズのほうへ歩いた。サイモンズは銃口をカサンドラに向けたまま動かない。近くまで行ったとき、カサンドラはつまずいて前につんのめった。両手を広げたひょうしに、金の豹が地面にころがり落ちた。反射的にサイモンズは彫像をつかまえようとして銃をさげた。すかさずフィリップがサイモンズに飛びつき、銃身をつかんだ。カサンドラが素直に金の豹を渡すはずがないとにらんで、すきをうかがっていたのだ。

二人の男の取っ組みあいになった。カサンドラは地面をころがって二人から離れ、すばやく立ちあがった。金の彫像でサイモンズの頭をなぐってやろうとあたりを見まわすと、格闘している男たちの真下にころがっている。さいわいフィリップが銃をもぎとり、わきへほうり投げた。追おうとしたサイモンズの腕をフィリップがとらえて自分のほうを向かせ、あごにげんこつを一発食らわす。肥満した小男がフィリップにかなうわけがない。地面にうつぶせになったサイモンズの腰をフィリップがひざでぐっと押さえつけ、腕を背中で交差させた。

カサンドラは手早く服のベルトをはずして、サイモンズの手首を縛った。きつくて痛いとサイモンズが文句を言ったが、カサンドラは歯牙《しが》にもかけなかった。サイモンズのコートのポケットから祈祷書を取りだし、「これはミスター・ビグビーのものよ」と言った。

三人は奇妙な行列をつくって教会への道を引き返し、ヘイバリー・ハウスに向かって歩いた。後ろ手に縛られたミスター・サイモンズを先頭に、一メートルほど離れてカサンドラが銃をサイモンズにかまえて続き、フィリップは宝物の箱を背負ってしんがりを務めた。教会とヘイバリー・ハウスのあいだの道で農夫とすれ違った。農夫はけげんそうに一行を見て帽子に手をかけ、挨拶《あいさつ》の言葉を口にして去っていった。

家にもどったフィリップは、銃とサイモンズを村の巡査に引きわたすよう猟場管理人に指示した。サイモンズがどういう罪を犯したかについては、のちほど自分が説明に行くからとつけ加えた。

そのあとで、カサンドラとフィリップは子ども部屋に直行した。双子の弟たちと二人の少女はふさぎこんだ様子だったが、泥だらけで乱れた身なりのフィリップとカサンドラを見て目を丸くした。

フィリップは厳粛な面もちで、窓ぎわの腰かけにすわっていたクリスピンの前に歩み寄った。ほかの三人もひとりでに集まってくる。フィリップは宝石の箱を正面にすえ、重々しいしぐさで箱の蓋を開けた。宝石や金貨の袋の上に光り輝く金の豹が鎮座ましましている。「チェジルワース卿、スペインの持参金をお持ちしました」

その日はお祭り騒ぎに終始した。箱の中身をみんなに披露しては何度も何度もいきさつを説明して聞かせ、夢にまで見た持参金の使い道について姉弟《きょうだい》たちで語りあった。フィリップは約束どおり財宝のすべてをヴェレア家に渡した。

フィリップの骨折りがあったから手に入れることができたのだから、半分は受け取ってほしいとカサンドラは繰り返した。フィリップはただほほえむばかりで、首を横に振った。

「もともとあなたがすべて計画したことなんだ。ぼくは最初のうちは信じてもいなかったじゃないか。あなたの執念が実ってこうなったのであって、さもなければ持参金は永遠に地中に眠っていただろう。運のいい農夫がたまたま掘りだしでもしない限りは。それに、そもそもこれはヴェレア家の財産だったんだ。けっきょくマーガレットは結婚しなかったんだから、ネビル家に権利はないんだよ」

「でも、両家で分けてほしいというのがマーガレットの望みだったのに」

「マーガレットは、両家に仲直りしてもらいたかったんだ。不和を解消する唯一の方法は持参金を分けることだと考えたのだろう。しかし、あなたとぼくが結婚することで両家は和解できるんだから持参金は必要ないよ」

「フィリップ、あなたは本当に思いやりがあって高潔な方ね」カサンドラはつま先立ちになって、フィリップの頬にキスをした。

フィリップはにっこりする。「あなたがそう思ってくれるのは嬉《うれ》しい。レディ・ネビルになってからも、そんなふうにほめてくれるといいけど」

カサンドラの胸に温《ぬく》もりが広がった。「あら、思いやりがあるだんなさまだとは考えられなくなるほど暴君におなりになるつもり?」

「暴君になんかならない」フィリップは笑いながら、カサンドラの耳に口をよせた。「だけど、あなたをいっときもひとりにさせないかもしれないよ。覚悟していて」

「フィリップったら！」まなざしを見れば、フィリップがなにを言いたいかわかる。カサンドラは密着したフィリップの胸を手で押した。「いつお母さまが入っていらっしゃるかわからないじゃない」二人は階下の居間にいた。

「ぼくがあなたに手を触れずにいられないことを、母はおおかた察しているだろう」

フィリップが欲求を隠そうとしないことは嬉しくもあり、そそられもした。けれどもカサンドラとしては、愛すればこそ求めたくなるという関係であってほしかった。性的な熱情はいずれは衰えるのではないか？　そうなったとき、二人のあいだになにが残るのだろう？　結婚生活に縛られることを腹立たしく思ったり、後悔したりするのではないか？　もしもフィリップがこちらを向いてもくれなくなったら耐えられるかしら？　カサンドラは日増しに、いえ時々刻々と、フィリップを好きでたまらなくなっていくのだった。

恋心をはっきり伝えたことは一度もない。フィリップが眠ってしまってからなら、一、二度は言ったかもしれないが。押しつけがましいと、とられるかもしれない。それを思うと、愛の言葉を口にする勇気が出なかった。相手にもそう言わせたいからだと、フィリップに思われるのがいやだった。それよりなにより恐れるのは、勇気を出してその言葉を口にしたのに、〝愛している〟と返ってこなかったときのことだった。

その日にカサンドラの頭を悩ませたのはそれだけではない。長年の念願がかなって有頂天になった気分も静まり、財宝は書斎の金庫に保管され、フィリップが巡査に会いに行ったあと、カサンドラはこの数週間の出来事を思い返していた。中でも、あの風車小屋の一件だけはどうも腑《ふ》に落ちなかった。

カサンドラを傷つけたり、殺したり、あるいはロンドン行きを遅らせたりしたところで、サイモンズにとってはなんの利益にもならないではないか。フィリップと一緒にロンドンの店で祈祷書の話をするまでは、サイモンズは二枚目の地図のありかすら知らなかったのだ。それに、フィリップを疑った理由は、修道院跡に来るようにというあの短い手紙だった。修道院跡は二人がよく行く場所だという事実を、サイモンズは知りようがないのだ。サイモンズがやったにしては、どうしても合点がいかない。

痛む歯をつい舌でさわってしまうように、カサンドラはともすれば風車小屋事件について考えをめぐらせているのだった。それがこうじてとうとう翌日の朝、ひとりで村の監獄を訪ねた。初めはなかなかうんと言わなかった巡査も、しまいにはカサンドラに言いくるめられて囚人との面会を許可した。

サイモンズは、店で会ったときと同じように愛想よく挨拶した。「ああ、ミス・ヴェレア、お目にかかれて嬉しいです」

「ミスター・サイモンズ」カサンドラは鉄格子越しにサイモンズに目をあて、どう切りだしたものかと思案していた。

口を切ったのは、サイモンズのほうだった。「ミス・ヴェレア、あなたに危害を与えるつもりは毛頭なかったんですよ」

なに言ってるの、この人は。つい昨日、私に銃を突きつけたくせに。カサンドラは呆《あき》れて、サイモンズの顔を見た。

「あなたのことも、お父さまのことも好きでした」サイモンズはため息をついた。「言うまでもなく、欲が私の破滅のもとでしてね。日記で持参金について知ってからというもの、どうしても手に入れたくなったんです。いつか許してくだされぱいいんですが」

「私もいつかそうできればとは思いますよ。でもまだ、記憶が生々しいですから」カサンドラはひと息おいて続けた。「私に危害を与えるつもりはなかったというなら、なぜ風車小屋などにとじこめたんですか？」

サイモンズはぽかんとしている。「え、なんですって？　風車小屋？　ミス・ヴェレア、私にはなんのことやらさっぱりわかりません」

「あなたが人を雇って、私を襲わせ、風車小屋にとじこめた事件です。助けだされたのは、まったくの偶然だったんですよ」

古書商は当惑した様子だった。「しかし、ミス・ヴェレア……どうしてそれが私の仕業だと思われるんで……？」

「あなたの仕業としか思えないでしょう」

狐《きつね》につままれたようなサイモンズの表情は変わらない。この男がいかにも善良そうでつい信用してしまいたくなる印象を与えるのにたけていることは、今度の犯罪で証明ずみである。にもかかわらず、驚いたふりをしているとはどうしても思えなかった。やはりサイモンズは風車小屋事件についてなにも知らないのではないか？

ヘイバリー・ハウスにもどるあいだもずっと、カサンドラの頭から疑問が取りついて離れない。風車小屋事件の犯人がサイモンズではないとしたら、いったい誰なのか？　そして、なんのために？

いくらジョアンナやアーディス伯母が利己的で貪欲《どんよく》で嫉妬《しっと》深くて愚かでも、あんなことまでするだろうか？

考えごとにふけったまま屋敷の横にある庭にさしかかったとき、やっとセアラ・ヨークが近づいてきていたのに気づいた。

「ミス・ヴェレア！」セアラは声をあげて駆け寄った。「今お宅に伺ったら、あなたがお留守でしたので、がっかりして帰ってきたところですの。ちょっとお話ししたいことがあって」

「あ、そうだったの？」今は、セアラに限らず誰とも話したくない気分だった。だが、嫌いな相手ではないのだしと思い直し、カサンドラは笑顔をつくってみせた。

「私……」セアラは、なにか探し物でもしているように、あたりを見まわした。「あの、お庭を少しお散歩しませんか？」

カサンドラは、内心おっくうに感じながらも調子を合わせた。「いいわ。あなたがそうなさりたいなら」

「ええ。きっと気持いいですわ」

二人は並んで歩きだし、甘い香りの薔薇《ばら》園を通り過ぎて下の庭園に入っていった。

「お話って、なあに？」セアラが黙っているので、カサンドラはうながした。

「え？」セアラはぼんやりした目つきでカサンドラを見返した。

「私にお話ししたいことがあるとおっしゃったでしょう。なにか特別なお話でもあるのかと思って……」

「あ！　あの、いえ、特別なお話があるわけじゃなくて――あなたとおしゃべりできたら――お話でもしたら、もっとお友達になれるのではと……」

そのとき初めてカサンドラは、セアラがとても変なのに気がついた。話し方がおかしいし、しきりに視線をきょろきょろ動かして周囲をうかがっているふうに見える。態度も落ちつきなく、目つきはどことなく怪しげで、ただならぬ様子だった。

「ミス・ヨーク……どうかなさったの？　なにか私でもお役に立つことがあったら――」

「お役に立つですって！」セアラがぱっと振り向いた。目がぎらりと光る。思わずカサンドラはあとずさりした。「お役に立つ！　どうしてそんなことが言えるの？」カサンドラは目を見張った。この人、どうしたのか？　これ以上家から離れて一緒に歩いてはいけないと思った。

「もう、もどりましょう」カサンドラは引き返そうとした。

「いいえ！　いいえ、もうもどれないわ。遅すぎるんです！」

ますます異様さを増すセアラのふるまいに、突然、カサンドラは納得した。そうだったのか。それならなにもかもつじつまが合う。「あなただったのね？　私を風車小屋にとじこめたのは」

「ええ、ええ、そうよ！」うわずった声をあげながら、セアラはハンドバッグからいきなりピストルを取りだし、銃口をカサンドラに向けた。

なんで私は続けざまに銃を突きつけられなければならないの？　驚愕《きょうがく》しながらも、カサンドラはセアラを懸命になだめようとする。「ミス・ヨーク、お願い。ピストルをしまって、お話ししましょうよ。風車小屋のことは誰にも言いませんから。あなたもきっと後悔してらっしゃるでしょう」

「あんなことはしたくなかったの。あなたが好きでしたし。それは本当よ」セアラは、カサンドラに前に進むようピストルで合図した。「歩いて。歩かなきゃだめ」

ピストルを持つセアラの手がふるえている。カサンドラはセアラの言うとおりにするしかなかった。もう一度、庭園の奥のほうへ歩きだす。

「そこを曲がって、林のほうへ行きなさい」またピストルを振って、セアラが命令する。

「わかりました。あなたがおっしゃるとおりにするわ」カサンドラはできるだけゆっくり落ちついて、歩を進めようと努めた。セアラを刺激しないようにしなければならない。悪夢のようなこの状況から逃れるにはどうしたらいいか。考えるための時間を稼ぐ必要があった。「でも、うちの中でお話ししたほうが楽じゃありません？　冷たい飲み物が飲めるし。ね、そのほうがいいわ」

「恩着せがましい言い方はやめてよ」

「そんなこと、私は決して……」

「あなた方は、いつもそうじゃありませんか――まあ、あなたはほかの人よりはましだけど。なにさ、あなたのあのいとこ――ミス・モールトン。初めは、あの人のことを彼は好きなのかと思ってたわ。きれいだし、自分の持ち物みたいに彼の腕にしがみついてたから」嫉妬をむきだしにしてセアラは話し続ける。「あの女は私を虫けらくらいにしか思ってないのよ。彼女なら平気で私から彼を奪うとわかってた」

「ジョアンナは誰に対してもそうなのよ。みんなが自分の美貌《びぼう》にひれ伏すと信じこんでるの」

セアラは気味の悪い笑い声を出した。「ふん、あの人、水にひれ伏したわよ。ちょっと押してやれば、おびえてひっこむと思った。怪我《けが》するほどのことじゃなし。自分で勝手にもがいたりしなきゃ、あんなに濡《ぬ》れずにすんだものを。なのに、ちゃっかり彼に助けてもらって、おまけにずうずうしくよりかかって。服がびしょ濡れなもんで、体が透けて見えたでしょう。それをこれ見よがしに彼にくっつけて。かえってばかなことをしたと、私は思ったわ」

二人は、庭園のはずれまで来ていた。その先の区域は地所内ではあるが、あまり人の手が入っていない。カサンドラはそれ以上は進みたくなかった。だがセアラにこづかれるようにして、歩き続けるしかなかった。

「そのうち、私は間違いに気がついた。考えてみると、フィリップがあんな虚栄心の強い軽薄な女に惹《ひ》かれるはずがないのよ。実際、彼はあの女を避けてるのがわかったわ。その代わり、いつもあなたと一緒にいた！」セアラはすごい形相でカサンドラをにらみつけた。

「二人で仕事をしていただけよ。私と一緒にいたいというよりも、スペインの持参金について調べるのが目的だったから」

「やめて！　そんな言い訳聞きたくもない！　私のことを低能だとでも思ってるの？　決まってるじゃない。あなたと一緒にいたいからよ。でなければ、結婚するわけがない！」

たしかに、セアラの言うとおりだ。へたに弁解しないほうがいい。セアラの話題がそれればいいがと、カサンドラは念じた。

「あなたを痛めつけたくはなかった。好きだったし、ほかの貴族のお嬢さんたちよりずっと頭がよくて、いい人だと思ったから。〈シルバーウッド〉にも関心を持ってくれたでしょう。子どもたちもあなたが好きだった」

「ありがとう。私もあの子たちが好きよ。それに、セアラ、あなたのことも。私たち、お友達になれないかしら？」

「友達になれるかですって！　なれるはずがないでしょう。私が欲しいものすべてを、あなたは手に入れている。あなたがフィリップと結婚するなんて、耐えられない！」さらに少し歩いてから、セアラはまた同じことを言った。「あなたを痛めつけたくはなかった。そんなつもりじゃなかったの。誰かがすぐ風車小屋にいるあなたを見つけると思ってたわ。もしそうでなかったら、私が行って出してあげるつもりだった。怖い思いをさせれば、あなたはおびえてヘイバリー・ハウスを離れるものと思ってたわ。なぜあなたは出ていかなかったの？　出ていってくれさえすれば、こんなことにならなかったのに」

「今からでも遅くないわ。こんなことしなくたっていいのよ」

「いいえ！　もう遅い！　あなたが出ていかないからには、こうするしかない。あなたは身を引くつもりなんかないでしょう。だったら、結婚をやめさせるしかないわ！」

どうやって結婚をやめさせるつもりなのか、カサンドラは聞きたくなかった。「あのね、ミス・ヨーク、私を追いだしたところで、フィリップがあなたのものになるとは限らないのよ」

「いいえ、そんなことない！　フィリップはいずれ私のもとにもどってくるわ。私が誰よりもあの方を愛していることを、そのうちきっとわかってくださるでしょう。フィリップは私にとても優しくて、〈シルバーウッド〉の仕事も世話してくださった。私に対する気持があったからこそ、そうしてくださったのだと思わない？」

「サー・フィリップがあなたを好きなのはわかってます。でも、もしあなたが……こんなことを……」カサンドラは口ごもった。

「あの方にはわかりゃしない！」セアラは得意そうに声を張りあげた。「そこが狙《ねら》いなんだわ。事故に見せかければ、だあれもわかりっこないのよ」

「いいえ、必ずばれるわ。私たちのことを窓から見てる人がいるに違いないもの。私と最後に一緒にいたのはあなただってことは、すぐわかるのよ」

「うるさい！　黙れ！」セアラがわめいた。カサンドラは口をつぐむ。セアラが狂乱寸前であるのは明らかだった。

二人は歩き続ける。もはや、ほとんど口をきかなかった。本当に誰かが窓から見ていてくれればいいのに。けれども、それはあまり当てにできない。仮にたまたま見ていたとしても、二人が散歩しているくらいにしか思わないだろう。

「さあ、ここよ！」勝ち誇ったようなセアラの声。カサンドラはいぶかしく思って、あたりを見まわした。

取りたてて変わったものは見当たらない。木立のはずれに井戸があるだけだった。セアラは井戸のほうへ行くように合図した。

「そこ。そこに行って、立ちなさい」

カサンドラは言われたとおりにした。事故に見せかけるというのは、このことだったのか。なんらかの手段でカサンドラをこの古井戸に突き落とせば、誤って落ちたと思われるかもしれない。しかし……カサンドラは井戸のそばに来て、立ちどまった。

「セアラ、あなたの計画はうまくいかないわよ。井戸には蓋がしてあるし、へりが腰の高さほどあるじゃない。過失で落ちることはまず考えられないわ」

「そんなことはない。自分で蓋を取ればいいんだから」

「いや」カサンドラはセアラのほうに向き直り、腕組みをした。

「いやだって？　蓋を取らないなら、撃つわよ！」セアラはピストルを振った。

「どうぞ。でも、これだけはわかってるんでしょうね。私が撃たれたら、誰も事故だとは思わないわよ。殺されたのは一目瞭然《りょうぜん》じゃない。それに、誰が犯人か、フィリップは必ず突きとめるわ。結婚しようとしていた女を撃ち殺したのが誰かわかるまでは、決してあきらめないでしょう。心から、愛していた、女の、こと、ですもの」カサンドラはわざと一語一語くぎって、声高に言ってやった。怒らせるのが目的だった。セアラが逆上して、なにかうかつなことをしでかすように仕向けたかった。

「やめて！」セアラは二、三歩前へ出た。憤怒《ふんぬ》で体をこわばらせている。「そんなの嘘《うそ》っぱちだわ！」

「愛してなかったら、なぜフィリップは私と結婚するの？　ヴェレアの家にお金がないのはみんな知ってるわ。それでも私を妻にするのは、愛してるからよ。フィリップがいったん愛したら、その愛は未来永劫《えいごう》絶対に変わらないわ。あなたにもそれはわかるでしょう。フィリップは私を愛していて、これからもずっと愛し続けるのよ。私だけをね。あなたがどんなことをしても、フィリップはあなたを愛するようにはならないでしょう」

セアラはぐぐっとカサンドラに近寄った。目は血走り、ピストルを持つ手がぐらぐら揺れている。いつ誤って発射するかと思うと、カサンドラは気が気ではなかった。そこまで追い詰めては危険だ。カサンドラは腹に力をこめ、勇気をふるい起こしてつけ加えた。

「私を殺したのがあなただとわかったら――必ず突きとめるに決まってるけど――フィリップはあなたを永久に憎むわよ。さ、セアラ、私を撃ったらどうなの？　フィリップにあなたの正体がばれるのは時間の問題だわ。そしてそのあと、あなたはフィリップに永遠に軽蔑《けいべつ》されるのよ」

セアラはついに切れた。わけのわからぬ声を発してカサンドラに突進し、ピストルを振りあげて頭をなぐろうとする。それをかわしたカサンドラはすばやく前に飛びだし、セアラの胸をどんと突いた。後ろへよろめいたセアラがふたたび前に進みでてカサンドラを突き返す。それからは、手を振りまわしたり足で蹴《け》ったり、つかみあいの大げんかになった。カサンドラはセアラの腕に指を食いこませて離さず、なんとかしてピストルを撃たせまいと踏んばった。だが次の瞬間には、轟音《ごうおん》がとどろいた。さいわい弾丸はそれて、空中に飛んでいった。

カサンドラはセアラよりは背が高い。けれどもセアラのほうが筋肉質で、ふだんからやんちゃな少年たちを相手にしたり力仕事をしてきたりしたためか、並はずれた腕力の持ち主だった。今にして思えば、だからこそ気を失ったカサンドラの体を馬にのせて修道院跡から風車小屋まで運ぶことができたのだ。

そのとき、カサンドラは靴のかかとでスカートのすそを踏んでしまう。ぐらりと後ろへよろめき、仰向けに井戸の壁に倒れかかった。背中をいやというほど打ち、一瞬、気絶してしまうかと思った。セアラがピストルをかざして打ちおろした。かろうじてカサンドラは、ほんの二、三センチ頭をそむけた。ピストルの柄が井戸に当たった。思わずピストルを取り落としたセアラはうなり声をあげる。今度はカサンドラに飛びかかって、首を絞めはじめた。背中を強打したカサンドラは、それでも必死で抵抗した。息ができない。セアラの手を引き離そうとするが、意識が遠のきそうだった。

突然、足音や人の声が聞こえた。フィリップが現れる。怒りと恐怖で顔を引きつらせ、背後に駆け寄りざま組んだ両手をセアラの後頭部に振りおろした。カサンドラの首にまわした手がゆるみ、セアラの足もとがふらついた。

フィリップが再度握りこぶしを打ちおろし、セアラは地面に倒れた。

セアラの体を突きのけ、カサンドラを引き起こして胸に抱いた。「カサンドラ！ ああ、まさか手遅れじゃないだろうね。お願いだ、カサンドラ、なにか言って。ぼくを見て」

フィリップはカサンドラの体をかかえて揺さぶり、絶え間なく話しかける。

「ああ、ぼくの大切な人、カサンドラ、死なないで。ぼくをひとりにして死なないでくれ。ねえ、カサンドラったら、なにか言ってくれよ」しまいには涙声になっていた。

カサンドラののどからやっと声がもれでてきた。

フィリップは急いで顔をのぞきこむ。「え？ なに？ だいじょうぶ？」

カサンドラはこっくりする。「うん、だいじょうぶだと思う」きれぎれにささやいた。

「ああ、よかった！」フィリップはしっかとカサンドラを抱きよせた。「どんなに心配したことか。たまたまセアラと話しているのが見えたんだ。なんとなく様子が変なので、目を離さずにいた。それでもどこが変なのかわからなかった。そのうち庭を出ていったところで、セアラがピストルを振りまわすのが目に入った。あんなに肝を冷やしたことはない。家から走っていっても間に合わないんじゃないかと、そりゃもうどきどきして……」

フィリップは何度も何度も〝よかった〟〝嬉しい〟と繰り返しつつ、カサンドラの頭や顔にキスの雨をふらせた。

「どうしてセアラはあんなことをしたのか？　カサンドラ、なぜあなたを殺そうとまでしたんだ？」

「なぜって、セアラはあなたに恋していたから」急速に気分がよくなっていくのを感じ、カサンドラはほほえんだ。

「ぼくに恋してるだって？」フィリップはびっくりしている。「しかし、そんなこと、ぼくは今まで一度も――」

「ええ、わかってるわ。愛している人に愛されないほど辛《つら》いことはないのよ」

フィリップはうなずき、カサンドラをふたたびかき抱いた。「でもどうしてセアラはそんな――ぼくが彼女を愛するわけがないのに。ぼくが愛しているのは、あなただけ。あなたしか、ぼくは愛せない」

このうえもない歓《よろこ》びが突きあげてきた。幸福だった。目もくらむほどの嬉しさに、フィリップに抱かれていなかったら、その場にくずおれてしまっただろう。「ほんと？　本当に私を愛してるの？」

フィリップは愕然としている。「本当にって、もちろんじゃないか。それなら、なぜぼくが結婚を申しこんだと思ってるの？」

「寝室で一緒にいるところを、アーディス伯母さまに見つかってしまったから」

「なに言ってる。伯母さんのことなんか、どうだっていいんだよ。それよりも前に、あなたと結婚しようと決めていた。わかってるだろう。庭のあずまやに行ったとき、ぼくはあなたを愛してることをはっきり自覚した」

「ああ、フィリップ！」カサンドラはフィリップの首にかじりついた。「私もあなたを愛してるの」

「ようやく言ったね。それを聞かせてもらうのに、ぼくは結婚式まで待たなければならないと思いはじめていた」

フィリップはかがみこんで、カサンドラの唇に唇を重ねる。

「もう待たせないとお約束するわ。正直言うと、一日に少なくとも十回は言いたいの。愛してるわ」キスをはさんで、カサンドラは繰り返した。「愛してるわ。あなたが好きでたまらない。とっても愛してるわ」

フィリップは笑いだし、カサンドラを抱きしめた。甘い吐息とともに、カサンドラはフィリップの胸に顔をうずめる。ずっと探し求めていた本当の宝物が今やっと見つかったと、しみじみ思った。

エピローグ

「なんという美しさ。完璧《かんぺき》だわ」チェジルワースの庭に腰をおろしていたカサンドラが、館《やかた》の壁を見あげて感嘆の声をあげた。

フィリップは結婚の贈り物だと称し、古い屋敷の改修を主張して譲らなかった。二人が結婚してから一年半経《た》った。改修工事はほぼ完成したが、西翼の部分だけはまだ全体に足場が組まれている。この部分の傷みはあまりに激しくて、すべての修理を終えるのにあと一年はかかりそうだ。とはいえ、屋根は葺《ふ》き替えられ、すりきれた絨毯《じゅうたん》やぼろぼろのカーテンも新しいものに替えられた。壁は、塗り替えたり壁紙を張り替えたりしてきれいになった。きーきー音をたてていた床板は張り替えられ、階段の修繕も終わった。暖炉はいぶらないようになり、広い厨房《ちゅうぼう》の設備もすっかり新しくなった。

屋敷のまわりも整備された。老チャムリーの監督のもとで、常勤の庭師たちがはびこっていた雑草を抜き、生け垣の手入れをして花を植えた。こんなにきれいだった庭園の記憶がカサンドラにはない。裏庭の迷路も元どおりに修復された。

カサンドラは、隣の椅子にすわっている夫にほほえみかけた。「チェジルワースのためにこんなにも骨折ってくださって、本当にありがとう」

ことなげにフィリップは微笑を返す。「なかなかよくできたじゃないか。これからは毎年ここで過ごす期間をつくろう」

この提案もまた、フィリップの思いやりを示すものだった。チェジルワースが見違えるように修復されたとはいっても、ここはフィリップの家ではない。一年のうちのある期間を一家で過ごそうという提案は、ひとえにオリビアや弟たち、とりわけクリスピンのためであることが、カサンドラにはよくわかっていた。ヘイバリー・ハウスに引きとられた子どもたちが本来の〝我が家〟での暮らしも味わえるように、というフィリップの配慮なのだ。

「ほんと、きれいになったわ」ジョアンナがとんきょうな声を出した。カサンドラは、鉄細工のガーデン・テーブルの向こう側にすわっているいとこに目をやった。「こんなかびの生えた古い家のどこがいいとあなたは思ってるのか、私にはわからなかった。でもこうして見ると、なかなかすてきじゃない」

ジョアンナは相変わらずきれいだ。淡いピンクのドレスが、磁器のように透きとおったいとこの肌をいっそう引きたてている。かたわらの婚約者が、そんなジョアンナにほれぼれと見とれていた。しゃべろうとするとつっかえがちになる無口な婚約者の名前はアンソニー・ゴードンといい、スコットランドの貴族である父親の跡を継ぐことになっている。少々鈍いのではないかとカサンドラはひそかに思っているが、ジョアンナを崇拝しているのは誰の目にも明らかだった。ジョアンナのわがまま勝手なおしゃべりに何時間でも耳をかたむけ、ときどき〝うん、そうだね〟などと小声で相づちを打っている。

知りあいだったアンソニーを、フィリップがカサンドラとの結婚式でジョアンナに紹介したのだった。仲人なんて柄にもないとカサンドラがからかうと、フィリップはにやりとして言った。「アンソニーはジョアンナにぴったりじゃないかと思ったんだ。頭が切れすぎず、内気で、美しいもの好みだし――それよりなにより、彼の屋敷がスコットランドというのが打ってつけだ。あんな遠くなら、我々もめったにジョアンナの拝顔の栄に浴さずにすむからね」

今週行われるジョアンナとアンソニーの結婚式のために、カサンドラたちはチェジルワースに来ている。レディ・ヴァイオレットもヘイバリー・ハウスからわざわざやってきた。老レディ・ネビルは高齢を理由に同行しなかった。もっとも、日増しにお気に入りになりつつある孫の嫁のカサンドラには、ジョアンナ・モールトンの結婚式なんかつまらないに決まってると本音を吐いていた。

「キャシー!」クリスピンとハートが庭の奥から呼びかけて手を振り、子どもっぽい追いかけっこをして遊んでいる。この一年で二人とも六センチは背がのびた。そのうちあっというまに、大人の身長になるのではないか。あと一年で、二人はイートン校に進学する。嬉《うれ》しさと寂しさが半々の、ひなが巣立った母鳥のような心境になるのではないか。カサンドラは感無量で弟たちの姿を目で追った。

その視線がひとりでに、木陰のあずまやにいるジョージェットとオリビアに移った。二人は毛布に腰をおろし、赤ん坊をくすぐったり笑わせたりしてあやしている。そばには、薔薇《ばら》色のほっぺの若い看護婦が付き添っていた。カサンドラとフィリップの五カ月の息子は、両親はもとより一家中の寵愛《ちょうあい》の的だった。丸々と太った、金髪で青い目の赤ん坊は、なんとも愛くるしい顔でよく笑う。

一家の中でも赤ちゃんをいちばん甘やかしているのは、年若い叔母たち、ジョージェットとオリビアだろう。今も二人は、黒髪と金髪の頭をくっつけそうにしながら赤ん坊に熱中している。出会ったとたんに親友になった少女たちは、この一年半のあいだにますます絆《きずな》を深めた。次の社交シーズンでデビューすることになっているジョージェットは、もう一年待ってオリビアと一緒に社交界に登場したいと言い張っている。二人とも日に日に美しくなっていくので、上流社会に騒ぎを巻き起こすのではないかと、カサンドラは思っている。

フィリップが手をのばして妻の腕に触れた。「奥さま、ぼくと一緒に庭を散歩しませんか?」

カサンドラはほほえむ。「はい、喜んで。だんなさま」

夫に手をあずけてカサンドラは立ちあがり、かたわらの青いレースのパラソルを持った。パラソルの色調がドレスの青によく合っている。カサンドラは相変わらずすっきりした飾りの少ないドレスを着ているが、仕立てはとびきり上等だった。おしゃれにまだ慣れていないので、鏡の中の自分の姿を信じられない思いで見ることがよくある。フィリップと婚約したときから、両レディ・ネビルがあれこれ世話を焼いたおかげで、カサンドラは我ながらびっくりするほどの衣装持ちになった。レディ・ヴァイオレットにはロンドンで長時間の買い物に連れていってもらった。こと衣服を選んだり買ったりする段になると、いつもは物憂げなレディ・ヴァイオレットが嘘《うそ》のように根気よく精力的に動きまわるので、カサンドラは仰天させられたものだ。

パラソルを肩に夫の腕に手をかけて、カサンドラはゆったりと歩きだした。しばらくしてから思いついたように、フィリップにたずねる。「その後、ミス・ヨークについてなにかお聞きになった?」

「ああ。ミス・エミングズの手紙によれば、だいぶよくなったそうだ」

カサンドラもフィリップも、セアラが逮捕されて裁判にかけられることは望まなかった。あのあと意識を取りもどしたセアラは、泣きじゃくってはつじつまの合わないことを口走り、見るも哀れだった。フィリップは、海辺に近い施設にセアラをあずけた。その施設では、温情としっかりした信念の持ち主であるミス・エミングズという女性の庇護《ひご》のもとで、心を病んだ人たちが暮らしている。ベッドラム精神病院に入れるのは忍びないと家族が考えて、ミス・エミングズに託した患者たちだ。

セアラの病状は改善し、今ではミス・エミングズの助手として患者の勉強なども見ているという話だった。とはいっても、セアラは未《いま》だに自分はフィリップの内密の妻だと人に話しているらしい。だが少なくとも、暴力的なふるまいはしなくなり、いちおう平穏に暮らしているようだった。

「ねえ、フィリップ。私にとっては、なにもかも申し分ないほどうまくいったと思うの」

「そう思ってくれれば嬉しい」フィリップは、自分の腕に巻きついている妻の手を取って唇に持っていった。「あなたのおかげで、ぼくの人生も申し分なしになった」

「本当にそう？　何度も泥棒に入られるわ、子どもを何人も引きとらなければならないわ、くずれそうな古い家を建て直すわで、さんざんじゃない？」

「それだけじゃない。普通の男が一生かかっても味わえないほど楽しいことがあるわ、秘密の地図を探しまわって宝物を掘りだすわ、子どもたちには笑わせられるわ、改修工事なんてめったにない事業を経験するわ、天使みたいな笑顔のかわいい子を授かるわ……そして極めつきは、このうえもなく美しくて聡明《そうめい》な妻にめぐりあえたこと。それこそ申し分なく得した気分だ」

カサンドラはにこっとした。

「ぼくのたったひとつの悩みといえば、あなたを独り占めできないこと。なんだかいつもまわりに人がいるからなあ」

二人は庭園を離れて、芝生のある中庭にさしかかった。「どこに行くの？」カサンドラがたずねた。

「修復した迷路に入ってみようかと思う」

「迷路からの出方を忘れちゃったかもしれないわ。中で迷って何時間も出られなくなっても、誰も助けに来てくれなかったりして」

フィリップはいたずらっぽく歯を見せて笑った。「それだよ、それを期待してるんだ」

カサンドラは笑いながら、スカートのすそを持ちあげた。「だったら、ぐずぐずしてられないわ」

迷路めがけて走りだした妻のあとを、フィリップが追った。

訳者あとがき

この小説のヒロイン、カサンドラ・ヴェレアは男に媚《こ》びない。といって、男嫌いではない。

自分は男にもてないと、カサンドラ自身は思いこんでいる。だが、いわゆる男好きのする美女であるいとこのジョアンナのようになりたいという気もない。

ヴィクトリア時代に求められた女の理想像、良妻賢母型の〝家庭の天使〟はばかげているというのがカサンドラの考え方だ。とはいえ、家庭をおろそかにしているのではなく、妹、弟たちの世話はもとより、家事万端をまたたくまに片づけてしまう。

カサンドラは飾らない。羞恥心《しゅうち》がないわけではなく、まっすぐな性格からくるものだ。おなかにためておくことができずに胸のすくようなたんかを切ってしまってから、髪の生えぎわまで真っ赤になったり、穴があったら入りたいと思ったりする。

若い女のくせに政治や歴史の話題を好み、過激な意見だろうが意に介さず口にするから男が逃げていくのだと、説教される。けれどもカサンドラは、退屈な会話しかできない男に我慢してつきあうのは時間の無駄だと思っている。にもかかわらず、パーティで誰にも話しかけられずにぽつんとしている人を見ると、話し相手にならずにはいられない。カサンドラは曲がったことが嫌いだ。そのくせ人のわがままが腹にすえかねると、頭を使ってちょっとした意地悪をしてやったりする。

少しでも条件のよい男をつかまえるために口に手をあてしなをつくったり、〝おほほ〟と笑ったりする同年代の女たちを、カサンドラは軽蔑《けいべつ》している。いくら金持ちでハンサムであっても、好きでもない男と結婚するなんてまっぴらごめん。オールドミスと世間にそしられようが、かまわないと思っている。

この時代の貴族の令嬢が最も恐れていた評判の失墜ですら、カサンドラは自ら選んだ道ゆえにそれをも受けいれる覚悟を決めているのだ。

どうやらカサンドラは、この小説より少し下った十九世紀末に登場する〝新しい女〟に属しているようだ。〝新しい女〟とは、前述の〝家庭の天使〟の対極にある女性をさしている。献身的に夫を支える家庭の天使たちについて、イギリスの女流作家ヴァージニア・ウルフは皮肉をこめてのべている。

家庭の天使はとても情け深いのです。とても魅力的です。自己中心的なところがまったくなく、家庭生活を営むための難しい技を身につけています。いつでも、自己犠牲をいといません。鶏肉《とりにく》が食卓にのぼれば足の部分を取り、すきま風が入れば風の吹く場所にすわります——つまり、自分自身の意見とか願望を持たず、いつもほかの人の意見や願望にそって考えようとする性質なのです。とりわけ——言うまでもありませんが——家庭の天使は清らかです。清らかさこそ、彼女たちの美しさであるとされ、頬を染める様子こそ、彼女の大きな魅力とされます。当時は——ヴィクトリア女王時代の最後の頃《ころ》ですが——どの家にも天使がいました。

それにひきかえ〝新しい女〟は、女性の解放を叫び、結婚を束縛と見なして性の自由を主張し、人前で酒を飲んだりたばこをふかしたり、服装改革を唱えて自転車を乗りまわし、あまつさえ男の格好をする者まで現れた。反フェミニストたちから非難と揶揄《やゆ》の対象になったのは想像に難くない。これらの傾向に思想的な基盤はあまりなかったとはいうものの、イギリスでは、それから二十年足らずで三十歳以上の女性が投票権を得るにいたった。

ところで、カサンドラが何者かに襲われ、廃屋同然の風車小屋にとじこめられる場面がある。この風車がアラビアから十字軍によってイギリスにもたらされたのは十二世紀のことで、以来、製粉や湿地の排水に使われていた。作中に出てくる風車は、十八世紀に開発されたタワー・ミルと呼ばれるもののようだ。灯台に似た円形か八角形の塔の内部には機械装置があり、丸屋根に羽根が取りつけられている。かつてはイングランド東部全体に散在していた風車のほとんどを、今では見ることができない。それでもこの物語の舞台になっているノーフォーク州には、一八六〇年に建てられたタワー・ミル型風車が運転可能な状態で残されているという。

二〇〇三年十一月

細郷妙子

訳者　細郷妙子

東京外国語大学英米科卒。外資系企業勤務ののち、ロンドンで宝石デザインを学ぶ。創刊当初よりハーレクイン社のシリーズロマンスを翻訳。主な訳書に、キャンディス・キャンプ『裸足の伯爵夫人』『初恋のラビリンス』『偽りのエンゲージ』、シャーロット・ヴェイル・アレン『クローディアの憂鬱』(以上、MIRA文庫)などがある。

ときめきの宝石箱

2004年3月15日発行　第1刷

著　　者／キャンディス・キャンプ

訳　　者／細郷妙子（さいごう　たえこ）

発 行 人／スティーブン・マイルス

発 行 所／株式会社ハーレクイン
東京都千代田区内神田1-14-6
電話／03-3292-8091（営業）
03-3292-8457（読者サービス係）

印刷・製本／大日本印刷株式会社

装 幀 者／松岡尚武、坂本知恵子

ISBN4-596-91093-6

MIRA文庫

キャンディス・キャンプ
細郷妙子 訳

裸足の伯爵夫人

おてんばレディ、チャリティの婚約者は、妻殺しと噂されるデュア伯爵だった。19世紀のロンドンを舞台にしたロマンティック・サスペンス。

キャンディス・キャンプ
細郷妙子 訳

令嬢とスキャンダル

ヴィクトリア時代の英国。令嬢プリシラの家に記憶を失った若い男が助けを求めてきた。その日から、彼女の恋と冒険の日々が始まった。

キャンディス・キャンプ
細郷妙子 訳

初恋のラビリンス

引き裂かれた令嬢の初恋。13年後、再会した彼の瞳は憎しみの光を放っていた…。C・キャンプが19世紀を舞台に描く、残酷な愛の迷路。

キャンディス・キャンプ
細郷妙子 訳

偽りのエンゲージ

19世紀初頭のイギリスで、おてんば令嬢カミラは謎の男と偽装婚約。殺人事件、密輪団との出会い…。大冒険の中、愛は謎とともに深まる!?

ステラ・キャメロン
石山美美子 訳

メイフェア・スクエア7番地
エトランジェ伯爵の危険な初恋

愛するわが屋敷から、追い出すべきはあの姉妹！19世紀ロンドンを舞台に、誇り高き幽霊が奮闘する、メイフェア・スクエア・シリーズ第1弾！

ステラ・キャメロン
井野上悦子 訳

メイフェア・スクエア7番地
弁護士ロイドの悩める隣人

世間知らずで無垢なシビルと隣人ロイドの恋騒動にまたもや幽霊が大迷走!? 19世紀ロンドン、メイフェア・スクエア・シリーズ待望の第2弾！

MIRA